# 没有终点的列车

李飞熊◎著

作家出版社

献给迷惘的一代人

# 第一章

如果知道去哪儿，一切就不会发生。

9月23日，秋分，周行健和马洛游荡在北京的大街上，像幽灵一般四处徘徊。明晃晃的夜空点缀着五六颗星，陪伴两个幽灵从晚上7点晃到夜里11点，从北四环晃到三里屯。

“太热了，天气预报说过了白露天就凉，都秋分了，还这么热。什么鬼天气。”马洛说。

“天热好啊，正好看女人。”周行健说。

“三个月不见，你还热衷于此?”马洛说。

“江山易改，禀性难移。”周行健说。

看女人是周行健和马洛在大街上晃悠的动力，只有他们才知道夜里在街上看女人的好处。尤其在炎热的北京，不仅可以看到来自五湖四海的中国女人，还可以看到来自五大洲四大洋的外国女人。可供看的女人范围之广，品质之优，没城市可以比拟。

那些养尊处优温婉可人没事干有事干的，但凡有点姿色的女人，都喜欢晚上出来。那清纯脱俗，那浓妆艳抹，那长腿黑丝，那高跟玉足……真是多了去了。

看女人可讲究学问，光亮处与黑暗处完全不同。光亮处，一定要逆光看过去，剪影把一个女人的曲线完美地烘托出来，三点清晰可见，丰腴的、干瘦的、扁平的、凹凸的……任你看任你想，只要你的裆部能够承受起想象的负荷就好。黑暗处是另一番景致，可以不动声色地接近你愿意看的女人，近到能够嗅到她们身上的味道，看到她们衣着暴露的肌肤，只要不吓到她们，尽情地嗅，香的、清香的、浓香的、变态香的、臭的、淡臭的、腐臭的、变态臭的……只要你能接受，管它什么味道，揩人家的油，让裆部轻松下来就是享受。

“嗨——马洛，走快点。前面什么妖精出没啊，好大的屁股!”东张西望的周行健被一个擦肩而过的女人吸引，顾不得身后三心二意的马洛，紧跟上去。

马洛也被这个屁股吸引，加快脚步追上去。

“这屁股不一般，又高又圆，裹在包臀裙里，左一晃右一晃，如同两个棒槌敲打在我脆弱的心脏上。”周行健说。

“再配上那一段又弯又细的腰肢，那一双又白又直的美腿，那一副又柔又软的脚踝，那一双露出四个脚趾缝的高跟玉足。靠，简直是电臀美腿，魔鬼身材。”马洛说。

“是啊，那是什么鬼腰！腰窝以上大幅前倾，腰窝以下大幅后翘，腰窝周围又细又紧，腰与屁股配起来多像一只蛇妖蜂，这就是传说中的蜂腰吧。只记得《红楼梦》里的晴雯有这样的腰身，现实中没见过。今晚咱俩福气，遇到这般尤物。”周行健说。

前方的大屁股女人似乎刚下班，急着回家，走得挺快。周行健紧追不舍。

“等等，停住，停住!”马洛说。

“怎么了?”周行健问。

“你没看到剪影吗，路灯下的屁股和这副身材，那真是一尊曲线玲珑凹凸有致的雕塑!”马洛说。

马洛叫住周行健，站在五米开外欣赏今夜的美景，嘴里流着口水，像刚刚啃过一口。他们陶醉了，全身放松，仿佛五米开外的屁股和大腿就在手里抚摸。

“行了，别陶醉了，还没看到这个女人的正面，还不知道长得如何。我们得赶快跟上去，别等她进了地铁就找不到了。”周行健拽着马洛追过去。

突然，眼前一片煞白，什么也看不见。煞白的世界里两人迷失方向，四只手在煞白里张牙舞爪，嘴里骂娘使劲向外冲。一辆不知趣的汽车打着远光灯驶来，灯光恰巧照射到周行健和马洛的双眼。强光过后是瞬间的黑，等他们的眼睛适应过来，眼前出现的是地铁站口，屁股不见了。

“人呢？该死的汽车早不来晚不来，偏偏这时候来，耽误我们的好事！”周行健骂道。

“走，到地铁里看看。”马洛边说边进地铁。

这是夜里的最后一班地铁，也是一天内最后一个高峰期，苦逼的加班族赶来回家，进站的人黑压压一片，人挤人呼啸而下。周行健和马洛像两条小丑鱼被人流裹挟着往地铁里拥。两人的眼睛四处张望，在人流里寻找跟丢的屁股。

作为人体背面中间部位的屁股不像头部的脸庞那么好辨识。地铁站里成百上千的屁股，一上一下，一左一右，男男女女，老老少少，屁股与屁股相叠，身体和身体相加，想在如此复杂的环境里找到一个没有见过脸庞的屁股，绝非易事。

“你这边，我那边，分开找。”马洛对周行健说着，拨开眼前的人流向站台一边跑去。

两人边跑边搜索，两双眼睛贼溜溜地寻找猎物。他们发挥善于观察的优势，对男人忽略不计，对女人仔细辨认。跑到站台一边的尽头，周行健眼睛的余光看到一个熟悉的屁股从身边掠过，直觉告诉他，找到了。

“马洛，这边，快！”

车开了，周行健伸手示意马洛赶紧上车。在车门关闭的一刻，从另一头跑过来的马洛，一个箭步冲进车内，一把将被车门夹住的衣角扯进来。

“找到了？”还没有站稳的马洛问道。

“感觉是，就在车上。”周行健说。

等马洛上车迟疑了一下，周行健没有紧跟上好不容易找到的屁股。

最后一班地铁车厢的风扇被工作人员早早关闭，两人在密不透风的车厢内寻找，奔跑中忘了的闷热再次降临。马洛将T恤的短衣袖卷到腋窝底下，不时捋着长发。周行健把T恤的下摆卷到胸前，两只眼睛瞟来瞟去，不放过任何一个死角，他不相信好不容易找到的屁股又没了。

闷罐车厢内的人群摩肩接踵，轻易会触到一个陌生男人或女人的胸和屁股，周行健和马洛走在密集的人体中间，不知触了多少男人或女人的胸和屁股。

接近车厢中部的时候，一个柔软而高弹与触过的所有屁股不一样的屁股触碰到周行健的左手，这不一般的柔软和高弹让周行健心中一紧，他准备拨开这个柔软和高弹往前寻找，下意识提醒：屁股！

周行健停住脚步，屏住呼吸，他没有想到追了三站路的屁股竟然让他一把摸到。他真想认认真真舒舒服服肆无忌惮地摸一摸，又怕冒犯屁股。他转头要告诉马洛这一重大喜讯，不近视的双眼看到苦苦寻找的这个屁股的脸庞。

“天啊，怎么会！”

这一句惊叹差一点从周行健的口中喊出。他捂住嘴，踉跄着走到距离屁股一米外的车门处，脸色难看，莫名的忧伤涌上心头。

走在前面的马洛回过头看到周行健停在门前不走，问道：“怎么，是不是找到了？”

周行健用眼睛无精打采地示意给他看。

“哪个？”

“那个。”

“站在过道立柱扶手的那个？”

“是的。”

“我靠，不会吧！这就是我们苦苦寻找的屁股！面孔与屁股太不相称了！”

周行健惨然看着这个诱人屁股的女人，谁会想到这样一个完美的屁股会长在这样一副难看的面孔身上，上天好不公平。

马洛没好气地看了一眼周行健说：“就你这欣赏水平，我跟着你上当都不是一回两回了。这么多年，你怎么没长进呢！”

周行健不语，依旧惨然地看着前方，屁股还高高地翘在那里。这个屁股，不，准确地说这个女人的长相让他十分失望。没有看这个女人的面孔前，她的屁股让周行健心头发热，裆部起伏；看了这个女人的面孔后，周行健恢复平静，只剩下失落。

这些年，对屁股的热望和对美女的冲动让周行健抑制不住地看了无数的屁股，大部分都以失望告终。他突然感觉到自己审美的缺陷，口味的粗俗，肉欲对审美的破坏和蚕食。他将目光划过高耸的屁股，落在车窗前急速掠过的地铁通道内壁上光亮的广告灯箱。

飞逝的灯带将周行健带入另一个世界，那个由光与电组成的无声的冰冷世界，车辆过了一站又一站，上车下车的人流从周行健身边呼啸而过，对他站在门前不让路投来不满的眼光和谩骂的声音。周行健站在那里一动不动，仿佛什么也没有听见，什么也没有看见。

马洛不去理他，坐在对面空了的座位上发呆。车上的人越来越少，周行健过来坐在马洛身边。

“下车了。”

“谁?”

“屁股。”

“哦，下就下吧。”

“不追了?”

“不追了，那么丑。”

“这不是你的嗜好嘛。”

马洛说完这句话，停了一会说：“周行健，你说我们他妈的过的这是什么生活！为了一个陌生女人的屁股忙活了半晚上。”

“是我肉眼凡胎，没看出这个屁股长在一个丑女人身上，劳你跑了这么远。”周行健说。

“现在干吗?”马洛问。

“坐地铁。你看车里的人一个个面无表情目无人气，坐在座位上看似离得很近，实际离得很远，相互不认识，老死不相往来。这样一个陌生的世界，我们被一个人吸引，为了看个究竟，花了些时间用来走近她，靠近她。虽然看到真面目令人失望，但能为一个在某个特定时空里吸引你的陌生人花些时间，也并不是坏事。”周行健冷冷地说。

“哦，你倒是挺能为你的无耻行为辩解。你这一点我特别佩服，吃了一口狗屎还认为是香的，我做不到。我们下车吧，就要到最后一站了。”马洛说。

“不下，在空荡荡的车厢里待着多好。真希望车一直开，一直走啊，走啊，我们就这么坐在上面，一直不停。不用想去哪儿，也不用想做什么，直到世界的尽头。”周行健说。

“你这么一说我也不下了，可能我们都对行驶这种状态情有独钟，才臭味相投。以前没告诉你，我经常一个人没事的时候跑来坐地铁，沿环线一圈一圈地坐，坐烦了再转到干线地铁，从城东坐到城西，从城西坐回城东，再转到南北线上，继续坐。一边坐地铁 边消解烦恼， 边看一张张面无表情的脸后面隐藏的孤独和欲望。”马洛说。

他将目光从周行健的脸上移开，接着说：“不知道是这座城市的风格还是怎么回事，北京的地铁里经常有人自杀。有一次，我在车厢里发呆，车辆停下来。车内广播说前方车站发生交通事故，车辆做技术性暂停。车厢里的乘客一下子乱了，人们焦躁不安，开始谩骂，大家想知道发生了什么交通事故。过了半小时，车辆再次启动，很快来到出事车站，站台上很多警察。出于好奇，我提前下车，走到站台中央发现一个女孩躺在地上，医护人员正在抢救。据说这个女孩跳下站台卧轨，已没了气息。我当时想，她该有多大的勇气跳下去，换了是我，会不会有这样的勇气。”

周行健对地铁的印象没有这么惨烈。第一次坐地铁是高三那年冬天，周行健的诗在《诗刊》杂志上发表，杂志社邀请他到北京参加诗歌笔会。当时正在紧张地复习，准备高考，周行健不顾家人的反对，只身一人来到北京。下火车时已是晚上9点，一出车站，周行健被北京浓郁的夜色吞噬。他辗转找到地铁一号线，坐上通往苹果园站的车辆。当时对地铁十分新鲜的周行健蛮兴奋，在车厢里看到的却是一张张和今天一样疲惫而面无表情的脸，令他扫兴。在复兴门站，上来一个背吉他的女孩，吸引了周行健。女孩黑黑的长发像电视里洗发水广告中模特的秀发一样飘逸，灵秀的面庞上一双眼睛清澈而透亮，短裙下是一双只穿中筒棉袜和黑鞋子的大长腿。那个年代，周行健在家乡凤凰城没见过这种装扮，觉得特别美，他忍不住盯着女孩看。还好那时候比较单纯，目光里只有欣赏，没有侵犯。

“我当时沉浸在诗歌意象中。两天一夜的火车旅行，眼睛忙不过来，我饥渴地看窗外的一切，感觉处处都是诗意。坐在地铁上，思绪没有被打断，一直在编织我的意象，就连那个女孩都是意象的一部分。”周行健对马洛说。

“其实坐地铁就是体验一种行吟的生活，和坐火车一样，都很浪漫。你说诗歌是什么，诗歌的本质就是吟唱，而过一种行吟的生活就是诗人应该有的生活。我经常会在车厢里默默朗诵我的诗歌。有一次，我带着耳机一边听瓦格纳（Wilhelm Richard Wagner）的交响乐，一边朗诵我的诗歌，由于太投入，默诵变成高声朗诵，我完全不知道。车厢里的乘客用诧异的眼光看我，我以为是在欣赏我，直到地铁安保来到我身边，取下我的耳机，我才惊醒，才知道自己太投入。安保走后，我又戴起耳机默诵。我特别享受这样的生活，不管坐地铁还是火车，我都希望列车不要停，一直走，一直走。我想行吟的生活就是一直走在路上的生活。”马洛说。

“三个月不见，你对诗歌的体悟越来越深刻。”周行健说。

两人只顾着说话，忘记地铁已到终点站，他们被地铁工作人员赶出车站，来到空落落的大街上。

一出地铁，周行健和马洛的双腿像灌了铅，走不动。其实，不是走不动，而是他们不知道去哪儿。他们继续像幽灵一般在街上晃悠。此时街上已没什么女人可看，两人无话，一前一后，一后一前，百无聊赖地走。

“我们要去哪儿?”

“不知道。”

“不知道?”

“不知道。”

两人埋头走过几条大街，周行健说：“去哪儿？这么漫无目的地走不是办法。”

“我怎么知道，你叫我出来的嘛。”马洛说。

“我肚子饿了，去吃点东西。”周行健说。

“这么晚，餐馆都关门了，到哪里去找吃的。”马洛想起什么，说，“——哦，让我看看，这条街我熟悉。对对，这条街上酒吧挺多，有一家很有特色。我们去那里吃点东西。”

周行健跟随马洛来到一家酒吧，老远听到重金属摇滚的声音。周行健抬头看到酒吧的名字——无名高地。一进门，马洛就与服务员打招呼，看上去他们很熟。

酒吧里，一个无名乐队正在声嘶力竭地演唱。

“这是涅槃乐队（Nirvana）的歌吗?”周行健问。

“是的，是那首《少年心气》(Smells like teen spirit)。”马洛说。

“唱得好难听，科特·柯本（Kurt Cobain）听到会气死。”周行健说。

“还可以吧，还能听。”马洛说。

两人要来啤酒，边听边喝。啤酒很贵，周行健不知不觉掏光了口袋里所剩不多的钱。

周行健的酒量很差，两瓶下肚就醉了，对于这种重金属音乐，也只有在喝醉的时候，他才能欣赏。马洛的酒量不错，对重金属摇滚也比周行健痴迷得多，他边喝酒边忘我地跟着乐队唱。为了不让自己睡着，周行健也跟着唱。两人跑调了，依然声嘶力竭地唱，分明是在嚎叫。

酒吧打烊前，放了一段慢摇，马洛骨瘦如柴的身体在舞池中拼命摇摆，笨拙的周行健像个狗熊一般勉强扭动身体。在摇摆中，周行健感觉自己与马洛之间有了差距，这个差距是什么说不清楚，就像马洛对这一切极度适应，而自己对这一切还是维持傻帽一样鲜明。

凌晨两点，酒吧打烊，周行健和马洛一身酒气从酒吧里出来。酒吧打烊对这两个不知道去哪儿的年轻人来说是一件烦心事，就像两个小时前他们被地铁工作人员赶出来一样，他们再一次面临相同的问题：去哪儿？

天气终于凉快下来。秋风从街边黑魆魆的槐树枝头吹来，吹散他们体内的酒精。不知道是吃得太饱还是饿了，周行健被一丝凉风侵袭忍不住发抖，胃液跟着发抖，抑制不住痉挛的身体，跑到路灯下的草丛，呕吐不止。马洛站在周行健身边，防止他重心不稳，栽倒在自己的呕吐物里。两眼金星闪烁伴着泪点，让周行健觉得喝酒是人生最恶心的事情。他蹲在草丛边吐了很久，直到胃里的残羹冷炙吐完，才清醒。

“哎哟，两位帅哥这是去哪儿呀？”头还没有抬起来，周行健听到一个女郎骚骚的声音。

“不知道。”马洛说。

“不知道呀，好办，跟我走呗。”女郎走到马洛身边说。

“你是干什么的？怎么见到帅哥就往身上贴。”周行健说。

“这位帅哥，这么晚了还不睡觉，还问人家干什么的。还能干什么？为人民服务呗。”女郎一只手挽住马洛说。

“服务什么，怎么服务？”周行健问。

“哎哟，这还用问呀，去了就知道。”女郎另一只手挽住周行健说。

这一挽让周行健刚刚呕吐发凉的身体些微有了暖意，尽管对方发泡的身体让他感觉不适，对方刺鼻的香水让他眼睛再次冒金星，但暖意是有的。

“走吧，去我那里，一定服侍好两位帅哥。”女郎笑着说。

“多少钱？”半天不出声的马洛冒出一句实在话。

“150元一次。”女郎接话很快。

“两个人一起吗？”马洛问。

“一个人一次150元。”女郎说。

“太贵了，还能少吗？”马洛问。

“这还贵呀，帅哥！看你们俩年轻，十精火旺，我倒贴给你们耍，很优惠了。”女郎说。

听着马洛和女郎的问答，清醒的周行健伸手摸了摸口袋，里面空空如也。他知道马洛也没钱，借钱度日好一段时间了。没钱怎么找女郎？

“马洛，我们走吧。”周行健对马洛说。

“走什么走，又不知道去哪儿。这个女郎年龄虽然大点，但穿得也是黑丝袜高跟鞋，屁股也够翘，胸也够大，不正是你喜欢的类型嘛。”马洛说。

“你喜欢就是你喜欢，别往我身上推。”周行健说。

“什么你喜欢我喜欢的，你们俩我都喜欢！”女郎笑着说。

不知道马洛是醉了还是真看上这个女郎，他今晚似乎热衷此事，问题是身上没钱，想干也干不了。这种女郎没钱是玩不了的，她不会真看你够帅或够嫩白让你玩。女郎嘴里的帅不是逗你玩，就是忽悠你。

周行健想怎么给马洛说呢。在纳闷的当儿，女郎把两人带到一个小区门口。周行健想得赶快把话挑明。

“马洛，你身上带钱了吗？”周行健问。

这一问，问醒了马洛，他全身摸了一通，说：“我哪有钱，今晚不是你请客吗？”

“我的钱在酒吧花完了，今晚我们无福消受这个女郎，我们走吧！”周行健说。

马洛无奈地看了一眼周行健，转身就走，周行健立马跟上去。

背后传来女郎一连串的谩骂：“呸——两个穷鬼！老娘以为今晚碰到好运气，谁知遇到你们两个穷鬼。呸——倒贴你们都没钱，还有脸在北京混，真是不要脸的狗东西……！”

谩骂声像酸臭黏糊的呕吐物笼罩繁星满天的夜空，笼罩空荡荡街市的夜灯，9月通明的北京午夜血色将至。空气里到处弥漫着谩骂，会聚成一条条铁鞭将周行健和马洛围困，一遍又一遍抽打在他们身上。忍受不了这样的谩骂和抽打，周行健撒腿逃跑，他伸手去拉马洛一起逃跑，被马洛甩开。他顾不了那么多，一口气跑出几百米，直到发现马洛不在身边，才停下来。

迅速奔跑的周行健出了一身汗，浑身发热，将谩骂声甩在身后。他跑到一个十字路口，坐在路灯下的石阶上喘粗气，口干舌燥。几盏昏黄的路灯，给城市天眼照明用的高高的探照灯，夜空里一轮上弦月，这样的灯光搭配将十字路口布置成一个剧场。孤零零的周行健仿佛塞缪尔·贝克特（Samuel Beckett）的戏剧《等待戈多》（En attendant Godot）中的流浪汉，不知道在等谁，也不知道谁会来，更不知道去哪儿。他的内心十分焦灼，这焦灼来自多年来他不知道自己在做些什么，也不知道应该去做什么。他的内心又十分孤寂，这孤寂是因为现时现地是他多年来经常预设的人生场景：一盏孤灯，一轮孤月，一个人，茕茕孑立，形影相吊。

半天不见马洛过来，周行健想马洛是不是丢了，他不能丢下马洛，起身往回走去寻找马洛。一路上不见马洛，走了几百米，快到刚才起跑的地方，周行健看到路边昏暗的树底下有个红点在闪烁。周行健走了过去，发现马洛蹲在地上抽烟。

“你怎么回来了？”

“我怕丢下你。”

“说得好听！我问你，你为什么来找我？”

“想你啊。”

“想我，笑话，你会想我？”

“这不是再次来北京没地方去，就来找你嘛。”

“找我还不带够钱？”

“有钱我会来找你呀！”随口而出的这句话让周行健觉得有些不妥，但已经迟了。

“周行健，你把我当成什么人，你的提款机吗，还是你爸你妈，没钱就来找我？”马洛突然提高音量冲着周行健说。

周行健一时没反应过来，木然地看着马洛，想到“你爸你妈”的字眼，他说：“哎——马洛，说话就说话，不要提我爸妈好吗。”

“提了又怎样！我已经受够你了！傍晚，你突然出现在我面前我就知道没好事。果然，一个穷光蛋又来找我。从我们认识到今天，你来找我准没什么好事，不是没工作了，就是失恋了，不是没钱花了，就是欠了一屁股债。每次来都理直气壮，好像我欠你的一样。”马洛高声说。

被激怒的周行健说：“你没工作的时候没来找过我？你失恋的时候没来找过我？你没钱花的时候没来找过我？你欠债穷得没地方睡觉的时候没来找过我？你生病没人管的时候没来找过我？马洛，不能因为没有搞到一个小姐冲我发这么大火吧！”

“小姐！我今天就是要看看你到底为什么来找我，看看你的底裤里还剩下什么。从陪你到街上晃荡，到跟随那个屁股，到坐地铁，到去酒吧，再到刚才的小姐，我就是要看看三个月不见的你有没有变化，还依旧是以前那副德行。结果，不言而喻，你依然是好色之徒，依然空虚乏味，依然不知道自己做什么，更不知道自己要什么。”马洛说。

“哦——原来今晚这一切都是你的预谋。太卑鄙了吧。这还是我认识的马洛吗，这还是传说中的那个才子马洛吗，这还是自诩为莎士比亚时期的伟大才子马洛吗？不，不，不，这不就是北岛诗中那个‘卑鄙是卑鄙者的通行证’的马洛。你怎么变得如此无耻！”周行健回应道。

周行健的话戳中马洛的痛处，他站起来往前走了几步，转过身说：“我无耻，你不无耻？你比我无耻百倍！你不光无耻还自私，不管什么时候，想到的永远是你自己，简直自私透顶！脑子里除了女人就是女人，没有钱还装富二代。我怎么会有你这样的朋友，真是奇耻大辱。”

“哦，笑话！你不喜欢女人？你不装有钱？你不自私？敢情好人都让你做了。这不，我以为你三个多月混好了嘛，才来找你。谁知道你依然也是一个穷光蛋。所以说，我们俩呀，谁也别嫌弃谁，半斤八两，一路货色！”周行健笑着说。

“谁与你一路货色？撒泡尿照照你是什么货色！我和你不一样，我是我，你是你！别他妈的总把我和你放一起，王八蛋！”马洛气愤地说。

“马洛，你说话越来越难听了，你怎么不知好歹呢！”周行健没好气地说。

马洛走到周行健面前，愤怒地看着他，嘴巴里呼出的烟臭味喷到周行健脸上，他说：“我要与你断交！从现在开始，断交！你我不再是朋友！”

周行健十分惊愕，在夜灯下怔了好一会才反应过来，周行健说：“你疯了，断交，这话从何说起呢！”

“断交，坚决断交！”马洛坚持说。

“给个理由先。”周行健说。

“不需要理由，理由太多。与你在一起从来没好过，从我来北京第一天，到现在这一刻，只要与你在一起我准倒霉，你就是一丧门星！”马洛说。

马洛的话让周行健不能接受，周行健的做人原则是自己可以不好，但绝不能拖累别人，而马洛的意思是周行健拖累了他。周行健意识到，他与马洛的友谊到头了。

“断交就断交，敢情我还缠着你不成。”周行健说。

“好，断交！说话算话！”马洛说。

“君子一言，驷马难追。”周行健说。

“断交！从此你我形同路人！永不来往！”马洛斩钉截铁地说完，头也不回地走了，消失在夜色中。

看着马洛的背影，周行健感觉在这场断交戏里落了下风，心里怅然若失。

为了挽回面子，周行健举头对着夜色正要高声说什么，好发泄内心的不快。一颗流星划过，不知是看到月宫里的玉兔还是银河系里的织女，让他心里好受了一些，嘴里嘟哝：“不就是断交嘛，断就断吧。”

夜风袭来，周行健想今天的日子不好，秋分，秋分，莫非是在秋天分手。

# 第二章

一趟钢铁列车咆哮着从碧蓝的天空驶来，打破内蒙古高原的宁静。列车里，周行健在酣睡。

与马洛断交，周行健无处可去，在北京的大街上徘徊一夜。天亮，他从好友王立言那里借了些钱，踏上一列驶往凤凰城方向的火车。

窗外，泛黄的内蒙古高原像一匹飒飒秋风中奔驰的野马，壮硕而空旷，自由而苍凉。干瘪的列车从内部看仿佛是后工业时代的一个遗老艰难地诉说现代化的无着，从外部看则依然是一部宏大的史诗描绘出现代化鲜明的意象。

坐在现代化的交通工具里，什么汉赋唐诗、宋词元曲、蒙古骑兵的意象都显得虚无，人轻飘飘的，感觉不到存在。

有乘客把列车的窗户打开，朔风萧瑟将一派秋色和虚无吹进周行健的身子骨里。一连串的寒噤过后，他流着眼泪醒来。

周行健思念一个人，一个令他又爱又恨舍不得的人，这个人正是刚刚与他断交的马洛。

两年前冬天的一个下午，天气异常寒冷，周行健赶了两个小时的公交车来到北京火车站。谁知列车晚点，他在出站口吹了一个多小时寒风，双腿冻得麻木，耳朵快要冻掉的时候，一个瘦弱的身影出现在眼前，硕大的黑框眼镜遮住半个脸，要不是那熟悉的笑容，周行健差点没认出是马洛。

“欢迎英雄凯旋，北京欢迎你！”周行健一边说一边拥抱马洛。

“想死你了，哥们！”马洛紧紧抱住周行健。

久违的重逢令马洛啜泣，周行健哽咽，两人像亲兄弟一般拥抱在一起。如同电影中通常在此刻出现的场景一样，拥抱有不一般的魔力，使周行健情不自禁地回想起一年半前，马洛曾豪迈地离开。

大学毕业，马洛一直没找到称心如意的工作，与吴先锋在学校旁边租了一间房，过起了没人问没人理没人管的生活。不久，吴先锋被一所大专院校聘用，去做老师，剩下马洛一个人。他过得十分清苦，吃方便面度日，生活靠吴先锋和周行健接济。

在那段独居的日子里，马洛诗兴大发，半年时间写了200余首诗，每天不下一首，可谓高产。那些诗滋养了他，培养了他的高傲。

与朋友见面，马洛会主动朗诵自己的诗歌。没钱的时候，他去面馆吃面，吃完嘴一抹，告诉餐馆老板，一首诗可以换一碗面吗？也是他运气好，通常是被臭骂一顿，离开。马洛还觉得吃亏，一首诗何止换一碗面，十碗都不止。

过着诗意生活的马洛经常打电话给远在北京的周行健，切磋诗艺，朗诵诗歌。有时候，周行健正在采访，电话铃声突然响起，周行健赶紧挂断，手还没离开手机，电话又响起，害得周行健不得不关机。马洛为此很不高兴。往往是采访一结束，周行健立马开机回电话解释。

半年后，马洛收到一封聘用信。拿着信封，马洛看了半天，信封上的地址是黑龙江省黑河市。他想了又想也没想出来什么时候给这个陌生的城市投过求职信。

“黑龙江黑河市，有江有河可能还有龙，多么有诗意，就是它了。”马洛笑着说。

遥远的黑龙江，这个马洛从没去过也没有概念的地方吸引了他，仅凭地名中的江河所传达出的诗意吸引了他。可能没有几个人会凭借地名显示出的诗意来选工作，马洛是这几个人之一。黑河市的一家职业技术学院聘请马洛去做中文教师。

马洛找来一张中国地图摊在桌子上，趴下来仔细看。当发现黑河市旁边就是黑龙江时，他抬头哈哈大笑：这不像我们家门口就是黄河嘛，太美了吧！当看到黑河市对面是俄罗斯远东的一座城市时，马洛再次抬头哈哈大笑：这要是泡妞可就是洋妞啊，太好了吧！当看到黑河市遍布大面积的白桦林时，马洛边抬头边大笑：这要是与东北大妞或者俄罗斯女孩在白桦林里谈一场轰轰烈烈的爱情，也太有诗意了吧！

抱着对遥远而陌生的黑龙江省黑河市的无限憧憬，马洛从家乡大西北出发踏上北上执教的行程。吴先锋送他到火车站，一根接一根递烟给他抽，希望烟把他留住。

马洛说："行了，抽了不少了，留不住我的。"

在列车即将启动的一刻，周行健从北京打来电话："你想好了吗？那边零下40多度是常态，你去了要被冻成冰棍！"

周行健总是这样不识趣，在人家踌躇满志的时候泼冷水。

马洛铁了心要去，不计较周行健的不识趣："放心吧，放心吧，大把大把的东北大妞和俄罗斯姑娘等着我呢！到时你可别眼红。"

列车伴着马洛的好心情一路北上，留下月台上抹泪的吴先锋和半空中呆望的周行健。

如今，在凛冽的寒风中周行健拥抱马洛，有一种恍若隔世的感觉。

出站口旅客走完了，周行健说："走吧，再抱下去别人以为我们是'断背山'。"

"嗯——嗯——再抱抱。"马洛一副撒娇的样子。

"嘁，不许再占便宜。"周行健推开马洛说，"走，带你去看看祖国的首都。"

周行健带着马洛乘坐地铁回他的出租屋。对于地铁，这种在地下行驶的有轨电车，周行健司空见惯，马洛却是第一次乘坐，感觉挺新奇，一路赞不绝口。

半年多不见，嘘寒问暖的话说完，两人陷入沉默。一时无话，周行健仔细打量了一番马洛，消瘦许多，颧骨高出许多，眼睛深了，头发长了。很显然，马洛在黑河过得不好。

周行健对马洛在黑河的情况充满好奇，但又不知如何问起。回到出租屋，马洛憋不住了，说："你怎么不问问我为什么来北京。"

"是啊，你为什么来北京？"周行健说。

曾让马洛无限憧憬的黑河，是一个去了冻得人发抖的地方。那条黑龙江远没有马洛老家门前的黄河宽，风景虽美但冰期太长；对面的俄罗斯城市没有护照根本去不了，至于想与俄罗斯姑娘谈一场轰轰烈烈的恋爱更是空中楼阁。最让马洛受不了的是，寒冷的黑河市没有想象中的一点诗意可言，文化贫乏，思想陈旧。去了半年多，马洛没有找到一个诗友，也没有遇到一个朋友。除了上课，就是忍受孤独。

“你不知道天有多冷，尿尿都能冻成冰柱。”马洛说。

“有那么冷啊，不会吧。”周行健说。

“你还不信，早知道我拍张照片给你看。”马洛说。

在边远的黑河做老师，薪水不高，除了一日三餐在学校食堂吃，马洛没有什么牙祭可打。薪水不高也制约了马洛交朋友，尤其是需要花钱的女朋友。物质保障捉襟见肘，又没有诗意可言，马洛忍受不了，决定离开黑河。回家没面子，就来北京找周行健。

“你在北京怎么样，发展得不错吧？”马洛问。

马洛这一问，周行健不知如何回答。他知道以往每次与马洛通话时报喜不报忧，随口吹嘘自己在北京的优越生活给了马洛错觉。马洛来到他租住的房子——上世纪八十年代末期建的老式小区，楼房是多层建筑，没有电梯，周行健租住在四楼。看到被周行健打扫得一尘不染的出租屋，马洛再次产生错觉。

周行健怔了几秒说：“还好啦。”

“我就知道不错。我这次来不走了，准备和你在北京大干一场。”马洛说。

听得出，马洛是铁了心要在北京发展，周行健犹豫该不该把自己在北京生活的真实情况告诉他。想了想，他决定不说。马洛刚来，不应该给他泼冷水，应该给他希望。

当晚，周行健请马洛去吃热热乎乎的北京涮羊肉。两人要来北京二锅头，边吃边喝，吃到餐馆打烊才离开。回到出租屋，又喝啤酒，到凌晨4点才睡觉。

第二天下午，节目制作公司的电话吵醒周行健，告诉他由他制作的节目当晚在电视台播出，让他把播出时间通知拍摄对象，好让人家看。

周行健的一通电话吵醒马洛，他坐在床上点起一支烟，默默吸着，若有所思。后来，周行健知道这是马洛在黑河养成的习惯，一觉醒来的第一件事是：抽烟，醒神。

马洛抽完烟说：“这么晚你都不上班，什么工作，这么好？”

“制作影视节目，工作比较自由。”周行健说。

接下来一周，周行健都没去上班，天天陪着马洛。这对周行健没什么，却让马洛十分焦急，他忍不住问："你到底做什么工作？制作影视节目也没有这么自由吧，一周不去。"

看来马洛十分关心周行健的工作，在马洛看来，周行健混得如何直接关系到他在北京发展的信心，也关系到他有没有勇气待在北京。周行健想既然马洛如此关心这件事，他也来北京了，不妨把自己当初为什么来北京和来之后的一些情况告诉他，这有利于马洛作出判断。

周行健和马洛是大学中文系的同学，因为喜欢诗歌成为好友。班里另一位以号称写先锋小说见长的同学小说写不下去，被他俩拉过来入伙，改写诗歌，这个同学是吴先锋。

三人当年是大学诗坛的三面旗帜，被誉为"诗人三剑客"，不仅创办校园文学刊物，还组织文学沙龙。

大学毕业那年，班里同学忙着找工作，周行健、马洛和吴先锋满不在乎，迟迟未去找。他们没有想好是去工作，还是去实现文学梦想。周行健和马洛倾向于做流浪诗人，吴先锋希望继续写先锋小说。三人被同学笑称患了幼稚病。

周行健想做流浪诗人源于初中以来写诗建立的自信，而发表了一些诗歌则给了他更多自信，这成为他毕业后何去何从的绊脚石。周行健正在犹豫不决，陈年的一桩旧事启发了他。

20世纪90年代中期，国内掀起一股徒步探险热潮，代表人物是余纯顺，他因孤身一人徒步穿越川藏、青藏、新藏、滇藏公路，征服世界第三极——西藏的壮举而出名。在余纯顺人生的最后一次穿越前，他的女友也是一位诗人来到周行健读书的高中演讲，同时为他的行程进行募捐。募捐活动在学校食堂举行，吸引了很多同学，其中就有周行健。听完演讲，女诗人没有吸引周行健，探险家余纯顺让他耳目一新，冥冥中觉得这才是自己想要的生活。

几个月后，孤身一人徒步穿越罗布泊时，余纯顺迷路遇难。噩耗传来，沉重打击了周行健内心萌动的对余纯顺生活的向往。这让周行健伤心之余觉得去险恶之境孤身流浪是对个人的救赎，而他奉行的流浪是通过对自我的剖析和苦修实现对大众的救赎。这种年少胆大妄为的想法事后看来救了周行健一命，他放弃追随余纯顺，选择诗歌。当时有很多余纯顺的追随者，各种路上死的，饿死、渴死、病死、热死、冻死、迷路死……只是那时候媒体不发达，鲜有报道。

如今多年过去，接受高等教育并未解除人生迷惘的周行健，决定有限度地做一回余纯顺。他打算效仿余纯顺，徒步穿越凤凰城西边的贺兰山，通过穿越找回迷失的自我。周行健把这个想法告诉马洛和吴先锋，希望两位好友一同前往。

“好啊，多有诗意，我去。”马洛说。

“不安全吧，吃怎么办，住怎么办，被狼叼走了怎么办?”吴先锋说。

“想办法啊，总能找到吃的住的，饿不死的。”周行健说。

“就当是我们仨的毕业之旅，多有纪念意义的一件事。走吧，先锋大人。”马洛说。

“是啊，多么难得的毕业之旅。反正不知道干什么，走完这一趟说不定就知道了。走吧，先锋大人。”周行健说。

吴先锋还在犹豫，架不住周行健和马洛一个劲地劝，勉强答应这件他认为是自讨苦吃的事情。

那时候，市场上的野外装备商品不发达，卖得不多，价钱昂贵。三人是徒步探险新手，不知道准备什么，一人买了一双老式军用胶鞋穿在脚上，上路了。

他们的路线是从贺兰山最南端向最北边徒步行走，行程有200多公里。为了突出探险的特征，徒步时不走柏油路，只沿贺兰山东麓的山坡或山脚行走。

来到贺兰山最南端，三人身上只剩下十块钱，他们要用这点钱走完全程。初夏的山里不热，走起路来身上却冒汗，先是脚底发热，其次背上流水，再次脑袋上冒烟，最后脚底起泡，要命的时刻到了。

“哎哟——疼死我了！要知道这么苦，打死我也不来。上你俩的贼船了。”烈日下，吴先锋栽倒在山坡上，挣扎着脱下胶鞋，两只脚上七八个水泡，有透明没破的，有破得流水的。

“那你回去嘛!”周行健倒在他右边说。

“是啊，你回去嘛!”马洛倒在他左边说。

吴先锋左右看看他俩，觉得身边不是两位朋友，而是两只虎视眈眈的狼，明显自己处于下风，他说：“孙子才回去!”

周行健和马洛也好不了多少，四只脚惨不忍睹。三人咬牙挺过第五天，奇迹发生，他们烂得发臭的双脚上的脓包开始结痂脱皮。第七天，脚利落了，走出一副铁脚板。三人兴奋无比，决定挑战贺兰山最高峰——敖包疙瘩。

一路走来，周行健、马洛和吴先锋基本靠沿途老乡接济度日，如果不是手中的学生证，老乡肯定会把他们当成乞丐打发。就是这样三个身无分文，没有任何野外用具和经验的家伙要徒步登顶贺兰山最高峰，简直不可思议。

一户住在半山腰的农民给了三人力量。这户人家有三个孩子，老大在家里种地，老二在山脚下的学校读书，老三流着鼻涕跟父亲放羊。一家人靠种地和放羊为生，没什么其他收入。这户农民收留他们两晚，让他们做了出发以来最长时间的休整。

农户家吃得简单，一天三顿饭，大米白饭加面条，就着土豆白菜吃，喝的是从山里挑来的山泉水。农户家的生活也简单，一年四季围着土地和十几只羊转，满脸的土气露出满口白牙，还有土气的笑容。三人在这户农家没有感到贫穷，感到的是简单的幸福，这给了他们登顶的勇气。

像这样的家庭一路上遇到很多，他们是这个时代典型的农牧民，过着吃饱肚子没钱花的生活，悠然自得。他们在恶劣的生存环境下为了最简单的活着而生活，即使生存成为他们生活的全部，他们也不放弃生命的欢乐与尊严。没有多高，没有多低，只为简单的幸福。他们会为了羊吃草登到贺兰山顶峰去放牧，也会为了羊喝水下到贺兰山谷底去找泉水。周行健、马洛和吴先锋打算体验一回最高和最低的感觉。

接下来的十天，他们用双脚登，双手攀，嘴巴咬，脑袋顶，终于登上贺兰山顶峰——敖包疙瘩。他们在山顶住了一宿，与月亮和星星握了握手亲了亲嘴，喝了好些风和露，太阳出来之前差点冻成岩石。

他们没有敢在山顶再逗留，连爬带滚下到贺兰山底，一路上吓走不少岩羊，好几次差点掉到悬崖下摔死。等爬到泉水边一看，三人衣不遮体胡子拉碴成了野人。

一路攀登下来，之前最犹豫的吴先锋也欢欣鼓舞。这趟徒步加深了他们的友谊，周行健、马洛和吴先锋觉得彼此之间不仅仅是朋友，而是生死相依的兄弟。他们一起风餐露宿，一起摸爬滚打，一起高歌欢唱，一起忍受孤独……如果说四年的同学之谊，共同的文学兴趣让他们走到一起，那么贺兰山的徒步之旅，加深了他们的友谊，让他们终身难忘，让他们在以后的人生岁月中遇到挑战和坎坷时都能想到彼此，为彼此分忧，为彼此摇旗呐喊、加油鼓劲。

这趟徒步之旅让周行健感到生活的艰难和简单。艰难是你必须整天围着生活转，一刻不得闲；简单是放羊也是一种生活，哪怕整天与世隔绝，与羊为伴。这都不重要，重要的是必须直面生活，无论贫穷、富有，孤独、喧嚣……只有与生活在一起，你才能感觉到生活的真谛。

这注定也是一次失望之旅。孩提时代的周行健喜欢眺望远方，以为远方有不一样的景致，有幼小心灵所能想象的任何事物。他经常从凤凰城远眺贺兰山，青黛云烟呈现出中国水墨画的平远与深远，呈现出中国山水画的高远与神游之境。眺望贺兰山成为周行健小时候所有梦想的终极寄托。闭上眼睛，周行健能分辨出晴天贺兰山的浓黑，阴天贺兰山的清淡，雨天贺兰山的烟霭，傍晚贺兰山的静穆……春夏秋冬，四季贺兰山的雄浑。在那个“为赋新词强说愁”的少年时代，贺兰山是周行健的白雪公主，是他的宫殿，是他的神秘园，是他的理想国。他无数次“独上高楼，望尽天涯路”，承受并享受远非他那个年龄能够欣赏和理解的美丽与哀愁。

真正走进贺兰山，看到的是一片又一片峥嵘嶙峋的岩石，宋朝以后的连年战争烧毁了贺兰山85%以上的森林，使它变成秃头山。如果不是山体由岩石生成，整座山早已变成荒漠。这残酷冰冷毫无诗意的现实，让周行健想起一句惨痛的诗：

远方
除了遥远
一无所有……

三人像逃兵一般凯旋，皮肤黝黑，破衣烂衫，头发长成辫，胡子爬满脸，俨然是野人。走到校园里，引来许多同学围观。

在庆功宴上，三人喝翻，东倒西歪，又说又叫。马洛断断续续朗诵他的诗歌，一首终了，吴先锋接着朗诵。

轮到周行健，他没有朗诵诗歌，用手捋了捋疯长20天的胡须，作了一个人生重大的决定，他向马洛和吴先锋宣布：离开家乡，远赴北京，实现梦想。

马洛和吴先锋问他实现什么梦想，周行健说："还能是什么梦想？文学梦呗！"

周行健告别马洛和吴先锋，踏上去往北京的列车。

在月台上，周行健与他俩一一拥抱，头也没回地上了车。他像一个探险者向祖国首都的城市丛林进发，去开拓，去闯荡，壮士举义般高昂头颅，仗剑去国，追求理想。

列车沿贺兰山边缘蜿蜒前行，一缕缕墨黛云烟缓缓散开，一幅幅神游山水渐行渐远，儿时憧憬长大后一览无余的贺兰山既熟悉又陌生，伸出巨大的臂膀抚摸周行健泪流满面的脸庞。

他赋一首《七律》，挥手告别山水。

山峦不语声声慢，
一曲悲风越千年。
斜阳劲草碧连天，
空余豪情在阳关。
而今不再望西天，
楼台伫立少一人。
仗剑远游寻长安，
千里江山愁贺兰。

在春暖花开的日子，周行健来到北京。他没去找工作，而是在北京大学承泽园租了一间小房住下来，做了半年的流浪诗人。

半年里，周行健混迹于大大小小的文艺酒吧，参加各种形式的诗歌沙龙，对摇滚乐产生浓厚的兴趣。他发现诗歌已后退，摇滚乐在撑台。到底能撑多久，谁也说不清。

一次，在酒吧里看完废城乐队的演出，周行健激动不已，觉得词写得特别好，唱出了自己的心声，主动邀请乐队喝酒。乐手们十分痛快，喝酒跟喝水一样，很快将几十瓶啤酒喝空，周行健还要要酒时服务生提醒他先付账。周行健掏空腰包发现钱不够，来到酒吧对面的银行ATM柜员机取钱，银行卡显示储蓄金额为零。这可怎么办？周行健窘得不知如何是好，憋了半天想起来酒吧前台的收银小姐与自己相熟，经常打情骂俏，不如向她借钱。

“小姐，你今天穿得特漂亮，烈焰红唇，性感十足，眼睛那么黑，心地肯定特善良……”周行健蹩脚地赞美，引来低头做事的收银小姐抬头看着他。

周行健心想有了，嘴上说：“小姐，你看废城乐队唱得多好，我请他们喝酒，是不是很应该？”

收银小姐点点头。

周行健笑着说：“可是他们也太能喝了，喝了几十瓶还不够。这不，钱都给我喝完了，你看是不是行行好，能不能借些钱给我。我保证给你写诗！”

听明白周行健要干什么，收银小姐冒出一句话，如一记耳光直愣愣打在周行健猴子屁股般发红而堆笑的脸上：“拜托，写诗！诗人这种怪物这年头还有啊，摇滚歌手都过时了！我可没钱，有钱也不借给你们这些疯子！”

“你，你说什么——”周行健伸长的脖子像是没有上发条的钟摆在原地停了180秒，猴子屁股般发红而堆笑的脸凝固成一尊愠怒的雕像矗立在半空不知如何是好，他被收银小姐的话噎住了。

周行健不理解为什么像这样一家经常举办诗歌沙龙和探索音乐会的酒吧前台的收银小姐，居然对诗人和摇滚歌手是如此恶毒的评价。看来她在这里工作仅仅是为了赚钱，酒吧也不过是为了赚钱，而不是像他想象的那样，这些服务员应该对诗歌和摇滚有强烈的迷恋之情，酒吧应该对诗歌和摇滚有强烈的关怀之情。

周行健不死心，想再给收银小姐好好说说，一个醉汉重重地撞到他身上，愠怒的周行健真想一拳打到醉汉的脸上，收银小姐刺耳的话让他没有勇气出手。

周行健走出酒吧，他想只有逃跑，那样废城乐队的乐手们肯定认为他是个骗子。顾不了那么多了，骗就骗吧，跑。周行健头也不回地撒腿逃跑，像个小偷似的一路狂奔，跑回自己的出租屋。

第二天，周行健决定结束不切实际的流浪诗人的生活，开始找工作。投了一堆简历，一家中规中矩的电视台看上周行健的文笔，聘他这个对电视一窍不通的人来做节目。待遇是临时工，没有编制，不签合同。周行健觉得临时工也不错，可以做一笔拿一笔钱，做多拿多，做少拿少，想做就做，想不做就不做，两个字：自由。

抱着吊儿郎当的想法，在不长的时间里，周行健在电视台里混过五个栏目，收入不稳定。马洛来北京前，周行健炒掉早已让他看不顺眼的这家电视台，应聘到一家节目制作公司兼职制作影视节目。所谓兼职就是公司需要他的时候，他得卖命干；他有事无法工作的时候，公司也不能干涉他。他和公司之间是按项目计酬，干一个项目或一期节目就按相应薪酬结算，这种松散的契约关系有点像后来的自由职业者。

正是因为自由，周行健才有时间陪马洛疗伤。

“你没发现这个房间是两居室吗?”周行健问。

“发现了，我还纳闷你一个人租住两居室。”马洛说。

“另外一个居室以前有人住，他是我来北京认识的朋友，名叫罗秉晖，学哲学的，喜欢思辨。来北京学习英语，打算出国读书，结果没考上托福（TOEFL)，回老家了。你住他那个房间，我们兄弟俩以后就同吃同住同呼吸。”周行健说。

周行健的如实相告让马洛心头一紧，他原打算来北京靠着周行健先休养一段时间再去找工作。看周行健这三天打鱼两天晒网的工作，自己是不能休养了，得去找工作。

“不如先去天安门看看。”周行健说。

“去那干什么?”马洛问。

“广场呀，你一直向往的地方。”周行健说。

“好啊，去。”马洛说。

天安门广场，一座建筑，一个象征，一个符号，一个记忆，一个魂牵梦萦若即若离无法释怀的地方，不仅对周行健和马洛这两个年轻人，对全国乃至全世界的人都有不一般的吸引力。广场仿佛是一个圣地，又仿佛是一个墓地。

“哦，好大，比电视上大多了，雄伟多了!”从地下通道出来，马洛感叹道。

周行健默不作声，任马洛大饱眼福。没走多远，周行健的脑子里开始旋转着听别人讲的关于广场的故事与传说，他在一边肯定和一边否定中对广场进行新的诠释。

不知从何时起，凡是有人居住的地方建起广场这种东西，说简单了是一片空地，说复杂了是一群雕塑。它或许是人类早期劳动累了做游戏的产物，也或许是人类祭祀的产物，因为无论是游戏还是祭祀都需要空地。后来，这片空地逐渐演变成广场，有习武的、跳舞的、歌唱的、娱乐的、丧葬的、祭祀的、纪念的……形式单一，用途广泛。作为世界上最大的广场，周行健每次来到天安门广场都思绪万千，他激烈跳动的脑神经从古代翻转到现代，从地下翻转到天上，想不动了就坐在广场上发呆，直到被执勤的警察赶走。

“哪里有风筝卖?”马洛问。

“冬天卖的不多，得找找。”周行健说。

两人沿广场找了一圈，又到人民英雄纪念碑前转了一圈，执勤警察警觉地盯着他们，以为他们要搞什么鬼名堂。风很大，将两人的身体吹得变了形，像两只变形虫在广场上打转。

“冷死了，走吧。”马洛说。

“不找了吗?”周行健问。

“不找了? 一点痕迹也没有。”马洛说。

马洛是典型的叶公好龙，没见到广场时天天念叨，诗中把广场的每一块地砖都亲吻一遍，见到真广场却全身哆嗦发抖嚷着叫着要离开。周行健这样想的时候显然没有想到马洛为什么想放风筝，他感到透不过气，他需要释放。

在呼呼的北风中，两人缩着脖子沿中山公园右侧一路向西走去。长安街对面北京音乐厅门前巨大的演出海报吸引了马洛，他走过马路去仔细地看，看完拉着周行健往里面走。

“干吗，这可是要票的!”周行健说。

“你说这里要人吗?”马洛说。

“不好说。”周行健说。

正门没开，马洛与周行健沿音乐厅一侧绕到后门。门框上挂着绿色帆布棉门帘，两人推开门进去。一楼没人，他们探头探脑地上二楼，被一个女声叫住。周行健马上解释，说找厕所走错了地方，说着拉马洛要离开，马洛站着不动。

“请问，你们音乐厅要人吗？”马洛推开周行健的手说。

“你们是来应聘的？”从办公室走出来的女士问。

“是，是啊。”马洛说。

“我们打算做一本普及类的音乐会推广杂志，需要编辑，你们懂音乐吗？”女士问。

“懂啊，我是俄罗斯音乐专家。”马洛说。

周行健瞪大眼睛，扯淡吧，你是俄罗斯音乐专家，我还是美国音乐专家呢。不过，马洛的应聘勇气可嘉，周行健站在旁边准备随时替马洛打圆场。

马洛还真是对俄罗斯音乐侃侃而谈，从《喀秋莎》谈到《红莓花儿开》，从俄罗斯民歌谈到二战经典歌曲，从柴可夫斯基谈到斯特拉文斯基，从宗教音乐谈到现代派音乐。越谈越兴奋，越谈越自信，很多内容周行健压根没听说过。看样子马洛在黑河市没白待，虽然没到过对面的俄罗斯，但学了很多俄罗斯的东西。

有感于马洛对俄罗斯音乐的博学，女士请他们到办公室坐下来谈。这鼓舞了马洛，更加滔滔不绝，夸夸其谈。在暖气开得不足的办公室里，周行健感到了冷，他左顾右盼，用眼睛的余光一次次看到马洛四处乱溅的口水，如果是夏天，周行健忍不住要呕吐。越说越带劲的马洛添油加醋，表情夸张，眉飞色舞。周行健将目光从马洛身上移到对面女士脸上，一位四十岁左右的女人，姿色一般，但很优雅，装出一副很耐心的样子听马洛演讲。再看看马洛，周行健想这家伙是不是看上对面这个女人了，怎么像高潮一样兴奋。

“你们对应聘人员的要求是什么？”周行健忍不住打断马洛说。

“哦，对了，你不问我差点忘了。我们希望是音乐专业院校毕业生，至少是研究生学历，拥有硕士学位。”女士微笑着说。

听到这句话，马洛脸一黑，站起来要走。显然女士说的应聘条件中的音乐专业院校和研究生学历刺激到马洛，因为马洛是文科毕业的本科生，既不是音乐专业院校毕业，也不是研究生。周行健知道这样不好，一把拉住马洛。

看到这架势，女士说："不过，像马先生对俄罗斯音乐这么有研究，我们可以考虑一下。你们把联系方式留下来，如果可以，我会让人打电话通知你们。"

马洛脸上露出笑容，掏出包里的纸笔写上自己的姓名和手机号。不经意的应聘结束，两人走出音乐厅，马洛一脸的兴奋。

"怎么样，牛吧，以后我天天请你欣赏音乐会。"马洛说。

"好——好啊。"周行健吞吐地说。

他觉得马洛好单纯，人家把话已说明，马洛不符合应聘条件。最后那句话分明是安慰，马洛难道听不出来？周行健不好扫马洛的兴，只好接话。

马洛认定北京音乐厅会聘用他，不再去找其他工作，每天在屋里等消息。一起待了几天，周行健接到公司电话，要他去上班，有节目要做。

马洛一个人在屋里等，这一等半个月过去，马洛没有一点着急的样子。又过了半个多月，周行健手头的节目做完了，不用再每天起早贪黑地熬夜加班，接近中午才去上班。北京音乐厅聘用马洛的消息依然没来，无疑没戏。

这段时间，马洛养成一个嗜好——疯狂迷恋电视肥皂剧。每天起床后边抽烟边打开电视机看剧，吃完早饭看剧，吃完中饭看剧，吃完晚饭看剧，一直看到凌晨两三点睡觉。一天除了吃饭、睡觉、上厕所，马洛全部的事情就是看肥皂剧。不仅自己看，还拉着周行健一起看，周行健忙没时间看，马洛就给他讲剧情。害得周行健想把有线电视停掉，或者把电视卖了。这样做显然不合适，会让马洛觉得嫌弃他。周行健又想怎么把电视里几个播放肥皂剧多的频道和电影频道关掉，他偷偷调过几次，马洛找不到播剧频道就找他调。这样几次后周行健索性不调了，任由马洛看。

又过了一段时间，马洛的迷恋方向由肥皂剧转向网络。成天在网上泡，不是聊天，就是打游戏。每天起床后边抽烟边打开电脑上网，吃完早饭上网，吃完中饭上网，吃完晚饭上网，一直上到凌晨四五点睡觉。一天除了吃饭、睡觉、上厕所，马洛全部的事情就是上网聊天，打游戏。与迷恋肥皂剧不同的是，马洛只自己迷恋网络，不再像看肥皂剧时那样叫上周行健分享他的乐趣。

那段时间，周行健也忙，白天上班，马洛一个人在屋里上网。周行健下班回来经常看到马洛在电脑前不是愁眉不展抽闷烟，就是开怀大笑，要不就嗯嗯唧唧，反正不怎么理会周行健。两个人同住一屋，话少了，接触少了，渐渐竟有了生疏感。

这种感觉不好，让周行健下班不愿意回屋。他找朋友吃饭或去酒吧，玩到很晚才回来。

进了屋，马洛必定泡在网上，随口问："回来了？"

周行健答应一句："嗯——"

后来连问候也没了，彼此各不搭理。

离谱的事情发生了。一晚，周行健回来发现马洛不在，打电话不接，发短信不回，怎么也联系不上，没有办法，周行健只好报警。报警不久，马洛回来了，一问说是去见网友。周行健很不高兴，说马洛你不能这样啊，你去见网友也得接电话呀，万一出点什么事，我怎么向你父母交代。

"嚯——你把我当八岁小孩，管多了吧。"马洛扔出一句，进屋了。

再一晚，更离谱的事情发生了。周行健喝完酒回来，一到门口，听到房间里传来男女呻吟的声音，动静很大，隔壁邻居都能听到。马洛与新找的女网友正在屋里做爱。不知道是马洛与女网友做爱刺激了周行健，还是马洛与女网友做爱发出肆无忌惮的高音量刺激了周行健。

进屋的周行健来到马洛房前，一脚踹开房门说："搞什么搞，有点公德心好吗！"

突如其来的一幕把正在高潮的马洛给吓软，他翻起来光着身子说："有眼色没有，我正干事呢！要不你来？"

周行健说："我不稀罕！你看你变成什么样子！李自成进京人家手握重兵几十万，才有胆量迷恋陈圆圆。看看你，有什么，什么也没有！"

"哦——明白了，你嫌弃我。我这就走！"马洛说。

"随便！"周行健转身回自己房间。

气太大，酒劲上来，周行健一头栽在床上睡着了。

第二天中午，睡梦中的周行健被马洛叫醒，带他来到客厅。他揉着眼睛，看到马洛做了一桌子菜，有他喜欢吃的红烧肉、西红柿炒鸡蛋、地三鲜……饿了的周行健没顾上洗漱，坐下来就吃。

马洛笑容可掬，边吃边开玩笑，仿佛什么也没有发生过。马洛的女网友走了，显然是一夜情。昨夜的事，周行健依稀记得，他没有再提，也不好再提。他觉得或许不该踢门，不该说那些话，那样虽提醒了马洛，却让他难为情。看马洛没当回事，周行健心安了。

北京的春天暖得晚，一天一天的西北风伴着大大小小的沙尘暴，一阵一阵吹来，好像要把春的气息吹到大地的骨子里，吹到泥土的嘴巴里，吹到空气的血液里，才善罢甘休。

暮春季节，马洛在城东一所名叫美华的国际培训学校找到一份中文教师的工作，学校提供食宿。马洛搬出了周行健的出租屋。

马洛走后，周行健手中的节目做完了，无所事事。正是柳絮纷飞的季节，满北京城的柳絮飞飞扬扬，飘飘洒洒，伴着尘埃与灰霾，宛如飘零的花瓣细分成无数个棉点拍打在人身上，将人们拍打得灰头土脸。周行健喜欢被拍打，无论是晴天刺鼻的沙尘味，还是雨天沁人的泥土味，他都不在乎。他去玉渊潭公园躺在桃树下任桃花零落在身上，仿佛黛玉的锄头敲打在身上。

感怀伤物的时节，周行健最脆弱，整日闷闷不乐。

就在此时，周行健收到罗秉晖的信，内容只有七个字：残花犹在为君开。

# 第三章

秋日的蒙古高原一片金黄，列车细长的身影被斜阳长长的丝线捆绑，像套马杆套住马匹一样牢牢控制在牧人手中。坐在列车内的周行健逃不出过往的一切，他的思绪被牧人的套马杆死死地套在回忆之中，纵使双眼看到辽阔的草原，内心的淤积也无法咆哮出来，如涓涓细流在他并不丰满的内心静静流淌，让他饱尝回忆带给他的喜乐与刀伤。

这不光是一趟回乡之旅，还是一趟追忆之旅，它不像马塞尔·普鲁斯特（Marcel Proust）的《追忆似水年华》那么蕴藉，而是像刻刀一般一刀一刀剜着周行健不够强大的内心，刻刀的节奏来自列车紧扣铁轨发出的铿铿锵锵伴有雷鸣的撞击声。这一刀刻在两年前初夏驶往南方的列车上，铁轨两边高压电线杆的影子一闪一闪地划过周行健的脸庞，他的脑海浮现与罗秉晖在北京的日子。

"嘀——嘀——"

上班路上的周行健掏出手机看到一个陌生电话，他看了一会准备挂断，想到在网上发布的房屋出租广告，就接起来。

"你好，请问有房要出租吗？"

"有。"

"什么房型呢？"

"两居室，我住一间，另一间出租。"

"合租呀，我以为是单间。"

"一人一间房，怎么叫合租？两人或多人一间房才叫合租。"

"哦——"

“你租不租?”

“我考虑一下。”

神经病，广告上分明写的是两室一厅还说要租单间。周行健边挂电话边骂。

中午，那个陌生电话又打来，说想先过来看看。周行健不知哪根筋不对，脱口而出：“你是女的还是男的?”

“我是男是女你听不出来吗，咋了，意思是男的你不租是吧?”

周行健真心不想租给男生，又脏又臭又不讲卫生。他的如意算盘是租给一个女生，最好还是一个美女，两人住一套房多好。万一住着住着从房租客变成同居女友，那多美。自从租房广告发出去，周行健天天想这天上掉下来个林妹妹的美事。结果女生打电话来咨询的不少，听说是男女合租就没下文了。有几个胆大的女生倒是过来看房，周行健高兴地早早回房间等着。一见面发现我的天哪，那个丑啊，立马没了心情。应付着介绍完房间，盼着快走。有两个不是特丑身材还好的走了，周行健挺后悔，觉得仅凭身材应该将就一下，住进来再说。就算将来发生什么，不看脸只看屁股也行。

周行健经常在粗放和细节之间左右为难，对女生也是这样。走在大街上看到漂亮女生，眼睛往往走不动，死死盯着人家剥光了看。等真正遇到有机会交往的女生，又会特别挑剔，放眼过去，从脚看到头，从头看到脚，有一个地方不如意心里都不畅快。

可能也是烦了，周行健对电话那头说：“租，租，我下午下班你过来看房吧。”

周行健提前下班回到出租房，像狗一样爬上爬下把房间里里外外打扫一番。刚坐下没一会，门铃响了。周行健起身去开门，进来一个中等身材，穿着格子衬衣，前额头发不多，白面书生模样的男生。

“来，吸支烟，有缘相识不容易。”

一进屋，白面男生递过一支烟，抽烟不多的周行健勉强接过烟。白面男生给他点上，自我介绍名叫罗秉晖，来京城学习英语，准备参加托福考试，出国，需要租房住一段时间。

周行健领着罗秉晖看房，从客厅看到卧室，又从卫生间看到厨房，再来到阳台。

“房间不错，我租了。”罗秉晖说。

“至少季付。”周行健说。

“不用，我大概待五个月，一次性全付给你，省得麻烦。”罗秉晖说。

有钱人的口气！周行健心里暗喜，他将总房价抬高三成，将这三成房价分摊到罗秉晖应付的那一半房租上，这样自己就可以少付三成房租。罗秉晖竟然答应了。

“房间环境不错，阳台前的这棵大树我喜欢，添了不少诗意，没事的时候可以在树前思考思考。明天我就搬过来。”说完，罗秉晖撂下一个月的房租作为订金走了。

真大方！看着桌上的订金，周行健喜不自禁。他喜欢这样的房租客，不斤斤计较，不叽叽歪歪，真没看出白面男生做起事来一点也不面。

罗秉晖是南方人，毕业于南方一所名牌大学哲学系。毕业后在县城中学当了两年政治课老师，索然无味，决定步兄长后尘，出国留学。罗秉晖的胞兄赴美国留学后留了下来，罗秉晖对哥哥的选择不以为然，对他来说美国是没有文化的蛮荒之地，欧洲才是洋溢着文化气息的文明之地。等罗秉晖出国时又不得不选择美国，一来亲哥哥在那里，有人照应；二来罗秉晖想去德国，而他对德语一字不识，英语还好。他只好先去美国，边学专业课边学德语，有一定基础后再找机会去德国。

在众人挤破脑袋想去美国的年代，狡猾的美国人也不是来者不拒。最害怕的是恐怖分子。罗秉晖要去美国的时候，“9·11恐怖袭击”刚过去不久。浑身上下每个毛孔被恐怖袭击吓得发抖的美国人对外来人口十分敏感，收紧发放签证，加大托福（TOEFL）考试难度，提高托福考试分数合格线。罗秉晖以前在家里复习，来北京考过两次，每次都差几分，他觉得很晦气。今年在哥哥的建议下，他来北京报了新东方学校，打算集中学习几个月，全面巩固后，再考试。

罗秉晖不是一个美女，是一个身材略胖的白面男人，他的入住竟然改变了周行健单调寂寞的生活。准备出国的罗秉晖对哲学的兴趣大过英语，时不时就给周行健讲弗里德里希·威廉·尼采（Friedrich Wilhelm Nietzsche）。

查拉图斯特拉三十岁时，离开了他的故乡和那片湖，遁入山林隐居起来。他在那里享受自己的精神和孤独，历经十年之久而乐此不疲。但终于，他的心灵发生了转变，——有一天早晨，他随着曙光一道起床，朝着太阳走去，他对太阳说道：

“……

十年里，你在这里升起，照临我的洞穴：要是没有我的鹰和我的蛇，你就会厌倦于你的光明，厌倦于这样一条老路了。

……

我必须与你一样下山，就像我想要去的人间所讲的那样。

……”

——于是，查拉图斯特拉开始下山了。

——孙周兴 译

每天清晨7点，来京学习英语的罗秉晖起床后的第一件事不是晨读英语，而是站在阳台上对着那棵老了的白杨树诵读他最崇拜的人——尼采，其著作《查拉图斯特拉如是说》中的名句。对于晚睡晚起的周行健来说，自从罗秉晖住进来，他经常在清晨的睡梦中隐约听到这遥远的天籁，以为是保护自己的文曲星在做晨祷。他安心地睡，等待文曲星下凡给他灵智。谁知等了很久也不见文曲星。

一天清晨，前晚睡觉时喝水太多尿憋得忍不住，周行健无奈起来撒尿，清楚地听到那个从遥远的地方传来的声音内容。循着声音他来到客厅，看到罗秉晖在阳台上忘我地诵读，黎明的阳光照在他身上将他装扮成一副圣徒的模样，这绝妙的剪影让周行健着迷，他撒腿跑到房间拿来相机，“啪——啪——”拍个不停。

沉浸在个人世界的罗秉晖猛回头，看到周行健在客厅里张牙舞爪。

“还是德语诵读好听，汉语听了几十遍不知道是啥意思。”周行健笑着说。

“我是要诵读原文，所以要去德国。”罗秉晖说。

科班出身的罗秉晖十分喜欢德国哲学，大学时读遍所有翻译成中文的德国哲学书籍。对尼采的“超人哲学”崇拜得五体投地，他认为没有人敢在等级森严的十八世纪的德国向世界宣告“上帝死了”，唯有尼采。这个外表孱弱内心强大的男人，永远是那么高傲。

“上帝死了”，意味着人的复活，这是西方世界建立现代文明最强大的基础。如果不是复活人，不是将人性和人的本质欲望复活，就不可能有人的自由和独立，也不可能有人权和民主，更不可能承认人是天地间最神圣和伟大的生物。圣父圣子圣灵即上帝的死亡昭示人类神权时代的结束，人权时代的降临。人从上帝手中解放，由上帝的仆人变成世界的主人。

大学毕业那年，成绩优秀的罗秉晖经学校推荐，作为公派生到德国留学。这难得的机会对罗秉晖来说无疑是人生的一件大事，他可以拜倒在尼采、黑格尔、海德格尔等一批德国哲学家脚下，亲身研读体悟纯正的德国哲学。然而，不知是幸运还是不幸，他从异地的大学回县城家中取出国留学的证件途中，另一件人生大事改变了他的命运——一位女孩与他邂逅。

取到证件的罗秉晖，告别父母，到县新华书店买本小说，打算回校途中坐在车上看。在新华书店门口，一位长发女孩向罗秉晖迎面走来，引起他的注意。走到他身边时，不知从哪个方向吹来的风将女孩的头发吹起，拂过他的左脸颊和眼睛。

刹那间，罗秉晖的世界戛然而止。那掠过的头发仿佛35毫米胶片摄影机隔着秋水拍摄对岸的伊人，那满面的丁香轻抚，那馥郁的清香弥漫，罗秉晖无法逃离，在原地凝固，直到白垩纪毁灭，冰川时代结束，才苏醒。丁香还有余味，女孩不见了。

罗秉晖找遍县城的三条主街，没有找到女孩。失望中的他中断回校，留在家里天天上街找女孩。他清楚地记得秋水的颜色和丁香的味道，对女孩的印象却比较模糊，找了一周也没找到。罗秉晖的父母对他不按时回校准备出国百思不得其解，苦劝、埋怨、责骂、流泪都使上了，不起作用。问不出答案，只能等待。一周后，罗秉晖如梦初醒，想起还有出国这回事，拿起证件去车站坐车回学校。

奇迹再次出现，在一个十字路口等红灯时，坐在公交车上的罗秉晖看到那个满身丁香味的女孩，正骑着自行车从左边路上右拐过来。惊喜的罗秉晖大喊着要下车，司机师傅说没到站不能开门下车。罗秉晖顾不了那么多，拉开车窗跳下去，差点被右拐过来的汽车撞飞。他爬起来看着那个远去的丁香身影，撒腿拼命去追。眼前渺无一物，只有丁香身影，还有耳际呼呼的风声。

追过两个红灯，在第三个红灯路口，罗秉晖追上丁香女孩。

“你——你——你好！”罗秉晖喘着粗气，说，“终——终——终于，找到你了！”

女孩诧异地看着罗秉晖，笑着说：“干吗？”

罗秉晖被女孩的问话打乱，不知说什么好，痴痴地说：“你是丁香仙子吗？全身都是丁香花的味道。”

“哦——哈哈哈。”绿灯亮起，女孩笑笑，蹬起自行车骑走了，留下飘逸的长发和一地的丁香花瓣。

罗秉晖没有再追，站在原地看着远去的女孩背影，仿佛一株拉长的丁香树在风中摇曳。他憨憨地看了三个红灯，引来过路人一片喇叭声和叫骂声，他无动于衷。在这三个红灯里，罗秉晖作出一个不可思议的决定：放弃留学。

罗秉晖回到县城中学做了一名政治课老师，认为这样才有机会追求丁香女孩。遗憾的是，回家执教的罗秉晖无论怎么追求丁香女孩，都不能博得她的欢心，害得罗秉晖垂头丧气，心灰意冷。爱情失意让他对教学的兴趣大减，加上枯燥的中学政治课让罗秉晖感觉自己从被尼采解放了的“人”，倒回去成了上帝的奴隶。每天教授不知所云的课程，与哲学不沾边，与现实生活不沾边，内容是西方近代以来各种哲学思想中初级意识形态的大杂烩，并强行大剂量掺入唯物论这把盐，搞得政治课盐味极重，咸得罗秉晖这样的老师不知如何施教，咸得学生不知如何学习，只好死记硬背应付考试了事。

罗秉晖硬着头皮和内心的折磨熬了两年，到了临界点，决定回到两年前的原点，离开县城，出国留学。就当是没有遇见丁香女孩。只是两年后出国留学与两年前完全不同，过去是学校公派，现在是自费去读。

来北京的罗秉晖志在必得，认为经过半年补习，肯定能通过托福考试，赴美国读书。然而，随着时间的流逝，罗秉晖没有成为上帝的奴隶，而是对家乡丁香女孩的思恋成为她的奴隶。这种单相思害得他每天清晨起来以诵读尼采的著作排解相思的烦恼，当这种排解成为一种程式化的仪式到底能起多大作用，周行健为他堪忧。

北京是一座充满魔力的城市，一个内心不够强大的人来到这里极易陷入空虚和无着感，像一叶浮萍掠过长安街上的每一座天桥，掠过东城西城南城北城每一幢黑森森的钢筋混凝土建筑，让自己不知身在何处。有明确学习目标的罗秉晖，不知是对家乡女孩的思念打垮了他，还是北京的漂泊和虚无打垮了他。罗秉晖逐渐失去学习英语的兴趣，疯狂着迷网恋，像世纪初互联网在中国兴起时众多陷入网恋的人一样，他频繁地去见网友。

罗秉晖见的最极致的一个网友来自南方一个民营经济大省的经商世家的女儿。那天，上了一天课回到出租屋的罗秉晖没有接着复习，而是像往常一样在网上猎艳。深夜11点多，他通过聊天软件认识了这位经商世家的女儿。

聊了几天，女孩被罗秉晖的哲学才华吸引，主动提出来北京见面。这让老练的罗秉晖喜出望外，答应来北京的一切费用由他出。谁知女孩笑着说："不用，我包你。"

在半信半疑中，罗秉晖天天盼着经商世家女孩早点过来。两天后，正在上课的罗秉晖接到经商世家女孩的电话，告诉他已经到北京，在故宫北门等他。罗秉晖溜出课堂，打上出租车赶往故宫。

到了故宫北门，罗秉晖和经商世家女孩边通电话边寻找彼此。循着电话指引的方向，罗秉晖来到一辆宝马轿车前，女孩从车里出来向他打招呼。

罗秉晖觉得遇到了骗子，转身要走，被女孩叫住："去哪，我有那么可怕吗?"

"哦，不可怕，不可怕，就是有点吓人。"罗秉晖说着，灰溜溜地不知怎么办好。

女孩拉住罗秉晖的手说，车是来北京从租车公司租的，有车方便，省得打车麻烦。罗秉晖这才放心，安心陪女孩逛故宫。逛完故宫，逛天坛，逛完天坛，天黑了。

罗秉晖寻思着带经商世家女孩回出租屋过夜，却被告知不去，已在五星级酒店订好房间。罗秉晖半信半疑坐着宝马车来到五星级酒店，抬头一看竟是香格里拉，他心想真是遇到富家小姐了，跟女孩到前台办入住手续。罗秉晖心里难掩莫名其妙的喜悦，如同坐在女孩开的宝马车里有一种莫名其妙的快感一样，他觉得能在香格里拉酒店与经商世家女孩过一夜，也是人生乐事。尽管他的心里充满忐忑，尽管他难得地忘记家乡的丁香女孩片刻。

经商世家女孩和罗秉晖无忧无虑地玩了三天，两人的心境正好成反比，女孩越玩越潇洒，罗秉晖越玩越局促。对女孩了解越多，罗秉晖内心越矛盾越斗争，他是抱着玩的心态见面的，没想到经商世家女孩如此有钱，带着他去了东方新天地，去国贸，自己疯狂购物外，还送给他一部当时流行的时尚便携式SONYCD录制播放两用机。女孩的眼界十分开阔，曾在国外生活多年，对罗秉晖出国读书的事并不好奇。罗秉晖担心抱着玩一玩心态的他坠入情网，爱上经商世家女孩，他这样担心的时候已经爱上对方。

因为爱，短短不到三天的爱，折磨着哲学才子罗秉晖。他不知道如何在丁香女孩和经商世家女孩之间做选择，他变成忧伤的羔羊，闷闷不乐，惆怅哀叹。

第三天傍晚，沉浸在甜蜜和左右为难中不可自拔的罗秉晖得到一个噩耗。经商世家女孩告诉罗秉晖，他一点都不好玩，整天哭丧着脸，忧郁无常，没有情趣，离她想要的男人差太远。既然不合适，就趁早分手。说完，经商世家女孩开着宝马车走了。

夕阳下的罗秉晖想这一次真正是做了一场梦，为了搞清楚是梦是幻是真是假，他使劲掐自己，发现还是疼的。

回到出租屋，周行健看罗秉晖哭丧着脸，一问才知道是被有钱的女网友甩了。周行健不知是该同情他，还是该臭骂他。牛逼有钱的罗秉晖被比他更牛逼更有钱的女人耍了，周行健觉得又滑稽又可笑。

这件事不仅没有让罗秉晖在见网友这件事上收敛，反而变本加厉。他怂恿周行健不要上班，与他一起及时行乐，享受人生。周行健对此不屑一顾，忙着做节目。

做完几档系列节目，周行健一连两个月没节目可做，赋闲在出租屋。没工作就没钱交房租，罗秉晖大方地交了全部房租。周行健感动不已，自我保护意识明显松懈。

一天晚上，罗秉晖带回来两个女网友，一个胖子，一个瘦子。罗秉晖知道周行健喜欢胖的，一把把胖子推给周行健，领着瘦子进屋了。

看着胖女网友，周行健忸怩作态不知如何是好，与她东一句西一句闲聊。没聊几句，罗秉晖房间传来与瘦子做爱发出的呻吟声。声音由弱变强，由纷乱变得有节奏，那节奏击打得周行健脆弱的小心脏纷乱颤抖，下面也不争气地有了反应。周行健脸红心跳思绪激烈斗争，不知是去踹罗秉晖的门把他们赶出去好，还是扑上去压在胖女子身上好。胖女子看出周行健的假正经，一把抱住周行健的胳膊，周行健本能地往回抽胳膊，却被抱得死死的。胖女子得寸进尺，丰满的胸脯贴在周行健脸上，像一堵麦芽糖砌的软墙挡在面前。周行健忍不住去吃软墙上的糖，下面那东西不再听他摆布，全身的血液都聚集到那去。周行健顾不得那么多了，扑倒胖女子，摁翻在沙发上，再也听不到罗秉晖那厮和瘦女子的呻吟声……

正所谓一失足成千古恨。周行健无论如何想不到，他的这次失足会给以后的人生带来难以挽回的损失。

接下来的时间，周行健成为罗秉晖的玩偶，没心思做节目，白天宅在出租屋，晚上和罗秉晖鬼混。

课业结束时，罗秉晖将教材撕得粉碎，天女散花般抛向天空，引来身边同学们诧异的目光。周行健提醒他还没有考试，罗秉晖一副志在必得的神情："没问题，肯定考过。"

考试那天，北京罕见地刮了一场沙尘暴。刹那间，天空漆黑一片。从南方来的罗秉晖没见过这么大的沙尘暴，以为世界末日到来，紧张得不得了。尽管考场内有白炽灯照明，室外的漆黑不影响答题，但罗秉晖还是考砸了。他的成绩比去年在家复习时下滑一大截，达不到托福考试的合格线，去美国留学的梦想落空。

罗秉晖并没有周行健想象的那么沮丧，他把没有考过的责任推给沙尘暴，逢人便说什么破天，害得我京城梦断出国路。他在京城又潇洒了一段时间，决定彻底放弃出国留学。告别周行健，回南方去了。

为什么强烈崇拜尼采喜欢德国哲学的罗秉晖会堕落至此，难道仅仅是受到一个心爱却追求不到的女孩的打击？还是由南方小城来到大都市北京后的不适应？抑或是网络贻害了他？甚或是遇到迷惘的周行健影响了他？

周行健百思不得其解，他想，见到罗秉晖一定要问问清楚。

经过一夜半天的行驶，周行健眼前出现一大片水田，速度减缓的列车围绕水田行驶十多分钟，停在一个地级市的中等车站，目的地到了。周行健出站来到站前广场，放眼望去，几处湖泊镶嵌在城市中央，粼粼波光掩映着秀美山水，这就是江南。

出站坐上出租车，周行健从司机口中得知他乘坐的列车能够直达罗秉晖家所在的县城，不用在这里下车，再坐大巴车去县城。周行健是被车站前的山水吸引，一激动下车了。

五月的南方很热，大巴车的窗户全开不觉得凉。前往县城的公路沿着一条河流蜿蜒前行，两边是高大的杉树，偶尔有紫丁香掩映其中，花儿开得正旺，一路上飘着丁香花淡淡的香味。周行健睁大眼睛张大鼻孔看美景呼吸干净的空气，觉得幸好没继续坐火车，要不就错过这条路上的美景。他觉得这条路十分适合拍摄广告，尤其是汽车广告，他想着如何取景，如何设置机位。

汽车爬过一座山，阵阵阴风袭来，刚才暖暖的空气立刻浸着潮湿阴凉下来，紧接着大雨瓢泼。周行健本想享受一番诗意，不关窗户，任大雨打到脸面打湿头发。瓢泼大雨让他很快打消了这个想法。大雨中的能见度迅速降低到十米以内，天地灰暗一片，仿佛西北的沙尘暴降临。周行健平生第一次见下这么大的雨，心里由兴奋变得紧张，汽车在大雨中如同台风袭来时海上没有及时回港的渔船，辨不出方向任风吹雨打。周行健担心大巴车撞到什么地方粉身碎骨，他紧紧抓住座椅，眼睛死死盯着前挡风玻璃急速刮来刮去的雨刮器，好害怕司机一走神，一车人被大雨吞噬。

在大雨中缓缓行驶一个多小时，穿过一个隧道，天晴了。地势平缓，县城出现。汽车在县城里驶过两条街，来到汽车站。罗秉晖早已在车站等候，身边有两个朋友。

“热烈欢迎从祖国首都前来的朋友！”罗秉晖说着与周行健拥抱在一起。

“到底是家乡的饭菜好，我们的大哲学家胖了。”周行健笑着说。

罗秉晖把身边的朋友介绍给周行健，三人寒暄几句。罗秉晖和朋友分别骑着摩托车，带着周行健来到县城一家不错的餐厅吃饭。

罗秉晖点了一桌家乡菜，周行健吃得十分可口，尤其是竹笋肉片让他觉得特别美味。北方不用竹笋做菜，只从书本上看过竹笋可以食用，他一个人吃掉一盘竹笋肉片。

吃完饭，周行健要去找旅店。罗秉晖说：“找什么旅店，哥们大老远请你过来，就是让你住我那儿。”

罗秉晖回来后，继续在县城中学做老师，他住在学校集资修建的房子里。房子是两居室，刚装修不久，味道很大。

罗秉晖带着周行健参观房子，来到对开门的卧室前说：“你住这间，我住那间，我们哥俩又可以住几天了。”

罗秉晖所在的中学是县里最好的建筑，学校由老校区和新校区组成。老校区是庭院式的，一棵百年榕树立在院子中央，让前来参观的人一下子走入历史深处，透过墙壁上的文字可以依稀辨识出这所老庭院是清末的一家私塾。历经百年沧桑，老庭院被风雨和人祸侵蚀得锈迹斑斑，三分之二以上的砖瓦都是两年前修建新校区时加固重修的。这所面积不大具有历史厚重感的学校，百年来为县城培养了大大小小不少名人。

罗秉晖骄傲地扳着指头细数，数到最后，笑着说：“还有我。”

得益于县城宽裕的土地政策，与老校区一街之隔的新校区面积比老校区大三倍，有现代化的教学楼和标准的足球场。学校绿化以榕树和丁香树为主，正是暮春季节，校园内香气四溢。周行健对学校印象很好，为罗秉晖能在这样的中学教书而高兴。

罗秉晖恨不得一下子把家乡全部展示给周行健看。参观完学校，他带着周行健逛县城，让周行健领略南方春天花儿最后的盛景。县城到处是花花草草，绿树成荫，榕树把街道覆盖成悠长的隧道，点点太阳光透过，在路面洒落一地的满天星。随处可见的丁香花把小城装扮成花海，人走在中间，满身是花。

“这哪是残花犹在为君开，分明是花儿正在为君开。”看惯了北方绿化不多光秃秃的城市，看到南方小城的满眼绿色和花儿，周行健笑着说。

“你运气好，给你写信时丁香花谢了不少。昨天的一场雨滋润，没开的花儿全部开了。”骑摩托车的罗秉晖大声说。

沐浴完春光已是傍晚时分，罗秉晖和周行健一起坐在学校老榕树下看夕阳。当晚两人聊了许多，罗秉晖说他现在安于在家乡做一名政治课老师，他正在申请教除政治课以外的其他课程。

“实际上，我受了家乡一位名人的影响。”罗秉晖说。

“哪位名人？”周行健问。

“王阳明。”罗秉晖说。

“是心学集大成者的王守仁吗？”周行健问。

“是，中国伟大的哲学家和思想家。”罗秉晖说。

“是个牛人。”周行健说。

罗秉晖以前只为考试而读书，一头扎进去，书海无涯十余年，大学是毕业了，学了一肚子中不中洋不洋的所谓哲学。实际上放弃了中国传统哲学，学了半拉子西方哲学。

“我以前喜欢尼采，觉得尼采很牛，一心想去德国留学，见识真实的尼采。后来发现，尼采一生过得窘迫，始终在自我设定的窠臼里不能自拔，以致抱着一匹挨打受虐的马发疯，最终在凄苦病痛中死去。这让我很受震动，一个伟大的哲学家为什么不能善终？他一生著述等身，在当时没有引起人们的重视。我们可以说那是因为时人有眼无珠看不懂他，认识不了他。他是先知先觉，过早预言人类将来的生活，因此后人才重视他，赏识他。这种解释掩盖不了他发疯致死的事实。难道真正的大哲学家都要有这样的下场吗？还是后人对天才和伟人进行描述时为了博得人类的同情有意将平淡无奇的人生，讲成离奇动人的好莱坞故事。这令我十分苦闷。恰好是在北京学习英语的那段时间，它困扰着我不能安心投入学习。你别看我每天清晨诵读尼采哲学，那是因为我内心不够强大，我对自己喜欢尼采产生了怀疑，又怕这种怀疑干扰我对尼采的喜欢，更怕我那么多年好不容易建立起来的对西方哲学好感的大厦轰然坍塌，使多年的心血付之东流。我只有靠仪式性的诵读强大自己开始慢慢崩塌的内心。”罗秉晖说。

他叹了一口气，接着说：“就在我对尼采哲学一团乱麻的时候，收到邮局给我的全部退信。”

“什么退信？”周行健问。

“你知道手机这玩意儿我不喜欢用，它是破坏现代人细腻情感的洪水猛兽，我的手机有急事时才用。我在北京，几乎每周都给她写信，却从不打电话。”罗秉晖平静地说。

“她？——谁，丁香女孩吗？”周行健说。

“是的，亏你还记得。我当年中断去国外留学是因为遇见她，当老师忍受枯燥的教学，也是因为舍不得她。来北京学习英语准备考托福，实际上我是两手准备：一是看能不能考上，二是看离开后有了距离再接触或许能博得她的芳心。然而，三十封退信，我去北京后每周写给她的两封信，她看也没看，如数全部退寄给我，摧毁了我的希望。收到退信那天我崩溃了，哭了一晚上，感觉天崩了，地裂了，心死了，活着一点意思没有了。要不是觉得尼采宁可发疯也不自杀，我早就自杀了。”罗秉晖边说边叹气。

“唔——我怎么不知道这些?”周行健问。

“那几天你天天加班，看不到人。我没勇气自杀，又一片迷惘，感觉世界消失了，混沌了，不知路在何方。我想自杀不成，就堕落吧，开始迷恋网络。谁知道越是网恋越是与陌生女人在一起，越孤独越害怕。我就拉上你，想有人陪会好一点。”罗秉晖说。

“哦——你就是这样把我拉下水的。”周行健说。

“其实我特别感谢你，能交到你这样一个朋友真是三生有幸。这次请你来也是感谢你那段时间对我的陪伴和照顾。”罗秉晖说。

“说哪里话，我也很庆幸有你这个朋友。况且你包养我那么久。”周行健说。

罗秉晖和周行健又回到他们在北京的状态，在一起谈爱情，谈理想，谈人生。同吃同住，骑摩托车穿梭在县城的大街小巷。

那年月，汽车还不普及，小城里的人出行主要靠摩托车。满街的摩托车别是一番风味，像侯孝贤的电影《南国再见，南国》中的场景。

一天下午，罗秉晖带周行健来到一座山上，眼前是一片湖泊，和风徐徐，水波粼粼，携带着水汽的暖风吹得人周身毛孔舒展，心旷神怡。

罗秉晖来到一处杂草稀疏的地面，坐下来盘腿打坐。周行健不知何意，也学罗秉晖打坐，他想起《论语·先进篇》中曾皙的话：

> 莫（暮）春者，春服既成，冠者五六人，童子六七人，浴乎沂，风乎舞雩，咏而归。

没坐多久，周行健双腿发麻，髋骨生疼，屁股快要掉下来。双目微闭，平视湖面的罗秉晖似乎看到周行健的痛苦，适时说话。

“你知道王阳明为什么会影响我吗?”罗秉晖说。

“不知道。”周行健说。

“我回来后，有朋友带我去离这不远的阳明书院和濂溪书院，前者是王阳明先生创办，后者是先生重修。参观后对我震动很大，阳明先生一生致良知，知行合一，‘立德、立功、立言’三者皆居绝顶。带兵打仗，平定匪乱，屡立奇功；著书立说，文采斐然；巩固心学集大成于一家；教书育人，建立圣德，使其与孔子、孟子、朱熹并称为孔、孟、朱、王。三德并立，在中国历史上儒生中可谓第一人，在士大夫阶层中能取得如此佳绩者也是凤毛麟角。可以说对他的了解和认识彻底改变了我，尤其是他主张读书的目的不是要获取多少知识，而是要使自身的良知得到完善，这与现代西方哲学所说的完善人格殊途同归。他主张知行合一，即‘知’和‘行’要同步进行，臻于至善，才能达到‘致良知’的境界。”罗秉晖说。

罗秉晖平心静气，看得出不是一天两天打坐。周行健腿麻得感觉不是自己的了，他坚持不了，站起来。

罗秉晖说王阳明的心学对后世影响甚巨，除了中国，还有日本、朝鲜、东南亚等地。尤其是日本，明治维新时期的一代维新派都受到王阳明思想极大的影响，以日本“军神”之称的东乡平八郎为代表的一批人“一生低首拜阳明”。

“我也要一生低首拜阳明”，罗秉晖站起来说，“阳明先生让我内心平静，不像尼采让我内心狂躁。现在，不敢说我已完全找到自我，最起码我不再迷惘。我打算好好做老师，做一辈子老师，也希望在做老师的同时读圣贤书，像阳明先生那样‘致良知’。”

“你知道做老师的一大乐趣是什么吗?”罗秉晖问道。

“泡女学生呗。”周行健笑着说。

“没跟你开玩笑！做老师的乐趣是一年有两个假期，我要利用这两个假期过真正属于我的生活。你不觉得这个地方像世外桃源吗？我从小就喜欢这里。我打算在湖边盖一间房，寒暑假安心在这里读书写文章，心无旁骛，一心为学。几年下来，一定会出成绩的。”罗秉晖说。

罗秉晖变了，已不是在北京时那个迷惘堕落的罗秉晖，而是内心平静有修为有理想的罗秉晖，他让依然迷惘的周行健由衷地感佩。找一个喜欢的地方心无旁骛地读书写作，何尝不是周行健的梦想。只是他欲念太重，前些年一心想做中国诗坛第一人，到了北京被光怪陆离的各种文艺思潮吸引和左右，又迫于生计，隐居深山，读书写作就成了一句空话。

更重要的是周行健不如罗秉晖幸运，他有导师，他的导师是王阳明，他从王阳明那里找到人生的方向。而周行健没有一个能够对他有重大影响使他可以辨别人生方向的导师。没有导师，就没有崇拜对象，也就没有清晰的价值观，更没有精神可依赖的信仰，这是周行健迷惘的根源。

“祝福你，找到这样一个清净的地方静心读书，领悟人生！”周行健说着伸出手与罗秉晖紧紧握在一起。

然而，罗秉晖的变化一遇到爱情就打回原形。

告诉周行健找回人生的第二个晚上，罗秉晖带周行健和几个朋友到县城最好的酒吧喝酒。喝了几圈，罗秉晖不尽兴，提议到KTV唱歌。

来到KTV歌城包间，还没落座，周行健胃里一阵苦酸，食道不受控制，撒腿往洗手间里跑去。等他吐完，肠子抽搐，眼泛泪花，摇摇摆摆回来，看到包间里站了一排女人。

“行健，快过来挑一个。”罗秉晖冲周行健说。

一个个穿着暴露，不是胸丰就是臀肥的女人站在眼前故作矜持，扭捏作态。

周行健不知何意，问罗秉晖：“啥意思？”

“啥意思？挑小姐啊！你是客人，你先挑！”罗秉晖说。

小姐！刚刚呕吐头脑昏沉的周行健如梦初醒，才记起世间还有“小姐”这种东西存在。周行健想罗秉晖变得真快，才说找到人生方向，一心只读圣贤书。没两天就又堕落。

站在那里发愣的周行健，被罗秉晖过来推了一把。这一推是一种提醒也是一种命令，在人家地盘上白吃白喝好几天的周行健也不好不收下人家白送的小姐。

他和罗秉晖一起走过来坐下，觉得自己显然不应该挑最漂亮的那个，又不能委屈自己，就指了指其中一个看上去丰满的小姐。

“哎——这就对了。”罗秉晖高兴地拍了一把周行健，感觉像是他选的一样。

丰满小姐笑着走过来，一屁股坐在周行健身上，差点把他的腿压断。周行健往旁边挪了挪，示意她坐在沙发上。

每个人都挑了一个小姐，罗秉晖最后一个挑选，他指着其中一个说："还是你吧。"

这句话让周行健知道罗秉晖是这里的常客，而罗秉晖挑的那个是这一排里最漂亮的小姐。

罗秉晖叫来十箱啤酒，招呼大家拿起酒瓶一起碰瓶喝。碰了几圈，周行健又醉了，躺在沙发上睡觉。丰满小姐不依不饶，倒酒给周行健喝。周行健凑到丰满小姐耳边小声说别倒了，再喝就不省人事了。丰满小姐说不喝不好吧，看你的朋友都在喝，你不喝不给朋友面子。

又勉强喝了几杯，周行健让丰满小姐点了些歌，抱着话筒唱歌，以逃避喝酒。周行健边唱歌边看到罗秉晖和他的朋友与身边小姐喝一口酒，亲一下嘴，觉得好恶心，怎么可以与小姐亲嘴，多脏啊。周行健这么想的时候，罗秉晖不光亲小姐嘴，还扯开小姐胸罩亲乳房，手伸到小姐裙底乱摸。

周行健看不下去，转头跟着音乐旋律唱张学友的《遥远的她》。唱到高潮处，听到一个声音比他撕心裂肺。

望着她孤独地走进茫茫夜色
只有寂寞的雨不停地下
遥远的她从此相隔天涯
如何告诉她我梦里只有她
遥远的她是容易燃烧的火花
是我记忆中一个回不去的家

声音来自罗秉晖，是他在旋律到达高潮时拿起另一只话筒动情地唱。一曲终了，罗秉晖眼泪流下来。周行健拿起酒与罗秉晖一饮而尽。

"想丁香女孩了？"周行健问。

"是啊，没有一刻不想。"罗秉晖说。

"有进展吗？"周行健问。

"有。"罗秉晖苦笑着说："我们现在是朋友，只是朋友。"

几年来，罗秉晖与丁香女孩早已相识，也算是朋友。令罗秉晖高兴的是，他们毕业于同一所中学，就是现在他任教的中学。这让罗秉晖觉得是多么美好的姻缘，他对丁香女孩展开过猛烈的追求攻势。写信、送花、送礼品、等候、约会……什么招都使了，丁香女孩不为所动，不仅没收他任何东西，见了他还躲着走。这让罗秉晖十分郁闷，决定北上北京，通过远距离写信诗意地追求，打动丁香女孩。结果，迎来的却是三十封原封未拆的退信。

从北京回来，罗秉晖专门找丁香女孩谈，当面一番自我检讨后，提出希望能与丁香女孩做普通朋友。丁香女孩觉得本来就是普通朋友，当然可以，就答应了。罗秉晖的如意算盘是先做普通朋友，再慢慢发展，逐步感化，深入靠近，最终拿下丁香女孩。殊不知丁香女孩对此十分认真，朋友，就只是朋友，普通朋友，不能越雷池半步。譬如，不能单独约会，不能没事打电话、发短信，不能到单位门口堵她……所有的相处都只能限定在朋友这个层面。

“你说我这是费个什么劲，她为什么就对我一点好感都没有呢？”罗秉晖说完，一瓶酒喝下去。

“秉晖，要我说你与那个女孩没戏。”罗秉晖的一个朋友从小姐身上起来插话说。

“胡扯，谁说没戏！”罗秉晖生气地说。

“人家父亲是我们县的香料大王，不是首富也是前五位的有钱人。你呢，一介书生，自古书生皆贫寒。你还好，父母是本地人，家庭条件也不错，但与她家比起来还是差一些。我看悬。”罗秉晖的朋友说。

“我不信！我罗秉晖今生非她不爱，非她不娶！”说完，罗秉晖又喝下一瓶酒。

大概是喝醉了，喝不动了。罗秉晖说：“哥儿几个，今天我请客，每个人怀里的小姐各自领回。人生在世，及时行乐。”

“什么，这些小姐还出台呀？”周行健瞠目结舌地说，坚决不带走身边的小姐。他对罗秉晖说怎么带呢，那是你家，隔壁就是你父母家，我们带两个小姐回去，不合适吧。

罗秉晖不答应，说必须带走，不带走不给我面子。周行健左右为难，他真是不想与一个小姐发生什么。以前在北京，周行健在罗秉晖的引诱下，与网友风花雪月后，总是追悔莫及。现在又被罗秉晖逼着找小姐，这绝对不行。

看周行健执意不肯，罗秉晖改主意了，说那这样，我们不带回家，在这里搞。说完，扑倒身边的小姐。听着KTV里劣质音箱和几个男女哼哼唧唧的噪音，周行健感觉像被架在火上烤一般难受。

他身边的丰满小姐忍受不了其他几位光着身子爬上爬下哼哼唧唧的声音，主动把手伸到周行健的裆部抚摸。

周行健像触电一样跳起来，说："你干什么？"

旁边的人哈哈大笑。罗秉晖笑着说："哥们，今晚上你搞也得搞，不搞也得搞。这胖妞的任务就是搞定你。"

受罗秉晖鼓动，丰满小姐胆子大起来，一只手在周行健的裆前摸来摸去，另一只手要解他的腰带。

说也奇怪，这次没有像上次在北京时，面对罗秉晖发配给他的丰满女网友那样就范，周行健裆内的那东西竟然没有反应。这让周行健淡定许多，他想到一个缓兵之计。

"秉晖，你想不想丁香女孩？"周行健问。

"废话，做梦都想。"罗秉晖说。

"我们把她叫出来呗。"周行健说。

丰满小姐已经解开周行健的腰带。

"我真的可以把她叫出来，看来你不想她！"周行健双手摁住丰满小姐的手说。

罗秉晖立起身，若有所思地说："说说看，你怎么把她叫出来。"

机会来了，周行健说："我可不可以给丁香女孩打个电话？以你朋友的身份约她出来玩。"

"就你这主意，我们早试过了，不管用。开始她还出来，玩得也不错。后来发现我醉翁之意不在酒，她坚决不出来。"罗秉晖说。

"哦——你们试过，是因为她对你们几个人很熟悉，对你们的意图很了解。而我，她不熟悉也不了解。况且论情商，论口才，论与人聊天时直抵人心，嘿嘿，别介意，你们可能不如我。"周行健说。

罗秉晖默不作声。周行健继续说："我以你远方好朋友的身份把她约出来，好好与她谈谈，尽我最大的力量促成你与丁香女孩走到一起。你看如何？"

罗秉晖站起来，指着小姐说：“去——去——都出去。”

他转过身对周行健说：“可以试一试。”又对朋友说，“你们不知道，周行健这小子其他一般，但煽情和与人谈心可是一把好手。”

几个朋友不置可否，面无表情地看着周行健。

“现在就打。”罗秉晖说。

周行健看了一眼手机上的时间说：“11点多，太晚了吧？”

“晚什么呀，打。”罗秉晖说。

小姐被撵走了，围也解了，周行健想自己本来出的就是一个馊主意，不打最好，打了说什么。

“这么晚打不好吧。”周行健说。

“有什么不好，打。”罗秉晖说。

看样子不打不行。

“手机号码？”周行健问。

“13×××××××××。”罗秉晖说。

“姓名？”周行健问。

“林紫函。”罗秉晖说。

“林紫函，林——紫函，——紫函，莫不是电影《大话西游》里紫霞仙子的妹妹吧？”周行健说着，拨通了手机。

# 第四章

多年来，周行健经常在梦里出现一个场景：月明星稀的夜晚，清风徐徐，半轮明月挂在天空，下面是一片宁静的水面，像是传说中命里的圣湖。堤岸上，一个明月般美丽的姑娘向周行健走来。他双眉紧蹙，呼吸急促，满脸通红，不知如何是好。

姑娘走过来轻轻地说："你好！"

"你好！"周行健说着腿往后一滑，坠入湖中。

深度坠落感惊醒睡梦中的周行健，他看一看窗外，原来是列车到达一个小站停车的惯性把他从睡梦中摇醒。

多年来的梦境真实地出现。在那个荒唐的夜晚，周行健为了挽救自己不被堕落，急中生智想出一个缓兵之计。

他拨通电话，响了很久，就要绝望的时候，电话接通。

"喂——哪位?" 电话那头一个轻柔沙哑的女声。

周行健怔了一下，沙哑的少女之声，很少见，是丁香女孩吗?

"你好！请问你是林紫函吗?"

"我是。"

"噢，太好了！十分荣幸认识你！"

"你是哪位?"

"我，我叫周行健，从北京过来，你能出来一下吗?"周行健紧张得手上出汗，他豁出去了。

"你打错了吧，我不认识你！"林紫函沙哑地说。

"哦，显然你是不认识我，但我对你已是久仰美名。我是罗秉晖的朋友，很久以来他总是向我提起你，我在北京忍不住好奇，专门过来看你，看你是不是像他说的那么好。还是他欣赏水平太差，把东施当西施。”周行健说。

“哦，这样啊，那就满足你，见一面。明天傍晚清屏湖堤，罗秉晖知道那里。”林紫函说完挂断电话。

第二天下午5点多，太阳还高，罗秉晖带着周行健来到三天前打坐的地方。碧绿的湖面映衬着岸边的小山像洗印的胶片在银幕上一漾一漾地舒展开，将岸边的人荡来荡去。

“这不是你准备盖房子的地方吗?”周行健说。

“是的，也是我们县最美的地方，就是紫函说的清屏湖堤，实际上它是县城的水库。”罗秉晖边说边来到以往打坐的地方盘腿坐下。

周行健没有坐下，站在旁边还要说什么，见罗秉晖双眼微闭，神态自若，就把话咽回去。

说来奇怪，口口声声要见林紫函的罗秉晖今天异常平静，反而周行健像是心脏安了起搏器似的，颇不平静。他站在旁边情不自禁地想象林紫函这个在耳际被罗秉晖念叨了几千遍的女孩，今天这一刻以前周行健没有在内心关注过这个女孩，即使在罗秉晖被这个女孩折磨得死去活来垂死嚎叫的时刻，周行健也没有想过这个让罗秉晖着魔的女孩是怎样的一个女孩。

然而，直到昨晚，当周行健在慌乱中听到电话那头沙哑略显苍老的少女之声，那一刻感觉已坠入《神曲》九层地狱里经受百般拷打与折磨的他找到了魔王尾巴的空隙，在沙哑声音的引导下他逃离九层地狱，来到炼狱。

周行健说：“秉晖，你今天很奇怪，怎么你的女神要来，你还能坐在这里装高深?”

罗秉晖像没有听见他的话，坐在那里一动不动。

周行健推了他一把，说：“还装呀!”

罗秉晖扑哧笑了，说：“别闹，我不是装高深，我是紧张。你没看我全身是汗。”

罗秉晖这么一说，周行健才发现他的确满脑袋的汗，衣服后背都湿了。

周行健说：“你又不是第一次见她，紧张成这样。”

罗秉晖站起来，叹了口气说：“这就是问题所在，不知怎么回事，我每次见到紫函都紧张得要命。原本攒了一肚子的话，打了几天的腹稿，到她面前就不会说了，往往结结巴巴吭吭哧哧半天说不出多少话。你知道我的口才，怎么着我也是堂堂哲学系的高才生，说起哲学那不是苏格拉底再生也是萨特转世，但到紫函面前，我就成了呆鸟一只，说不出口了。”

“怎么会这样？”周行健说。

“除了在她面前口吃，我还出汗，就像现在这样，莫名其妙地出汗，感觉自己做了坏事似的。这种状况只有小时候我犯了错误，被我妈发现时才这样，如今却在紫函姑娘面前出现了。”罗秉晖说。

“你不会把她当成你妈了吧。”周行健哈哈大笑着说。

“你别说，还真有这种感觉。”罗秉晖认真地说。

“哦，有意思。”周行健说着将视线从罗秉晖身上移到湖面上。

罗秉晖的话让他从戏谑转变为沉思，林紫函到底是怎样的一个女孩？把罗秉晖迷成这样，难道是神仙，难道是观音姐姐？

依偎在湖对岸山峦上的夕阳在湖面上投射出一道长长的金色光带，闪闪烁烁明明灭灭，像千万颗饱含金子的沙砾漂浮在湖面，漫反射的无数金点与对岸的夕阳将清屏湖与堤坝笼罩在仙境中。

罗秉晖与周行健在堤岸上找石子打水漂，打完一个，发出欢呼声，又打完一个，再发出欢呼声……仿佛一个个凌波飞行的石子是他们自己。石子在金色的湖面上飞行掀起的尺寸金波，在空气中带着粗粝的颗粒像高速摄影一样缓慢落入水中。这如同此时周行健的心情，罗秉晖的一席话卸去了他身上的一副重担，他知道有人比他更紧张，在看似轻松的打水漂游戏里，掩藏的是周行健渴望见到林紫函的兴奋之情，这种兴奋让周行健再一次陷入无可名状的紧张情绪里。

太阳落山，湖面的金色变成暗红，清屏堤上两人打水漂累了，坐下来休息。周行健手里攥着石子四处张望，心跳得越来越快，他是多么渴望见到林紫函。

“怎么还不来，会不会不来了？”周行健问。

“应该会来，再等等，紫函说要来就会来。”罗秉晖说。

“这么肯定？”周行健焦虑地问。

“没问题，她虽然不喜欢我，但认识以来只要答应我的事都会做到。她可不像一些女孩那样轻佻，很守信用。”罗秉晖说。

但为什么还不来呢？这个恼人的问题在周行健心里打转。他站起来走来走去，五步一回头，十步一徘徊，焦急地看着周围，期待林紫函的出现。焦虑加重了紧张感，他手心出汗，全身燥热无比，心里一遍又一遍地呼唤：快来！快来！快来……

“来了。”罗秉晖兴奋地说。

“是吗？”周行健问。

周行健看见远处一道亮光。

“肯定是，一看就是紫函骑摩托车的样子。”罗秉晖走到周行健前面。

接近晚上8点，天色渐暗，一辆摩托车向这边驶来，周行健的心脏怦怦直跳。虽然太阳已经落山，但西方鸡蛋清一样的澄明所折射的光还是照到了林紫函的脸上，只是这澄明之光比不上摩托车大灯的亮度。周行健睁大双眼努力想看清楚林紫函的模样，越来越近的面庞让他怦怦直跳的心咯噔了一下。

“奇怪，这样的小县城竟然也有如此灵秀的女孩！”周行健用只能自己听到的声音嘀咕。

“不好意思，让你们久等了！快要下班，来了两个病人，不好推托，只好看完了才过来。”林紫函带着一个同伴，将摩托车停好，跳下来向罗秉晖道歉。

“没事没事，来了就好。来来来，我给你们介绍一下。”罗秉晖指着周行健对林紫函说，“这是我的朋友周行健，大诗人，从北京过来的。”又指着林紫函对周行健说，“行健，这就是我经常给你提起的林紫函。”

“你好，很荣幸认识你！”周行健一边问候一边下意识地将手伸过去。

林紫函有些意外，看了他一眼，也伸出手说：“你好！昨晚打电话的是你吧。欢迎你来到我们家乡！”

林紫函纤柔而微微发凉的手与周行健粗糙而黝黑发烫的手碰触的一刹那，久未握过女人手的周行健像被电击一般，全身微微颤动。这一动加重了他伸出去手的力量，用力地紧握了一把林紫函的手。

“诗人的手也这么有力，真是少见哟。”林紫函笑着说。

这句话让周行健的脸羞赧通红，他不自然地收回手，竟不知道往哪里放。

“对不起！捏痛你了。”周行健说。

或许是这一句道歉，林紫函的脸也红了。

尽管两个人的脸都红了，不妨碍林紫函日后经常拿这件事取笑周行健，说那样一副饱经沧桑的脸居然还会像个小孩似的发红，装的吧。

每次遭受取笑的周行健都会神态严肃一本正经地说：“真的！”

那确实是真的，与林紫函的第一面就像是上天派来的女神救赎周行健，握手和四目对视的那一刻，周行健的身体血液流动加速，别说是脸红，全身都红。

站在旁边的罗秉晖看到这一幕，说：“好了好了，何必这么客气。”罗秉晖的话提醒处于紧张状态的周行健，让他意识到自己无意中有点出格。

周行健正要给自己解围，林紫函说：“哦，忘了介绍，这是我的闺蜜何盈盈，就叫她盈盈。”

罗秉晖认识何盈盈，他曾经给周行健说过，这位闺蜜与林紫函是铁杆，特别维护她，不会做任何一件对林紫函不好的事情。

周行健有意克制，不把自己对林紫函的好感表现出来。罗秉晖今晚异乎寻常的不口吃，滔滔不绝地与林紫函谈天论地，看上去也没有出汗。周行健像是着了魔，在一旁静静地偷看林紫函，仿佛看一个诱人的桃子。他心里想，莫不是在哪里见过，为什么看上去这般亲切？这个问题一遍又一遍在周行健心里盘问，使他忘了周围发生的一切。慢慢地，他发现林紫函不过是在敷衍罗秉晖。有一阵周行健落在后面发呆，看到前方的林紫函冲自己笑，他心里发毛，感觉自己有什么把柄被林紫函抓住。

果然，他听到罗秉晖叫他：“周行健过来，我可一直在紫函面前夸你呢。”

“就是，罗秉晖今天话特别多，说你诗写得好，我都想看看了。”林紫函笑着说。

“哪里哪里，也就是生活太苦闷，给自己解解闷罢了。如果紫函小姐喜欢，改天给你看。”周行健说。

天已大黑，一轮新月挂在西边的天空。堤坝一侧木屋旁边的电线杆上有一个瓦数很大的白炽灯将几个人照亮，远远看去几道剪影像夜里的水墨画。

这一夜特别美好，不论是对于罗秉晖、周行健，还是林紫函。罗秉晖没有料到林紫函会待那么久，两个小时，以前想都不敢想。在此之前，每次与林紫函见面，相处的时间不会超过半小时。

对于周行健，从傍晚开始等待的紧张感贯穿了一晚上，他平生第一次体会到什么叫作“来电”的感觉，他不敢说对林紫函一见钟情，至少也是一往情深。从见面的第一秒起，周行健就被俘获。

对于林紫函，她说那晚的月亮很细很弯，像少女一般，被一个来自远方的陌生男子俘获。

接下来几天，罗秉晖白天上课，周行健一个人在县城里转悠，不像前些天他对这个县城还有好奇，而是换了一个人，对其他事情不感兴趣，脑海里全是林紫函。第一次见面时的疑问一直萦绕在他心头：莫不是在哪里见过，为什么看上去这般亲切？

这隐隐而浓烈生发的爱意周行健不敢在罗秉晖面前表现出来，因为他知道林紫函是罗秉晖追求两年的女孩，尽管一路猛追一路追不到，但罗秉晖对林紫函的爱是真实而浓烈的。如果他这个朋友，一个从遥远的北方长途奔徙过来被人家免费请客十余天的朋友夺人所爱，那就犯了大忌。所谓“朋友妻不可欺”，虽然罗秉晖与林紫函不是夫妻，也可能永远不会成为夫妻，但毕竟罗秉晖现在正在追求林紫函，深深地爱着林紫函。这样的思绪很快成为一场斗争，在周行健的脑海里缠斗，搞得他头昏脑涨，精疲力竭。

罗秉晖发现周行健不像刚来时那么高兴，问他怎么了。周行健说没什么，想写诗。以前在北京一起住，罗秉晖知道周行健写诗的时候比较沉闷，就没有多想。

每天空暇时，两人不再去哪，看看书，聊聊天，日子一天天过去。

星期五晚上，两人睡下很久，周行健怎么也睡不着，他也没管罗秉晖睡没睡着，忍不住隔空问了一句：“秉晖，明天周末，你想不想再把林紫函约出来？”

话音刚落，对屋罗秉晖说：“好啊，就是不知道她来不来。”

周行健又惊又喜，说：“约着看，万一来呢。”

罗秉晖说："那你约。"

周行健说："我约不好吧，你喜欢她的嘛，我给你们当当电灯泡就好。"

罗秉晖翻起身对周行健说："你约吧，我约她不一定来。上次你约出来我们聊得很好，看来你是我的福星，你一来紫函与我说话的态度和神情都变了。所以你来约，就当是帮我。"

周行健有些内疚，没想到罗秉晖对他这么信任，但为了见林紫函他顾不了那么多，说："那我试试。"

第二天是个艳阳天。周行健打电话约林紫函，她直接就答应了，主动提出来去清屏江划船。

下午3点多，罗秉晖带着周行健，林紫函带着何盈盈，一起骑摩托车在两边都是榕树和紫丁香的路上穿行二十多分钟，来到一个码头。清屏江在这里豁然开阔，有三百多米宽，水面平缓。

一条小江突然这么宽阔，周行健很好奇，在码头上看来看去。

林紫函看出了他的心思，说："这条清屏江是我们县的母亲江，农田灌溉和人畜饮水都靠它。你可能觉得它怎么在这里突然变宽，那是因为几里外就是我们前几天傍晚去的水库。清屏江流了上千年，水库是解放后才修的。因为水库的阻拦，水逐渐蓄积到了这里，把两岸的树林淹没，水面就宽了。"

听林紫函说话，周行健不停点头。第二次相见，他发现林紫函的嘴不大，嘴唇很厚，肉嘟嘟的，十分性感，像半个月亮横卧，娇美动人。

"噢——这样看来清屏江真是不简单呢。每个人杰地灵的地方都有这么一条江河，它就像母亲的乳汁哺育当地人，供他们饮用和洗濯。"周行健说。

"是啊，我小时候还在清屏江里游泳呢，童年的大部分记忆都在这条江里。可惜现在江水没有以前清澈，水边有很多垃圾，没法在里面游泳。"罗秉晖说。

"也不一定，如果想游还是可以的，水没有那么脏。就是水太深，看你有没有胆量去。"林紫函说。

几个人租了一条船划到江中央，在两岸都是郁郁葱葱树木的江里漂行。艳阳下，伴着江水湿漉漉的风从耳际拂过，让人感到泛舟于江上的惬意。

“如果没有污染多好，清屏江里的水就会像我们小时候一样清澈，还可以直接喝。可惜现在不能了。要我说，这个山庄都不应该开，他们在这里做餐饮和旅游，往江里倾倒垃圾，一边利用清屏江的美景赚钱，一边却又在破坏清屏江。哎，不过呢，或许我们都不该来划船，正是我们来这里消费给这些山庄带来了生意。”坐在前排的林紫函停下手中的桨说。

“对对对，污染是罪魁祸首，这些人太不负责任，只顾着赚钱，不顾清屏江的水质。”罗秉晖说。

“工业化使江村的陷落不可避免，我们今天在这里惬意地划船，若干年后可能只会成为牧歌式的回忆。”周行健忧伤地看着水面若有所思，接着说，“我喜欢这条江，它虽有些污染，但还算是一条澄澈明净的江。”

“哎哟，我们的诗人又开始抒情了。”罗秉晖戏谑道。

林紫函微微一笑，突然站起来，对着两岸高喊。

她的这一举动让小船猛烈摇晃，罗秉晖双手抓住船舷，对林紫函说：“不要这么激动，小心翻船。”

林紫函不管他，继续对着两岸高喊。这带动了周行健的情绪，也站起来跟着她高喊，边喊还边唱歌。两岸树木繁盛像密不透风的绿色屏障，传来一阵阵回声。林紫函和周行健的回声在江面上一唱一和，像是在对唱山歌，在悠远的河道里飘扬。

小船在两人的唱和中晃来晃去，吓得罗秉晖和何盈盈死死抓住船舷。

“别闹了，船真的要翻！我们可是在江中央，水深得很！”罗秉晖大声说。

他的话引来周行健和林紫函一阵大笑，两岸树林里满是他们的笑声。在罗秉晖的强烈要求下，周行健和林紫函不再唱歌，他们坐下来看着彼此。

离开码头回县城的路上，周行健默默赋诗一首。

**清屏江**

弯弯的竹排
姑娘坐在前头

阿婆坐在后头
弯弯的身影，伫立
弯弯的江上

很久以前
江水淹没土地
很久以后
姑娘变成阿婆
黑黑的森林
根扎在红土地里
头枕在白云层里
江水环绕圆圆的屋顶
向太阳诉说今生的等待

弯弯的竹排
悠悠的歌声
割舍不了姑娘的企盼
改变不了阿婆的慨叹
那一江之水
不知流向何方

与以往不同，一气呵成写完这首诗，周行健没有兴奋感，而是陷入惆怅。在此以前，他的惆怅是关于诗，而这一次却是关于一个女孩。这个危险情绪的出现，让高傲的崇尚自由的从西部高原跨越一千多公里来到京城寻梦的周行健措手不及，这对他很难说是一件好事还是坏事。

周行健把这首诗用短信发给林紫函，他收到回信：

你写的？很不错。诗中的姑娘不会是我吧？

周行健回复：

是你！

他等林紫函对诗的进一步评价，却没有短信再发来。

林紫函的沉默让周行健紧张起来，心跳加速，他不停地问自己：不应该发吗？

周行健紧张地问自己的时候，他已被罗秉晖朝思暮想的女孩迷住，当手起诗落，黑字成行，周行健发现他爱上了林紫函。这显然不是一件好事，但爱情降临，谁还管得了是不是好事呢。

周行健决定冒险，他趁罗秉晖上课之际，打电话给林紫函。他拿起电话拨了五六次，每次刚拨通信号还没有完全过去，随即又挂断。他不是忌讳罗秉晖，而是每次通了的时候立马意识到林紫函正在上班。她是一名实习医生，说不定正给病人听诊号脉，这样打过去耽误她工作。过了一会，周行健想她也有闲的时候，不会不停地工作，不管那么多，还是打。记不得拨了多少次，周行健逼迫自己不要挂电话，响了几声后，电话接通。

“喂——”林紫函轻轻说了一声。

“你——你好！我是周行健，我——我——”紧张的周行健不知说什么好。

“有事吗？”林紫函问。

周行健结巴了几声很快意识到不能步罗秉晖的后尘，在心爱的女孩面前结巴。

“你在解剖吗？”周行健说。

“解剖？”林紫函被问蒙了。

“对，解剖。”周行健镇定地说。

“呃——我上专业课的时候倒是解剖过几具人体。工作后就没有解剖了。怎么，你对解剖感兴趣？”林紫函问。

“感兴趣，我对解剖人更感兴趣，譬如解剖你。”周行健说。

“噢——真的吗？你打算怎么解剖？”林紫函笑着问。

“我正在研究，不过我得先知道你在哪。”周行健说。

“我在县医院上班，生殖科。”林紫函说。

这正是周行健想要知道的事情。闷在罗秉晖的房子里周行健已经快透不过气，他急需出去透气，也急需见到林紫函，哪怕不说一句话，仅仅看她一眼也好。

周行健来到大街上，午后的阳光异常强烈，照得他有点睁不开眼。人们懒懒地走着，只有周行健高昂着头颇像一位骑士雄赳赳气昂昂地往县医院走去。

他向当地人打听医院的位置，按照所指的方向来到医院门口。与中国所有的医院一样，医院门诊部像菜市场，周行健淹没在里面，他有些后悔不该在午后门诊高峰期过来。不知是天太热，还是心里太紧张，不爱出汗的周行健额头上渗出许多汗珠。他在医院二楼找到了生殖科，远远站着不敢上前。他走过来走过去，徘徊又徘徊，不确定该不该出现在林紫函面前。

在酷夏的徘徊里，周行健想到东晋书法家王徽之雪夜访戴逵的故事。大雪中来到戴逵家门口的王徽之徘徊良久，决定不进家门拜访戴逵，直接回去，所谓“乘兴而行，兴尽而返”。不如回去吧，周行健心里说。又徘徊了一会，周行健哧的一笑，王徽之和戴逵说不定是一对老基友，而我，是在追求神圣的爱情。在爱情面前怎么能退却，他决定去找林紫函。

第一个诊室里就是林紫函，她前面站着一排前来就诊的病人，林紫函半个脸在一排人里时隐时现。周行健站在最后，发现前面就诊的都是女人，他有些奇怪，难道只有女人有生殖问题。奇怪的念头很快被林紫函时隐时现的半个脸庞吸引而打消，在这样一个门诊室里，周行健近距离欣赏着朦胧美。

突然，林紫函的眼睛落到周行健身上，在半空里怔了足足有半分钟，整个房间都布满了雪花，直到一片白里响起病人的声音：“林医生，你还看病吗？”

凝固的空气才流动。

林紫函没想到周行健会来找她，看病的节奏完全乱了。一向严谨的她加快了诊断的速度，即使这样，她依然觉得时间黏稠，过得很慢。

不知过了多久，林紫函面前出现一位男病人，这是她接诊以来第一次遇到的男性病人，这个男性病人后面还排着一排女性病人，这该怎么办？

对啊，这该怎么办？同样的问题也在问周行健，他站在林紫函面前，能够呼吸到她的呼吸，能够闻到她身上淡淡的丁香味道，但不知该怎么办。身后的一排女性病人奇怪地看着他。

“你是代爱人来看病吗？”林紫函轻轻地问。

“哦——对对对，我的爱人就在附近。”多么聪明的女孩，周行健边回答心里边赞美。

“那你在旁边等一等她。”林紫函说。

“好，好的！”周行健乖乖地走到旁边。

熟悉摄影的周行健走到距离林紫函一米多远45度角的位置站在那儿，贪婪地看林紫函。

一张饱满的鹅蛋脸清新透明，一双杏眼眨来眨去，一个净瓶般的鼻子珠圆玉润，一对丰盈的嘴唇一张一翕，像半个月亮圆了又缺。

看完脸庞又看身上，可惜上身和下身都被白大褂遮挡，除了隐隐曲折的线条什么也看不到。对细节苛刻的周行健不想放过每一处，他将眼睛移到脚端，果然别有一番风味。那哪是一双脚啊，分明是两只玉兔，白嫩而粉红的脚踝，玉葱般的脚趾，被一双皮质的凉鞋半包裹着。

周行健沉浸在林紫函的美丽容颜中不能自拔，他就这样一直站着，痴痴地看着林紫函。门诊室里前来看病的人都走了，只剩下他们俩。

“看够了吗？”林紫函嗔怒地红着脸问。

“看不够，永远看不够！”周行健说。

“我给护士说了，等会再进人。这里是生殖科，都是女病人，有的需要检查。你一个男人在这里，不好给病人检查的。”林紫函说。

“哦，对不起！我这就走。只是，只是，我想看看你是不是真的在解剖人。”周行健说。

“看到了吗？”林紫函问。

“看到了，没想到解剖人也是这么美。”周行健说。

听到这句话，林紫函的脸又红了，轻轻说：“你来干什么？”

“看看你，一个人待着闷得慌。”周行健说。

“看够了吗？”林紫函又问。

“看不够，永远看不够！”周行健说。

“有那么好看吗？”林紫函问。

“比女神还好看。”周行健说。

“真的吗?” 林紫函说。

“真的!” 周行健说。

“好感动！——不过，这里是诊室，要给病人看病。你先回去，下班后我联系你。” 林紫函说。

周行健点点头，转身往外走。

刚跨出门又转回来说：“我——”

林紫函似乎知道他要说什么，右手食指放在双唇前轻轻说：“先回去吧。”

周行健停了一会，转身走了。

穿过菜市场一样的门诊大厅，来到街上，斜阳照在周行健灿烂的脸上。他一路走一路笑，蹦蹦跳跳，像一匹小马，在南方小城里撒欢。他嘴角堆积着满满的美，心里荡漾着满满的爱，感觉这座城市可爱极了。人们脸上洋溢着微笑，与他分享着快乐。

人一辈子能有这样一个午后，也是值了。在嘈杂的诊室里，周行健像是诗人马拉美笔下的牧神从睡梦中苏醒，睡眼惺忪看到紫函仙子在橄榄树下翩翩起舞，温婉的身体在几片树叶的遮掩下若隐若现出维纳斯的美。循着德彪西为《牧神午后》谱曲的管弦乐指引，周行健离开诊室来到海边，银亮色的海浪像一幅帷幕遮蔽牧神眼前出现的梦境，紫函不见，只剩下满心欢喜。

整个下午周行健都在牧神的世界欢喜，他从县城的西边走到东边，又从东边走回西边，来回绕了县城好几圈。县城太小，装不下周行健的快乐。他不知疲倦地走，路上的人多了，那是人们下班了，他不知道；满街的饭菜味扑鼻而来，那是人们做晚饭了，他不知道；太阳落山，路灯亮起来了，那是夜晚来临了，他不知道……

不知不觉，周行健又走到医院门口，这里安静下来，不像白天一副菜市场的模样。周行健痴痴地伫立在医院门口，他在等林紫函的电话，说好下班后她要打电话给他。这么晚还没打，发生了什么事?

周行健心里犯嘀咕，他很想打电话给林紫函，又没有勇气，毕竟林紫函说她会打给他。其间，罗秉晖倒是打来几个电话，周行健没有接。今天晚上除了林紫函，他不想接任何人的电话。

周行健想发短信，站在医院门口写了很多条短信，有一条写得很长，恨不得把心里话全告诉林紫函，可惜一狠心又删了。不知为什么，他没有勇气给林紫函发短信。

深夜11点多，执着的周行健在医院门口站了三个多小时，没有等来林紫函的电话。他想今天应该不会打了，失望地转身往回走。

夜里的小城街道孤零零的，只有周行健一个人走在影影绰绰的路灯下，像个鬼影子晃来晃去。拐到县城中学那条街，周行健看到远处有个人走过来。

“周行健吗？靠，你跑哪去了？急死人！打电话不接，发短信不回，我正准备报警呢！”走近的罗秉晖埋怨道。

“天太热，出来走走。手机不小心关了静音，对不起！”周行健呆呆地说。

“我怎么看你像丢了魂似的，不大对劲，这几天你都不大对劲，怎么了？是不是我没招待好你？”罗秉晖说。

这句话刺到周行健的敏感神经，他的确丢了魂，他的魂被林紫函收去。只是罗秉晖不知道。看着罗秉晖，周行健一时语塞，不知说什么好。他心里想，对林紫函的动心要是让罗秉晖知道了会怎样？他会恨我吗，会与我反目成仇吗？没想清楚这些之前，周行健不敢把对林紫函的动心告诉罗秉晖，他怕告诉了，他们之间就完了。

“怎么会呢，你对我这么好。待久了，对这里熟悉了，就想出来走走。”周行健说。

这句话符合罗秉晖对周行健的认知，他知道周行健会写几首诗。诗人嘛，情绪起伏很正常。他没有多想，更没有想到周行健的心思会在林紫函那里。

两个人一前一后抽着烟，罗秉晖的烟圈被周行健的脑袋砰砰地撞开，像高速摄影一样缓缓淡化成过眼云烟。一个大胆的念头在周行健脑海里徘徊，他起初觉得爱慕林紫函会对不住罗秉晖，作为朋友这样做显然不对。现在开始改变，他认为追求一个被罗秉晖单相思的林紫函是个人行为，与罗秉晖无关，因为罗秉晖和林紫函之间没有确立恋爱关系，他对林紫函的爱慕完全不受罗秉晖影响。这就是周行健，面对一件复杂而矛盾的事情，在没有想清楚之前他往往只会想到自己，不会顾及他人。

那一夜，睡在罗秉晖对面的周行健一夜无眠，他觉得自己不能继续住在罗秉晖家里，得搬出去住，那样追求林紫函的时候心里不会愧疚。他在腹中给林紫函写了一夜短信，有好多好多话要给她说。

黎明时，只发出一条：

紫函，知道吗，第一次在清屏江堤等你时，我的心就跳得厉害，你迟迟不来，越发跳得厉害，整个人都在颤抖。见到你时，心跳得更快了，不受我控制，挣命地要跳出去。我压着，压着，压着……它却狂跳不止，一直在跳，一直不受控制。估计是患病了，跳得快要虚脱了，就要跳出身体了，就要奄奄一息了……

第二天下大雨，天地昏暗。周行健迷迷糊糊，头重脚轻，鼻黏膜粘连，鼻腔内有一堆火在燃烧，头很痛，他爬起来又睡下去。罗秉晖看他生病了，去药店给他买来感冒药。

周行健躺在床上昏睡到下午5点，饿醒了，看到手机的信息提示灯在闪烁，里面有三条短信，发信人是林紫函。

第一条，时间：上午8：00

你是袋鼠吗，跳得那么厉害？

第二条，时间：上午11：00

袋鼠生病了吗，怎么不跳了？话也不说了。口渴了吗，还是被怪兽抓走了？

第三条，时间：下午2：00

天晴了，今天傍晚6点，我们去清屏江堤看晚霞。

6点！现在都已5点多，周行健一个翻身爬起来，又跌下去，感冒没有好，跌下去的时候头旋转了好几个360度，昏沉沉的。他再次爬起来，洗漱完毕发现罗秉晖不在房间。周行健十分庆幸，不用向他作解释。他来到大街上租了一辆载人摩托车向清屏江堤驶去。

雨过天晴，碧蓝的天空点缀着几缕微云，6点正是一天光线色温最暖的时候。远远的，一个穿白裙子的身影在江堤上伫立，那是林紫函。夕阳照在她身上拉出几十米长的影子，暖风微拂，裙摆一漾一漾的像满江的碧波在林紫函身上勾勒出优美的线条。

看到周行健，林紫函微笑着说："袋鼠生病了吗，跳得这么慢？等你很久了。"

头还隐隐作痛的周行健声音沙哑地说："我也等你很久了，从昨天到今天。"

林紫函说："昨天呀，我本来要联系你，结果我妈找我有事。我想反正你不走，推一天也没事，就没联系。真是对不起！"

周行健沙哑着声音说："是吗，我明天就要回北京了。"

周行健不得不回北京，因为他身上没钱了，他住在罗秉晖家十多天，总住着不太好，况且现如今这种状况下住着也不方便。更重要的是房东给他发来短信，催他交房租，如果再拖欠不交，房东就要把他撵出去，不把房子租给他。

"明天就回！你不会是生我气了吧？"林紫函惊讶地问。

"怎么会？虽然我等你很苦，但也不会生气，最多是在夜里一个人撒撒野罢了。"周行健说着连咳了几声。

"你生病了吗？我看看，"说着林紫函伸出左手抚摸周行健的额头，"哦，好烫，发烧了，我带你去看病。"

"没事，已经吃过药。见到你病也好了三分。"周行健说。

"都烧成这样了还贫。你为什么那么想见我？"林紫函问。

"因为不见你时心慌得很，跳得厉害。"周行健说。

"见了我呢？"林紫函问。

"心更慌，跳得更厉害！"周行健说。

"你！"林紫函的脸唰地红了。

"不信吗，不信你摸。"周行健不知哪里来的勇气，抓住林紫函的手就往心窝里放。感冒40度的高烧加上紧张，周行健的一颗心脏咚咚直跳，带着闷声响，节奏明显比平时快了许多。

林紫函对周行健的举动没有拒绝。她的一只手放在周行健胸口，这个一夜未眠胡子拉碴的北方男人的心脏在滚烫地跳动，林紫函分不清那是感冒发热导致的异样跳动还是其他什么引起的，禁不住轻轻说：“真是跳得很快！”

周行健顺势伸出双臂将林紫函抱入怀中，滚烫的右颊紧紧贴着她的黑发。林紫函依然没有拒绝，两只手蜷缩着紧紧靠在周行健的胸口，头发被他深重的呼吸吹得一根根竖起来，像起了静电。两人正好站在横卧的夕阳中间，远远看去是一个绝美的电影镜头。

“我想我爱上你了。”周行健沉重地呼着粗气说出了见到林紫函以来他最想说的话。

或许是高烧的缘故，说出这句话时周行健竟然流出了热泪。他赶紧腾出一只手拭去，不让林紫函看到。

“我也是。你这匹北方的狼硬生生闯入了我的生活。”林紫函说。

“你是说齐秦的歌吗？”周行健说。

“你比歌更动人。”林紫函说。

在一片如梦如幻的霞光里，周行健很想落入俗套地去吻林紫函。他正要将呼吸深重一张一翕的嘴巴移过来，闻到林紫函身上淡淡的丁香味，他停下来，他知道像他这样一个重度感冒的病人嘴里的味道是很不好的，黏糊糊臭烘烘的，这样去吻丁香一样的林紫函，是对她的一种亵渎。周行健用右颊紧紧贴着林紫函的秀发，光是这秀发的味道就足够。

周行健和林紫函拥抱在一起，直到身上的金色变成红色，再变成淡淡的黑色。两人没有倦意，隔着衣服的身体能够清晰地感受到彼此心脏的跳动。两人享受着晚霞，享受着爱，享受着美。

在甜蜜的夕阳里浸润多时的周行健，完全研究透了拍摄夕阳时需要的色温，他正要为自己在爱的甜蜜里开小差的举动而自责时，有蚊子飞到他的鼻尖，他吹了口气驱赶蚊子，顺势将脸转过去，原来晚霞下的县城也很美。

唯一不足的是有一个黑色的东西挡在中间，离他们很近。周行健揉了揉眼睛，想看清楚那是什么东西。这让他大吃一惊，高烧全退，那不是一个东西，而是一个人。

不是别人，正是罗秉晖。

# 第五章

火车一路向西，一如一年半前一路向北，窗外是枯黄的戈壁，一个个给机车供电的电线桩飞逝而过，中秋的塞北一片肃杀。去年初夏，为了省钱，周行健买了绿皮车的坐票，像坐牢一样经过两天两夜的煎熬，一路上经历了暴雨不断和闷热难耐，感觉就要昏死过去的周行健，回到北京是一副打了败仗的落魄样，看不到收获爱情的威武。

周行健拖着病躯挤在闷罐一样的公交车里，一个多小时才回到出租屋。屋里到处是灰尘，老鼠屎随处可见，周行健顾不了那么多，倒在床上一睡不起。

第二天中午，饥饿叫醒周行健，他躺在床上，头一阵阵痛，显然感冒还没有好。想着在南方发生的事，感觉像做梦一样，周行健辨别不出是真实的还是虚幻的。他从床上爬起来，到小区门口的面馆吃了碗刀削面，有了点精神，又买了些感冒药回到房间。

一进屋，一只该死的老鼠正在冰箱附近窜扰，看到周行健来了，竟然呆在那里不动，一会才跑。这分明是示威，离开半月，这只老鼠有了主人翁的感觉，不把主人放在眼里。周行健气坏了，抄起扫把扑过去，他没有追着老鼠打，而是直奔油烟机前跳到水槽上，拿起抹布堵住烟筒与吊顶之间被老鼠咬破的洞。老鼠看逃路被堵，还要撞上去企图撞开，结果用力过猛撞晕了掉下来，周行健抓住机会一扫把打上去，老鼠在原地痉挛，又是几下，老鼠断气。幸亏吸取以往经验，没有用脚踩，否则老鼠会开肠破肚，令人作呕。

有了打死老鼠的胜利感，周行健一鼓作气将房间打扫得干干净净。他是一个爱干净的人，受不了肮脏和乱七八糟。吃了药，打扫卫生时出了一身汗，又洗了个热水澡，周行健觉得感冒好多了。

回了林紫函发来的爱情短信，周行健打开电脑看制作节目的要求。节目是按部就班的，必须要尽快着手完成才行，因为要满足播出，还要挣钱交房租。

一连好多天，周行健都不愿想南方的事，更不相信自己恋爱，尽管他时常想念林紫函。他集中精力，一个月做了四期节目，除了一期被毙，另外三期如期播出，顺利拿到劳务费，交了房租，还有剩余可供花销。

在首都北京，或许就这点好处，只要你够年轻够努力身体够好，挣钱养活自己没问题，如果还想要活得有点尊严，就需要够聪明够无耻够钻营才行。像周行健这样的文科青年，对钱不在乎，甚至有耻感，觉得够花就可以，没兴趣没心思再往多里挣。

一个月奔了小康的周行健，也是累得够呛。为了如期交节目，他起早贪黑，时常加班到夜里两三点，有时干脆就睡在剪辑机房。交完最后一期节目，他打算休息一下透透气。结果一松懈下来，就害了相思病。林紫函天天在脑海里打转，两人每天通话不下十次，有事没事一个电话，短信随手发。

好不容易熬到周末，周行健打算睡懒觉到中午，电话铃声却响了，他接过来就叫紫函。

“什么紫函黄函，还睡觉呢!”

周行健反应了一会，辨出是马洛，懒洋洋地说：“哦，是你呀，听声音老师当得不错。”

“那当然，学校里大把的漂亮女生，还有漂亮女老师，要不要过来看看?”马洛笑着说。

“好啊，去。”周行健说。

“好嘞，等你哟。”马洛挂断电话。

马洛教书的学校位于燕郊，需要坐地铁转公交车才能到达。地铁是最挤又没有空调的一号线，坐到终点站时周行健一身汗，出了地铁口，外边更热，他挤上一辆开往郊外的公交车。还好车里有空调，否则他就不打算去了。密闭的空调车里缺氧，周行健头脑发胀睡着了，醒来时已经到达。

“周行健!”一下车听到马洛的声音。

周行健四处找马洛，一转身才发现他就在身后。

“几个月不见，你瘦了。”马洛说。

“是吗，你小子倒是胖了，也白了。”周行健看着与他形成鲜明对比的马洛说。

马洛带着周行健来到学校，时不时遇到和他打招呼的师生，马洛很热情地与他们寒暄，那份热情让周行健有点不自在。

学校不大，环境不错，专门给即将出国的中国学生培训英语和补习汉语，相当于是一所预科学校。学校里主要是教英语的国外老师，汉语老师不多，能写诗又有良好汉语底子的马洛在这里如鱼得水，成为最好的汉语老师。

来到教师宿舍二楼，马洛掏出钥匙打开寝室门。寝室有10平方米左右，里面有单人床、椅子、书桌、小型书架，墙上挂着吉他。

“你一个人住吗?”周行健问。

“是呀，是不是够奢侈。”马洛笑着说，顺手拿起地上一瓶盒装草莓汁给周行健：“来，喝果汁，学校就这点好，天热发很多原味纯果汁。”

周行健接过果汁，看是进口的，又扫视了一圈寝室，心里颇为惊讶。他没想到马洛的学校能够提供这么好的条件，其他不说，能够提供宿舍住真是不错的待遇。他打开草莓汁，喝了一口，浓浓的汁浆有些涩口，并不十分美味，但很新鲜。周行健有意收住自己的惊讶，换了一个话题。

“弹一曲吉他吧，长久时间没听你弹了。”周行健说。

“好啊，我现在的琴技大有提升哟。”马洛取下吉他弹起校园民谣《睡在上铺的兄弟》。

这是两人读书时代喜欢的歌曲。弹着弹着，情不自禁地唱起来。一曲终了，马洛又弹起《致爱丽丝》。

“咚咚——”门响了。

马洛去开门，进来一个金色短发的外国女孩。一进门，就与马洛亲吻问好。

“来来来，介绍一下。”马洛转向外国女孩，“这位是我的好友，周行健，走得周正行得远，健步如飞，周行健。”又转向周行健，“这是我的女朋友Anne Rose，美国人，中文名我叫她玫瑰，玫瑰玫瑰我爱你的那个‘玫瑰’。”

“哦——恭喜恭喜！恭喜单身青年马洛有了美国女朋友，可喜可贺！你也不提前说一声。”周行健笑着说。

“你——好！”Rose用生硬的中文问候周行健。

Rose是学校的英语老师，来中国一年多，与马洛同时应聘到学校做老师。或许是共同进校的缘故，两人颇为投缘。不同于一般中国男人含蓄拐弯抹角让人搞不懂，马洛潇洒直率的个性吸引了Rose。学校不反对老师之间谈恋爱，马洛和Rose很快走到一起。

Rose的到来，让本想好好聊聊的周行健和马洛一时无话，马洛的全部心思转到Rose。坐在一边的周行健看着马洛与Rose基本靠肢体语言交流的样子，觉得滑稽可笑。看得出，马洛十分喜欢Rose，他的举手投足和说话的方式都被Rose改变，是美国人的那种夸张。

Rose和马洛突然大笑起来，周行健搞不懂。马洛说：“Rose听说你也写诗，很好奇，她没想到中国还有这么多人喜欢诗歌，美国可少多了。”

“那是，中国是诗歌之国，不像美国是蛮荒之地。”周行健说。

“对对对。”马洛把周行健的话用蹩脚的英语翻译给Rose，但蛮荒一词不好译，他比画半天。看马洛着急说不出词的样子一脸可爱，Rose不顾周行健在场，凑过去激吻马洛。

这一幕令周行健有些尴尬，他倒不是看到这两个旁若无人的热恋生物尴尬，而是看人家亲热的样子，想起远方的林紫函。

周行健起身走出宿舍，很想给林紫函打电话，拨了几次又挂断，打过去又能怎么样，无非是说说情话，他们还没发展到热吻的地步。他在学校里走了走，百无聊赖，想回去，又怕马洛多心，就回到宿舍告别。

Rose走了，马洛在书桌前写着什么。

“我现在灵感特别多，很容易就能写一首，诗情四溢。”看周行健进来，马洛说。

“有个洋妞让你泡，诗情四溢多正常。”周行健说。

“哈哈，是吧。当初去东北以为能泡到俄罗斯妞，谁知没被冻死，更别说泡妞。还是北京好，随便就泡到洋妞，还是美国人。”马洛喜滋滋地说。

“看把你美的，美国女人的味道与中国女人有什么不一样？”周行健说。

“那当然不一样。美国女人特热辣、特主动，不像中国女人太羞涩、太被动。跟Rose在一起我才知道，什么叫爽，什么叫兴奋，什么叫癫狂。”马洛说。

“你是完全拜倒在Rose脚下了。”周行健说。

“不是完全，是一切所有全部从身外到身里毫无保留体无完肤地拜倒在她脚下。我太爱她了，爱得不知所措，爱得不知我是谁了。”马洛激动地说。

“你叫我来就是宣告你的爱情果实，爱了一个外国女人，是不是?”周行健说。

“是也不是。是呢，我的确找到了一生最爱的女人，而且是个美国女人；不是呢，我想告诉你我写了很多诗。我给你朗诵几首吧。”马洛说完朗诵起他写的诗歌。

这是马洛的个性，周行健静静地欣赏马洛的朗诵与陶醉。马洛的诗确有进步，浓烈的情绪里饱含张合有度的把握，只不过大部分写的都是他与美国女人的爱情，不像以前那么有灵气。周行健为他高兴，每朗诵完一首都鼓掌叫好。

Rose又过来了，吊带衫换成超短裙，身上有重金属摇滚般浓烈的香水味。她还带来几位老师，有男有女。马洛又朗诵了几首诗歌，每朗诵完一首都获得Rose一个吻和一阵掌声，气氛如同马洛的个人朗诵会。

周行健一直在笑，心里却不快乐，他找到一个当口，说要离开，却被马洛留下来。直到一起吃了晚饭，周行健才离开。

回城的路比从江南回京的路近得多，但烦恼一点不比当时少。马洛的快乐反衬出周行健的愁闷，他们都拥有了爱情，不同的是马洛的恋人远自万里之外的大洋彼岸而来，虽遥远但可天天在一起；周行健的恋人虽近在千里之外，但不在一起徒有相思之苦。不只如此，麻烦的是周行健的爱情里面还有个罗秉晖。

就是那个傍晚，周行健看到罗秉晖站在对面立刻僵住，两个胳膊不自然地从林紫函的腰间滑落，他的这一举动提醒了林紫函，抬头看周行健转到一边的脸。林紫函转头看过去，也看到站在背后的罗秉晖。

令周行健没想到的是，林紫函对罗秉晖的出现没有任何不自然的反应，她收回两只蜷曲的胳膊，说："你什么时候来的，也不说句话，看电影啊！"

"你们在这里干的好事，还怕人看？要想人不知，除非己莫为！"罗秉晖激动地说。

"好奇怪，我们没有怕人看，是你站在这里看我们，又不说话，分明是偷看。没礼貌！"林紫函说。

"你，好好好，我不跟你说。周行健，你这个禽兽不如的东西，我们也是兄弟一场，你来我这儿，我好吃好喝招待你，你却这样对我！"罗秉晖提高调门说。

"秉晖，你听我解释，我是——"周行健的话被截断。

"解释什么，解释狗屁。我看你这几天魂不守舍，以为写你的酸诗憋的，没想到啊没想到，你竟背着我干这样的勾当！真是卑鄙无耻下流！"罗秉晖越说越激动。

"够了，罗秉晖，说话不要那么难听。你应该明白，我和你没有什么，周行健和我有恋爱的自由。不管你听不听得进去这句话，你自己都好好想想。行健，我们走。"林紫函说完，示意周行健坐她的摩托车离开清屏江堤。

周行健左右为难，他不想留下罗秉晖就这么走了，觉得对不起罗秉晖，他说："秉晖，我真不是故意的，对不起！"

"滚！不要虚情假意，我不想再看到你！"罗秉晖气愤地说。

周行健还是不想走，站在原地不动。林紫函过来拉他，他想留下来僵着也没有意义，就耷拉着脑袋，像个做了坏事的孩子跟在林紫函后面坐上摩托车。

他们没有与罗秉晖道别，直接走了。林紫函的车技很好，离开罗秉晖她边骑边笑起来，周行健觉得女孩真奇怪，都这种时候了还能笑出来。

"你干吗不笑？"林紫函冲后面说。

"笑什么？"周行健说。

"不好笑么，被撞了个正着。不过周行健，这件事真不怪你，你不要多想。"林紫函说。

"多少我还是有些责任，毕竟我与罗秉晖是朋友，没有他我也遇不到你！"周行健说。

“这也对，要不你走，我们不再相见?”林紫函停下车，转过头问周行健。

“开什么国际玩笑，打死我也要相见!”周行健看着她说。

林紫函加起油门嗖地骑出去，留下一串笑声。

两人回到县城天完全黑了，林紫函带着周行健来到一家宾馆住下，回家了。

周行健一个人待在房间又是喜悦又是烦恼，喜悦的是他找到了真爱林紫函，烦恼的是他将失去朋友罗秉晖。虽然这与弘一法师的“悲欣交集”不可同日而语，但反映出周行健在爱与烦恼的边缘内心挣扎的现实。周行健想如果既拥有林紫函的爱情，又拥有罗秉晖的友情该多好。无疑这只是他的一厢情愿，罗秉晖肯定恨他恨到骨子里。该怎么化解这场危机，周行健没想好，他决定先回北京再说，毕竟有节目在等他做，有房租在等他交。

这个决定很快被打破，因为周行健的行李还在罗秉晖家里，他不得不去取，明天一早他就要离开小城。

站在罗秉晖家门口，周行健不知如何是好，他没勇气敲门。他想干脆不要行李，但证件衣物全在背包里，没有证件回不了京。他鼓起勇气敲门，门开了，罗秉晖站在门口。

“给，你的行李，拿着它永远不要再回来!”说着，罗秉晖把包扔给他，砰的一声关上门。

门关得太重，夏日夜晚熏热的气浪猛地扑向周行健的脸，像是罗秉晖一个巴掌打过来。周行健在门前呆呆地站了很久，心里想，莫不是这个朋友没了。

第二天，周行健进站坐在候车室里，给林紫函发了一条短信。

> 亲爱的紫函，我有事先回北京了，我会很快来看你。遇到你是我这辈子最大的幸运!

火车在站台停了八分钟。启动后，周行健远远看到林紫函骑摩托车的身影，骑得很快，边骑边向他挥手，逐渐消失在隧道的黑影中。

从燕郊回来的路上想着这一切，周行健觉得很快乐，他不再嫉妒马洛找了一位美国女朋友，不过就是个女朋友嘛。

出了地铁，回出租屋的公交车已收班，周行健步行回去。他十分想念林紫函，很想给她打电话，又觉得太晚，怕她睡了。他心里念着紫函，快步往出租屋走。进入楼道，手机响了。

“你不理我了吗？”电话里传来紫函沙哑的声音。

“怎么可能，我正想你呢！”周行健说。

“骗人，没看出你想我。回去这么久，你主动给我打过几次电话，发过多少短信？都是我主动联系你。”紫函说。

“哦，是吗，这么晚还没睡？”周行健笑着说。

“睡不着，担心你这只野狼又去欺负其他小羊去了。”紫函说。

“遇到你这只羊我是三生有幸，不会管其他羊的，放心吧。”周行健说。

“放心，怎么放心？那么远，谁知道你身边是不是有弱水三千呢。”紫函说。

“哪有什么弱水三千，就算有，也绝对是只取你一瓢饮！我一直想你呢，连做节目的时候都是一个心脏做事，一个心脏想你。”周行健说。

这样想和念的电话打了两个多小时，周行健哄着紫函睡着，才挂断电话。剩下空落落的一个人横卧在北京的角落里，他痴痴地想着她，周行健想如果没有罗秉晖多好，没有他现在就去买车票飞奔到紫函身边。罗秉晖啊罗秉晖，你是我爱情的丘比特之箭，也是我爱情的阿喀琉斯之踵，该怎么办呢怎么办？想着想着，周行健睡着了。

第二天醒来已是中午，周行健下楼随便吃些东西又上来，坐在沙发上发呆。他的眼前是一台老式索尼电视，旁边有一束假花，再旁边是紫函的笑脸。这凭空出现的笑脸，让周行健忍不住，拿起手机给紫函发短信。短信里的情话是那么直白，直白得只适合两个人传递。

周行健发一条短信，紫函很快回一条，紫函放下手头的诊疗工作，专门在手机那头候他。短信一直发到晚上，接着是电话。电话已经不仅仅是情话，每次接通，两人开场是“啪啪——”两声隔空亲吻。一声声“啪”划破长空，像电流一样打到彼此身心，立马有了精神，开始电话海聊。聊的全是情话，从今天穿了什么衣什么鞋，到梳的发型用的香水；从身高体重聊到三围私密部位；从有无恋爱经历聊到性取向，两个远隔千里的青年在电流里享受着二人世界的爱情。

聊累了就睡觉，每次都是紫函先挂，这是周行健的要求。他有一种奇怪的想法，不忍心自己先挂，觉得挂断后留下平白里的紫函在那一边，是死神的那一边，他不忍心让紫函受这样的痛，甘愿自己忍受。每次挂电话都会推来推去推很久，有时两人甚至为此愠怒，结果每次都是周行健占上风，紫函在他的隔空亲吻里睡去。

有时周行健也会疑惑，会不会紫函在骗他，没有睡着，这样的时候他还要补上一条短信。

亲爱的，晚安！吻你一千遍！

看到没回信，周行健才安心睡了。

有一天晚上，两人聊到裸睡的话题，周行健诱导着从紫函的脚聊到她的腿，又从腿聊到腰，再从腰聊到胸，最后聊到贝加尔湖……一边聊一边想，想着紫函的白和灵，想着紫函的胸和湖，周行健下面那东西被远隔千里的紫函撩动，不听使唤地举起头，举得那么高，像一头公牛，又硬又直。房子里没有别人，全身燥热心有爱恋的周行健索性扯掉裤子，任那公牛在夜里撒欢，恨不得顶破房子顶破天。

撒欢了几晚，周行健在情话里不小心说出来，手机那头的紫函哈哈大笑，说："要不要我安抚一下公牛？"

周行健燥热地说："那么远，怎么安抚？"

手机那头传来"啪啪——"的声音，紫函说："我亲亲它。"

这一亲不得了，虽然在空气里，虽然在电流里，虽然长夜的孤灯下只有周行健一个人，但公牛来劲了。充满血，红得发紫，红得发烫，直撅撅一柱擎天，周行健的手不由自主奔那去。只见手机两端两个热恋的男女一阵啪啪，一阵嗨嗨，最后冲天的灯黑了，万籁俱静。

这种电话里的爱先是发生在周行健身上，后来两人一起爱，爱得没有来由，爱得目空一切，爱得山高水长，爱得荡气回肠。当爱结束，激动的周行健最想冲到车站买票南下，但每次穿好衣服，眼前就会出现罗秉晖的影子，耳畔就会响起他那句"永远不要再回来"的话语。周行健就泄气了，瘫在地上。

直到有一夜，爱的高潮过后，夜空里传来紫函的哭声：“你怎么还不来，再不来我要死了！”

听到这句话，周行健心都要碎了，停了很久，他说：“我怕伤害罗秉晖。”

紫函哭着说：“伤害他，你就不怕伤害我吗？再说与他有什么关系？”

是啊，与罗秉晖有什么关系？罗秉晖是一个曾经以至现在追求紫函的男人，但紫函对他无感，他们两人之间没有建立任何的爱情关系，为什么要顾忌罗秉晖呢？没他什么事呀！这样想着想着，周行健往往又回到原点。但罗秉晖是朋友，有了他才遇到紫函，没有他我还在长夜里一个人赶路，命里不会有紫函出现。

紫函的哭是一种警示，告诉周行健对于爱情他必须有所作为，他担心紫函会做出什么傻事。后来周行健知道热恋时对紫函的这种担心是多余的，但当时他真的很担心，总害怕心爱的人会出事。

拿不定主意的周行健打算去找一位理性的人帮他出出主意，这个人是他来京后结识的最好的朋友——王立言。

傍晚时分，周行健从北京大学南门进来，沿着五四路往前走。他没有联系王立言，直接到研究生宿舍找他，想给王立言一个惊喜。

王立言曾经是一位媒体尖兵，在中国改革开放前沿广东省的一家报业集团工作近十年，写出许多引人注目的文章。当同事纷纷猜测他会如何往仕途上攀爬时，王立言做了一个令所有人意想不到的决定，辞职读书。

北京大学周边曾一度有这么一批人，他们租房住在北大周围，每天按时到北大听课，过着与在校生一样作息规律的学生生活，却不是北大通过高考、研究生考试等国家认可的方式统招录取的正式学生，他们很多是没有考上北大的落榜生，或是仰慕北大学风师风校风的人，外界把这些人称为“旁听生”。

辞职的王立言来到北京，过上了旁听生的生活。与很多旁听生不同的是，王立言对自己有着更为严格的要求，每天晚睡早起，旁听半年，就考上北大历史学系的研究生。

周行健正是在北大旁听时与王立言结识，当时他俩租住在北大西门外承泽园的一个院子里。这是一种北大教职工家属院改造的房子，四合院式，由房东住的正屋和出租用的厢房组成。厢房是由红砖临时砌成的平房，每间七八平方米，有床和座椅，无电器，共用室外旱厕，专门用来出租给旁听生。

一天下午正在下大雨，周行健在屋里看书，外面传来一阵吵闹声，他抬头看见房东正在招待一位打着一把黑伞的房客。黑伞很大，遮蔽了半个身子，新房客右手提的行李箱没怎么淋到雨。站在屋檐下，房东热情地介绍完房子的情况，回屋去了。新房客像一个密探，在房间内看了半天，又打着黑伞出去了。

屋里的周行健看着新房客消失在大雨中。说来奇怪，这个不认识的陌生人竟然让周行健产生随他而去的想法。可惜周行健没有那么大那么黑的伞，否则他很有可能会跟上去。受黑帮电影影响的缘故，周行健对于大雨中这样的黑伞总有一种说不出的复杂期待。

周行健正在看新自由主义经济学家哈耶克的《通往奴役之路》，新房客一来，他被新房客的黑伞奴役，整个下午都在期待新房客的到来。

下午六点多，雨停了，周行健听到远远的脚步声，新房客回来了，双手提着日用品和被子。这次周行健看清了新房客，一米八的个头，国字脸，看上去敦厚俊朗。

周行健主动出来打招呼："这么大的雨都挡不住你，看来你是急需找住处。"

新房客转过头说："哈哈，是呀，老天爷一点面子都不给，偏偏在我搬家的日子下这么大的雨。"

"说不定老天爷用这样的方式欢迎你呢。"说着周行健走到新房客面前伸出手说，"你好，我叫周行健，是这里的老房客。"

新房客握着周行健的手说："你好，我叫王立言。请多多关照。"

周行健与王立言就这样认识了，自此两人在北大共同过起了旁听生的生活。想必大雨中结交的朋友都很牢固，他们的友谊日后不管经历怎样的风吹雨打，从未中断。

半年后，一心寻找诗意栖居的周行健还在寻找，一心考研的王立言考上研究生。他搬进学校的研究生宿舍，留下孤零零的周行健。

对周行健而言，与其说是寻找诗意地栖居，不如说是寻找方向。他不想考研，认为考研会束缚创造力，影响写作。然而，对于未来该干什么，周行健又模糊不清。他经常睡在板床上突然醒来，坐在床上面对四壁，不知该做什么，也不知该往哪里去。又住了一段时间，迫于生计，周行健在远离北大的城西某节目制作公司找了一份制作影视节目的工作，搬离承泽园。

从那以后，周行健经常回北大找王立言，两人时常会去承泽园的出租房看看，算是缅怀两人的旁听生涯，也会在缅怀中谈论家国大事，往往不关心个人的小问题。

这一次来找王立言，周行健不打算谈论家国大事，只想谈迫在眉睫的个人小问题。

王立言不在寝室，室友告诉周行健王立言好像恋爱了。周行健拨通王立言的电话，王立言说在未名湖等他。去未名湖的路上，周行健思忖像王立言这样对自己严格要求的人，一般是不会在湖边看风景的，他会觉得是在浪费时间，今天怎么会有此雅兴？

来到未名湖找了一圈，周行健在湖心岛南侧的一块大石头上发现了王立言，他正坐在石头上发呆。周行健捡起一块石子悄悄地走到近前扔到水里，水花愉快地溅到王立言身上。王立言回过头，看到周行健站在身后哈哈大笑。

“我就知道是你。”王立言说。

“我看你像柳梦梅一样惆怅哀叹，让你开心开心。”周行健笑着说。

“我倒不是惆怅，就是最近集中不了精力读书。”王立言说。

“哎哟，大历史学家都有精力不集中的时候，八成是恋爱了吧。”周行健说。

“呃，你怎么知道？”王立言惊讶地问。

“看看看，中招了吧？哎，意志坚定如你也逃不过爱情关啊。”周行健说。

“是啊，人情债难偿，我是被黏上了。”王立言说。

“被黏上？互相黏吧。”周行健说。

周行健没有想到，原本来找王立言讨个灵丹妙药，解决他爱情的迷惘，不承想王立言也坠入情网。

“你不做横渠先生的学生了？我可记得那个撑着黑伞为了考研清心

寡欲两耳不闻窗外事一心只读圣贤书的王立言，怎么刚考进来没多久就儿女情长了。”周行健说。

“当然要做，横渠先生是何等人物？我的同乡，一代大儒，北宋关学学派创始人张载，我最为崇拜的人。他的话我时刻铭记：为天地立心，为生民立命，为往圣继绝学，为万世开太平。我之所以辞去做得不错的媒体工作来这里读书，就是因为如今的媒体工作成为社会蹩脚的大喇叭，什么好就吹什么，什么坏反而哑着不发声。如果说媒体工作在为这个社会粉饰太平，而政府虽被粉饰脑袋还算清醒的话，那么现在社会最大的危机是道德的沦丧、精神的贫乏、信仰的缺失。这样的局面，媒体是有心无力的，只有重建精神信仰，才能拯救社会。”王立言说。

“是啊，我十分认同你的看法，我也觉得需要你这样的人来拯救社会。谁知道你读书半年就恋爱了，怎么拯救？”周行健说。

“我也不是无情的人，怎么就不能恋爱嘛。行健，你没有日日在北大读书生活，你不知道如今的北大已经不是昔日的北大。如今的北大竖起高墙，四个门都有保安二十四小时把守，外人进不来，旁听生锐减，那个曾经没有围墙的大学不存在了，有的只是围墙内的学子一心只读与私利有关的书，不问时事，不关心时局，每个人读书的目的不是要改造社会，而是改造自己。哪个专业好找工作就往哪个专业扎堆，一切从生计出发，一切从利禄出发。围墙外是宽阔的马路，嘈杂的大街，围墙内也没闲着，个个打着心中的小算盘，怎么选与己有利的课，怎么巴结导师，怎么顺利修满学分毕业，到社会上赚大钱做大官……这成为读书的目的。真正安心在这个园子里坐冷板凳读圣贤书的人太少了，真正立有鸿鹄之志进行社会与精神信仰重建的人更是凤毛麟角。你可能不相信，我在北大读书半年，没遇到一个像我这样喜欢横渠先生的同学，更没有一个像我这样对社会和国家背负使命感的朋友。所以，兄弟，你不知道我苦闷啊！人一苦闷，要么患自闭症，要么出家，要么恋爱，坠入情网来麻痹自己。”王立言说。

“你倒是挺会给自己找借口。”周行健笑着说。

王立言一席话，周行健顿时觉得与他同病相怜。王立言在人才济济的北大尚且找不到志同道合者，何况他这个北漂。

“你知道我为什么来北京吗？”周行健问。

“为了诗歌。”王立言说。

“那是表象，或者说那是最初的想法。我来北京三个月就知道诗歌的时代过去了，如今的诗歌就像富人豢养的宠物狗，富人们未必懂得狗的想法，但喜欢牵着它招摇过市，显示自己的身份和尊贵，而诗歌也只有在他们的豢养中才能生存。否则诗人不是被饿死，就是疯了，或者自杀。我胆子小，怕发疯和自杀，只好作出妥协。在承泽园的小屋子里躲了半年就把自己放出来挣钱，养活自己。我虽然潇洒地养活自己，但活得并不体面，经常成为月光族，或者吃了上顿没下顿，除非我告诫自己不要发疯写诗或歪想，全身心投入工作，那样无疑是可以养活自己的，但也失去了自由，失去了诗意。我曾经有一段时间过过这样没有自由没有诗意的生活，每天逼迫自己工作，分不清出租屋和机房，分不清白天和黑夜。有一天晚上，站在十一楼的剪辑机房，劳累了二十个小时的脑子昏昏沉沉，在那一刹那，我产生了从窗户跳下去的想法。我不知道自己如此拼命是为了什么，感觉工作不过是穿衣吃饭，社交不过是逢场作戏，不知道这样的日子何时是个头。突然间感觉曾经的诗歌梦想全没了，没了诗意支撑，没了价值追寻，我成为一个剪辑台上的孤魂野鬼，陷入一片迷惘，找不到未来的路，也找不到回去的路。越想越悲观，越想越没有出路，就想跳下去死了算了。我真是往下跳了，幸亏非线剪辑师从身后重重抱住我，我俩摔倒在地。事后非线剪辑师说看我站在那里一副义无反顾身赴黄泉的势头就觉得不对劲。想想真是后怕，那晚非线剪辑师没走，要是走了，估计我就纵身跳到一片迷惘之海里去了，你看到的将是七窍出血全身僵硬的我。”周行健平静地说。

王立言看着周行健，黑夜里能看到他的眸子。

“从那以后我不再那样工作，辞职做了自由职业者。工作一段时间给自己放一段时间假，要么在城里遛弯，要么到外面旅行。按说这样的生活应该是惬意的，但时间久了会发现自己工作的那段时间挣的钱仅够满足温饱，或者仅够装个把月的贵族。也没有闲了就写出多么惊世骇俗的诗歌，反而越闲越虚无。看着媒体每天报道成功者的心路历程，看着生存的这个国度每天都有暴发户不断涌现，看到这些报道，一开始会羡慕，逐渐会麻木，后来觉得恶心，因为这一切与我没什么关系，我也搞不清楚这些所谓的成功人士和暴发户是通过什么肮脏蝇营狗苟不公平不公正的手段成功和暴发的。反而是暴露无遗的感官刺激每天冲击着你，挥金如土的市侩生活每天撞击着你，纸醉金迷的低俗生活每天诱惑着你。从此我没有自杀的念头，有的只是恍如隔世的虚无，有的只是不知何往的迷惘。”周行健说。

“你说得太好了，所以不如恋爱，爱至少是一种精神慰藉。”王立言笑着说。

“是啊，迷惘的时候不如恋爱。”周行健说。虽然他感觉被王立言套住了，说出了他应该说的话。

面对一边是友情，一边是爱情，周行健原本是来找王立言帮着出出主意，结果王立言也在恋爱中，找恋爱的人出主意显然不靠谱。

他们在未名湖畔从傍晚聊到天黑。夜里的未名湖，透明而纯净，在这个曾经许多才子佳人读书和谈情说爱的地方，周行健和王立言没有谈太多爱情，而是谈了许多人生的迷惘。

告别王立言，坐在午夜中关村开往城里的320路公交车上，周行健越想越好笑。就是在这路公交车上，说不定就是在这辆车上，王立言从北京西站回校途中经停一站，上来一位女孩不小心踩到他的脚。女孩穿的是高跟鞋、超短裙，幸亏是前脚掌踩的，如果尖尖的脚后跟踩到，估计穿凉鞋的王立言的脚要被踩个洞。

当女孩踩到王立言的脚，王立言大叫一声，还没来得及发怒，女孩又顺势倒在他怀中，两个乳房瓷瓷实实地顶在王立言的胸膛，女孩也哎哟一声。王立言没有时间享受那瓷实有弹性的乳房，一把抓住女孩，女孩才没有跌倒。

“对不起，对不起！实在是人太多太挤，真是对不起！”女孩一个劲地道歉。

眼前这位好不容易站稳穿超短裙的女孩，长发及腰，丰满匀称，她瓷实的乳房还顶在胸前，王立言想被踩也值了。

他面带笑容说：“没事，没事，就是人太多太拥挤。你要站稳扶牢！”

女孩这才发现自己的乳房顶着王立言的胸膛，她羞涩地笑笑，用力转过身，哪知道超短裙的屁股又抵在王立言的裆部。

车辆启动，惯性让女孩前后摇摆，超短裙的屁股敦敦实实地蹭着王立言裆部，搞得王立言脸红一阵白一阵，又不敢作声。两人一时无话，乘车前行，路上王立言的脸不知红了白了多少次。

到了北大东门车站，女孩下车，王立言跟着下车。女孩在前面走，王立言跟在后面走，女孩觉得奇怪，转身问："你怎么总跟着我走，你是北大的学生吗?"

"是，不像吗?"王立言问。

"哦，像。"女孩笑笑，说，"我也是，我在外国语学院，读大三。"

"我在历史学系读硕士，你今天的穿着不太像学生。"王立言说。

"哈哈，是嘛，我去参加迷笛音乐节，去的人都穿成这样，还有穿得比我更前卫的呢。"女孩说。

两人聊得十分投缘。进了校门，他们没有各自回教室，而是从东门聊到静园草坪，又从那里聊到未名湖。

女孩名叫秦苏蕙，专业是英语语言文学，兼任北大音乐协会的副会长。秦苏蕙十分奔放，特别喜欢嬉皮士之类的新奇东西，更喜欢摇滚乐。

王立言喜欢古典和优雅，他的好静与秦苏蕙的好动形成鲜明的反差，这没有影响他们对彼此的吸引。尤其秦苏蕙瓷实与敦实的诱惑，王立言无法抗拒。

在午夜灯光闪烁的巴士上，周行健默默念诵歌德的诗歌《新的爱情 新的生活》。那是刚才在未名湖畔，王立言不停念给他化解爱情烦恼的诗句。

……

那可爱而轻佻的少女，
就用这根扯不断的魔线，
将我紧紧系在她的身旁，
尽管我十分地不情愿，
我却只得按她的方式，
生活在她的魔圈中间。
一切俱已面目全非啊！
爱情，爱情！快放我回返！

歌德（杨武能 译）

# 第六章

回乡的列车每到一站都要停车载客，周行健逢站必下，到站台上吹吹风、透透气。京兰铁路上大站不多，小站不少，这是一个小站。

上下车的人不多，在空旷的原野小站显得十分孤寂。周行健看到一个熟悉的身影走在站台上，他揉了揉眼睛，这个熟悉的身影怎么会出现在这里？背包和走路的样子太像了，要不是列车启动，周行健肯定追过去拉住他。

一年前，在北京火车站，周行健就是在人群中看到熟悉的身影一把拉住，果然没错，是吴先锋。那一刻，周行健懊悔极了，真想溜之大吉。他根本不想遇见吴先锋，因为手里握着前往南方的火车票。他想连立有鸿鹄之志的王立言都坠入情网，我还犹豫什么？去他的罗秉晖，我要去追寻爱情！

就是在周行健决定前往南方追寻爱情的当天，他接到吴先锋的电话。吴先锋一顿诉苦，说待在凤凰城郁闷至极，必须要来北京找他和马洛散心。周行健矛盾一夜，还是选择去南方追寻林紫函，不管吴先锋的到来，反正有马洛在。

也是天意，周行健来火车站最怕遇到吴先锋，结果这双视力极好的眼睛十分讨厌，偏偏看到吴先锋。按说看到避开就是，可周行健两条腿就是不听使唤，径直跟着吴先锋，手也不听使唤，一把抓住吴先锋。在他的手和腿不听使唤的同时，心里在说：能拖几天是几天吧，谁让罗秉晖也在南方。

“你小子挺准时啊，我正准备给你打电话。”被拉住的吴先锋笑着说。

“先锋大人驾到，敢不准时嘛。”周行健说。

“哈哈，算你有诚意。接我背这么大包干什么?”吴先锋看着周行健的背包说。

“哦，这不准备晚上去马洛那过夜嘛。”周行健自圆其说。

吴先锋一身黑，黑衬衣黑西裤黑皮鞋黑背包，看上去老气横秋，像四十岁的中年人。

“你挖煤炭过来的，一身黑。”周行健揶揄说。

“哥们这叫个性，懂不懂!”吴先锋瞥眼说。

“对对，个性，够个性，先锋得不得了。”周行健笑着说。

吴先锋，本名叫吴理。青春期以前，吴理觉得自己有一个全天下最霸气的名字，“吴理”就是“无理”，老子天下第一，不和任何人讲道理。吴理是家里最顽皮霸道的孩子，兄弟姐妹被欺负得见了他就躲，连家里的狗见了他都绕着走，邻居送他三个字——狗都烦。狗都烦很生气，经常在背后袭击他看不顺眼的人，不是扔石子就是扔砖头，要么扔个炮仗过去把人炸飞了魂。他父亲是斯文的老师，为此气得吐血。

“吴理”是父亲翻遍《诗经》《楚辞》《现代汉语词典》才取出的好名字，意思为“吴家加工出来的美玉”，哪承想长成一块顽石。吴理的父亲一度想给这块顽石改名，结果改着改着到了青春期，吴理这块顽石安分了，腼腆了，羞涩了，他父亲也就放弃了修理这块顽石的想法。

进入大学，吴理学的是中国语言文学，孩提时代的无理加上青春期养成的有理，让任性使气心思细密情感丰富的无理文笔了得，经常写一些散文化的小说发表在学校刊物上。文章发表建立的自信，不仅让吴理倍感自己在文学方面所具有的天分，还倍感当今文学之低迷、文人之苟且，决定开一代风气之先，步王小波之后尘，扛起小说革新的先锋大旗。于是，从名字入手改造自己，他将名字中的那块玉去掉，加上“先锋”二字，取名吴先锋。

改了名的吴先锋着实有魄力，鼓动班级诗人马洛，请来隔壁班诗人周行健，三人联合，意气风发，挥斥方遒，像那个时代大多数高校一样创立新的文学刊物——《创十纪》。

刊名来源于三国时张揖撰写的词典《广雅》释天篇：“天地设辟，人皇以来至鲁哀公十有四年，积二百七十六万岁，分为十纪。”这是中国对人类开天辟地纪年的讲法，与《圣经》里关于人类起源的说法有相似之处，讲的都是人类始祖要在乌漆抹黑混沌初开的世界创出一片新天地，就像吴先锋他们要在乌烟瘴气浑浑噩噩的中国文坛创出一片新天地一样，故名《创十纪》。

吴先锋擅长写小说，所以《创十纪》是一本兼有诗歌、散文、小说的刊物。创办后，吴先锋抵不住周行健和马洛两个新锐诗人的诱惑和揶揄，逐渐改变方向写诗。当时三人在学校里颇有影响，被称为凤凰城的洛夫、张默和痖弦，他们也希望《创十纪》能有台湾诗刊《创世纪》的影响力。

然而，这三个生在大西北，长在麦田里的孩子，深受海子的诗歌影响，长期陷于模仿海子诗歌意象的窠臼里不能自拔。直到毕业，《创十纪》也没有做出《创世纪》的辉煌成绩，这对于过早离世且对后世中国诗歌影响巨大的诗歌灵童海子来说，不知是好事还是坏事。

或许是受挫于《创十纪》，毕业后，吴先锋少了先锋的棱角分明，也少了诗歌意气，龟缩回对小说的迷恋。但鲜有作品问世，徒留下一身的文人气质。

吴先锋没有像周行健和马洛那样扛起先锋的大旗外出闯世界，而是在家乡的一所职业大专学校做了一名语文老师，教授“大学语文”，是一门选修课。这所学校的专业是机械制造，专业课自然也是与机械、物理、工程等有关的课程，在这样的学校里做语文老师，吴先锋说自己就像一个人走在一堆冷冰冰的机器人中间。

为了让语文课生动有趣，除了教材，吴先锋发挥自己的才华经常编写一些教材以外的课程给学生们上，他希望培养这些未来机器人的诗意意识。可惜他面对的是一群高考没有考上大学本科院校内心多少有些自卑的孩子，这些孩子聪明顽劣被中国僵化的教育体制淘汰，他们本人不觉得天塌下来，但在父母的悲戚中，这些孩子破罐子破摔觉得人生失去了意义。对这样一群被所谓的正统人士视为类似地痞流氓的孩子进行诗意教育，收效甚微。

不过，这些孩子也有新奇的想法。在一次缅怀海子的课堂上，吴先锋介绍完海子，开始朗诵海子有名的诗篇《阿尔的太阳》。

到南方去
你的血液里没有情人和春天
没有月亮
面包甚至都不够
朋友更少
只有一群苦痛的孩子，吞噬一切
瘦哥哥凡·高，凡·高啊
从地下强劲喷出的
火山一样不计后果的
是丝衫和麦田
还是你自己
……

就在吴先锋忘我的朗诵中，他听到从麦田和凡·高心脏里喷涌而出的吉他琴声，这让他激动。就着这份激动，吴先锋一口气朗诵完《阿尔的太阳》。尽管他朗诵过这首诗很多次，但这一次他感觉到前所未有的酣畅淋漓。吴先锋沉浸在回味中，因为来自麦田和凡·高内心中的琴声还在喷涌，他没有发现全班学生都嗨起来。等他发现，学生们已经抛弃海子的诗歌，口中跟着那几名弹吉他和电贝斯的同学一起唱着崔健的《一无所有》。

奇怪的是吴先锋没有像以往那样发火，他看着这些嗨翻的学生，觉得刚才那个琴声给《阿尔的太阳》配乐是恰到好处的。

这堂课被教务主任的不期而至给制止，学生们被教务主任训得不敢抬头，吴先锋也被责令写检查。吴先锋试图据理力争，不愿写检查，但在被威胁辞退后，他无力地选择了写检查。

吴先锋在检查中把全部责任揽在自己身上，这赢得了学生们对他的尊敬，他们认为吴老师是一个与他们打成一片、敢于承担责任的老师。

在几名上课带头弹吉他的学生建议下，吴先锋加入学生乐队，苦闷的时候与乐队一起在寝室里狂弹狂唱狂发泄。

如果这样的发泄都不能排解苦闷，吴先锋就来北京找周行健和马洛，他已记不清楚这是第几次来了。

坐在开往燕郊的地铁上，周行健发现吴先锋胖了，心想这家伙在老家过得没那么不堪吧。

“你怎么不找个女朋友?”周行健问。

“你不是也没有嘛。”吴先锋白了他一眼。

“人家马洛有呀，还是洋妞，胸特别大，屁股特别翘。你看看你，大老远跑来给人家当电灯泡。”周行健说。

“你们两个忘恩负义的家伙丢下我跑到北京潇洒，把我一个人留在蛮夷之地凤凰城苦受煎熬，好不容易来透透气，还这样挖苦我。有没有一点同情心，太不仁义了吧。”吴先锋说。

“你受煎熬?满学校的女老师和女学生随你挑选，你还受煎熬，骗人吧你。”周行健说。

“我对那些不感兴趣，我就是内心特压抑，精神特苦闷。我在家乡连个说话的人都没有，也就是跟着一群学生瞎吼吼。我来就是想看看你们过得怎么样，是不是也像我这么压抑，这么苦闷。”吴先锋说。

“噢——你是找对人了，马洛会告诉你用爱情指引前路，你将不会压抑，不会苦闷。”周行健说。

“拉倒吧，他跟个洋鬼子能有什么爱情，也就是满足满足兽欲。”吴先锋说。

“啧啧啧——这话可是你说的，等会到了你就知道人家是多么的恩爱。”周行健说。

“你也恋爱了吧?”吴先锋说。

“我，谁说的?”周行健装出一副无辜的样子。

“还用说嘛，看你一脸的桃花运。哈哈哈……”吴先锋笑着说。

周行健也笑了，他没有否定吴先锋，也没有肯定自己恋爱，对于自己的爱情他还没有把握。

到了燕郊，马洛带着美国女朋友迎候在车站，周行健和吴先锋一下车，三个人拥抱在一起。

“想死你了！一直盼着你来呢。”马洛说。

“我早就想来，只是这学期课比较多。”吴先锋说。

马洛介绍Rose和吴先锋相互认识。

“噢，幸会幸会。”吴先锋说。

“幸——会——”Rose说。

“还有我呢。”周行健在旁边故意说。

“你是谁？空气吗，看不到呢，哈哈哈。”马洛说。

几个人又说又笑，来到马洛宿舍。

吴先锋十分高兴，像回家一样，一进宿舍跳起来说：“太亲切了，与我的宿舍一般大，布置得比我的宿舍时尚。”

“那肯定，首都北京嘛，肯定比西部小城时尚啦。”马洛嘚瑟着，从柜子里拿出苹果汁说，“来，喝苹果汁，口渴了吧。”

看着每次过来都喝的苹果汁，周行健笑着说：“马洛，你们学校的副业是不是榨苹果汁，还是榨汁厂老板的孩子在你们学校读书？”

“你猜。”马洛说。

“什么，你们学校还干这个？”吴先锋诧异地问。

“不是啦，周行健那孙子逗我呢。”马洛说。

“每次来都是苹果汁，能换个花样嘛。”周行健说。

“换！这是进口货，学校免费给的，能喝到就不错了。”马洛说。

“嗯，味道不错。”吴先锋喝了一口说。

“是啊，就他挑三拣四。”马洛说。

三人聊兴正欢，Rose听不懂，站在那猜了一阵，找了个借口出去了。

“马洛，你小子太牛逼了，这么正点的美国妞都被你泡到手，快说说怎么泡到的？”吴先锋说。

“电话上都给你说过的。我和她同时应聘到学校，发现这所学校是个往国外输送国内差生的英文速成班中转站。像我这种教中文的很苦逼，不被重视，但又不能没有。学生们不仅英文差，中文更差，也就初中水平。我教得很郁闷，下课经常抱着吉他弹唱疏解郁闷，这不就把Rose招来了。”马洛说。

“这么简单？扯吧，你。”吴先锋说。

“真的，Rose说我琴弹得好，诗又写得好，主动要做我的女朋友。不瞒你们说，我到现在都受宠若惊。”马洛说。

“受宠若惊，你小子是捡了便宜还卖乖。”周行健说。

“可能吧。Rose给我说在美国都这样，喜欢一个人直接去说，对方愿意，双方就恋爱；不愿意，就拉倒。不像中国那么麻烦。”马洛说。

“我不关心你怎么泡到手的，只关心她床上功夫怎么样。不都说外国女人开放得很嘛，到底怎么样?”周行健说。

“这还用说，那是相当了得，跟国内女人比是天上和地下。我劝你们都别在国内找女朋友，太保守，根本没有外国女人开放和主动。”马洛说。

“保守吗，不见得吧，我看国内女孩现在也挺开放的。”吴先锋说。

“只有你这书呆子才认为开放。人家美国女人一上来就是热吻。那吻好家伙，从上面到下面，从下面到上面，排山倒海，血脉偾张……应有尽有，直接把你爽翻天。”马洛说。

“这样啊，那不是比日本A片都厉害。”吴先锋说。

“日本A片算什么，都是跟着欧美学的。也就是你不找女朋友，活在A片的世界。你要是像我跟美国女人做过爱，就不觉得A片有什么了不起。”马洛眉飞色舞地说。

三个文科青年，曾经的诗歌先锋，如今见面聊得最嗨的居然是和女人做爱，这让周行健觉得是那么荒诞和滑稽。他慢慢不作声了，在一旁听着马洛和吴先锋的对话发呆，他们的两张嘴像泥鳅一样在密闭的水世界晃动，蹿上掉下。

这个场景曾经出现过，那是他们三人一起讨论诗歌流派的时候，当时马洛力推表现主义，他说浓烈的色彩和强烈的声线是后现代诗歌写作必须要坚持的原则。新锐的吴先锋对他的论调不以为然，坚持新抒情主义才是中国诗歌未来的方向，他说海子就是新抒情主义成功的典范。周行健坐在两人中间发呆，烟烧到食指火辣辣地痛才知道该发言了，他兼顾两人的主张，说现代诗歌写作既要表现主义形式，也要抒情的内容。这往往引来两人的嘲笑，说他是墙头上的草随风倒，没有自己的主张。周行健在烂泥长出来的芦苇荡里左倒右倒倒了很久，眼前一片白茫茫，就像此时的房间密不透风，令人窒息。

逐渐，屋子里没有了声音，泥鳅不再摇摆纹丝不动地趴在那里，像死了一样。

“马洛，最近写诗了吗，来一首吧。”吴先锋说。

“当然写了。”马洛从墙上取下吉他，挎在腰间，打开电脑坐在椅子上，边弹吉他边朗诵他的诗。那派头不像是在朗诵诗，倒像是在唱歌。

> 那颤抖在空中的乳房粘贴在凝固的十字架上，
> 撞击出惊世骇俗的神话，一边的手臂不再安分
> 生命随着冷漠在幕墙后面上演虚脱的活剧
> 这个世界只见黑森林里恐怖的暗哨，不见
> 人的呼吸，唯有殷红的桃花在绿狗的胯下
> 盛开出一朵僵硬的阳具，我们扛着它冲锋陷阵
> ……

与以往不同，马洛的诗风大变，惊得周行健瞠目结舌，他正在思忖这样的诗是不是马洛写的，还是马洛念来逗他们玩的。

“这是你写的诗?”吴先锋问。

“嗯——”马洛点头。

“什么狗屁东西！乳房、阳具，这些下三路的东西全进去了！这也叫诗?”吴先锋说。

“当然是诗啊，你们不知道我最近正全力以赴学习美国诗歌，这是我学习的最新成果。”马洛说。

“是挺新的，身体器官都上去了，就怕别人看不到。”周行健说。

“这不是器官，这是有力而赤裸裸的反抗，是对我们这个物欲横流社会的反讽。”马洛说。

“反讽什么呀，要我说就是畜生，没有任何诗意而言！你看看你马洛，现在变成什么样子。我一进寝室就知道你与那个美国女人住在一起，住就住吧，也不至于搞得你连诗都不会写了。我大老远跑来就是想和你们一起切磋切磋诗歌，留住身上的那么一点诗意。没想到啊没想到，你竟然堕落至此。”吴先锋摇着头说。

“先锋大人，我这真是诗，不信你看。”马洛说着从书架上拿出一本文楚安翻译的美国诗人金斯伯格的诗选。

他接着说：“你们回忆回忆，我们上学时是不是接触过美国诗人金斯伯格的诗?只是我们的诗歌趣味被海子的抒情主义遮蔽，被抒情和浪

漫编织的白日梦蒙蔽，以为世界多么美好，就算坏也坏不到哪去，结果一进入社会就发现何止是坏，简直肮脏不堪、丑陋至极，把我们的梦击得粉碎。金斯伯格是Rose介绍我重读的，在社会上混了两年再读他，那真是找到了知音。金斯伯格不抒情，他只是批判和抨击。他批判和抨击现代化陷阱下物质盛行的美国社会，他批判和抨击粗暴简单白人至上侮辱和蔑视黑人的暴力行径，他批判和抨击麦卡锡主义对美国多元文化多元社会的破坏，他批判和抨击二战后人们精神的迷失和人性的一次次被践踏……就凭这些，我欣赏他喜欢他，我就要学习他的写作方式和方法，我现在就宣布追随他。”

“好，说得好，比刚才你的诗好！”周行健鼓着掌说。

“好什么好，畜生！”吴先锋夺过马洛手中的《金斯伯格诗选》，说，“我当然知道这个诗人，难道他真写了这些鬼东西。”

“你还不信，翻到114页，金斯伯格的成名作《嚎叫》，你自己看。”马洛说，显然他对这本诗集十分熟悉。

吴先锋看着金斯伯格的诗，眼睛睁得快要裂开，单眼皮都成双眼皮。马洛心有不甘，从吴先锋手中抢过诗选。

“金斯伯格的诗一定要大声朗诵出来，在朗诵中才能感觉到他的诗不一般。”马洛说完，高声朗诵。

我看见我这一代的精英被疯狂毁灭，饥肠辘辘赤身裸体歇斯底里，拖着疲惫的身子黎明时分晃过黑人街区寻求痛苦地注射一针，

天使般头脑的嬉皮士们渴望在机械般的黑夜中同星光闪烁般的发电机发生古老的神圣关系，

……

他们狠咬侦探的后颈在警车里高兴得大叫因为没犯下任何罪过无非出于发狂鸡奸酩酊大醉，

他们跪下嚎叫在地铁里从车顶上被拖下犹如挥手抖动着生殖器和手稿，

他们任凭神徒般的摩托车手顶人屁眼兴奋极了发出怪叫，

他们放纵口交也被那些人间六翼天使，那来自大西洋和加

勒比海的水手拥抱和爱抚，

他们性致勃勃寻欢在早晨傍晚在玫瑰园在公园在墓地草坪任他们的精液泄流来者不拒

……

他们浪迹在科罗拉多开着数不清的在夜色中偷来的车，尼尔·卡萨迪，这些诗篇中秘而不宣的英雄，丹佛的雄鸡和美男子——多么欣喜想到他偷情同无数姑娘在空寂的停车场聚餐会后院，影院摇晃歪斜的椅上，山顶洞穴或同憔悴的女侍在熟悉的公路旁多么僻静撩起衫裙尤其在隐秘的加油站单人独用的洗手间也在家乡的小巷里，

马洛忘情的朗诵没有感染吴先锋，他还要说什么，被周行健拦住，示意他不妨听完。

神圣！神圣！神圣！神圣！神圣！神圣！神圣！神圣！神圣！神圣！神圣！神圣！神圣！神圣！神圣！神圣！

世界神圣！灵魂神圣！肌肤神圣！鼻子神圣！舌头和鸡巴还有手还有屁股眼儿皆神圣！

万物都神圣！人人神圣！处处神圣！每天都是永恒！每一个人都是天使！

……

宽恕神圣！怜悯！救济！信念！神圣！我们拥有的，躯体痛苦崇高！

灵魂所具有的超脱自然的大智大善神圣！

——欧文·艾伦·金斯伯格（文楚安 译）

马洛大汗淋漓地朗诵完《嚎叫》，像1955年10月金斯伯格本人在旧金山画廊朗诵时那般激动，他啪的一声将书甩到地上，口中振振有词：“这他妈才叫诗！”

吴先锋看着他，又转过头看着周行健说：“结尾部分有点像诗了。”

“不可否认这就是诗，只是那些器官出现在现代派的画中不觉得突兀，出现在诗中用文字写出来，多少觉得怪怪的。”周行健说。

“我也这么觉得。如果把这些器官去掉，这首诗有可能会更有诗意。”吴先锋说。

“去掉就成了狗屎！你们两个伪君子，为什么就不能正视‘垮掉的一代’精神之父诗歌的现实呢？我们天天就活在这些器官中，不是贴在墙上流动在视频中，就是滚在床上铺满在阴沟里，你们不觉得吗？”马洛激动地说。

周行健觉得马洛说的有道理，频频点头，的确这些人体器官就像衣食住行一样时时刻刻出现在生活中，无法回避，无法割舍，无法离去。

“那是你们，我清白得很。”吴先锋狡黠地说。

“你清白，清白得跟牧师的床单一样。”周行健笑着说。

这句话把三人逗笑，也为这场争执画上句号。细细观察三个人，其实都很纠结。

马洛变了吗？没有，马洛在寻找。他留着一头长发，浓密的发丝很硬，走起路来不随风飘散，也气浪滚滚。教职给了他稳定的收入，他的内心却很躁动。Rose是一个不知道背景的美国女孩，马洛也不知道她在美国的生活情况，只知道她在大学读书，休学来中国旅行，却不急着回国。Rose对金斯伯格的诗歌有着近乎疯狂的痴迷，她的这份痴迷影响了马洛的诗歌写作，马洛也从金斯伯格那里找到了诗歌方向和精神慰藉。

吴先锋变了吗？没有，吴先锋也在寻找。吴先锋是拘谨的，他的衬衣不管短袖长袖下摆永远装在裤子里，头发永远是旧式知识分子的分头，戴一副宽边黑框眼镜，这显然有违他给自己改的“先锋”的名字，但暗合父亲给他取的本名——理，寓意人生需要不忘理智。吴先锋说起话来咬文嚼字，时不时冒出一两句文言文，在三人中间文人气息最重。他一直护紧胸口，保持自我的那一份天地和对诗意的追求。

周行健变了吗？没有，周行健更在寻找。周行健骨子里受中国传统文化影响很深，但嘴里吐不出几句文言文，他自嘲说记不住，用的时候才想起来。他喜欢所有新鲜事物，更喜欢自由，为了自由他往往不管别人的感受，每当感觉自己某方面做得过分时又会适可而止。他有一个梦想希望能够汲取中国古典诗歌的营养，吸收外来诗歌的精髓，创造出不一般的作品。可惜这一梦想又经常被他对人生的玩乐和享受侵蚀，他自己却浑然不知。更为悲剧的是，在诗歌被重商主义击打得支离破碎的时代，他往往不知何往。

晚上，Rose过来，和三人一起分享了她对金斯伯格的看法。她说金斯伯格年老时被美国文学艺术院接纳，成为其成员。那个被奉为“垮掉的一代”之父的文学流派的领袖也回归正统，是令人惋惜的。

“不过，又能怎么样呢？”Rose说。

谈论完金斯伯格已是深夜，Rose说寝室来了朋友住不下，她得和马洛住。这听上去像个借口，实际上Rose与马洛恋爱不久就瞒着学校同居一室，尽管学校也给她分配了宿舍，但她几乎不住。今晚，不顾周行健和吴先锋在，Rose也要和马洛睡在一起。这意味着四个人同居一室，三男一女，岂不是混居？周行健和吴先锋觉得太尴尬，要回城里去住。马洛坚决不答应，说三个人好不容易聚在一起，睡一起好好聊聊。况且时间很晚了，没有回城的车。周行健又要带吴先锋去住旅馆，吴先锋嘴里答应却不动弹。没辙，就凑合住吧。

马洛说吴先锋和周行健是客人，应该睡床上，他与Rose打地铺。Rose去外面洗漱回来，穿了一件吊带衫样式的睡衣，里面没有穿胸罩和内裤，乳房和三角地带隐隐可见，搞得周行健和吴先锋看也不是，不看也不是。周行健心里想如果晚上三个男人兽性大发把Rose轮奸了怎么办，这个想法只停留了四分之一秒就划去。毕竟是马洛的女人，要真这么做了，马洛不是要跳楼。

这个倒也好忍，难忍的是吴先锋。这家伙看上去老气横秋，脱光衣服全身雪白，肉又多，像个胖妞。两人挤在一米二的床上，该碰的地方都碰到，不该碰的地方也碰到。按说周行健经常与同性在一张床上睡觉，没觉得有啥难受，一个人在外面漂，很多时候是不讲究的，哪里能睡就凑合睡。可今晚的床太窄，两个大男人睡在一张单人床上要多难受有多难受。平躺吧，两个人太宽；脸对脸吧，两个抽烟的臭男人的口气想想都反胃；屁股对屁股吧，头就得悬空。调了半天姿势，吴先锋乘周行健转过身的工夫一把抱住他的腰，周行健的屁股对着吴先锋的下半身。得，就这样睡吧。

空调冷风开得很大，呼呼的像西北风，加上吴先锋的呼噜声，吵得周行健睡不着。

正迷糊着，一个声音传来，哼哼唧唧，周行健以为是吴先锋发出来的，推了他一把，吴先锋的呼噜停了，但哼哼唧唧还在。不一会儿，哼哼唧唧的声音越来越大，周行健这次分辨出来，那是马洛和Rose做爱的声音。

不会吧，这也能做起来，屋里还有两个大男人呢。燕郊的夜很安静，即使屋里有呼呼的空调声和吴先锋的呼噜声，依然放大了马洛与Rose做爱的声音。哼哼唧唧是马洛的，逐渐起来的不间断的呻吟和嚎叫，像发情的母狗，显然是Rose的。

起先，周行健挺好奇，想听听这对狗男女要搞成什么样。谁知道听着听着，眼前出现林紫函，这让他烦躁不安，真想起来把身边一对狗男女赶走。就在这时，一只手慢慢抚摸周行健屁股，越过屁股要摸另一面，这是吴先锋的手。靠，不会吧，难道这家伙是同性恋？不可能！来不及多想，那只手就要摸过来，性取向明显倾向于女性的周行健恼了，一巴掌打到吴先锋手上。

他还要一个翻身起来，被吴先锋摁住，悄悄在耳边说："跟你开玩笑，我们出去吧。"

这是一个好主意。周行健与吴先锋穿着内裤随便抓了一件衣服蹑手蹑脚走到门前，刚一开门，嚎叫声和哼唧停下了，两个人像做贼似的径直冲出去。到了楼道哈哈笑起来，又不敢大笑，两人嘿嘿笑着下了楼，把嚎叫和哼唧抛在身后。

夏日夜里室外蚊子特别多，一个个像饿狼一样红着眼睛一拨一拨冲向周行健和吴先锋，他俩很快成为蚊子的晚餐，裸露的腿是蚊子密集攻击的对象，每条腿上都被咬出几十个包。

光顾着出来，没带火机没带烟，周行健和吴先锋无任何还击之力，巴掌打过去全打在自己身上，蚊子炫耀着又冲过来。两人硬撑着在室外待了半个小时，觉得凭什么他们跑出来，要出来的也是马洛那个重色轻友的家伙，他们决定进屋睡觉。

两人合计好了回屋里整马洛，见他和Rose睡着了，屋里静悄悄的。也就作罢，各自睡了。

第二天，周行健和吴先锋坚决不在马洛的寝室待，提议去城里逛逛。马洛请了假，陪他俩一起进城。那时网络购书不发达，买书还得去书店。陪吴先锋逛了几家书店，也没买到什么好书。周行健说去北大南门的风入松书店，那里应该有好书。

三个人挤着公交车赶了过来，在中关园站下车，步行前往北大南门。

一到海淀路口，提着黑口袋操着南腔北调口音的男人女人尽往身上凑。吴先锋觉得好奇，还没明白这些人什么意思，只见一个中年妇女操着河南口音说："A片，十五块钱一张，要不要？"

说着一只手从黑口袋里摸出两张封面印着女人裸体和硕大生殖器的光盘。吴先锋一下愣住，他没想到在中国最高学府北大门前不远处竟然卖这些有伤风化的东西，他觉得这些东西应该在马路阴暗处或者数码城的楼角处卖，最起码卖的时候遮掩一下。

周行健看出吴先锋的困惑，故意说："你不来一张，这个比昨晚上好看，DVD，看得清晰不像黑漆漆的啥也看不到，只能听声音。"

马洛飞起一脚踢到周行健屁股上，说："你就教坏吴先锋嘛，人家那么纯洁。"

"他纯洁，纯洁得伸手摸人家腚。"周行健说。

吴先锋还真要买，站在那里和中年妇女讨价还价。卖碟的小贩看有生意，一窝蜂围过来七八个。好家伙，一时间从黑口袋里掏出许多让人无法直视的碟片，各种男女高难度动作高暴露器官都刻印在明晃晃的封面上，比刚才的火辣多了，什么日本的、欧美的、白人的、黑人的……吴先锋挑花了眼，手里捏了十多张，还让马洛帮着挑。

周行健站在一边心急如焚，怕警察来抓住就糟了，给你安个买卖盗版淫秽光碟的罪名，那不是被扭送回老家，就是被押送到昌平挖沙子。

他不耐烦地说："挑几张算了，你还真把这东西当女人用啊。"

吴先锋挑来挑去挑了五六张，小贩们不甘心，说再买些吧，好看得很。周行健带头突围出来，两个小贩不死心跟了老远才转身去找新的买家。

三人来到风入松书店，这是一家地下两层的书店，专门经营人文社科类图书，很多北大知名文科教授在这里买书，使书店颇有名气。

进入书店，第一级楼梯上方挂着装裱好的德国诗人荷尔德林的一句诗：人，诗意地栖居。

这种氛围一下将人从外面浮躁的世界带入书籍神圣的殿堂。

看到这句诗，吴先锋转身往外走，周行健和马洛不知怎么回事跟着出来。吴先锋从包里拿出刚才买的光碟，要扔到外面的垃圾桶里。

“拉倒吧，你就装，有本事刚才别买呀。谁内心中没有些污秽呢，如果你真能除去污秽，做到非礼勿视、非礼勿听、非礼勿言、非礼勿动，你就扔了吧。”周行健说。

走到垃圾桶前的吴先锋停住手，嗤地笑了，说：“突然来到这么神圣的地方，还真有点不适应。”

“靠，真会装，我以为你多给卖碟的人钱了呢。还买书吗？”马洛问。

“买，为什么不买！”吴先锋说着步入书店。

吴先锋买了一大包书，死沉死沉，背不动，分开来周行健和马洛帮着背。

吴先锋想进北大参观，三人大模大样地往校园里走，被门卫拦住。因为没有学生证，又没人接，门卫不让进。有了围墙的北大进不去，周行健联系王立言出来接，也联系不上，估计和秦苏蕙躲到哪谈情说爱去了。

吴先锋不死心，要在北大周围溜达，三人溜达着来到颐和园。天热，背着沉重的书，全身是汗，周行健死活不走了，说去划船吧，凉快些。

他们从东宫门进去来到玉澜堂，看到远处的十七孔桥在斜阳下像一只横卧的睡狮在卖萌，引得人分外想走到近前亲手摸摸它的萌态。他们不顾疲惫，沿着昆明湖向十七孔桥走去。对面的西堤将湖面分成两半，水面泛着粼粼白光。北边的万寿山在光影对比下澄明可见，排云殿的金顶反射出金黄色的光芒洒落四周，一副紫气东来的气象，没有末世之感。

三人在南湖岛租了一艘人工双桨船，打算划到对面的排云殿码头，去万寿山上看看。周行健和马洛一人拿一只浆划，由于受力不均，船在水里打转不前，两人找了半天平衡船也不能前行。周行健要一个人划，马洛不干非要一起划，眼看他们俩在水里打转要吵起来，吴先锋要过浆，一个人划起来。

在夏日的湖面上划船是一种享受，手划着昆明湖的水，脸吹着凉丝丝的风，身心畅快。船划到湖中央时周行健说停一会，让船自己滑行。

周行健和马洛脱去上衣，光着脊背享受清凉，吴先锋捂得严严实实，埋怨两人有伤风化。周行健不管那么多，说三千亩的水面谁看得见你。

万寿山掩映在一层层西山中，淡淡的蓝黛里飘着淡淡的烟霭，一层一层散开，呼应着水面一圈一圈漾开的波纹，山水一体，水天一色，难怪颐和园又叫清漪园，的确是山水两清漪。

三人懒懒地坐在船上，努力体验着清朝皇亲国戚乘船在昆明湖上玩乐的那种帝王感，只是除了凉丝丝的通透爽和游船从身边划过的吵闹声，啥感觉也没有。眼见船被风吹着滑向西堤，周行健起身拿起桨向排云殿划去。临近排云殿时他看到岸边的鱼藻轩，把船划了过去，在鱼藻轩前停下来。

“我们在排云殿上岸，怎么划到了这?”马洛问。

“你们知道这个鱼藻轩可有什么特殊之处?”周行健问。

“鱼藻轩，好像《诗经》里有这么一首诗，我还记得几句。”吴先锋说着背诵《诗经·鱼藻》。

鱼在在藻，有颁其首。王在在镐，岂乐饮酒。
鱼在在藻，有莘其尾。王在在镐，饮酒乐岂。
鱼在在藻，依于其蒲。王在在镐，有那其居。

背到一半时吴先锋背不出来，周行健与他一起把后半段背完。

周行健说：“这首诗很多人说是写君民关系的，我倒是觉得写出了各得其所，各安其分。我们今天在昆明湖划船，二位就没想到一个人吗?”

“你是说国学大师王国维在这里投湖自尽吗，我一来到湖边就想到了。以前总说来昆明湖，一直没来，这次来没想到这么大，王国维当时跳下去是必死无疑。”马洛说。

“湖是很大，但鱼藻轩很小，王国维当时就是从这里跳下去的，说不定就是我们船所在的地方。”周行健说。

“真的呀?”马洛和吴先锋异口同声地说。

“我记得很清楚，就是鱼藻轩。据说他当时跳入湖中，湖水很浅不能淹没他，他是趴在水里窒息而死的，救起时脊背的衣服还是干的。”周行健说。

“是吗？这么有骨气。”吴先锋说。

“他是殉清去了。”马洛说。

“何止殉清，他是殉了两千年的封建文化，被称为中国最后一个士大夫。陈寅恪在给王国维写的碑文里说：

> 先生以一死见其独立自由之意志，非所论于一人之恩怨、一姓之兴亡。呜呼！树兹石于讲舍，系哀思而不忘。表哲人之奇节，诉真宰之茫茫。来世不可知者也，先生之著述，或有时而不章。先生之学说，或有时而可商。惟此独立之精神，自由之思想，历千万祀，与天壤而同久，共三光而永光。

陈寅恪和王国维惺惺相惜，才会有如此高的评价。我真的很钦佩他们，认定一个王朝、一个政权、一个体制，哪怕那个王朝、政权、体制腐烂发臭，不可救赎，依然全心全意跟着它，维护它，拼尽全身心力在所不惜。有人或许说这是愚忠，我倒觉得愚忠何尝不好，愚忠是需要信仰的。放眼当下，有什么可以值得我们愚忠呢？又有什么值得我们信仰呢？有的只是物欲横流、尔虞我诈，有的只是粉饰太平、歌功颂德。有多少人是发自内心真心投入为了我们这个社会和国家全情付出，又有多少人是放下名利放下身段仅仅是为了获得尊重而俯身向下？太少太少了。”周行健说。

“你说得太大了，我就佩服他趴在水里逼着自己窒息而死的决心和行为，我在想我能不能做到？我可能做不到。死，是需要勇气的。”马洛说。

“是啊，死其实没有我们想象的那么简单，需要顾及身前身后事，顾及亲人和朋友，不是纵身一跃那么潇洒的。”吴先锋说。

“说不定哪一天，我也会像王国维先生那样纵身一跃呢。”马洛看着水呆呆地说。

“那样倒是清净，但我不希望看到你那一天。”周行健白了马洛一眼说。

“王先生是功成名就，为了殉帝制殉文化而自尽。他难道仅仅是为了殉道吗？我看不一定。当时他跟随溥仪，被赶出紫禁城后无处可去，觉得近三百年的大清帝国气数已尽；他更觉得中国两千多年的封建文化要被外来文化侵蚀吞没。面对这一切他无所适从，无力回天，他一个士大夫的肩膀扛不住，他迷惘极了，不知该怎么办，不得已选择自杀。

“他的遗嘱第一句：

五十之年，只欠一死，经此世变，义无再辱。

“这里的‘世变’，不是‘事变’，什么样的世变呢？要我说就是李鸿章说的，‘臣窃惟欧洲诸国，百十年来，由印度而南洋，由南洋而中国，闯入边界腹地，凡前史所未载，亘古所未通，无不款关而求互市。我皇上如天之度，概与立约通商，以牢笼之，合地球东西南朔九万里之遥，胥聚于中国，此三千余年一大变局也。’正是经历了这样的世事变局，他觉得不可再受耻辱，所以选择自尽。这是迷惘的自尽，是他所创立的境界中说‘独上高楼，望尽天涯路’的迷惘，因为任他如何‘衣带渐宽终不悔，为伊消得人憔悴’，都无法达到‘蓦然回首，那人却在灯火阑珊处’的境界，找到他所维护的那个文化那个体制的出路。与其迷惘至极，不如自尽。”马洛说。

“就迷惘没有出路这一点来说，七十多年前的王国维与今天的我们没有多少不同，都被迷惘所笼罩。如果走不出迷惘，谁能保证不走极端？”周行健说。

“对，如果走不出迷惘，谁能保证不走极端！”吴先锋说。

“对，如果走不出迷惘，谁能保证不走极端！”马洛说。

周行健的这句话说出了三人的心声，说不定也说出了七十多年前投湖自尽的王国维的心声。

如果人生没有出路，不论是清末的国学大师，还是21世纪初中国的三个年轻人，他们都面临同样的困境：要么纵身一跃，扎入湖中；要么浑浑噩噩，混过一生。

# 第七章

茫茫戈壁在夜色下清冷苍凉，列车呼啸着掠过一天中最后一丝光亮，驶入无边的黑暗。夜幕下出现一条舞动的光蛇。周行健坐在光蛇的肚子里，目光从黑魆魆的夜转回车内。他动了动脖子，抬头看车厢顶部的灯，摇摆的车厢带动顶灯摇晃，那刺眼的光线形成迷离的光晕，随着快节奏的舞曲音乐，迪厅里所有人在摇摆。

周行健在舞池里蹩脚地扭动，不协调地摇摆着脑袋，两只手臂在胸前背后画圈，那动作一看就是喝醉了。几位女生围绕在他身边，马洛和吴先锋一个在前一个在后也在疯狂摇摆。喝了酒的周行健在迪厅昏暗的灯光里控制不了自己对身边女生的欲望，他时不时地会让自己舞动的身体贴到陌生女生身上，这种贴法也没什么劲，在劲歌舞池里却给了一个男人小小的满足。

不光周行健贴，所有男人都贴，马洛自然是贴女朋友Rose，其他人似乎都抱着不贴白不贴的心理。舞池里的女人都化了妆，在灯光的照射下，丑八怪看上去也美三分，勾引男人一个劲往身上贴。正所谓，谁贴谁还不一定呢。

接连两曲激烈的迪斯科跳完，慢摇音乐响起。这下就不是羞答答的贴身了，而是男人找女人或女人找男人抱在一起摇。马洛抱着Rose摇起来，摇法绝对美国式，两人摇着摇着Rose从马洛怀中挣脱，在他面前摇S形，边摇边蹲下，再摇起来。S形的胸部和臀部一前一后在马洛裆部盘旋。那哪是跳舞，分明是勾引，周行健边摇嘴里边嘀咕。

与此同时，刚在KTV一起喝酒的一个女生摇到周行健面前，将双臂搭在他肩上摇起来。这个女生是马洛学校的一位英文老师，长得一般，但身材火辣，酒量很大。周行健怔了一下，搞明白状况后搂着她的腰一起摇起来。女英文老师跳得很好，带着蹩脚的周行健慢慢跟上了节奏。

周行健看到不远处的吴先锋和另一位女老师抱得很紧，面贴面摇摆，心想这家伙也喝醉了，刚在KTV还装矜持，现在完全放开，正在享受一个不熟悉女人的胸脯。他的走神被英文老师觉察到，双臂从他的肩上滑下，像Rose那样在他身前摇摆。

相较于触觉，平时工作与影像沾边的周行健对感官的东西很难抵御，受不了这样的摇摆，趁站起来的当儿他一把搂住英文老师。对方顺势跌入周行健怀中，烟熏的面颊贴到他脸上，这一贴像是一道白闪把周行健从北京燕郊的迪厅送回南方小城清屏江堤的夕阳下，他与林紫函脸贴着脸。淡淡的丁香味，令他一辈子难以忘怀。

在五颜六色重金属声音的迪厅里散发着烟味汗味屁味刺鼻香水味，唯独没有滑稽的丁香味，有的只是周行健搂着一个刚认识不久的女人面贴面跳舞，还有他在享受这个女人体温时竟然无耻地思念起远方那个真爱的姑娘林紫函。想到这些，周行健就想一把推开怀里的这个女人，但不知是酒醉无力还是不想让一个陌生女人难堪，他没有这样做。他警告自己关起思念的闸门，安心摇摆和贴面，他知道那是在骗自己。

摇摆到夜里两点，到了政府规定的停止营业时间，迪厅打烊。一群醉鬼摇摇晃晃走出来，猛烈的摇摆分解了酒精，周行健觉得没那么难受，倒是肚子有些饿。马洛提议去吃夜宵，一群人又到迪厅对面的露天餐馆吃羊肉串。他们要了一百串羊肉串，十个羊蝎子，一盘花生米，一盘卤毛豆，一个拼盘。大家都饿了，吃得很带劲。马洛叫来三件啤酒，大家又一起吃上喝上嚎叫起来。

这是吴先锋来京后经常过的夜生活，一般晚餐由周行健请客，KTV唱歌和蹦迪由马洛请客。马洛通常会邀请学校男女老师一起过来玩，都是年轻人，人多热闹。酒过三巡，大家就玩疯了。

凌晨三四点的夜晚，这群人在燕郊的街上嚎叫，像一群迷途的羔羊在城市水泥森林里寻找归途。路灯下的身影拉得很长，影影绰绰，分不清是天使还是魔鬼。周行健和马洛抱着一根电线杆，撕心裂肺地呕吐，双眼直冒金星，瘫坐在地上。有两位女老师也吐了，一位摔倒在地，头发沾上呕吐物。那是吴先锋抱着摇摆的女老师，他走过去，将女老师拉起来。周行健和马洛互相搀扶站起来，解开腰带朝着电线杆撒尿，感觉那不是电线杆，而是一棵桃花盛开的桃树，仅是这种撒尿的感觉已经让他俩爽翻天。

吴先锋吹着口哨，凑过来一起尿。Rose走过来掀起裙子，脱下内裤，屁股向前挺起也要站着撒尿。马洛过去一把抱起Rose，他想把Rose抱到没人的地方尿，但已经迟了。Rose惊叫着尿了，他这一抱尿得满身都是，马洛只好放下来让Rose尿。旁边的人哈哈大笑。

走在路中间的周行健，摇晃着说："大家过来，我们站成一排。"

不知道他要干什么，大家迟疑着。吴先锋扶着女老师先过来，英文老师也过来，马洛、Rose和其他几个人站在原地没动。

周行健向他们招手说："来吧，站成一排，我们一起向这个平庸的世界展示我们的愤怒和不满。"

马洛搀着Rose与其他人走过来，周行健指挥大家站成一排，他说："好了，现在跟着我的话与动作我们一起做一件事。"

大家看着周行健，他说："男士脱掉你们的裤子，女士掀起你们的裙子。记住，一定要把内裤一起脱掉!"

"你什么意思?"吴先锋奇怪地问。

其他人也奇怪地看着周行健。

"放心，不会鼓动大家群交，只是做一个有趣的动作。"周行健笑着，接着说，"来，我们继续。将上身前倾与腰呈九十度，双手撑在膝盖上，让我们共同把那最隐秘最性感最肮脏的屁股愤怒地翘向夜空，让世界看看我们的裸露，知道他们的无耻！来吧，兄弟姐妹们!"

周行健边说边做，第一个把黝黑的屁股撅向夜空，最先跟着他做的是Rose，其次是马洛，其次是英文老师，其次是吴先锋，最后大家嬉笑着都脱掉内裤，将一排屁股撅向夜空，像一排正在发射的火炮，把天上的星星轰炸得稀稀落落。

在路灯的光影下，这一排屁股呈现出油画般的透视效果，可惜当时手机拍摄功能不够强大，否则一定会有照片留下来做这排屁股最好的纪念。

周行健见大家都照做了，嘻嘻一笑，趁他们不注意，提起裤子就往前跑。其他人觉得上当了，穿好裤子和裙子追逐周行健。一群人追逐着跑回马洛的寝室，已没有力气找周行健算账。横七竖八地倒在床上地上睡着了。

黎明时分，周行健的头剧痛无比，他醒了，看到英文老师依偎在他的怀中睡得很香，马洛、吴先锋所有人都睡得很香，只有他痛得睡不着。头痛就像箍了一个紧箍咒，唐僧在不停地念咒，又像是远方的林紫函在诅咒。周行健悄无声息地爬起来，找到背包，轻轻地打开门出了寝室。

东方的天空一片绯红，他打了一个寒噤，抱着疼痛不已的头向车站走去，他要去南方看望林紫函。

坐上开往南方的列车已是午后，周行健困极了，硬座车厢里人声嘈杂，对他没有影响，他趴在茶几上睡着了。列车载着他一路狂奔，等他醒过来，车已远离北京，行驶在中原大地上，天色渐暗。长时间趴睡让他脖子痉挛，腰酸背痛。

乘客都在吃晚饭，他看着反胃，没有任何食欲。他站起来伸了一个长长的懒腰，找到列车长换了一张硬卧票，在车的尾部。他踉踉跄跄地向车尾走去，过了餐车进入硬卧车厢，走在摇摆的车厢里仿佛走在迷宫里，这迷宫是如此的漫长，走了很久才找到铺位。他是上铺，拖着沉重的身体爬上去，穿着衣服抱着背包倒头入睡。等他再次醒来，列车已经到达温婉的南方小城。

周行健在列车上洗了头，剃了胡子，精神了许多。下车第一件事是吃饭，饿坏了，他在车站附近的餐馆吃了顿饱饭。他不打算联系林紫函，要直接去医院，给她一个惊喜。由于担心遇到罗秉晖，他没有打摩的，而是坐出租车前往医院。

县医院门口一如既往的乱，出租车被堵在一百米外，嘟嘟地摁喇叭没人理睬。周行健坐在车上难受，下车步行。汽车、摩的、三轮车、人……横七竖八地瘫在医院门口，彼此互不相让，谩骂声一片，像一群散养没有礼貌的羊群。

医院内也好不了多少，人满为患，摩肩接踵，感觉又来到了菜市场。周行健挤出人群，来到二楼，醒目的生殖科三个字出现在眼前，他的腿突然像灌了铅一样沉重地走不动。二十多天不见，仅靠声音连线，不知道林紫函变成了精灵女神还是妖怪女巫。他一点点踱步，像贼一样睁大眼睛转个不停搜索着前方的诊室，心怦怦跳个不停。前来就诊的病人奇怪地看着他，以为来了一个精神病。到了林紫函诊室门口，周行健停下来，他想改变一个花样，不像上次那样给林紫函一个惊喜，虽然这么久未见面似乎最应该给一个惊喜。看到排队的病人，周行健觉得不应该打扰这些病人看病，只顾爱情不顾病人是无德的表现。他把头微微探过门框，隔着几个病人的背影看到林紫函正在倾听就诊病人的病情描述，那嫩嫩的鹅蛋脸，那巧克力奶油般的嘴唇，那圆圆的横卧在水中的杏眼，那分明是月亮一般的精灵女神，他禁不住叫出她的名字，立刻用双手捂住嘴退到门外。他想需要等一等，应该等一等，否则那些排队的病人会烦死他。

周行健退到楼道内，在一处靠窗的椅子上坐下，天气很热，他得透透气。还好窗户可以打开，周行健坐在窗下吹了会，没有丝毫凉意，他忘记了南方的夏天室内与室外是一样的热。前几天，与吴先锋和马洛一起鬼混，身上的衣服没有换洗，在南方的湿热里衣服沾到皮肤上，黏黏地发出汗臭味。来得仓促，没有带干净衣服，周行健想要不要去街上找个服装店买一件，黏糊糊臭烘烘地与林紫函见面会不会被嫌弃。这样想着，周行健起身去买衣服。

“周行健?!”

刚站起来，周行健听到侧面一个沙哑而又熟悉的声音，他迅速转过头，看到林紫函站在诊室前的楼道口，惊讶地看着他。

“你什么时候来的?”林紫函说。

“刚到，我——我想你了!”周行健说。

楼道里路过的人听到这句话，奇怪地看着他们。

林紫函走到周行健身边，笑着说：“真讨厌，来也不说一声，我好去车站接你。”

“这不就是要搞个突然袭击，给你个惊喜嘛。”周行健说。

林紫函已经脱掉白大褂，穿着便装，原来已到中午休息时间。周行健暗自思忖，在楼道里待了这么长时间呀，难道是睡着了。

“想啥呢，不认识我了。”林紫函说。

“是有一点点陌生。”周行健诡异地笑着说。

差不多一个月没见，不知是夏天炎热的原因，还是工作太忙，林紫函瘦了，面庞苍白而粉嫩，脸颊一侧的血管清晰可见。

“你怎么瘦了。”周行健忍不住说。

“是啊，都是被你欺负的。还说跟人家陌生，不理你。”林紫函说完要走。

周行健慌了，抓住林紫函的手说：“别呀，开玩笑呢。你知道元朝有两句曲怎么说吗?”

“怎么说?”林紫函问。

“不见时，想你；见时，更——想你!”周行健说。

周行健故意拖长了声念出这两句元曲，林紫函扑哧笑了，说：“真烦人!”

两人拉着手来到街上找地方吃饭，周行健发现林紫函一点都不避讳与他走在一起，反而是他自己总担心碰见罗秉晖。

吃过午饭，林紫函带着周行健来到上次住过的酒店登记入住。这是一家那个年代刚刚时兴的快捷酒店，临街门面，旁边是商店和杂货店，酒店有四层楼。走到前台，两名女服务员主动与林紫函打招呼，看得出林紫函与她们很熟。周行健有些奇怪，心里想林紫函怎么会与她们这么熟。登记完要付押金，林紫函说不用，拉着他去房间。

一进门，在周行健的身心长久积蓄由爱而生的欲念顷刻间喷发。他不顾一切地冲过去抱住林紫函狂吻，一张没有剃干净胡子的脸左右贴着林紫函粉嫩的面庞。林紫函本能地推了周行健几下，双臂乖乖地搂着他的脖子，眼睛微闭，享受着期待了二十多天的这一刻。

周行健带胡楂的双唇触到林紫函厚实而性感的双唇时，两人的身体下意识地颤抖，仿佛通电一般。林紫函牙齿紧闭，像一道马其诺防线挡住周行健极具侵略性的舌头。这让周行健心里一惊，难道她没有接过吻，不知道接吻时吐舌头吗？不行，必须要突破这道危险的防线，这道防线反而增加了周行健的侵略性。他的舌头像蛇一样在林紫函的腮内左右移动，试图找到可以伺机撬开紧闭牙齿的缝隙。他的舌头越用力，双唇包着林紫函嘴唇的力也就越大。嘴被堵着，鼻子又被半个脸堵着，林紫函呼吸明显不够顺畅，她享受着这种半窒息的快感。

这是林紫函平生第一次被一个男子这般激烈地吻，她犹豫着该不该松开牙齿，打开那道马其诺防线，让那条蛇进来捣乱。她的犹豫被防线门口的蛇搅得心烦意乱，而忘我的接吻正在袭击着她的犹豫。与此同时，周行健的手也不老实，双手从背后去解林紫函的胸罩，紫函想胸罩解了胸不就露出来了，她将双臂从周行健肩上滑下来，从自己腰部反向伸过去试图阻止那双不老实的手。这样的动作让林紫函的注意力分散，她的牙齿在无意间松开了。周行健的舌头乘着这个千载难逢的机会，雄赳赳气昂昂地闯进林紫函的口腔，她那个像小猫一样躲藏的舌头很快就成了俘虏，被周行健像吃棒棒糖一样大口地吮吸。

如此激烈地吻更加让林紫函透不过气，她感觉就要窒息，却又强烈地想要这种窒息感。两只手紧紧抱着周行健，感觉要被吃掉。周行健不满足于这样的甜蜜，他揭起林紫函的衣服，两只西北高原上圆滚滚的小山出现在眼前，林紫函还没有反应过来，周行健的口已经咬住小山的尖尖，贪婪地舔食。

被一个男子亲吻乳房，这更是林紫函平生头一遭，她不知所措，两只手停在半空不知该放在哪里。周行健像吮吸舌头一样猛烈地吮吸林紫函的乳房，这次呼吸顺畅了，但兴奋感在上升。

林紫函想不能再停留，这是不是太快了？她是不是该走了，上班时间应该快到了。她抱住周行健的头，努力抱起来，主动去吻周行健。

周行健顺从着，吻了一会，林紫函停住，看着周行健说："好野蛮，你这匹狼。"

周行健还要吻她，林紫函挣脱了，说要去上班，让他好好休息，说完离开了。

周行健还在一团火中，刚才投入得太急切太深入，紫函的离去他一时没有反应过来。直到屋子里只剩下一个人，他才发现房间很大，两米的大床有落地窗户那么大，房子不临街，很安静。他扑在床上，回味着刚才甜蜜的吻。

坐了一天两夜的火车，太累了，周行健躺下去就睡着了。

隐隐约约一个月明清风的夜晚，大地上矗立着一幢灯火通明的别墅，像大海上的灯塔摇摇晃晃地指引着过往船只的方向。

别墅里周行健盘腿端坐，膝前放置一把梧桐木质古琴，他手挥五弦，目送明月，一副嵇康再世的旷达神情。伴着古琴声，眼前一位佳人翩翩起舞，眉目间满含秋月，舞步里蝴蝶纷飞。不是别人，正是穿着一身粉色汉服的紫函。琴声婉转，响彻原野，轻舞霓裳，炫动天地。

突然，一片沙尘从大地上升起，轰隆隆的马蹄声像惊雷一般从远处传来。沉浸在琴声曼舞里的周行健与紫函没有惊觉到漆黑的烟尘与鼓点般的马蹄声。夜空里悠扬与焦灼对峙，闲适与急迫四起，周行健的指尖传出惊心动魄的声音。

刹那间，马蹄踏破紧闭的大门，闯进来的黑衣大盗俯身掳获紫函，飞一般穿墙而出。等抚琴的周行健反应过来，紫函与强盗已消失在黑暗的旷野中。他扔下古琴，起身去追，越追越陷入一片黑暗中，辨不出方向，找不到人。

周行健在黑夜里狂奔，渴望追上被掳走的紫函。他用手拨开黑夜，那不过是雾气一般的黑。他披荆斩棘，不屈不挠，愈战愈勇。可惜雾霭太重，拨开一层又一层，将他团团围住，窒息心肺。他呼吸困难，筋疲力尽，天底下只剩黑漆漆中孤零零的他。周行健绝望极了，高声呼唤紫函，如同呼唤他自己。他呼唤着，呼唤着，呼唤着，想醒醒不来，呼唤声像是助推的力，把他推入深渊……

周行健挣扎着醒来，满身是汗，想着刚才的噩梦，他不知道是否有什么预示，还是手放在胸前魇住了。难道与紫函没有结果，终归要散？难道的事怎么好说，怎么会呢？紫函那么爱我！

周行健脱光来到洗手间洗澡。他已经好多天没洗澡，汗腺吸收的尘垢加上表皮新陈代谢堆积在身上的死皮都能搓出泥垢，想想都知道有多难闻，中午那样无耻地吻紫函，她居然也能忍受。水哗哗地打在身上，调皮得活蹦乱跳，仿佛奏响一曲交响乐。周行健搓揉着自己精瘦的身体，除了腿上有些肉，其他部位都是骨头，他在想这些东西如果搁在紫函身上她会不会硌得慌。想到这些，下面那东西就不听话了，在水帘里立起一副英雄逞能的样子。周行健手伸过去想摸几把，又想那么一个美人放在眼前，就不必了吧。他将水调成冷水，身体紧绷起来，毛孔都闭合了。

刚洗完澡，手机响了，是紫函的电话。

“起来了吗？”紫函问。

“你怎么知道我在睡觉？”周行健问。

“一个人在房间不睡觉裸奔呀。”紫函笑着说。

“哈哈，还真是在裸奔。”周行健说。

“哈哈，真的吗。我快下班了，你下楼在大厅里等我，我带你去我家。”紫函说。

“啊！这么快就要见丈母娘呀？”周行健诧异地说。

“没有啦，带你去玩。”紫函说。

刚来地皮都没踩热就要去紫函家，还要去见她父母？这会不会是一个陷阱？周行健想。

他忐忑地穿好衣服，感觉来这里是送上门遭紫函宰割的肉。犹豫着下楼，打算等紫函来了告诉她不用去她家，他俩在一起玩多好，何必去家里。

周行健站在大厅等紫函，听到有个女声叫他，听上去不像是紫函。

“喂——这位帅哥！”

周行健四处找是谁在叫他，找来找去发现声音来自前台的服务员，他说：“你们叫我？”

“是啊。你是我家林小姐的男朋友吗？”其中一个年龄稍大的女服务员问。

“林小姐是谁？”周行健没有反应过来，问女服务员。

“你还装不知道呢，就是我家林紫函大小姐呀！”女服务员说。

周行健对林紫函突然变成林小姐颇感兴趣。他发挥善于与陌生人打交道的长处，打算与这位女服务员聊一聊林紫函如何成了她嘴中的林小姐。要是在旧社会他一点不感到意外，因为大户人家的未婚女孩都被尊称为小姐，而在新社会小姐是个中性词，有尊称，也有蔑称，譬如夜店里的女人都被称为小姐，这显然玷污了这个词，但也没办法，新社会么。

这一聊不得了，不仅惊出周行健一身冷汗，小心脏也是一愣一愣地乱跳。以前听罗秉晖说过林紫函家里不一般，这次才知道的确不一般。

林紫函的父亲名叫林志，靠种丁香树发家，赚取人生第一桶金。后来，随着中国房地产市场火爆，各地小区、公园、城市广场拔地而起，处处都需要绿化花木。林志看中这个市场，贩卖各种城市绿地用花木，迅速成为当地暴发户，是县城数一数二的富豪。发家后，林志舍不得当初给他赚取第一桶金的丁香树，通过朋友介绍，他为国外一家制作香料的公司从丁香花蕊中提取精油，这比丁香树和花木更赚钱。如今，丁香树种植和丁香花精油提取成为该县支柱产业，林志也是县里的明星企业家。周行健住的酒店是林志去年开始经营的，一方面用来接待客户，一方面以此进军酒店业。

听着女服务员连珠炮似的讲述，一张嘴圆了又扁扁了又圆，周行健想，莫不是青蛙遇上公主了？嘴里蹦出一句："真的假的？"

"当然是真的，我是林小姐家远房表姐，怎么会骗你。我给你说这些是让你知道，要对我们家林小姐好，追她的人多得很，她竟然选了你！"女服务员说。

从服务员的话里周行健听出来林家对于女儿找了他这样一个远方的野男人做男朋友，十分奇怪。估计今晚就是要看看他这个真人，所以才叫他去。

去，还是不去？这是一个问题。去，意味着勇敢去爱，接受考验，管他富豪还是穷鬼有钱还是没钱，干我何事！我只爱林紫函！不去，意味着被动放弃，错失爱情，林紫函这个纯真美丽端庄的女孩从此可能与自己擦肩而过。去，为什么不去，不就是爱情嘛。

人生如此迷惘，不如去爱，爱情是一个方向。

酒店外响起一阵汽车喇叭声，周行健看到一辆那个年代比较流行的白色凌志轿车停在门前，驾驶位打开的窗户里露出林紫函的鹅蛋脸，没有骑摩托车时那么野，秀丽许多。

"愣在那干吗，还不上车。"林紫函说。

"你还会开车？"这句话的潜台词是你还有辆汽车啊，周行健上了车。

"刚学会不久，开着玩。你都知道了？"林紫函边开车边问。

"知道什么？"周行健故意说。

"哦，不知道也好。"林紫函笑着说。

"我在想我是不是该回去。"周行健说。

"为什么要回去？"林紫函问。

"你看，你是千金小姐，我是江湖一浪子，就是崔健的歌里唱的那种一无所有的人。你得心里有数，啥也给不了你，除了这个人。"周行健说。

"有你这个人就足够了。再说，你别听她们瞎说，不是她们说的那样。"林紫函说。

周行健现在已经不关心林紫函家里有没有钱，本来他们的爱情与钱也无关，那个时候他对钱和财富没有概念。林紫函告诉他明天是县城一年一度的丁香旅游节，会有很多人来参加。

丁香旅游节一年举办两次，一次在春季丁香花盛开的时候，也叫丁香花节；另一次是在夏季或秋季，丁香花谢了，以举办旅游节的名义召开丁香精油订货会。在林紫函父亲的带领下，县里建了好几家丁香精油提炼厂。如今县里及邻近地区很多人种丁香树，他们把丁香花苞卖给精油厂提炼精油。

林紫函开车沿着县城主干道一路南下，老城区逐渐被甩在车后，新城区出现在眼前。快到路尽头，远远看到一个湖泊，走近才知道那是拥有很大一片水域的公园。车在公园前一百多米的地方左拐进一个别墅区，林紫函家到了。别墅区对面是临湖广场。

林紫函家是一幢独栋别墅，有四层楼，一楼是车库，二三四层住人。房子看上去比较新，估计修好没几年。林紫函带着周行健上楼梯，周行健走得很慢有些紧张，他还在犹豫该不该来，他在想林紫函的父母是怎样的一副面孔，是凶神恶煞，还是笑脸相迎；是慈眉善目，还是尖酸刻薄。看他紧张，林紫函安慰说放松些，没什么的，就当是一个朋友来家里坐坐，吃顿饭，不用担心。

说着两人上到二楼，周行健以为到了。林紫函说她家的房子布局与别人家不一样，二楼是厨房和娱乐室，三楼是客厅和书房，四楼是卧室。上三楼时周行健发现两手空空什么也没买就来了，他说要去买些东西，被林紫函挡住，她说不需要买，买了反而太正式，再说家里什么都有。

到了三楼，林紫函没有用自己的钥匙开门，而是按门铃。响了几声，门开了，门前出现一位五十岁上下慈祥而精明的中年妇女，是紫函的母亲。

“妈，这是我朋友周行健，从北京过来玩。”紫函没进门就给母亲介绍。

紫函母亲笑容可掬地把他们迎进来，专门给周行健倒了一杯茶。周行健还是有些拘束，问候紫函母亲时连喊了三声阿姨，心里慌得不得了。他强压着内心的紧张，让自己平静，在客厅沙发上坐下来。沙发是实木框架，上面放着软软的垫子。整个房间的装修是中式风格，以深红色木质为主，连窗户都是用深红色的实木包裹做装饰。看上去并不奢华，当时他不知道这种深红色木质实际是名贵的红木家具。房间散发出淡淡的香味，就像紫函身上的味道，他想这大概就是她家从丁香花里提炼出的精油的味道。

母亲让紫函带着周行健参观房子，两人一前一后先来到二楼，紫函像个导游用写好的台词介绍房间，周行健像个游客，不过他的目光更多地专注于紫函饱满而红润的双唇。二楼的厨房有30平方米左右，这让周行健十分吃惊，因为除了在电影里看到过这么大的厨房，现实中没见过，那时候还没有几个人用这么大的厨房。灶台上摆了几个做好的菜，一个四十多岁的女厨师正在做菜，紫函叫了一声阿姨，应该是她家的保姆。厨房旁边是保姆房。再过来是娱乐室，里面放着一台70英寸当时时兴的背投电视，木质音箱，功放一应俱全。参观完二楼来到四楼，有四间卧室，一间主卧，紫函父母住；一间卧室的墙上挂着紫函的黑白写真照，纯情的样子好像电影明星伊能静，应该是紫函的房间；剩下两间卧室供家中访客住。看着紫函性感的嘴唇嘟嘟不停地说，周行健忍不住凑上去吻她。紫函杏眼圆睁，赶紧推开他。两人下楼来，正好撞见紫函父亲从书房里出来。

紫函连忙向父亲介绍周行健，他父亲笑着与周行健伸过去的手握了一握，说："欢迎你来我家。来，去吃饭。"

紫函的父亲个头挺高，看上去魁梧而儒雅，不像是一个小县城的商人，倒像是一个实干的企业家。从紫函父母对周行健自然迎接的态度，他感觉对方的确仅是把他当做女儿的朋友，这让他放下心来，心情舒展，轻松许多。虽然这轻松有些淡淡的没有被当成乘龙快婿的遗憾。

晚饭很丰盛，都是当地特色菜，做的是家常味。放松的周行健胃口大开，甩开腮帮子吃，感觉是几年来吃得最美味的一顿饭。看他如此喜欢当地菜肴，紫函父亲开了瓶红酒，与他一起喝了几杯。吃饭间，紫函父母随意问了几句周行健在北京的情况。

周行健说他算是一个媒体人，主要做电视节目，各种各样的电视节目都做，观众喜欢看什么就做什么。刚说完夹了一块肉喂到嘴里，紫函母亲问他在什么单位工作，这块肉立马卡在咽部。那块肉不大，但卡得周行健说不出话。

他努力要说出没有工作单位，是自由职业者，紫函抢过话来说："周行健在国家电视台工作，他做的电视节目全国都能看到。"

"什么!"紫函这句从一万米高空落下的话是什么意思，什么在国家电视台工作，没有啊，我是堂堂正正的自由职业者。

周行健咽部那块该死的肉终于咽下去，他正要纠正，被旁边的紫函踢了一脚，提醒他别说。

周行健愣了愣，有些尴尬地说："就是，不过有些地方如果信号不好，也不一定能看到。"周行健认为这句话说得好，为紫函父母想看却看不到他的节目找到了借口。

得知周行健在国家电视台工作，紫函父母对他的态度明显热情许多。尤其是紫函母亲，一个劲地往他碗里夹菜。他也不拒绝，继续猛吃，感觉肚皮都要撑破。

饭后，紫函父亲出去见客户，紫函母亲打开电视，三人一起看。周行健边看边给紫函母亲普及电视知识，说了一会觉得挺无聊，他示意紫函到外面走走。他们起身道别，紫函母亲说去外面干什么，天那么热，广场上又在彩排，不如在家里凉快，看看电视。无奈，两人只好又坐下来。

周行健收到紫函一条短信：

真奇怪，母亲往常吃完饭都会出去散步，今天却不去。

看到短信周行健明白了，紫函母亲要看电视，又不让他们俩走，分明是要看住他们。真是的，这也能看得住，周行健笑了。

晚上9点，天完全黑了，周行健起身告辞，紫函母亲放了他。临走，一再叮嘱他明天继续来家里吃饭，还说既然来玩，何必那么生疏，在外面吃饭。

明天是星期六，紫函不上班，丁香旅游节上午要在紫函家对面的临湖广场上举行开幕式，在紫函家里正好可以看到开幕式盛况。周行健想来就来吧，至少能与紫函在一起。

回到酒店，躺在紫函家酒店的床上，周行健翻来覆去想吃饭时紫函那句替他说的话“周行健在国家电视台工作”。这句话背后的意思是周行健有一份体面的工作，事实是周行健是一个自由职业者。虽然他认为自由职业也是靠能力吃饭，也是体面的工作，但在当时，一般人会认为自由职业者就是游手好闲无所事事没有稳定收入混日子的人。不过，喜欢自由的周行健的确没有稳定收入，他觉得稳定收入没必要，寻找人生的方向才重要。他觉得有必要去给紫函的父母说清楚，而这需要找个合适的机会。

第二天是个艳阳天，县城里到处是从四面八方赶来参加丁香旅游节的人。周行健低头走在大街上，他担心遇见罗秉晖。这次过来，他没有告诉罗秉晖，怕他不高兴，也怕干扰他追求林紫函。人实在太多，一个个脸上笑容满面，像过节一样。人们说话声音很大，像羊群吃草一样彼此挥挥手，碰碰头，汽车走不动猛劲摁喇叭，大街上成为噪音的世界。

周行健无疑是个看客，看着这些或善良或邪恶的人在闹市里表演，如果不是心中有爱，他肯定拔腿跑开，离开这个浮华的县城。即使心中有爱，他也打算快点离开满是人群的街道。他加快步伐，一路小跑，不时撞到行人身上，像在逆流的河里摸鱼，水太急，一条鱼没有摸到，只有哗哗的水声。

在老城区与新城区交界的大十字路口等红灯时，他突然听到一个声音：“周行健！”

这是一个不太清晰但绝对熟悉的男人的声音，他想糟糕，撞见罗秉晖了。他头也没回，闯过红灯向林紫函家的方向撒腿猛跑。这大概是他平生跑得最卖力的一次，罗秉晖叫他名字的声音像是皮鞭抽打在他身上，抽打得他不泄气地往前跑。在拥挤的人流中他就像跨栏运动员，可惜成绩不好，栏杆都被他撞倒。他略微听到背后那些被他撞到和踢到的人在骂他，他顾不了那么多，只要能甩开罗秉晖就行。

周行健一口气跑到紫函家的三楼，拼命摁门铃，门很快被紫函打开，周行健跑进去。

“跑什么，这么热的天。”紫函说。

客厅里只有紫函一人，穿着一件淡蓝的吊带裙，露出香肩与美腿，披着长发，趿着拖鞋。那个抽打周行健奔跑的声音依然在抽打他，仿佛要越过他抢走紫函。他眼睛直愣愣盯着紫函，不敢眨一下，生怕被紧跟过来的罗秉晖抢走。紫函被他的直视看得别扭，微微笑了。周行健冲过去抱起紫函扔到沙发上，拼命地吻她。双手伸入薄如蝉翼的吊带裙内侧，抚摸比蝉翼更柔软的紫函身体。

紫函感觉不对，本能地挣扎，口中说：“在客厅啊！要被看到！”

这句话提醒了被爱欲占据的周行健，他精瘦的身体不知哪里来的力量，抱起紫函往四楼卧室里冲去。怀中的紫函就像西楚霸王项羽抱着挚爱虞姬，冲破十面埋伏，跨越高山火海来到海边沙滩。夏日金色的阳光从紫函卧室的窗户洒进来，床上一片金黄，阳光与阴影的分界线展现出强硬的力量美。

周行健将紫函放在床上，掀起紫函的吊带裙露出雪白的身体，他的嘴在紫函身上四处搜索，仿佛一只猎犬在搜索食物。紫函依旧本能地反抗，手在空中乱抓，一会抓到周行健的头发，一会抓到他的鼻子，一会抓到他的耳朵，一会又抓到他的嘴。周行健顺势吻她的手，从手指吻到腋下，从腋下吻到胸衣，从胸衣吻到乳房。两座山峰挺拔地矗立在那里，他的嘴唇像蚂蚁一般爬到山峰上，感觉到紫函反抗的无力。

窗外丁香旅游节开幕式正在进行，一阵狂躁的盗版音乐过后，各种领导上台讲话，像走马灯似的上去耍猴。紫函被开幕式狂躁的音乐吸引，忍着周行健的疯狂，开小差听他父亲是不是在台上讲话。

刹那间，下体泛滥的湖中央一阵撕心裂肺的痛差点让紫函昏厥。她忍不住疼痛高声喊叫，仿佛是在呼唤父母回来救她，又仿佛是由少女变成女人冲关炼狱时不得不遭遇的痛楚。她的喊声响彻楼宇，飘荡在狂躁的广场上。

此时，她父亲正在台上讲话，不知听没听到这一声从楼内传来的呐喊，台下她的母亲下意识地往家里看了看，除了人头攒动和嗡嗡的人群声，什么也没听见。

紫函的父亲讲完话是文艺表演，舞台很快成为省城二三流演员施展才华的绝佳场所，各种流行乐通俗歌古典舞混搭在一起在上面表演，蹩脚的身段夸张的表情暴露的大腿高开衩的裙摆不知是在吸引还是在勾引，台下一阵阵排山倒海的掌声。

紫函听不到广场上的狂躁和艳俗，钻心的疼痛过后湖中央泛起微澜，一阵阵慵懒的痒和透心的苏软化了她，让她全身毛孔张开，七窍通畅，如坠云里雾里。一路跑步到现在排山倒海用力的周行健体力逐渐不支，他使出浑身解数，忘却身外身内事，拼命一搏，云开雾散，哗啦啦一阵淋漓。

两个世间的男女漂洋过海，十万八千里，五百年或一千年，终于合二为一，爱成一体，瘫倒在一片日光中，只剩下白色的窗帘在风中拂动。

不知过了多久，广场上人散了，声音销了，紫函家的门响了。首先听到响声的是周行健，受大街上罗秉晖一声吆喝说不上是惊吓还是鼓动的逼迫，加上爱的冲动和环境的赐予，周行健一鼓作气夺走了林紫函的少女之身。当身心放松，他感到一阵后怕，毕竟是在紫函家里逞强夺去她的清白之身，这要是被紫函父母发现岂不坏哉。

男人与女人的不同或许正是在这里，经历一场轰轰烈烈的爱情，男人想的是自己的得失，女人想的却是那场爱情中美丽的享受与回忆。紫函正陶醉于酥软与全身彻底松散张开的爱，被周行健一把拉起，才听到三楼家门打开母亲进来的声音。

周行健一脸惊慌抓起衣服往身上穿，紫函比他快得多，拿来吊带裙从头套下去，将床头的宠物熊迅速搬过来放在床中间那几点殷红色的血迹上，那是她疼痛难忍高喊时湖中央抖落下的少女之血。周行健还要将衬衣往裤腰里塞，被紫函一只手拉着往楼顶踮起脚尖跑去，紫函的另一只手里拿的是她的内衣裤。看到紫函丝毫不乱的神情，周行健暗暗觉得这女子不简单。

刚跑到楼顶，传来母亲叫紫函的声音。紫函连忙答应，躲在亭子旁边茂盛的花圃中外人看不到的地方，急速把内裤从脚下穿起，再把内衣从腋下塞进去穿上。

刚穿好没几秒，紫函母亲上来了。

“你们在楼顶干什么，这么热?”紫函母亲问道。

“看开幕式呀，这里没有窗户挡，看得更清楚。我都看见父亲讲话了。”紫函说。

“阿姨好！”周行健从楼顶围墙边走过来问候紫函母亲。

“小周来了呀。”紫函母亲回了周行健一句，转过身对紫函说，“你父亲今天讲得特别好，你不去现场听要后悔。”

紫函母亲的这句话显示她没有看出来女儿和周行健在家里发生过什么，这让周行健舒了一口气。紫函与母亲说话，放松下来的周行健不想加入谈话，他看到楼顶是一个露台花园，地板铺着碎石，四周有水流淌，里面有鱼。露台里种了许多他叫不上名字的花木，中间有一个亭子，里面有一套金丝楠木茶桌椅，茶桌上整整齐齐大大小小摆着喝工夫茶的茶具。

由露台想到紫函家的一楼车库、二楼厨房、三楼客厅，四楼卧室，对比一千公里外北京自己租住的简陋的出租屋，再对比两千多公里外西北父母家的简单，周行健越想越寒碜。还好他没有自卑，他也不会自卑，热爱自由崇尚理想的周行健很快就觉得紫函家的这一切不过尔尔，他认为人生的理想与方向高于一切，财富、地位反而是束缚人走向自由世界的最大障碍。他爱紫函，终究有一天他要带紫函离开这个从一楼到四楼充满铜臭味的家，去外面建立一个他们内心世界里能够畅快呼吸与自由徜徉的家。这应该是一个怎样的家，周行健是模糊的，他觉得至少门前不应该有一个水泥砖石铺地的广场，不应该有虚伪逢场作戏的讲话，不应该有那么多人成天在上面像疯子一般走来走去。

紫函的父母没有发现他们的女儿已经不是处女，只是看紫函时目光里多少带有一些怀疑与挑剔的意味，这反映在他们的警觉上。

接下来的时间，紫函父母几乎是命令而不是邀请，让周行健每天都来家里吃饭，中午饭吃完快到紫函上班时才准许他俩离开，晚饭后则是一起看电视或者去散步。这分明是变相地看管，刚刚偷食禁果的紫函与热得透不过气全身阳气升腾的周行健都在窥伺两人单独在一起的机会，好再行好事。

实在忍不住，紫函请了半天假去酒店找周行健。为了不让前台服务员认出来，紫函戴了棒球帽和太阳镜把自己包裹得像个明星，一进门吓了周行健一跳。这一吓反而激起周行健的爱欲，两人在床上过了一下午，整个房间和酒店都在他们的床帏大战中不停地颤抖与嚎叫。

那天晚上去吃饭，紫函父母盯着女儿红润粉白的脸看了很久，又不时盯着周行健的黑眼圈看，估计心里猜出了他俩发生过关系，又不好明说，只好让这个女儿喜欢的来自北方的野男人风光。

第二天，看管方法变了，紫函父亲带着周行健去看他们家地里种的丁香树。不知紫函父母从哪里知道周行健在县城里有一个朋友罗秉晖，而且还被他夺得紫函的爱给得罪了，这意味着周行健待在县城里没事做。闲着的周行健可不就天天想着他女儿嘛，于是紫函父亲想了个办法带周行健去看看他的产业。

坐上紫函父亲的越野车来到距离县城二十公里以外的地方，平原变成丘陵，放眼望去一座座山上种的全是丁香树。幸亏是盛夏，如果是暮春那得香死人。紫函父亲露出了他土豪企业家的面目，霸气地把手一挥，说这些山上的丁香树都是我的，三千多亩，它们的花全部都用来提炼成精油。不仅如此，他还与科研企业合作研究如何从一种丁香树的果实里提取精油，一旦研究成功，那可是价值连城。

整整一天，周行健跟着紫函父亲在丁香林里穿行，耳朵听到的全是他不屑和鄙视的金钱与财富。这些东西离他越来越近，听上去令人厌倦和恶心。然而面对紫函的父亲，这个有一张实干精明的脸和儒雅神情的中年男人，周行健只能装出一副毕恭毕敬静心聆听的样子，不时点头。

一连几天，周行健都被拉到丁香地里，紫函的父亲不再炫耀他的财富，而是展现他种植丁香树和提炼精油的技艺与能力，俨然是一个林业技术专家和一位土生土长的教授。他从树根讲到树梢，再从树外讲到树内，那架势似乎是要把周行健当成乘龙快婿进行培养，要把一身的技艺全部传授给他。周行健从起初的恶心逐渐开始感兴趣，他感兴趣的不是那些树和技艺，而是紫函父亲这个商人的讲述，不，是讲故事的魅力。他简直没有想到这样一个满脑子赚钱的土豪商人，会把他的来钱工具——丁香树，讲得那么生动活泼引人入胜、那么逻辑严密朗朗上口，比大学教授生动一百倍，比台上的官员耐听一千倍，比当下的作家编剧导演好过一万倍。

难怪中国的教育那么烂，中国的官员执政能力那么差，中国的电影电视剧恶搞低俗无厘头那么难看，因为中国的故事精英都在商场。他们靠嘴皮忽悠和煽动，靠智慧经营和赚钱。

一旦感兴趣就会有互动，周行健现学现卖，附和紫函父亲，一个劲地向其讨教丁香培育技术。他的聪明认真和细腻，似乎也获得了紫函父亲的好感。

那天晚饭时当着紫函面，林志夸奖周行健聪明好学，孺子可教，如果能持之以恒，前途无量。听到这个夸奖周行健不知道是高兴还是悲哀，这些天的表现都是他应付紫函父亲，逢场作戏罢了。

回到酒店周行健觉得不能这样下去，他的任务是恋爱，他只想与紫函在一起，而不是天天与她父亲在一起。第二天他装病没去，第三天继续装病，第四天装不下去，他只好告诉紫函父母他要回北京，那里有节目需要他去做。

令他没有想到的是，听到他离开，紫函父母几乎异口同声地说："对对对，年轻人就应该以工作为重。"

话说出口了就得离开。周行健也想过要不要让紫函骗她父母说他回北京了，其实他没走背地里留下来。这个想法出现没多久他就放弃，他认为那样会让紫函觉得他人品不好，如果紫函父母发现，会更不好。

回京的那天下着小雨，是个周末。紫函开车送周行健到火车站，一路上紫函颇不开心，埋怨他不该主动提出回京。周行健安慰紫函，说也不能总待着，北京还有事。

火车站前有一个岔路口，紫函开车到岔路上走了一段，看没什么车了在路边停下来，扑倒在周行健怀里，喃喃地说："不让你走。"

周行健也不想走，嘴里不语，轻轻吻紫函。紫函的舌头黏黏的，仿佛要粘住他。

吻了一会紫函又说："谁知道你走了会不会回来，我可是把一切都给了你。"

"肯定会回来，只是小别，我怎么舍得放下你呢！"

"骗人，上次你离开，隔了很久才回来。"

"距离产生美，分别会让我们看清彼此，在清晰的你我里涂抹上美轮美奂的色彩，它会强烈地吸引我们走得更近，爱得更深。"

"一想到你走了，我一个人在这个世界上，心就好痛。"

"我也心痛，也不想走，可总是要走的。"

"你能不能不走？"

"不走！待在这里天天陪你父亲视察庄园吗？"

"你——"

紫函娇嗔着起来，右手要去打燃车，周行健伸开双臂把紫函再次拥入怀中吻她。离别的伤痛驱使他炽烈地吻她，使她透不过气，就要窒息。

两人紧紧拥抱，像蛇一样缠绕在一起，恨不得透过彼此的口进入彼此身体。他们放倒前排座椅，在窄而狭长的座椅上，在天窗开着缝隙的车厢内，两人不甘于仅仅通过口进入彼此身体，他们寻求更直接地进入。

紫函已不像先前那样本能地挣扎和推托，她不知该怎样主动，但她学会了配合。周行健的嘴和手所到之处畅通无阻，反而是车内的空间束缚使他们时不时地碰到头和脚。

窗外的雨越下越大，车窗上全是密布的雨点，不管外面有没有人路过，隔着满是雨的车窗也看不到里面在做什么。他们似乎意识到这一点，胆子更大。周行健蜷着身子，紫函的湖中央与窗外的雨水一样丰沛，就要淹没他。他甘愿被淹没，直直地扑向湖中央，车开始猛烈晃动。

天窗打开的一条缝，时不时有雨点砸在棱柱上溅起的水花打在他们身上，冒着丝丝热气，袅袅青烟。在漫天的雨里，他们像漂浮在海上的一叶扁舟，又像是云朵里的移动城堡。

离开车只有三分钟时，他们来到火车站。吻别紫函，周行健一路跑步进站，他刚刚后脚跨入车厢，火车就启动了。

烟雨蒙蒙的车窗外，周行健看到买了月台票的紫函追着火车跑，直到消失在雨中。

孤零零的轨道边，紫函满脸是水，分不清是雨水还是泪水。

# 第八章

在无边的旷野上写一首诗，或许能够抑制离别的悲伤，一如自己给自己一个清晰的暗示，这分明是欺骗，对自我的欺骗，对过往的欺骗，虽然过往像一条幽深的隧道，很难突破中间部位的暗黑有勇气寻找另一头的光明，但又不能不欺骗自己对离别和过往的冷淡实际是一种逃避。周行健坐在回京的火车上，只有回忆，飞逝的记忆宛如戈壁滩上与他一起行走的云，唯一不同的是天际线分明，不像欺骗与逃避那么模糊。

回到北京，已是黄昏时分，这个陌生的城市每次归来与离开都有同样的漂泊感，如果有地方去，周行健不会回到这里。

周行健没有乘坐公交车，也没有乘坐地铁和出租车，在火车上摇晃了一天一夜又十一个小时，周行健不想再乘坐任何现代交通工具，他觉得这些靠汽油燃烧和煤炭发电驱动的冷漠机器像一个个怪兽，随时都有被吞噬的危险。他需要靠自己还有知觉的两条腿走路，在这样一个陌生又熟悉的大都市，中国的首都北京，他想知道是否靠两条腿可以找到真实的自己。

正是下班高峰期，到处都在堵车，汽车喇叭声比一千多公里外林紫函上班医院的门诊大厅还嘈杂吵闹。周行健躲避着车流与人流，左突右冲，像复活的堂·吉诃德冲锋陷阵在没有人记住他面孔与名字的城市里。

周行健踽踽而行，来到天安门广场东侧。到处都是警察，他们在警戒，也在限制进入广场的客流量。人少的广场，没有马路和人行道上的拥挤和嘈杂，有的是骇人的宁静。

这宁静让周行健放慢脚步，西山金红色的云霞托起整座城市像一个八音盒的底座托起首都的城市交响曲，让他流连忘返，不愿离去。他伫立在原地，忘了是在一块充满理想憧憬与血雨腥风的广场上。吸引他的满天霞光大概就是这座城市传说中的帝王之气，抑或是承平气象吧。他梦游在瑰丽的皇宫中，四处云雾缭绕，仙气袅袅，缁衣与蝉翼轻抚着他的面庞和臂膀，那不知是官运亨通还是春意荡漾，他准备绕梁横飞时被一名武警叫醒。武警笑着说当兵这么多年值了这么久勤，什么都见过，还没有见过天没黑在大庭广众下站着睡觉的。

周行健没好气地看了他一眼，心里骂道："去你大爷!"

骂归骂，还得离开。沿着长安街，周行健很有耐心地走着，其实他很累，他想躺在长安街上睡觉，可惜这是不可能的。他硬撑着疲惫的身体往回走，肚子饿了也不去吃东西。他的脑子里满是林紫函，紫函的脸、紫函的发、紫函的手、紫函的胸、紫函的腿、紫函的脚、紫函的湖泊……那么丰富，那么真切，那么鲜明！仿佛紫函就在眼前，他要带紫函到出租屋前的街巷去吃他爱吃的山西刀削面，或者去吃另一家云南过桥米线。总之他感觉不到饿，一直走，他感觉还在南方，紫函还在身边。

天完全黑下来的时候，周行健回到出租屋。空荡荡的出租屋，他找遍所有角落没有发现紫函，只有一身臭汗的自己。他才相信离别了紫函，离别了南方，回到了偌大的北京城，剩下渺小的一个人。

接下来的日子，周行健哪里都没去，待在出租屋里整天除了睡觉就是给紫函打电话。电话里最初的主题是哭诉，互相哭诉离别之苦。也难怪，刚刚陷入热恋的男女青年哪怕分开一秒钟都像是一整年，何况他们距离一千多公里，一分开就是好多天呢。后来是情话，什么情话都说了，什么动作都做了。周行健天天不是在床上就是在沙发上，却依然觉得累，这是相思之累，情爱之累，即使他们不在一起，但爱得太投入，除了一千公里的欢娱就是累。

周行健觉得这不是办法，这样下去不是恍若隔世，就是相思成灾，要生病的。他决定去找马洛。

马洛的生活还是那么甜蜜，每天与Rose在一起，不是吟诗就是唱歌，虽然吉他弹得很烂，但烂得充实。时不时去酒吧，或者去K歌和蹦迪。周行健待了一天想回去，走到校园里遇到那晚一起K歌和蹦迪的女英语老师。

"你好，好久不见!"女英语老师主动打招呼。

女英语老师穿一件咖啡色的连衣裙，隔着斜阳能清晰看到她的身体曲线，感觉像是什么都没穿。这种没有衬里的裙子不知从什么时候流行起来，很多女生都在穿，别说太阳下，就是阴影中都能看到裙子里内衣裤的颜色。

周行健看着女英语老师红色的胸罩说："是啊，别来无恙呀！"

"我挺好的，你干什么去了？"女英语老师关切地问。

"我啊，四处游荡。这不，打算回去。"周行健说。

"回去干什么，多玩两天嘛。"女英语老师说话时眼睛含情脉脉地看着周行健。

"马洛天天在蜜罐里，我待着碍事，还是回去好。"周行健说。

"你可以跟我玩，去我那儿坐坐吧。"女英语老师看着周行健说。

周行健被看得心里发毛，禁不住诱惑跟随女英语老师来到寝室。房间比较干净，但很乱，化妆品、内衣裤、鞋子、袜子……到处都是。女英语老师当着周行健的面收拾房间。

看到女英语老师麻利的手脚，周行健笑着说："你不像教英语的老师。"

"像什么？"

"像形体老师。"

"怎么说？"

"看你收拾东西前凸后翘的样子，才发现你身材一级棒！"周行健兜了几句圈子还是直接说出口，女英语老师没有恼，反而笑起来。

"没看出来，你这人还挺灵通的。"女英语老师笑着说。

"怎么个灵通法？"周行健问。

"因为我的昵称就叫凸凸啊。"女英语老师诡秘地说。

凸凸，原来她叫凸凸啊！周行健心里想，这是真名吗？应该不是吧，他说："这名字真好！"

周行健坐在凸凸搬来的椅子上，与她聊天。凸凸去澳大利亚读的高中和大学，前年大学毕业，应聘到这所学校教英语。

两人正在聊天，Rose进来了，看到周行健很惊讶，说马洛给他打电话一直没接通，这会正去公交车站找他，不让他回，晚上一起去朝阳公园的酒吧玩。周行健急忙从口袋里掏出手机，不知什么时候关的静音，果然有五个未接来电，都是马洛打的。他回过去告诉马洛在学校，被凸凸拦下，电话那头的马洛一阵坏笑。

天黑时，马洛和Rose带着周行健和凸凸来到朝阳公园内一个外国人很多的酒吧。门口站了许多老外，两三个聚在一起，抽烟聊天。酒吧里面人不多，时间还早，还没到泡吧的时间。酒吧很大，吧台和服务台在中间，周围一米多宽的过道连通的正前方舞台空间比较大，供客人跳舞，两边是座位。从硬件没有看出与其他酒吧有什么不同，除了洋酒很多。马洛他们在靠近舞池的过道找到位子坐下来，要了些啤酒，边听舞台上的乐队演奏边喝酒。

喝了一会，马洛看周行健心不在焉，要了两副骰子比大小喝酒。比大小除了要有一定的经验，还要会一些诈术，否则会输。果然周行健一个劲地输，喝了许多酒，全身上下红得像猴子。凸凸看不下去，要过来与马洛玩，马洛就不是对手了，被灌得够呛。

夜里10点，酒吧里人多起来，各种穿着暴露的人悉数到来，舞台上的演出被撵走，顾客纷纷上去跳舞，露胳膊露腿露腚任意露，周行健眼睛都看花了。

Rose用会得很少的中文说这里像极了美国上世纪六十年代的酒吧，马洛补充说应该是金斯伯格诗中的酒吧。Rose说那时美国的许多酒吧随处可以接吻，做爱，呻吟；随时都有冲破精神束缚的大胆举动，人们不以在酒吧这样的公共场合接吻做爱为耻，反而认为是在彰显自由精神、民主价值。

听Rose一席话，周行健好生羡慕，觉得生错了时代和地方。他与马洛一边举杯一边讨论诗，滑稽的是疯狂而勾引人的音乐放出的噪声和舞池里高唱的歌声淹没了他们的讨论，他们几乎听不到彼此在说什么。马洛大声重复念着美国“垮掉的一代”代表诗人金斯伯格的名字，周行健则重复念着英国现代派诗人艾略特的名字。Rose听着他俩近乎吼叫的念诵觉得十分好笑，他们嘴里唠叨的两个诗人明显是两个流派，所代表的生活方式完全不一样，一个是爆裂的愤怒，一个是悲悯的同情。要说一样，也只是金斯伯格和艾略特都有对现代性的批判。

在两个中国男人口中喊着两个外国诗人名字的吼叫声中，Rose脱掉脚上的鞋子，跑上舞台热舞。她上身穿着露肩露腰的抹胸，下身穿着到大腿根部的超短裙，幽深的肚脐眼在小蛮腰的带动下射出一道道冷光，摇头摆臀间大腿根部若隐若现，迅速吸引一群男人围过来跟她跳舞。

不愿意看到其他男人碰自己的女人，马洛吼着金斯伯格的名字摇摇晃晃来到舞台中央加入围猎Rose的男人群中。想与Rose跳舞的以外国男人居多，他们看到一个中国瘦小子跳上来霸占美国大妞显然不高兴，有意无意地往外挤马洛，已经醉了的马洛没有意识到受排挤，拼命往Rose身边靠。

慢摇一曲终了，快节奏的迪斯科音乐疯狂地叫起来，马洛被左突右翘的屁股和舞步挤来挤去，就是到不了Rose身边。Rose已经疯了，恨不得把身上的衣服扯光了跳，头摆得像吃了摇头丸一样，屁股扭得把所有在酒吧里的男人的心都甩酥了。

被挤到舞池边缘的马洛不知被谁绊倒在地。这激怒了马洛，他从地上爬起来不再摇头晃脑跳舞，而是像一个受了羞辱的一等大兵推开几个跳舞的男人，一路闯过去，一把抱起陶醉在舞曲里的Rose，就像从滚烫的油锅里捞起刚下锅的活鱼。悬空的Rose两只赤脚乱蹬，手臂乱舞，头发乱摆，瘦弱的马洛不知哪里来的那么大劲，腾出一只手抱着她的嘴热吻，Rose渐渐消停下来。马洛的举动让身边的外国男人也消停下来，没人再来挤他，各找各的伴去了。

喝多了的周行健头昏脑涨眼睛迷离，感觉脑袋有千斤重，倒在凸凸怀里睡着，任凭劲爆的音乐狂响，不影响他。看着满脸通红的周行健睡得蛮香，喝了不少酒的凸凸轻轻抚摸周行健的脸，满眼的爱意。滚烫的脸，沉重的呼吸，狂跳的心脏，把一个醉酒男人的丑态全部暴露在一个女人面前。凸凸没有觉得丑，反而被吸引。

迷糊中周行健觉得紫函在亲吻他，吻他眼睛，吻他鼻子，吻他嘴唇，那轻飘飘湿漉漉的感觉明显是紫函的风格，一点不像他那么狂野与粗暴。他享受着轻吻，感觉身在云彩中，周身洒满太阳的金色。紫函的手也不老实，慢慢伸进周行健的下部，轻轻触碰他那东西，不知是酒精的作用还是对紫函主动的欢喜，那东西打了鸡血一般一下子高高挺立，飘扬在云朵中。那坚硬的铁棒被轻轻摩挲着，传来一阵阵快感，勾引周行健迷惑在快感中不能自拔，只想尽快释放。

他挣扎着从睡梦中醒来，迷离的眼睛看到一张短发的脸。不对，不对不对，紫函是长发，他揉了揉眼睛，凸凸两腮绯红地看着他。周行健猛地起身，坐起来一动不动看着前方舞台上一群动物在群魔乱舞，他才清醒过来这里是酒吧，而紫函在九霄云外。

坐在一边的凸凸看他发呆，笑着拉他去跳舞。周行健不想跳舞，他知道自己跳得很烂，他想去洗手间，因为被凸凸摸起来的那东西还挺立在半空中，没有要下去的意思。他想去洗手间尿泡尿，应该会恢复原样。他起身向洗手间走去，沿着过道拐了两个弯找到洗手间。推开洗手间的门，里面是男女混用单个开关门的独立洗手间。周行健刚打开一个独立洗手间的门，进来要关上，身后紧跟着进来一个人。他正奇怪谁这么讨厌，身后的凸凸锁上了洗手间的门。

周行健正要说什么，被凸凸一把抱住，坚硬的那东西直挺挺顶在凸凸正中央。这一下周行健彻底没了抵抗力，暴风骤雨般脱去凸凸的内衣裤，在独立洗手间逼仄的空间里开始猛烈的节奏，那声音应和着洗手间外劲爆的音乐。周行健脑子里一片空白，只有自责的快感，他知道这是背叛，对紫函赤裸裸的背叛。为了掩饰这种背叛，自始至终他没有吻凸凸，尽管对方总是把一张涂满了红色口红的血盆大口凑过来。

完事以后，凸凸紧紧抱着周行健，恨不得把他压碎。周行健仰天长叹，可惜天是独立洗手间黑色吊顶的天，漆黑一片没有一点星光，有的只是黑色羞辱和自责。他想推开凸凸，又怕太过粗鲁，索性让她抱着。

抱了一会，有人敲洗手间的门，周行健与凸凸穿好衣服打开门，门口站着马洛和Rose，两个满眼欲望且口中经常念诵金斯伯格充斥阴茎和乳房诗句的中国人和美国人。四人相视而笑，在充满无耻和淫荡的笑声里，他们一进一出。

周行健纳闷，马洛和Rose为什么不去隔壁洗手间，他转身看到每个洗手间都关着门，里面传出此起彼伏肮脏的呻吟声。周行健惊愕不已，被凸凸拉着走出去。

那一夜，周行健没有跟随马洛回学校，尽管凸凸十分不舍，内心深处紫函隐隐的责骂制止着他，周行健决定回出租屋。他站在午夜的深渊里，目送坐上出租车的马洛和凸凸离去。

周行健步行回到出租屋，夜里一点的北京城像是他一个人的。他的酒已醒，清楚地记起刚才在独立洗手间与凸凸发生的一幕。他想这下完了，好不容易遇到真爱林紫函又发生了这样的事，有何面目见紫函，又有何面目追求多年来坚持和憧憬的真正的爱情！当时怎么就没有把持住呢？这可怎么办，怎么办，怎么办？一连串的问号宛如一连串夜里浓的黑吞噬了他。

周行健挣扎着，收到王立言的一条短信：

哥们，你在哪呢？抽时间来学校救救我吧。

哦，这哥们怎么了，难道也在挣扎?!

周行健没有那么快去找王立言，他被节目拖住。这是一个角色扮演节目，要求他制作四期，看着兜里的钱即将花光，他愉快地接了这个活。

如今社会上发生的各种真实事件比电影更精彩，这些事件被媒体放大报道，美其名曰“民生新闻”。无外乎是报道一些男女出轨，丈夫背着妻子找情人，妻子背着丈夫找野男人，一女嫁多夫，一夫娶多女，婆媳不和，公公爬灰这些无聊三八涉及个人隐私的事情。这些下三路的东西特别受观众欢迎，收视率奇高，一些电视台认为只作新闻报道，可惜了，发挥不出它的最大价值。于是，他们把新闻当事人请进演播室进行访谈，中间穿插相应的短片播放，竟然同样获得了高收视率。

一时间，全国电视台纷纷效仿，满荧屏的真情故事和真实人生，用尽各种手段调动新闻当事人的情绪，使其将个人隐私完全撕破给观众看，情节讲述得婉转动听曲折动人。新闻当事人不愿意演或者演不好的，电视台想出另一招应对，找各种三流演员或者有表演欲望的人来饰演新闻当事人所经历所发生的事情。建立在真实基础上的演出虽然拙劣，但满足了大众对此类事件的猎奇心和窥视欲，同样可以达到高关注度高收视率的效果。

周行健接的角色扮演节目正是这样一类节目。演播室录制时，他托人找了三四十个大爷大妈坐在观众席上，之所以找大爷大妈是因为他们是如今电视的固定观众，他们收入固定，时间有闲，是电视的忠实“粉丝”。青壮年都去读书工作拼搏人生赚钱去了，没心思没时间看这些狗血东西。

三男一女是扮演新闻当事人的演员，他们要演一段真实的新闻故事，一个拥有两个孩子的中年女人远离丈夫在外工作，背着丈夫又把自己嫁了两回，直到后来两个丈夫中的一个心细发现妻子早已结婚，事情才败露。有趣的是三个男人居然都很喜欢这个女人，女人无法作出选择，只好将自己的心事告诉观众，让大家帮着选择，同时疏解心中的郁闷。

所谓扮演，无非是动动嘴皮说出所扮演角色的故事罢了。如果能说得绘声绘色抑扬顿挫，观众席里的大爷大妈看不下去恨不得冲上去把嫁给三个男人的女人暴打一顿，或冲上去安抚三个瞎了眼睛的男人居然喜欢这样一个四处卖弄风情水性杨花的女人，才感觉维系了人伦道德，那就演得最好。

周行健原本想把这个故事做成四期，没想到演播室录制得太精彩，竟然剪了五期。四个人表演得惟妙惟肖，观众席上的大爷大妈长吁短叹，如果不是工作人员规劝早冲上台把女演员暴打一顿。三个男人得到了一些同情，比他们获得更多同情的是第一个男人与女人结婚后生下的两个孩子，他们有娘却长年不被管不被问见不到面，以为娘死了。当那两个赤脚穿着脏兮兮衣裤吸溜着鼻子的七八岁孩子的画面出现在现场电视屏幕上，观众席的大爷大妈们沸腾了，咒骂声四起，挥舞在半空中的拳头一起砸向舞台上嫁了三个男人的女人。

然而，这个女人无动于衷两眼发呆，一副与己无关爱搭理不搭理的样子，这更加激起大爷大妈的愤怒。有几位大妈跳起来就往舞台上冲去，要猛揍这个女人，被眼尖的导演周行健第一时间看到，他迅速让工作人员上去劝下她们。

与此同时，被吓到的女人哇的一声大哭，眼泪像断了线的珠子落下来。

这一哭给观众席上的大爷大妈找到释放的窗口，心情好了一半，嘴里纷纷嘟哝：“活该，谁让你不管孩子！谁让你乱搞男人！贱货！”

只有女人的三个男人面面相觑，耷拉着脑袋，一副㞞包样。

看到这一幕，周行健心里乐开了花，这正是他想要的效果。能够把演播室观众席上的大爷大妈惹恼惹怒拨动同情心，就一定能够把电视机前的观众惹恼惹怒拨动同情心。两个孩子是周行健精心设计的桥段，他进演播室录制前专门去事发地拍摄了两个孩子的视频，作为演播室里出彩的子弹射出，击中大爷大妈和四个扮演新闻当事人角色演员的内心，让他们自然释放出愤怒、痛苦、同情和悲悯。

这一招周行健学自电影《西西里的美丽传说》。影片中由影星莫妮卡·贝鲁奇饰演的女主角得知奔赴二战的丈夫阵亡，为了生存不得不去妓院出卖肉体，结果引来市民的唾骂和殴打。从这部影片周行健学会了只要能够激起愤怒和同情心，就是一部好片子，也是一期好节目，这几乎成为他做节目的金科玉律。哪怕每次做完，他都觉得恶心，但为了收视率为了挣钱，下一期他依然如法炮制。

做完五期节目，周行健累得够呛，倒不是身累，是心累。这些以无聊三八的新闻事件改编成的节目，他精心设计了情节，完美编织了故事，逗得大爷大妈们一会笑一会怒，一会怨一会悲，但他觉得在整个做节目期间自己像行尸走肉，他掌控的是表象，背后的无能为力让他疲惫。这些节目为了追求高收视率无底线无节操，什么下三烂乌龟王八蛋的事都往节目里堆，而真正能够达到的娱乐效果却极为有限。有的还是停留在表面的感官刺激，不一定刺激你的眼睛，而是综合刺激你的官能。这样的节目做多了人会精神分裂，以为社会就是这个样子，低俗下流卑鄙无耻。内心中充满空虚，感觉社会如此之烂，到处生长着痈疮和毒瘤，不知如何下手去医治，只有颓废和迷惘。

节目交付播出，周行健没有回出租屋，带着一身的疲惫和爱情的愁苦去找王立言，他大概忘了后者也在疲惫和愁苦之中。

晚上11点，北京大学图书馆南配楼没有熄灯，里面坐满了下课过来看电影的同学。世纪初的互联网还不发达，南配楼被改造成电影放映室。不同于一般的电影院，放映室更像一个网吧，配置了若干台电脑，里面存储了大量中外名片，供电影和传播专业的学生观看，也供其他专业的学生消遣。

在昏暗的放映室里找了一圈，一处靠窗的角落里周行健找到王立言与秦苏蕙，他们互相偎依坐在一把椅子上观看由米兰·昆德拉的小说《生命中不能承受之轻》改编的电影《布拉格之恋》。画面上男主人公托马斯与女主人公特丽莎正在进行床戏大战，王立言与秦苏蕙看得很投入，完全没有觉察到周行健在他们身后。正在高潮处，周行健没有打断他们，索性站在后面一起看。当影片里出现“布拉格之春”时期前苏联军队驾驶坦克碾轧布拉格广场时，秦苏蕙惊叫起来，仿佛那些坦克碾轧在她身上。她这一叫带动身子往后仰，王立言没来得及扶，身后的周行健立即伸出双臂抱住秦苏蕙，两只手不偏不倚抓到秦苏蕙富有弹性的乳房。

从椅子上起来的王立言看到抱着秦苏蕙的周行健说：“你什么时候来的！也不吭一声。”

周行健抱起秦苏蕙往前轻轻一推扶正，冲王立言说：“你们看得那么投入，我不好打断。再说这个影片我也喜欢，索性再看一遍。”

被扶起的秦苏蕙站起来对周行健一个劲地说谢谢，她看一眼周行健，又看一眼王立言。

王立言拉着她的手说：“我给你介绍一下，这是我的铁哥们周行健。”

周行健笑着说：“想必这就是未来的嫂子。”

这句话让王立言瞪大了眼，不知说什么好。

秦苏蕙连忙说：“嫂子！我有那么老吗？”

周行健说：“哦，不老不老，风姿绰约。”

为了看电影，放映室里灯光很暗，借着电脑屏幕的微光看不清什么，周行健完全按照刚才触碰到秦苏蕙乳房的手感说人家“风姿绰约”，讲完他就后悔，觉得不应该在刻板的王立言面前这样说他的女朋友。不过，他的这句“风姿绰约”倒是给秦苏蕙留下印象，后来经常拿这句“风姿绰约”揶揄他。

周行健这一来，秦苏蕙不看了要回去，王立言说没事都快演完了看完再走，周行健也点头。于是，三人又接着看《布拉格之恋》。

影片中男主人公托马斯开车逃往法国的边境途中，浓雾弥漫，弯弯曲曲的山路充满未知，一向乐观的男主人公愁容满面，他不知道是否能够通过边境检查。屏幕外周行健的心提到嗓子眼，仿佛屏幕里开车的人是自己，对于生死未卜的命运充满了疑惑与不确定。秦苏蕙时不时转过头来看一眼周行健，像个好奇的孩子。周行健没有注意到秦苏蕙看他，注意力全在电影里，对于遥远的“布拉格之春”他完全陌生，仅凭电影和杂志了解一点，却对米兰·昆德拉的原型主人公托马斯感同身受。这种感同身受不知是人生的迷惘所致，还是生活在类似的意识形态国家里所致，抑或是他对社会人生的敏感所致。他越看越沮丧，心情低落，在电脑屏幕的微光映照下，他少年老成一张沧桑的脸被秦苏蕙一览无余。不知怎的，秦苏蕙心中竟生出一丝丝恻隐之心。

看完电影，王立言和周行健一起送秦苏蕙回寝室。当时，厚底松糕鞋风靡中国，也在北大校园里流行。路过三角地时路灯很亮，周行健看到秦苏蕙穿一双两寸高的松糕凉鞋，短裙配牛仔衬衣，长发用啫喱水固定在左侧肩部，一副叛逆的美。

诞生于十五世纪法国宫廷的松糕鞋，厚厚的鞋底原本是用来显示身份和地位，在周行健眼里却一点都不高贵，厚厚的鞋底反而给人轻佻的感觉。那年月几乎所有中国女人都穿一双厚底松糕鞋，从城市到乡村，从少女到中老年妇女，从白领到蓝领，从良家妇女到夜店小姐……到处都是松糕，到处都是一寸两寸三寸……的厚底，如同从宋朝兴起的裹脚之风复活，令人不可思议。看着满大街遍地的松糕鞋，周行健觉得丑陋至极。他有一个变态的想法，认为穿这种鞋的女人都像夜店里的小姐，无外乎是让男人看清她的腿、看清她黝黑的大腿根部。

然而，今夜看到秦苏蕙穿着两寸厚的松糕鞋，周行健竟然觉得有一丝丝野性的美。

送回秦苏蕙，王立言带周行健来到寝室，他俩打算挤在一起睡一晚。凑巧的是王立言的三个室友都不在，他俩不用挤了。刚躺下，灯还没熄，王立言就叹气。

“怎么回事，见我来了就叹气，不欢迎呀。”睡在对面室友床上的周行健说。

“怎么会呢，我是发愁啊。”王立言说。

“发什么愁？左手执书，右手抱女人，还发愁！要是我都美死啦。”周行健说。

“哎呀——你不知道，我们不太合适。”王立言说。

“不会吧，我看你们挺好的，看电影偎依在一起面贴面，走路靠在一起手拉手，怎么就不合适了？”周行健问。

“那是苏蕙要求的，你不偎依在一起她就闹，你不拉手她也闹。今晚是你来了，要是以往，这会电话又打过来了，得聊半小时天才能睡觉。你不知道这样多耽误学习。”王立言说。

“耽误也是双向呀，你耽误学习，她不耽误吗？”周行健说。

“她是本科生，课业没那么繁重。我是研究生，经常要写论文，有很多的书和资料要读，我恨不得天天不吃不喝看书收集资料，根本没有时间陪她。”王立言说。

“哦，这倒是一个问题。”周行健说。

“更重要的是我们志趣不同，苏蕙是文艺女青年加摇滚女生，好动。我呢好静，就想安心读书做学问。我又信佛，与她在一起感觉满眼都是欲望，都是我排斥的东西。”王立言拉开话匣子，一吐他心中的郁闷。这大概就是上次午夜两点王立言发短信给周行健，让来救救他的原因吧，估计当时王立言刚应秦苏蕙的要求通完电话。

在王立言的倾诉中，周行健一点一点了解着秦苏蕙——一个被王立言妖魔化的女生。与王立言的诉苦相反，周行健对秦苏蕙有了很大兴趣，还有了一种无端的亲近感。不过，令周行健奇怪的是，一向自视特别有定力的王立言难道真的仅仅因为爱情遇到了错的人就这般苦闷，这不像王立言。

“立言，以前你不这样，特别自信，现如今怎么被一个女生折磨成这样。”周行健打断王立言的话。

王立言不说话，寝室的空气凝结，十分安静。周行健有点后悔说出这句话，他想会不会伤到王立言，惹他不高兴，他也不说话，等着王立言开口。

过了几分钟，王立言坐起来，点了一支烟，吸了几口，吐出烟圈说：“是啊，我怎么成这样了！”

王立言反问自己，恰恰说明困扰他的不仅是与秦苏蕙之间的爱情，还有别的什么。

周行健说：“男子汉大丈夫爱就是爱，不爱就是不爱。你如果确实觉得秦苏蕙不适合你，提出分手就是了，何必强求呢？”

王立言递给周行健一支烟说：“倒不是强求，或许是年龄大了，对事情不像年轻时那么决绝，仓促行事不管人家的感受就做了。我不是怕伤害苏蕙嘛。”

王立言吸了一口烟接着说：“其实，你说得对，我真正的原因是对学业的不满意。来到北大，走过路过那些老旧翻新的大楼和大院，每一幢大楼和每一座大院里都深藏着令人敬仰的读书人的故事和深奥的学问，他们就像一堵堵墙挡在面前，令人心生敬意，更令人心生敬畏，不知如何自处，不知如何超越。这样的感觉就像鞭子时时抽打在我身上，驱赶你往前走，要么认清自己，匍匐在地跪拜；要么激励自己，高昂头颅超越他。然而，越往前走越发现我的知识储备有限，很难在短期内弥补大量欠缺的知识。以前自信是因为读书少，所谓无知者无畏，如今读书多了，胆子反而小了，你知道有很多大师和大家需要你去走近，走入他们的世界，将他们的知识融会贯通，你才可能在学术这条路上有所成就。而我不仅没有这样的知识储备，更没有这样的定力，准确地说是没有让我静下心来安心读书的外部环境和内部环境。外面是花花世界，重商主义拜金主义流行于世，物质至上娱乐至上官能至上，人变成物质的奴隶。心里的世界蠢蠢欲动，空空荡荡虚无缥缈精神恍惚信仰缺失，人变成四处漂泊的孤魂野鬼，不知道家在何方，故园在何处。因为内外部的世界都不能理出头绪，就很难达到'内圣外王'的境界，既不能建立起儒家对内在修为的崇高道德观，又不能建立起道家以出世的精神做入世的事业的外在修为。想到这些我就十分沮丧，感觉前路迷惘，后悔当初辞职来北大学习，因为毕业后还得找工作养活自己。如果以这样的状态与秦苏蕙在一起，我们不可能长久。"

原来王立言担心的不是爱情问题，他担心的是人生的出路问题。在北大学习两年，他所得到的收获没有预想的大，这当然与外部世界有关，但更与自己有关，譬如分心谈恋爱，知识积累不够，人生目标不明确等等。正是认识到了这些问题，王立言才焦虑，他的苦闷与其说是爱情使然，不如说是人生找不到出路，迷惘使然。

王立言的话说到了周行健心坎里，他不再安慰王立言，默默抽烟。王立言也不说话，默默抽烟。两支烟柱缠绕在一起，缓缓上升。窗外的风吹进来，倏忽散开，飘到窗外，像两个孤寂的灵魂徜徉在夜里的北大校园中。那些空气中的先贤看到两个颓丧迷惘的青年不知会怎样，是冲他们谆谆教诲、慈爱有加，还是怒目而视、恨铁不成钢？

"我们出去走走吧。"周行健扔掉烟蒂说。

"好吧。"王立言说。

秋夜，满天星斗，像无数只眼睛看着他俩。那时候雾霾还不严重，透明的夜里校园清晰可见。王立言和周行健从宿舍里出来，经过学五食堂和校医院来到燕南园。这里曾是中国的美学中心，朱光潜、宗白华都曾在这里居住，在这里建构了中国的美学体系，创立了“欣赏美学”和“散步美学”。如今在燕南园居住的可称得上大师的只有汤一介先生，他正在主持一项宏伟的编纂计划——《儒藏》工程，将中国儒家的经典文集和思想学说不加任何修饰和阐释严谨地汇编成册，像《四库全书》那样给当代学者和后人研究提供基础材料。

中国经典的儒家学说和思想创立自公元前九世纪至三世纪人类的轴心时代，一经诞生就对中国乃至世界产生了深远影响。历朝历代都在注解和阐释儒学，并在注解和阐释中将中国包裹得越来越严实，将其中最薄弱最腐败最阴柔最自我陶醉最妄自尊大的部分发挥得淋漓尽致，最终祸国殃民，甚至到了亡国灭种的境地。民国伊始，一代学人恨透了传统儒学，以胡适、鲁迅为代表的一大批学者文人祭出批评儒学的大旗向儒家思想开炮；而以辜鸿铭、章太炎为代表的一批学者文人则成为坚定的儒学维护派，他们认为儒学本身没有错，错在历朝历代为了维护封建统治有倾向性的注解和阐释。

如今，将近一百年过去，对儒学的争论依然没有中断，有的却是西方文化的猛烈入侵。中国学术界所有的现代理论和方法论不管是文科还是理工科几乎全部来自西方，并跟随西方的理论和方法论亦步亦趋，没有自己独立的学术体系和创新的学术思想。大概汤一介先生意识到他们这一代学人无法完成独创中国现代学术理论和思想体系的建设，所以才修撰《儒藏》，给后人留下宝藏，待后人去开发和创新。

经过静园草坪，王立言与周行健从临湖轩旁的小径翻山而过。在这座掘湖堆砌的土山上，周行健慨叹不已，当年二十三岁的曹禺在这里灵感密集爆发，写出名剧《雷雨》。反观自己，年龄比曹禺大，却还是一个午夜出来寻找光明的浪子。

他们沿未名湖西岸向红楼走去。博雅塔黑幢幢的矗立在东南岸湖边，王立言不再感叹学术的无力与世风日下，转换话题讲起博雅塔的鬼故事。很多鬼故事都与女人有关，博雅塔的鬼故事也落了俗套。

说的是一位才貌双全的美女学生爱上了英俊儒雅有家室的教授。才女不管不顾紧追不舍，在教授家请教研究课题时主动诱惑，教授忍不住才女的风情万种，松开腰带与之发生关系，却被从外面回来取东西的妻子撞个正着。从此教授名誉扫地，被剥夺教师资格，发配到后勤做清洁工。教授对学校的处理十分不满，认为是在侮辱他的人格。他抗议几次无果，只好做清洁工。教授像钻研学术一样细致入微地清扫北大的垃圾，每晚不回家，把博雅塔顶端的十三楼收拾出来，住在里面。

教授的妻子忍无可忍，与其离婚，还带走了孩子。才女以为这下可以与教授在一起，没想到教授坚决不答应。教授觉得如果在妻离子散的情况下与才女在一起，正应验了学校对其处罚的合理性。因此，他坚决不能给人留下口实。每天住在博雅塔里面，穿得破破烂烂，吃得简简单单，外人以为他疯了。

才女不理解教授为何始终不喜欢她，她长得一副美人坯子，蜂腰胸挺肤白，才华出众，难道是教授文人的懦弱在作祟？才女决定主动出击。当她做出这样的决定时忘了正是自己的主动诱惑才勾引教授管不住下半身，犯了错，如今再次主动出击，很难说会发生什么。

一天夜里，才女上完自习课来博雅塔看望教授，她要再次向教授表白心迹，告诉教授一辈子非他不嫁，跟定他了。

夜里的博雅塔内漆黑一片，才女没有手电筒，也没有如今几乎人手一部的手机，也就没有手机屏幕的微光和手电筒功能。她手持一只燃烧的蜡烛，火苗在阴风阵阵的塔内颤颤巍巍摇摇晃晃，随时都可能熄灭。才女一只手秉着蜡烛，一只手遮挡阴风，探着脚攀爬塔内的螺旋楼梯。好不容易爬到十二层，距离教授住的楼顶只剩下一层时，一阵更大的阴风吹来，蜡烛的火苗猛烈颤颤巍巍，才女遮挡的一只手急忙捏成一个小拳头。谁知这一捏用力过猛，身体失去平衡，两脚踩空，从十二层穿越螺旋楼梯跌入塔下。砰砰砰—— 一连串巨响，才女香消玉殒。

听到巨响和坠落声，正在看书的教授以为塔要倒塌，他坐定稳了稳，发现塔身并无摇晃，认定塔没事。但巨响从哪里来？教授起身拿起一盏马灯，要下塔看个究竟。沿楼梯寻到一层，难以置信的一幕出现在教授眼前，他看到才女跌落的尸体横在塔下。教授惊悸地站了良久，悲从中来，仰天长叹，涕泗纵横。

从此，博雅塔经常会在午夜传出女人哭泣的声音，呜呜咽咽凄凄惨惨，仿佛在哭诉教授的无情。而教授也真的疯了，他不再打扫卫生，成天躲在塔里不出来。

若干年后，被人们认为疯了的教授创立一种理论，这个理论填补了他所在学科的空白。教授重新振作起来，博雅塔内女人哭泣的声音越来越少，就像买彩票，有运气的人才会撞到那个由才女变成女鬼的骇人哭泣声。吊诡的是，或许是太深奥，人们没怎么记住教授创立的理论学说，却深深记住了那位才女的呜咽，并给她添加了烈女的形象，说她是为爱殉情自杀。

听着这个真真假假的鬼故事，周行健唏嘘不已，脊背上一阵发凉。不仅博雅塔有鬼故事，百年燕园失修破落的地方到处都有鬼故事。

夜游完红楼，王立言要带周行健去朗润园看看，他说那里有个老人或许还没入睡。周行健不知道王立言卖的什么关子，跟在后面走。谁知越走越荒凉，尽是些年久失修的老房子，杂草丛生，树木疯长，人走在其间毕毕剥剥地响，阴气阵阵，感觉走在坟地里。王立言说这是镜春园，周行健没敢吱声，全身起鸡皮疙瘩。几百年的老树矗立在眼前，像一个个树妖张牙舞爪，灌木、爬山虎、河沟随处都是，不像一个园子，倒像一个诡异的黑森林。再想到北大所在的燕园曾经是清朝乾隆皇帝近臣和珅的宅第，几百年来时势变迁不知经历了多少次抄家、抢劫和杀戮，更不知有多少个应死鬼和冤死鬼埋在这里，周行健顿时全身汗毛倒竖，惊出一身冷汗。

“咱们走吧?”周行健发着抖说。

“就要到朗润园了，去看看季羡林先生睡了没。”走在前面的王立言平静地说。

“你说的老人就是季羡林呀，他年龄很大了，都夜里1点多了，肯定睡了。我们走吧，我有点害怕。”周行健说。

“害怕，有什么好怕的！你要心如止水，自然心中无鬼，做到心中无鬼就没什么可怕。”王立言转过头看着周行健说。

先前还感叹人生无出路郁闷至极的王立言，此时像变了一个人，十分冷静，这令周行健暗暗称奇。王立言说得没错，心中无鬼，鬼又何来。人虚弱的时候就需要正气有力的鼓励，才能驱走邪念。周行健吓得发抖的身体逐渐舒展了，放松了，他抬起头眼前出现一堵墙。他们沿墙根走到南面的大门，门楣上写有三个大字：朗润园。

九十多岁的季羡林先生一个人住在这里，夜里少不了有鬼吹灯妖上身这类解释不清楚的事情，但走过差不多一个世纪看遍人生冷暖的季先生肯定不惧，否则他也不会一个人住在朗润园。想到这里，周行健为自己刚才的恐惧感到汗颜，他到底是缺乏修炼，道行不深。

“快来看，里面有灯光。”眼睛凑在门缝里的王立言轻轻叫着周行健。

“是吗！”周行健赶紧凑过去看。

果然园中一棵大树下的窗内亮着灯，估计是季先生在看书。

“这才是真正令人敬仰的学者，已是耄耋之年，还这般勤奋刻苦。”王立言感叹地说。

“什么呀，有可能是人老了睡不着呢。”周行健笑着说。

“你别胡说，就是睡不着，季先生也会在看书或做研究，学术是他的生命！”王立言激动地说。

周行健的玩笑话惹恼了以学术为志向的王立言，他不再言语。两人在门前给园子里的季羡林深深鞠了一躬，转身回宿舍。

季羡林出生在民国建立的前一年，他和他的上辈学人中出现了许多中国知识分子大家，他们在中国“此三千余年一大变局”之际创立的学说是中国近现代学术的开端，也为中国近现代发展打下了坚实的理论基础。至今，民国前后知识分子创立和发展的人文社会科学依旧没有被当代人完全超越，而当代也还没有出现像那个年代那样真正学贯中西、融会贯通的知识大家，更没有“独立之精神、自由之思想、兼容并包”的学术氛围，这无疑令后人惭愧，也是像王立言这样立志致力于学术的人苦闷的原因吧。

路过博雅塔，周行健又想起才女与教授的鬼故事，问王立言：“你说才女到底是脚踩空掉下来摔死的，还是自杀？”

一直低头沉思的王立言，顿了一会说：“自杀。”

周行健问：“为什么是自杀？”

王立言说：“没有出路，只有自杀。”

周行健说：“未必，可以逃离和远行。”

王立言冷冷地说：“往哪里逃，往哪里行？逃到碧海蓝天的大海，行到黄沙漫天的荒漠？天下之大，不是物欲横流，就是尔虞我诈，滴滴海水里尽是人欲，颗颗沙粒中皆是贪婪，难！”

# 第九章

如果那天上午与王立言一起离开寝室，就不会出现那么尴尬的事，周行健望着列车窗外，想着秦苏蕙看到他裸体时自己的窘态，依然感到好笑。那是他与秦苏蕙第一次单独见面，谁能想到会是在那样一种状况下。

清晨6点30分，王立言定的闹钟响了，昨晚夜游北大校园至凌晨3点才睡，到现在还没睡到四个小时，周行健瞌睡得不行，翻了个身继续睡。不知是夜游北大时受园子里的大师刺激，还是每天都按点起床，王立言关掉闹钟，轻轻地起来洗漱，收拾完毕，到图书馆学习去了。留下周行健一个人在寝室里。

这一觉睡了很久，梦中的周行健听到隐隐约约的敲门声。开始他以为是在做梦，没有管，但敲门声越来越近，很有节奏，敲醒了他。周行健躺在床上想莫不是王立言回来了，回来他有钥匙，敲什么门。难道是王立言的室友？他们也有钥匙呀。难道是管宿舍楼的门卫大姐？这是研究生寝室，她也没必要上来查房呀。周行健还在猜测，又是一阵有节奏的敲门声。他烦了，从床上跳下来就去开门，完全忘了自己什么都没穿。

“啊——你！”看到门前立着赤裸裸的周行健，秦苏蕙惊叫着向楼道跑去。

这一声惊叫让周行健反应过来，他赤身裸体呢，他忘了裸睡是他与生俱来的习惯。坏了，坏了坏了坏了！什么都被看到，一览无余，不留死角啊！周行健一把关上门，跑到床边穿衣服。

还没穿好衣服，门口传来秦苏蕙的声音：“穿好了吗？”

“哦，等等。”周行健说。

“进来了哟。”秦苏蕙说。

“穿好了，进来吧。”周行健说。

“真进来了哟。”秦苏蕙说。

“哦，你找王立言吗?”周行健没去开门问道。

“是呀。”秦苏蕙回答。

“他不在，一早去图书馆了。”周行健说。

“那我找你。”秦苏蕙说。

“找我！有没有搞错!”周行健说。

他想王立言不在找我干什么，尴尬地去开门。

秦苏蕙进来，一脸坏笑，好像看到孔雀开屏。一屁股坐在王立言床上，笑嘻嘻说：“喜欢裸?”

“是。”

“不怕冷吗?”

“不怕。”

“不怕脏吗?”

“不怕。”

“不怕弄脏被子吗?”

“哦——不怕。”

“不怕被别人看见吗?”

“都是男人，该有的都有，不该有的都没有，看见也无妨。”

“但是，我看见了呀。”

秦苏蕙笑得更欢，仿佛占了多大便宜。这，周行健觉得这女子好笑，比紫函开放得多，看了人家裸体还这般问。

“那怎么办?”周行健顿了顿说。

“怎么办? 你得赔我。赔我的眼睛看了不该看的东西，赔我的鼻子闻了不该闻的味道。”秦苏蕙收起笑容说。

“啥，怎么你看了我，还要我赔!”周行健被秦苏蕙的话一激，脸唰地红了。

看到周行健满脸通红，秦苏蕙哈哈大笑，一副胜利者的姿态。

周行健知道上当了，想挽回颓势，红着脸说：“人赤条条地来，赤条条地去，裸睡充分与空气接触，让捂了一天的身体各处彻底放松，自由呼吸，多好啊。”

“是很好啊，所以我也裸睡。”秦苏蕙说。

“哦——志同道合。”周行健没想到秦苏蕙如此直接，他说，“你什么时候开始裸睡？”

“青春期。”秦苏蕙指着自己的胸部和下部说：“青春期突然这里长大了，这里长了很多草，又硬又密，穿衣服睡就觉得勒得慌，很难入睡。有一天我洗了内衣裤没干，困得不行，索性没穿睡了，很快就睡着了，还睡得特别香。从那以后我就裸睡。”

噻——一点都不忌讳，够直接！周行健放开了说：“女生裸睡不怕弄脏被子吗？毕竟每月都有那么几天稀里哗啦红雨如注，岂不全到被子上。”

“哎呀，你真烦，还稀里哗啦，还红雨如注，不就是月经嘛，被你说得好烦哟。就算来了月经，也只是下身穿条小裤，上身依然可以不穿呀。”秦苏蕙认真地说。

“噢——原来是这样，了然了。”周行健故作明白的样子，点着头，眼睛上下打量秦苏蕙。

这一打量反而让秦苏蕙不自在，脸也红了，转过去看窗外，把一个四十五度的角度展现在周行健眼前。

秦苏蕙脸大，是北方女人那种典型的银盆大脸，双眼皮下面一双大眼睛，鼻子很棱，樱桃小嘴。身材丰满，或者说比较胖，穿一条布满白点的黑色连衣裙。清风拂来，裙摆微扬，发丝飘飘，有一种复杂而敏感的忧郁气质。

“看够了吗？”秦苏蕙转过头问。

“够，够了。”周行健尴尬地说。

“我带你到学校东操场外看看，那里有很多有意思的书和碟子，还有一些别致的小酒吧。”秦苏蕙说。

“你不找王立言了吗？”周行健问。

“算了，你难得来一次北大，带你去玩玩。”秦苏蕙说着起身就走。

周行健本想说他经常来北大，用不着这么客气，但秦苏蕙如此热情，何必拒绝。

那时，东操场外还是一片民房，没有现在兴建的学院和科教楼。周行健没去过那里，以为不是北大所属地，正好可以借这个机会与秦苏蕙一起去看看。他快速洗漱完毕，跟着秦苏蕙出发了。

路过未名湖边的博雅塔，周行健说起昨晚王立言给他讲的鬼故事，逗得秦苏蕙咯咯笑。秦苏蕙说她听的版本不是这样，女鬼不是哭泣，而是现身。

周行健故作害怕，惊讶地说："那不是吓死人！"

"是啊，你小心被缠上哟。"秦苏蕙说着伸出舌头做出一副鬼脸，吓得周行健往前就跑，秦苏蕙在后面追。他一口气跑到东操场门口，停下来等秦苏蕙。

东操场位于未名湖东侧，它的西侧、北侧、南侧都是校园，唯独东侧是一片民房区。东操场在北大没有搬来前燕京大学建立时就存在，是供师生体育锻炼的地方。

东操场真正为外人所知是在"文化大革命"期间。当时，东操场成了造反派斗天斗地斗人的会场。凡是在东操场召开的会议必定规模浩大，声势逼人，意义"极为重要"。1968年夏天的一个晚上，大雨倾盆，暗夜无边，东操场上却灯火通明，热闹非凡。原来是所谓的"文革""旗手"驾临，在这里发表极具煽动性的演说。从那以后，北大的不少教师和学生深陷于受迫害的灾难之中。

"文化大革命"结束后，东操场沉寂下来，北大不愿再触碰那一段痛苦的记忆，东操场东侧在很长时间内没有被开发成北大校园，仅有一堵残缺不全的围墙隔开校园与民房。

秦苏蕙带着周行健从一处被拆毁的城墙缺口进入东操场外，一条小街出现在眼前。鳞次栉比的小店排列在老旧破烂的小街两边，仅仅一墙之隔，墙内是传承人类知识谱系的象牙塔，墙外是嘈杂热闹的市井社会。

小街上最多的是音像店，国内的国外的色情的非色情的各种CD、VCD、DVD音乐碟电影碟应有尽有，以盗版居多，正版也有。一些其他地方买不到的碟片，尤其是摇滚乐碟片，这里竟然都有，这令周行健颇为意外，感觉来到宝地，眼睛看都看不过来。

来到一家时光音像店，老板是一位微胖的短发男子，名叫冯哲。主动过来与秦苏蕙打招呼，看得出他们很熟。

秦苏蕙低声告诉周行健，冯哲是个执着的人，高考没有考上北大，八年前来北大做旁听生，旁听人文社科、经济类专业课程和讲座，被誉为北大游学第一人。

秦苏蕙这么一说，周行健越看音像店老板越觉得似曾相识。他在北大承泽园租住时就听说北大有这么一个人，准确地说是一批人，他们没有考上北大或因为种种原因不能来北大全脱产读书，为了实现自己的北大梦和求知梦，专门来北大周边租房住下来，旁听北大著名教授的课程和讲座。

这在当时是一个风气，有一个庞大的团体，他们是那个年代不甘于向商品和市场低头，一心追求知识和理想的一代青年人的最后抗争。他们有一个统一的名字——北大边缘人。

秦苏蕙说这个名字就是冯哲取的。周行健说他也做过一段时间北大边缘人，正是在那段时间他和王立言相识，成为好朋友。其实，他现在时不时来北大找王立言，从某种意义上说还是个北大边缘人。

周行健觉得“边缘”两字特别好，说得好听是什么都靠，说得不好听是四六不靠。北大边缘人，与北大若即若离又不离不弃。何止北大，在这个迷惘的时代，人们不都是这样若即若离又不离不弃嘛。这样的状态久了，中心也被边缘化，学生不是学生，老师不是老师，工人不是工人，商人不是商人，农民不是农民，市民不是市民，知识分子不是知识分子……人非人，鬼非鬼，神非神，花非花。或许，这就是时代特色，在这样的时代里，谁不是边缘人呢？

两人感叹一番，秦苏蕙指着架子上一排披头士的CD给周行健介绍：“披头士乐队各个时期的专辑，外面很少有这么全的。”

周行健伸手拿起一张封面背景是大红色中间嵌着大黄色“1”的披头士乐队精选碟，翻来翻去，看了又看，印制十分精美，颜色很正，他不由得问：“是正版？”

“当然是，时光音像店里卖的国外摇滚CD全是正版，要不带你来干吗？”秦苏蕙说。

“你是店长亲戚？”周行健问。

秦苏蕙意识到周行健把自己的介绍当成推销，笑着说：“哪有，诚心给你介绍不好嘛。”

对于周行健来说，披头士乐队是遥远的，况且它早已解散，主要成员约翰·列侬也被歌迷开枪打死。然而，英文很差的他却喜欢披头士乐队的两首歌：一首是Yesterday，另一首是The Long and Winding Road，前一首由约翰·列侬和保罗·麦卡特尼共同作词，后一首由保罗·麦卡特尼作词，两首歌都由保罗·麦卡特尼作曲。从西北走出来的周行健对披头士并不熟悉，有一天他在出租屋里看盗版影碟《美国往事》，被里面的一个旋律吸引。他四处搜索发现这个旋律并不是《美国往事》的原创配乐，而是1965年披头士乐队演唱的一首歌Yesterday。因为这首歌，周行健喜欢上了披头士乐队，买了许多该乐队的CD。听多了他发现披头士乐队的曲风以轻松幽默的居多，悠扬的少，偏偏他自虐，就喜欢悠扬抒情的。尤其后来听到的一曲《漫漫长路》(The Long and Winding Road)，更是让他屡听不厌。正好今天碰到同一张披头士的正版精选集，周行健决定买一张。

“这里还有涅槃乐队的CD。”秦苏蕙又开始推销。

“你是说主唱自杀的那个乐队?”周行健问。

“是，科特·柯本，多少重金属乐队的偶像呢，国内现在很多人崇拜他。”秦苏蕙说。

“那不是垃圾摇滚吗?”周行健笑着说。

“什么垃圾摇滚，涅槃可是吸收了重金属和朋克音乐的精华，是那些放荡不羁天马行空所谓坏孩子们最喜欢的乐队。”秦苏蕙说。

没想到秦苏蕙对涅槃乐队评价如此之高，这倒有点符合她的性格。周行健听过几首涅槃乐队的歌，那是在一种很奇怪的状态下听的。

刚来北京的那年春天，周行健去参加迷笛音乐节，认识一位唱摇滚的老乡，精精瘦瘦，一头长发用皮筋束在身后。

当时周行健整日沉浸在诗歌王国中，全身散发着浓郁的文艺青年气质，与这位摇滚老乡很谈得来。下午相识，晚上跟随他到圆明园外的东北旺摇滚青年聚居地玩。

摇滚老乡很热情，带着周行健在东北旺村里走了一圈，逢人就打招呼，指着周行健介绍：“这是我老乡，诗人!”

向第一个人介绍时，周行健觉得挺风光，慢慢地不好意思起来，自己哪是诗人嘛，也就一文学青年。他想告诉摇滚老乡别这么介绍了，但又怕扫了他的兴，索性就随他去。

在一路的招呼中，周行健遇到当时刚冒尖后来大红大紫的歌手许巍，他点头哈腰给许巍点了支烟，许巍点头哈腰吸起来。那时手机照相功能太差，大家也想不起来，否则周行健一定与许巍合张影做个纪念。

大概晚上10点多，摇滚老乡带着周行健来到自己的出租小屋，一间八平方米左右隐藏在东北旺村角落里的红砖房。一进屋，一股夹杂着老鼠屎的霉味扑鼻而来。周行健不敢捂鼻子，赶紧拿出烟，两个人点上。

摇滚老乡出身于凤凰城一个艺术世家，父母是省级秦腔剧团的演员，一个唱老生，一个唱青衣。周行健想这得多有艺术氛围啊。谁承想摇滚老乡的父母唱了一辈子戏，遭够了白眼冷眼斜眼蔑视眼，听腻了也最痛恨别人称他们为“戏子”。戏子，中国自古对这个称谓就有一种极端的蔑视，坊间说“戏子无义，婊子无情”。婊子就是娼妓，把戏子与婊子放在一起说，还是无义无情，摇滚老乡的父母觉得受了一辈子气，孩子绝对不能再受这个气。于是，他们坚决制止摇滚老乡唱秦腔，从小不让他碰秦腔，他们要把自己的孩子培养成国家工作人员，用现在的话叫“公务员”。

摇滚老乡接触不到秦腔，却偏偏有艺术细胞，十岁会吹笛子，十二岁会弹吉他，十四岁背着父母买了一把吉他，从此走上摇滚“邪路”。他经常逃课，高中时与同学组了一支乐队，经常在学校演出。父母气坏了，想方设法阻止他走摇滚这条路，甚至以断绝父子关系相威胁。最终，摇滚老乡与父母大闹一场，背着吉他离家出走。这一走就是五年，他不与父母联系，父母也不找他。

前两年，摇滚老乡的一个发小到北京读大学，辗转联系上他，告诉他的父母。摇滚老乡嘴里埋怨发小不该告诉父母，心里其实想与父母和解，但令他失望的是，父母知道他在北京，并没有主动联系他，更没有来找他。

摇滚老乡一个人在北京孤苦无依，为了摇滚吃了上顿没下顿，精瘦不是因为减肥，而是的确没有可吃的食物，过的是穷困潦倒的生活。他带着周行健在村里摇滚青年中间走一圈，大概是想告诉同行，老家有人来看他了。

听到这些，周行健心惊肉跳，鼻子发酸，不敢相信这就是摇滚青年的生活。

摇滚老乡从砖头垒砌支撑的床板上跳下来，在一堆碟子里翻了很久，找到一张黑色封面的CD，举到周行健眼前说："这是我这么多年来的最大成果，一首自己填词谱曲的摇滚单曲。"

为了出这首单曲，摇滚老乡半年里一天只吃一顿饭，顿顿都是方便面，攒了几千块钱出了100张小样，在摇滚圈赠送，向外宣传自己。看着举在半空的这张黑色歌碟，周行健从摇滚老乡的曲折从艺之路中走出来，对它充满期待。

摇滚老乡调试了好一会CD播放机和音箱，周行健等得不耐烦正要催他，一种来自地狱的声音从房间水泥地密实的缝隙深处传来。

引子是一段痉挛，仿佛巨蛇张口咬住拉奥孔的脚踝；过门是吱吱呀呀的呻吟，巨蛇缠住拉奥孔的腰板；高潮是尖厉而阴森的呻吟，长时间的呻吟，伴着嘶嘶啸叫，掺杂着重锤的巨响，显然巨蛇缠住拉奥孔的同时缠住了他两个儿子；结尾是奄奄一息，低吟的，变态的，恐惧的，哀叹的，面目狰狞的拉奥孔在剧痛中静静地死去。

这哪是音乐？分明是死亡之音，周行健越听越恐惧，全身战栗，想立马逃走，又怕伤了摇滚老乡的心。为了分散自己的恐惧，他嘴里默诵刚刚想到的海子的诗——《坛子》。

这就是我张开手指所要叙说的事
那洞窟不会在今夜关闭。明天夜晚也不会关闭
额头批满钟声的
土地
一只坛子

我头一次也是最后一次进入这坛子
因为我知道只有一次
脖颈围着野兽的线条
水流拥抱的
坛子
长出朴实的肉体
……

“好听吗？”周行健还在默诵《坛子》，摇滚老乡的作品放完了，问道。

还在恐惧中的周行健停止默诵，不知道该如何回答摇滚老乡，想了一会说：“很好！很特别，可以说是你生活的真实写照。”

“我也觉得，艺术来源于生活，我的生活是这样，我就要写这样的作品，还要高于生活。”摇滚老乡满意地说。

“对对对。”周行健边说边点头，他的内心遭受着猛烈地鞭打，他平生说的假话不多，这句是最大的假话。其实，他想说这是什么狗屁音乐，什么垃圾作品！无主题无节奏无旋律，从头把人吓到尾，就像一具僵尸横在面前逼迫你欣赏白嫩的皮肤。

周行健再无话可说，临走前一个问题出现在脑海里，他说：“这种音乐风格是你独创的，还是有人这么做过？”

“曲子当然是我独创，音乐风格不是，借鉴的是我最喜欢的涅槃乐队的风格。”摇滚老乡说。

“有这么一个乐队？国内还是国外的？”周行健问。

“当然有，美国的，是现在最牛的重金属乐队。我有他们的CD，给你听听。”摇滚老乡说着找出涅槃乐队的歌碟。

周行健十分犹豫，担心涅槃乐队的歌全是像摇滚老乡的曲子那么吓人，岂不是要崩溃。他在想如何尽快离开，音乐响起。

电吉他的声音起头，木锯般撕裂的男声进入，英文歌唱，叙述，铺陈，低吟，怒吼，撕裂，撕裂，疯狂的撕裂……震颤人心！

“你刚才说是涅槃乐队，是吗？”周行健问。

“是，这首是他们最有名的歌曲。”摇滚老乡说。

“叫什么名字？”周行健急切地问，他没有恐惧，只有震颤。

“*Where Did You Sleep Last Night*，超好听吧。”摇滚老乡说。

“《昨夜你在何处安眠》，很棒，很好听！”周行健说。

“下面的更好听。”摇滚老乡说。

接下来的歌愤怒和撕裂占据主要位置，周行健越听越皱眉，他想摇滚老乡大概是受涅槃乐队这些愤怒而撕裂的歌曲影响至深，结合与父母断绝关系这么多年的艰辛写出了自己的那首单曲。一点没有阳光，只有黑暗。

周行健想劝劝摇滚老乡回去看看父母，本来也没什么深仇大恨，只是误解，何必这么硬撑。话到嘴边又收回去，毕竟他们相识不到二十个小时，他没有资格规劝，说不定还给摇滚老乡添堵。

放了几首涅槃乐队的歌，摇滚老乡又开始放自己的作品，大概是想让周行健比较一下哪个好听。他的作品一播放，地狱之声再次降临，恐惧一波一波袭来，周行健实在招架不住，提出回去。摇滚老乡坚决不同意他回去，说老乡见老乡，两眼泪汪汪，无论如何留下来好好聊聊。周行健来之前原本是打算留下来过夜，但是他忍受不了摇滚老乡的作品，他害怕这个刚认识的以摇滚为生命的男人夜里不知道还会做出什么令人恐怖的事，必须要离开。僵持不下，周行健撒谎说明天一早要去崇文区应聘，约好的时间8点半，如果住下，地处西北的东北旺怎么也赶不到南边的崇文区。

这下摇滚老乡才答应周行健回去，一直把他送到村口，叫了辆无牌照出租车，一再叮嘱他经常来。周行健答应着上了出租车。

摇滚老乡看着周行健离开，只剩下自己站在黑漆漆的夜里。从后视镜里看到消失的摇滚老乡黑影，出租车上的周行健鼻子发酸流下泪来，他想摇滚老乡也流泪了吧。

那一夜，初来北京的周行健第一次体会到了同病相怜。也因为这个深切的体会，他觉得不能再在诗歌这棵树上吊死，否则，摇滚老乡的今天就是他的明天。

那一夜之后，尽管周行健分别时答应会来看望摇滚老乡，实际上，他一次也没有再去，他害怕去。为此，他的内心经常充满自责。

“嗨——嗨——发什么呆呢，傻了呀！”看周行健半天不说话，秦苏蕙走过来双手在他眼前挥来挥去说。

陷入回忆的周行健被她的手挥醒，笑笑说：“想到一个故人。”

“什么故人，女朋友吧。”秦苏蕙撇撇嘴说。

“真是故人。”周行健说。

“故人都能想这么久，也真有你的。”秦苏蕙说着走到对面一排CD架前转过身对周行健说，“快过来，这里还有鲍勃·迪伦的CD。”

周行健走过去，几张鲍勃·迪伦的正版CD排列在架子上，他翻来翻去找收录《答案在风中飘》的那张，因为是英文他找起来有些吃力。

站在一边的秦苏蕙看出他英文不好，伸手指着周行健右手拿着鲍勃·迪伦一张专辑的第一首歌 *Blowin' in the Wind* 说："你是不是在找这首？"

周行健的眼睛从左手两张专辑上转过来顺着秦苏蕙的手看过去，认出了英文单词"wind"，脸一下红了。他看了几遍没认出来这首就是《答案在风中飘》，实在是惭愧，但他故作镇定地说："哪有，我在想这张专辑封面上与鲍勃·迪伦偎依在一起的女孩是他的红粉知己，还是他的第一任妻子。"

"当然是他的红粉知己苏西·罗图洛（Suze Rotolo），这张专辑发行的时候，鲍勃·迪伦与第一任妻子还没相识呢。"秦苏蕙没意识到被忽悠，很认真地对周行健说。

"你说鲍勃·迪伦的歌是摇滚还是民谣，是批判社会还是沿袭了美国歌曲的传统？"周行健问。

"我觉得是民谣，他的歌里有愤怒和宣泄，但整体偏诗化，偏情绪化，对社会的批判是温和的，或者说是建立在公共知识分子基础上的批判，不像大多数摇滚乐是个性化的自我批判，那么不妥协，那么歇斯底里。"秦苏蕙说。

"我觉得也是。你发现一个有趣的现象没有，同样是唱摇滚或民谣，约翰·列侬和科特·柯本一个被歌迷杀害，一个自杀，鲍勃·迪伦却活得好好的，这么多年来一直被歌迷喜欢，你知道为什么吗？"周行健说。

"不知道。"秦苏蕙好奇地看着周行健。

"他们三个人都吸毒，都吃禁药，前两个直到死之前还在吃，鲍勃·迪伦戒掉了，为什么他不需要毒品了？为什么前两个需要毒品？我觉得与约翰·列侬和科特·柯本两人童年时父母离婚有关系。正因为父母离婚，失去温暖的家庭，失去爱，才使他们很早开始叛逆和敏感，加上他们的天赋，成就了他们的音乐才华，但很难维系他们正常的生命。反过来看鲍勃·迪伦，从小有完美的家庭，生活也不错，还上了大学，至于大学时他主动退学那是另外一回事。所以我觉得父母离异对孩子的一生影响太大了。"周行健说。

“胡说，照你这么讲单亲家庭的孩子有问题！”周行健的话被秦苏蕙打断。

“我不是那个意思，我是说父母离异的孩子从小失去很多爱，长大了也缺爱，如果有才华会发出异样光彩，但不会太持久。”周行健辩解道。

“乱说！父母离异对孩子是不好，但也不像你说的那么可怕。有些人说不定从小就没有父母呢，难道就不活了！你这个人好奇怪，尽得出一些歪道理。今天就这样吧，我还有课，先走了。”说完，秦苏蕙气鼓鼓地走了。

周行健一时没反应过来怎么回事，等反应过来追出音像店，秦苏蕙已经走远。他站在音像店门口百思不得其解，想着怎么就把秦苏蕙给得罪了，这该如何向王立言交代。

周行健进入音像店拿起刚才选的CD去付款，老板冯哲笑着说：“苏蕙就那样，直性子，我们一般不在她面前提父母离异的事，她比较忌讳这个。不管她，过两天就好了。”

难道秦苏蕙是单亲家庭的孩子，还是有其他原因？周行健边装CD边想。

出了音像店，周行健又逛了两家书店，买了些书。走在小巷里，周行健想要不要给王立言打电话说一下刚才的事，他的电话响了。他以为是王立言，心想不会吧，这么快就告状了。拿出电话，周行健发现不是王立言，是吴先锋打来的。

“喂，你干啥呢，怎么没回来？”接通电话，吴先锋劈头问道。

这话问得奇怪，干啥和没回来有什么关系，周行健支支吾吾地说：“刚得罪了一个人，正反省呢。”

“女人吧，你在这方面可是高手，别在那假惺惺反省了，快回来我们一起聚聚。人家马洛带着洋妞回来了，那叫一个风光。”吴先锋兴奋地说着，感觉他带了一个洋妞回去。

“哦——是吗！他们回去干什么？”周行健问。

“可不是嘛，马洛私底下给我说是要订婚。哎呀，你是不知道，人家处处秀恩爱，搅得我心烦意乱。我都想找个女朋友了。”吴先锋说。

“这也太快了，他们在一起才几个月就订婚，马洛不要被骗了。”周行健说。

“骗，骗什么？骗财马洛没钱，骗色马洛一直认为占便宜呢。骗不了啥。”吴先锋说。

“骗感情呀，你说Rose在大洋彼岸的美国，马洛对她了解多少，他俩的爱情基本上是激情加下半身。这个Rose在美国到底是什么情况，家庭是富还是穷，结没结婚，马洛知道吗?”周行健说。

“哦，这个就不清楚了。哎呀，你想多了，人家马洛的大喜事，就你泼冷水，没劲。你到底回不回来?”吴先锋说。

“不回，等他们结婚时我再光临。”周行健说。

吴先锋听他不回去，说他没人性，气呼呼地挂了电话。

关于回老家这件事，准确地说应该是回乡这件事，周行健心里很复杂。自从来北京混，他每年只有春节回去，陪陪父母，平时都不回去。起初，胸怀满腔文学梦，觉得不在北京主宰中国诗坛誓不还乡，结果待了不到半年，文学梦在生存面前被击打得支离破碎，只能退而求其次追求人生的一片自由天地，所以那时候不想回去，觉得回去愧对父老乡亲。后来家乡巨变，周行健从小生活的小镇由一条街增加至三条街，农贸市场变成区域中心市场，小镇已经不是原来的模样。只是父母老了，他更不愿意回去看陌生的家乡和日渐苍老的父母，因为看了都是悲伤。

马洛经常回去，他似乎不受家乡变化的影响。如同这一次，热恋中的马洛带着热辣的Rose回乡订婚一样。马洛的老家位于凤凰城郊区的一个镇上，靠近黄河，距离周行健的家所在乡镇不远，两人从小吃着黄河水滚着黄河泥巴长大。

当马洛领着美国女朋友出现在村头，他弟弟带着一群乡亲站在老杨树下迎候，那阵势就像欢迎荣归故里的海外游子。马洛受这阵势鼓舞，挨个握手拥抱，像是明星接见粉丝。Rose被这阵势吓蒙，搞不清楚为什么会来这么多人，一个个握手行礼，嘴里说着拐弯拖长音的中国话“你好”。

一到家门口，马洛的父母迎了出来，马洛连忙喊爸妈，按照之前马洛教Rose的问候语，她连喊了两声伯父伯母好。

马洛的母亲高兴得合不拢嘴，冲着马洛大声说：“儿啊，终于盼到你领了媳妇回家。”

听到母亲这句话，马洛愣了一下说："我早就说过我的婚事不用妈操心，我自己能搞定。"

Rose没听懂马洛与母亲说什么，只看到他们满脸笑容，也站在旁边笑。她被马洛的父母盯着看，从上看到下，从前看到后，恨不得看穿她，看透她，看她是妖精还是神仙。看得Rose浑身不自在，微笑的脸红一块白一块，竟然想发怒，她没想到中国父母比美国父母还直接。

马洛母亲看Rose胸大屁股大，是个能生娃的女人，虽然是外国人，但也算满意，笑得更开心了。

当晚，马洛父母张罗了四大桌菜，亲戚邻居都来了。开饭前母亲对马洛说饭桌上她要宣布今天是大儿子订婚的日子，让乡亲们喜庆喜庆。马洛一听慌了，订婚这件事他压根就没给Rose提过，他们这次回来主要是回家看看，顺便让Rose感受一下家乡的气氛，至于订婚马洛倒是想过，但没这么快，他想等时机成熟再向Rose提。谁知他把带女朋友回家的事一给家里说，父母就认为他们回来应该订婚，而不只是看看。再说有什么好看的，既然有女孩愿意跟着自己儿子回家看父母，不管什么女孩，中国的外国的家乡的外乡的，他们并不关心，他们只关心儿子找了个媳妇。

马洛劝母亲先不要说，刚回来，Rose对家里还很生疏，人家毕竟是美国人，适应两天再说不迟，他建议最好等他们回京前再说。母亲不同意，说请了这么多人，花钱宰羊杀牛摆了四大桌，不说的话就白准备了。又一寻思，觉得儿子说得也对，人家姑娘刚来就赶鸭子上架宣布订婚似乎是快了点，等两天也好，反正羊肉牛肉吃不完，放两天无妨，就答应了。马洛其实是缓兵之计，他打算接下来几天加强攻势，向Rose表白心迹，告诉Rose不仅爱她还要娶她，趁着与Rose恋爱的热打铁应该可以博得她的芳心，答应嫁给自己。

接下来两天，马洛骑着摩托车带着Rose到他小时候玩耍、上学的地方参观。Rose十分兴奋，像探秘一样，一个一个看马洛曾经玩耍的泥水洼和麦地、就读的已弃之不用的小学和新建的中学。马洛的高中班主任老师看到他带着美国女朋友回来，一个劲地夸他有出息，还在Rose面前夸他上学时成绩如何如何好，要不是偏科严重，语文历史太好，数学英语太差，肯定考上北大清华了。老师没想到英语考二二十分的马洛能找个说地道英语的美国女朋友，说明他还是有本事的。

Rose听懂了老师说话的意思，伸出大拇指对老师说："马洛——很棒！我很爱他。"这让马洛看在眼里记在心上，他觉得到了实施求婚大计的时机。

回家第四天，订婚的事让马洛睡不着。他早早起来，看着黎明的太阳发呆，眼前是一个透蓝明媚的艳阳天，这是西北中秋时节最好的天气。马洛坐在房檐下一直等到太阳升高，他盘算着今天要去哪儿。

Rose起来走到马洛跟前说："阳光真好，今天你带我去哪儿?"

马洛说："去黄河，这么好的天气应该去游泳。"

马洛家离黄河只有十分钟的车程，黄河在这里有一个弯，弯角处形成一个连岸的河心岛，岛上杂草丛生，有一条被牧羊人踩出的小道通往岛中央。马洛带着Rose骑摩托车来到岛中央，岛上泛黄的芦苇从身边呼呼而过，他们就像穿越在密林之中的探险者，引得Rose不时尖叫。

车骑得太快加上颠簸，马洛停车时惯性太大没停稳，摔翻在地。幸好马洛车技好反应快，用左脚支撑了一下才没有急速倒下去，否则两人都被重压在车底下。

蓝蓝的天空下，高高的芦苇荡里，身心与自然合一的兴奋驱使马洛翻身爬到Rose身上激吻，同样的兴奋驱使Rose主动将手伸进马洛的衣服里在后背上抚摸。他们边吻边脱衣服，马洛的嘴顺势移到乳房上，贪婪地吮吸，全身酥软的Rose对着蓝天尖声嚎叫，不时传出几句表达此刻心声的英语词汇："My God! God!"

芦苇荡里的鸟儿没听过这种语言，惊得纷纷飞起来。Rose并不满足，她要占据主动，用力翻到马洛上面，咬住马洛那东西使劲舔食。马洛感觉心脏都被吃进肚子里去，透红的那东西在蓝天底下像烤红的铁棒要点燃芦苇荡，抓着Rose头发的双手移开扯住两株芦苇秆，紧紧攥在手里。马洛扯起嗓子大声嚎叫，那久违的叫声只有他小时候在岛上放羊时找不到羊才叫得那么悦耳响亮，他在嚎叫里享受着，在享受里嚎叫着。芦苇荡里的鸟儿飞了又落，落了又飞。

大概是嘴部的肌肉麻木了，Rose骑到马洛身上，扭动着肥肥的屁股，一前一后一高一低地抽送，两人嚎叫的声音一高一低，一低一高。飞鸟在半空盘旋，看着天底下一男一女两个动物只顾自己快活，不顾鸟儿的感受，十分不爽，又无力驱赶。

突然之间，风声四起，天崩地裂，芦苇荡晃来晃去。马洛与Rose齐声挣命嚎叫，几公里外马洛的父母都听到了这种阴阳合体奇怪尖厉的声音，鸟儿轰地四散飞去，白花花黏糊糊的液体弥漫乾坤，马洛和Rose瘫倒在芦苇荡里，半空里的芦苇叶飘来飘去。

“我爱你，Rose！”马洛说。

“我也爱你，马洛！”Rose说。

“嫁给我吧？”马洛乘机说。

“唔——”Rose用了一个刚学会不久的汉字含混答道，眼睛看着飘来飘去的芦苇叶。

马洛心里咯噔一下，起身脱光衣服，一个猛子扎到黄河里。

黄河水流湍急，马洛跳下去被冲出一米多远。他用从小学会的“狗刨式”游泳扑腾着，从河心岛向对岸游去。在黄河边长大的马洛，六岁跟随伙伴们在河里耍水。当时大一点的孩子游到河中央，又游回来，也有游到对岸再游回来的，马洛与小伙伴在河边沙滩上光着屁股滚泥鳅，种西瓜。滚得满身是细细的泥沙，真与黄泥鳅一样。种西瓜则是在看上去表面僵硬没水的河床上用双脚踩来踩去，直到把僵硬的河床踩软，渗出水来。踩得好的还会冒出几个泡泡，看上去像长了几个西瓜。慢慢地，马洛由在河滩上滚泥鳅种西瓜，逐渐滚到河里去，学会游泳。

马洛找到了儿时的感觉，在水里一会狗刨，一会仰泳，朝河对岸游去，感觉自己像一条自由放任的黄河鲤鱼，不受约束，自由自在，完全忘了岸上的Rose。什么上课、工作、爱情、结婚……全不在，全不睬，全抛弃。

河心岛上的Rose光着上身，两只与体形不太协调的硕大乳房像保龄球一样在风中摇摆。她觉得有芦苇遮挡，如此好的太阳不晒日光浴可惜了。看着水里的马洛一会儿探出头，一会儿头被淹没，Rose以为他体力不支，双手合成喇叭状大声冲他喊，让他游回来，别被冲走了。然而马洛什么都听不见，他已被黄河水冲出去一里地，还好到了对岸。

马洛打算游回河心岛，他上岸光着身子向河的上游走去。在活水里游泳，会形成距离差，出发的地点与到达的地点有倾斜角，需要找好出发点才能游回河心岛，否则就被河水冲远了。

秋日暖阳晒着马洛的身体，那东西在秋风里摆来摆去，马洛体会着儿时在河边光屁股耍水的快乐。他撒腿奔跑，像一匹河边的野马欢快地撒欢。岛上的Rose看着太阳下马洛的剪影又跳又叫，挥手示意他快游回来。

马洛走了两三里，岸上田地里劳作的村民看见马洛赤身裸体一会走一会跑，以为他疯了。河心岛上裸着上半身的Rose被几个前来放羊和玩耍的人看到，他们奇怪地看着这个体形诱人的外国女人，嘴里流着口水，心里骂着不要脸。

马洛游过来了，体力消耗太大，他越游越慢，距离河心岛十多米的地方，实在游不动了。

他四肢踩水，缓了缓气，仰着脖子冲岛上的Rose大声说："Rose，我爱你！"

Rose激动地说："我也爱你！快上来吧。"

马洛觉得有戏，使出不多的气力大声说："嫁给我好吗，Rose?"

Rose清晰地听到这句话，这句求婚的话。她像被雷打一般，不是被丘比特的神箭射中，而是被某种利器刮伤，意识到了什么，她摇着头说："不，不不，我不能嫁给马洛。"

这句话声音很小，马洛没有听到。

看Rose不作声，马洛再次使出浑身气力冲Rose说："嫁给我，好吗?"

Rose穿上衣服，摇着头。不知是激动还是愧疚，抑或是担心随时有可能被河水冲走的马洛，她竟流出眼泪。

马洛始终没有听见Rose的回答，但他清晰地看见Rose在摇头，他已经知道答案。这一刻，他四肢无力，无心踩水，手和脚自由下落，瞬间被河水冲出几米远。

Rose看到水中的马洛不见了，大声喊他没有回应，以为马洛被冲走，吓得高声叫人来救马洛。见鬼的是刚才那几个在这里看她半裸身体的人不知哪里去了，她用不熟的中文喊着救人，却无人来救。她焦急地往岛外跑去找人来救马洛，边跑边喊救人。

幸好是流动的河水，灰心的马洛被淹没喝了几口水，同时也得到片刻的休息。他不想踩水，就想被河水冲击，像黄河里的泥沙松松散散自自在在被冲来冲去，把一条命交给流淌了千年的黄河水。他不能接受

Rose的拒绝，觉得他们是那么相爱，为什么不能在一起厮守到老？他觉得没有Rose的世界如同浑浊的黄河水一般不清澈不透明，浑浑噩噩，行尸走肉，不如死了。

河水不容马洛作太多的思想挣扎，一个浪过来，他又喝了几口水。虽然体力有恢复，但肚子里含有泥沙的水是毒物，再喝几口他不是被淹死而是要被呛死。在生与死的一刹那，马洛想到了他的诗歌王国，想到了他要追求的自由生活和吟唱生涯，他觉得不能就这样为了Rose为了爱情死去，尤其是不能在家门口死去，那样不但断送了诗歌和自由，也会让父母无法接受。想到这里，已经被河水冲到河心岛另一侧的马洛用力浮出水面，奋力向岛上游去。求生的本能让马洛游得很快，不一会儿就游到岛边。他抓住岸边的芦苇，纵身一跃跳到岛上，那一跃仿佛从鬼门关跃到人间。

跳到岸上的马洛还没有站稳，看到眼前一群前来搭救他的人，有男人有女人。中间的Rose扑过来抱住马洛，嘴里不停地说："My God！吓死我了，我不能失去你！不能失去你！"她一边说，一边吻着马洛的脸。

Rose的举动让马洛知道她是爱他的，这让他欣慰，觉得有爱就足够，何必结婚，他说："没事，我这不是好好地回来了。"

前来搭救的人们看着一个光着身子的男人与一个女人拥抱在一起说着情话，无聊极了，感觉上了外国女人的当。他们从小看惯马洛的光屁股，对他的裸体毫无兴趣，他们感兴趣的是这个美国女人要是脱光了会是什么样。

人群里传来辱骂的声音："不要脸的东西，伤风败俗！大老远领回来个洋鬼子，自己先倒不要脸了。"

伴着辱骂声和嘲笑声，人群散去，只剩下拥抱在一起的马洛和Rose。

太阳西斜的时候，马洛和Rose回到家。院子中央，马洛的父母正在剥玉米。

Rose进屋去了，马洛走到父母身边坐下，一起剥玉米。

刚坐下，他母亲绷着脸说："看看你干的好事，不嫌丢人呀！"

马洛没想到Rose找乡亲来搭救他的事这么快就传到父母耳朵里，他更没想到在岛上与Rose不顾一切的做爱也被几个同乡放羊娃看到，传到镇上成为乡亲的谈资。

晚上，母亲叫来马洛说：“你被那个洋女人带坏了，你们快走吧，不要待在家里让人家说东说西，我还要活人呢。”

“妈，我与——”马洛正想说他与Rose结不了婚了，被母亲打断。

母亲说：“还指望你带个媳妇回来，谁知带了一个这样的！你最好离开那个洋女人，我看你们不合适。”

马洛不再说什么，说什么也没用，Rose没有接受他的求婚，这比伤风败俗这些他不在乎的事情糟糕得多。他耷拉着脑袋回到自己的房间，Rose已经睡了。

躺在Rose身边，马洛感觉是那么的陌生。这个一万公里外的美国女人，他熟悉她身上每一个部位每一个毛孔，却不熟悉她一万公里以外的家乡和家人。就像现在，他在从小长大的地方与这个女人睡在一起，二十多个春秋里他的世界里没有她，她的出现也不过几个月而已，他怎么就爱上她了，深深迷恋，不能自拔。她是什么样的人？为何不愿意与他结婚呢？太快了吗，太熟悉了吗，太陌生了吗？还是一开始他们就是一场肉体盛宴吸引和刺激的游戏？马洛真想叫醒Rose问个究竟，他试了又试，没有勇气，他怕得到让他更无法接受的答案。

马洛觉得这是命，似乎他喜欢的女孩都得不到。

记得小时候与他一起放羊的小女孩，是那么喜欢他，他们天天到河心岛去放羊。一个雨天的清晨小女孩却没有来，连续很多天都没有来，他想不通小女孩怎么不来了。母亲告诉他小女孩的父亲欠了很多债，还不起，带着一家人跑了。马洛跑到河心岛上大声呼唤小女孩的名字，没有人答应，只有湍急的黄河水。他泪流满面，第一次感觉到什么是心痛。

至今，他没有小女孩的讯息。难道Rose就是那个小女孩？她们都是黄黄的头发，白白的皮肤，大大的眼睛……

马洛想着，一夜无眠。

# 第十章

很难说马洛带Rose回家实施求婚计划，没有对周行健造成影响。坐在西行的列车上，周行健一直在琢磨让他再次下决心去南方看望林紫函，到底是思念所致，还是马洛的求婚计划刺激了他。思念是肯定的，世纪初可不像今天，智能手机普及，网络发达，随时通过微信和可视通讯工具聊天、视频，秀恩爱。那时的手机键盘占据屏幕一半甚至更多，拍照功能很弱，主要用来打电话，最流行的手机品牌是诺基亚和摩托罗拉。

周行健用的就是一款带天线的灰蓝色诺基亚手机，它的特点是通话特别清晰，和弦立体声。声音太好，以至于每次和林紫函说情话，周行健都受不了手机那头林紫函沙哑诱人的声音，经常边打电话边偷偷自摸。

这种日子不好过。实在思念得太苦，就QQ视频聊天，可那时候网络不稳定，摄像头又劣质，经常看不清脸。就这样，还得看林紫函的时间，每次视频聊天都是等到紫函下班回到自己屋里锁上门，才能进行。

然而，两人到底不是虚拟世界的人，电话打得越多，视频看得越清晰，愈加思念，愈加想在一起。在这无尽的思念里，周行健得知马洛带Rose回家，还向她求婚。周行健想我为什么不能向林紫函求婚呢？我爱紫函不亚于马洛爱Rose。在这种想法的驱使下，周行健踏上南方的列车，他要去实施一项艰巨的计划。成败在此一举。

那时已是深秋，求婚失败的马洛与Rose一起回到北京已经一个多月了。

列车即将到达熟悉的南方小城时，周行健有些打退堂鼓，觉得主要还是来看紫函，求婚的事再说吧。当看见出站口秋风中迎候他的亭亭玉立楚楚动人的林紫函，周行健又坚定了求婚的想法。

也是分别得太久，正所谓一日不见如隔三秋，按照这种算法，几个月没见面的周行健与林紫函相隔有几百年了。在这几百年里，两个人分分秒秒盼着，天天想着，终于见面了。

兴奋和思念让他们不顾忌身边有多少人，在什么地方，周行健一出车站，林紫函跑过来扑在他怀中。两人紧紧拥抱在一起，恨不得身上的每一寸肌肤都紧紧贴在一起，他们忘我地拥吻，把车站和行人抛在身后。

“去我家吧，不在外面住。”紫函说。

“合适吗，我们这啥都没办呢？”周行健笑着说。

“看把你美的，又不是一起住，去我家也是分开住，你住客房，我住自己屋。我妈说这样方便，省得你一个人住在外面，花钱不说，吃的也不好。”紫函说。

哦，敢情是紫函父母的想法，何不趁此机会向紫函求婚呢，周行健说：“好啊，只是去你家了，都不能住一起，伤心啊。”

“没事，会有机会在一起的。”紫函说。

“又不能随时在一起，不好。要不，——我们结婚吧，这样就可以名正言顺地住在一起。”周行健说。

“什么！”听到这句话，紫函松开胳膊看着周行健说：“你真是这么想的吗？”

“当然是。”周行健牵起紫函的右手，在火车站人来人往的广场上大声说，“我爱你，林紫函！嫁给我吧！”

说完，周行健从背包里拿出一枝用精美礼盒包装好的有点发蔫的红玫瑰，单膝跪地，要把红玫瑰献给林紫函。

林紫函完全没有想到会出现这一幕，眼前是电光闪烁江河横流山脉生烟，一时间不知如何是好。她想过与周行健结婚，却没有想过会这么快，她正在想该如何回答，又怕想太久让心爱的人在大庭广众下出丑。

林紫函接过有点发蔫的玫瑰，它不是一枚十克拉以上的钻戒，也不是一块五万元以上的劳力士手表，它是一枝周行健从北京一家普通花店购买，精心携带在背包里经历三十多个小时的颠簸和失水有点发蔫的红玫瑰。不过，紫函不在乎这些，她家里什么都有，譬如现在她的脖子上就挂着一串父亲送给她的价值一万多元的珍珠项链，右手腕上戴着母亲送给她的价值两万元的晶莹剔透的绿色翡翠镯子，而她开的车是几十万元的凌志。她在乎的是人，是眼前这个从北京来的男人是否靠得住。

“我也爱你！快起来！”紫函说。

“你不答应我不起来。”周行健说。

此时，他们身边围了许多看热闹的人，大家似乎忘了去赶火车，驻足要看一看眼前的求婚活剧。

“我答应，你这么有才华。现在，我们先回家吧。”紫函说。

听到这句话，围观的人群一阵兴奋，爆发出一连串掌声和欢呼声。

周行健在乱糟糟的人群中跟在紫函身后，像一只小羊，俯首帖耳地上了车，心里甜滋滋的。

林紫函开车出了火车站，转弯来到县城主干道，路两边的紫丁香树叶黄了，在秋风中簌簌下落，车中能闻到落叶的香味。

“你真的要娶我？”紫函边开车边问。

“当然是真的。怎么，你怀疑我的诚意？”周行健说。

“倒不是，只是你之前没说，来得又这么突然。”紫函说。

“我这不一直压在心里嘛。相思之苦太难熬，我想了很多，只有结婚我们才能解决离别这个问题，也才能解决相思之苦。”周行健说。

“你不要你的自由，不写诗了，愿意放下你追求的东西心甘情愿与我结婚？”紫函问。

“不用放弃，我们结婚并不需要放弃我的追求，我还做我的自由人，追求我的价值观。我打算把你带到北京，我们共同在那里过自由的生活。这样你就可以摆脱父母，不用他们管。”周行健说。

“带我去北京！这倒是个新奇的想法，说不定我父母会同意。我可以去再学点什么，必要时也可以帮着家里经营事业。”紫函说。

“是啊，不能总待在县城里，要出去开开眼界，见见世面，外面的世界大着呢。”周行健说。

紫函不完全确定是否要嫁给周行健，一切来得太快，她要好好想一想。周行健与她是两个世界的人，周行健一心追求理想，对身边的人和财富看得很淡，而她基本上是个传统的女孩，尤其在道德观念上。她爱周行健的才华、善良和品行，觉得这年代如此单纯又直接的男孩太少。她想爱情应该可以改变周行健，让他现实起来，那样的话，嫁给他挺好的。

周行健的求婚计划在北京时就在脑海里导演了好几遍，真正实施则是在车站广场上临时发挥的。他借助陌生人的人气，用一枝有点发蔫的红玫瑰和莫大的真诚赢得了林紫函。很难说他的结婚想法经过深思熟虑，还是一时兴起，抑或是满足相思之苦想出来的缓兵之计。不过，他真心想带林紫函去北京发展，他也真心爱这个女孩，他认为这就足够了。

到了紫函家，紫函母亲依然热情。不像上次用玻璃杯给周行健泡茶，而是带他到客厅一侧的茶室里，坐在金丝楠木茶几前，用紫砂壶泡工夫茶。

“紫函父亲还要一会才回来，开饭又太早，我们先喝会茶。”紫函母亲说。

周行健不怎么会喝茶，听紫函母亲说是上好的铁观音，就喝了一大口。顿时，口中生涩泛苦，并不好喝，他想吐掉，又怕当着未来丈母娘的面吐掉不好，只好咽下去。

看他有些喝不惯，紫函说：“铁观音要一点一点品，呷一口就好，你看我。”说着嘟起厚厚的嘴唇呷了一口，茶水的雾气扑在她脸上，现出茶烟色的美。

看着紫函厚厚的嘴唇，几个月未见的周行健倍觉性感，恨不能吃一口。可惜紫函母亲在，什么也做不了。

几杯下去，喝出感觉。茶不再发苦，竟有淡淡的回甜，茶的颜色看上去像熬得恰到好处的鸡汤，喝起来全身舒坦。就是在这个下午，周行健学会了喝茶，也喜欢上了喝茶。他觉得淡淡地喝茶，有紫函陪在身边，真是人间美事。

喝茶的间隙，紫函母亲去客厅接了几次电话，又去了趟厨房。或许是茶的原因，周行健没有对日思夜想穿着一袭白裙的紫函有过多想法。紫函母亲也没有过度防备女儿与周行健单独相处，她不时离去，仿佛是给两人创造单独相处的机会。

紫函斟茶，一袭白衣，像《红楼梦》里的妙玉，宽宽的袖子轻轻捋起，一点点倒出茶来。这种明净之美让周行健肃然起敬，痴痴地欣赏，上面全无乱想，下面全无乱来，安稳地品茶，享受着美妙时刻。

“我向你求婚的事，由我给你父母讲，还是你来讲？”呷了一口茶，周行健问。

“我先说说看。”紫函说。

“你觉得父母会同意吗？”周行健问。

“不同意我们就私奔。”紫函笑着说。

私奔，好遥远的词汇，突然出现在周行健的耳边，他不知道是紫函的玩笑话，还是真的，隐约觉得紫函比他果决得多。

晚上，紫函的父亲没有回家吃饭，临时出差了，要走好几天。晚饭时天已大黑，就周行健一个男人，坐在有可能会成为自己生命中最重要的两个女人中间吃饭，周行健有些受宠若惊。

他很矜持，边吃边观察紫函母亲。长得很富贵，同样是厚厚的嘴唇，宽宽的额头，大大的杏眼，鹅蛋脸，耳朵上戴着珍珠耳环。五十岁了看上去还不失妩媚，却又不张扬、不显露。

吃完饭，周行健和紫函陪她母亲看了会电视。不到10点，紫函母亲让周行健去休息，说坐火车过来，累了一天多，肯定困了。说着带周行健去看客房，里面被子、枕头都准备好了。

周行健的确累了，洗完澡就上床了。他不像以前那么急切地想把紫函拥入怀抱，想得更多的是紫函父母会不会答应把女儿许配给他。万一不同意怎么办，难道真如紫函说的私奔，那是下下策。想着想着，周行健睡着了。

睡梦中感觉有人抚摸自己，一个遥远的意识提醒周行健，莫不是凸凸。对啊，凸凸，那个英语老师，她一直对周行健恋恋不舍，那次在朝阳区酒吧里喝醉的周行健就是这样被她摸醒的。然而，谁能抵挡她的抚摸呢，光着身子的周行健很快被她摸得坚挺，他觉得不能这样，这可是在紫函家里，心爱的女孩就在隔壁睡觉呢。周行健用手使劲推凸凸，嘴里说着话，却被什么堵上。

周行健睁开眼，一片漆黑，发现趴在身上的不是凸凸，是紫函。他一身虚汗的身子放松下来，心里嘀咕，幸亏不是凸凸。

一个多月没见，紫函盼着母亲睡着，周行健过来找她，却迟迟等不来，她躺在床上辗转反侧睡不着。12点多，紫函蹑手蹑脚走到母亲卧室门口听了听，确定母亲睡熟了，她来到客房找周行健。一进屋就听到周行健均匀的呼噜声。看他睡得那么香，紫函想回去，但借着手机微光看到周行健那东西翘得老高，像老鼠一样在黑暗处探头探脑卖弄。紫函寻思，估计是他想我又不敢过来，就爬到周行健被窝里了。

睡了一觉的周行健满血复活，一个翻身爬到紫函上面，两片嘴唇像耕地一样在紫函的身上饥渴地热吻，从额头到眼睛，到鼻尖，到双唇，到颈项，到乳房，到肚脐眼，到小腹……他绕过湿润的湖泊，反转身吻紫函的双脚，像麻雀一样乖巧的双脚，小腿，腿窝，大腿，大腿内侧，像一只不知疲倦的耕牛，不放过每一寸丰腴的土地。

周行健正要满身热血地吻湿润的湖泊，硬邦邦的那东西被紫函咬住，感觉命被咬住。周行健抖了三抖，全身麻酥酥黑乎乎，他想这就是人生的极致快乐吧。他被咬得全身无力，嘴唇在紫函大腿内侧停了好一会才缓过劲，朝那温润潮湿的湖泊里猛地一扑，宛如一颗白色的鹅卵石投入湖中央。紫函一下全身软了，咬着那东西的双唇松开，发出轻轻的呻吟声。这声音像是战歌鼓舞着周行健勇往直前，他转过身进入紫函的身体，深深吻着紫函，两个人像是一团阴阳之气缠绕在一起，不分你我，不分世界。他们的声音与气一起在房间里流转，肆无忌惮，一波接着一波，声音大得周行健都担心被紫函母亲听到。

几番天上地下水里山里腾云驾雾空山新雨后，两人瘫倒在床上，放空了一切，依偎在一起睡着了。

清晨，周行健醒来，发现紫函不在身边。他穿好衣服出来，紫函已在餐厅吃早餐。

看见他，紫函笑着说：“你可真能睡，我都要上班了。”

“太累了，你们家安静，床又舒服，醒不来。”周行健说。

“真的吗?”紫函笑着问。

“真的呀。”周行健笑着回答。

“那吃完早餐再睡会呗。”紫函说。

“不了，我要跟你去上班。”周行健说。

“哦——不用。我那全是病人，没什么意思，你就待在家里休息。陪我妈妈聊聊天。”紫函说。

要与紫函母亲待在家里，这是多么尴尬的事。周行健一脸的不情愿，但也不好说不陪，紫函母亲就在旁边吃早餐。

“噢，好啊。我可以帮阿姨做做家务。”周行健说。

紫函母亲微微一笑，大概是觉得他还知趣。

紫函走后，周行健主动要求做家务，紫函母亲说没什么可做的，有保姆做。周行健坚持要做，紫函母亲就带他到楼顶花园，说有几盆花她想重新摆放，请他给挪挪。

花盆很大，都是些盆景，有盆栽银杏、发财树、古松、古柏、七里香，还有几株铁皮石斛。按照紫函母亲的想法，周行健搬起这些盆景一个一个摆放好，又拿起扫帚把花园打扫干净。那时候周行健不知道在未来岳母面前踏实干活实际是在讨好，他稀里糊涂干得很卖力，满头大汗。

紫函母亲挺高兴，亲自下楼给他端来茶水，说：“小周，看你挺瘦的，体力还不错，这么重的东西说搬就搬，也不嫌累。”

周行健笑着说：“这点活没事，小儿科。”

摆放好盆景，周行健看了看花园，觉得没先前摆放在原位好看。他挺奇怪，为什么紫函母亲要让他把好端端的盆景搬来搬去重新摆放。周行健不会想到，在他八字没一撇的未来岳母大人眼里，未来女婿的身体健康十分重要，直接关系到女儿的幸福。她让周行健到楼顶搬盆景就是考验，看他身体壮不壮。

午饭，紫函下班回家一起吃，吃完午休了一会，又去上班。周行健想不能这么待着，不知道紫函母亲又会想出什么事让他做，万一不会做或做不好，岂不扫兴。他想何不趁此与紫函母亲单独相处的机会聊聊他与紫函结婚的事呢？但紫函说了，由她向父母提出来。也罢，自己大老远来了才一天就提亲，显得太唐突。况且紫函父亲也不在，这种事情最好是父母都在场，很正式地提出来，人家会觉得你的态度很诚恳。

那干什么呢，难道就这么与紫函母亲待在一起？正在发愁，周行健想到小城里还有一个老朋友，何不去看看他。

一路忐忑，周行健犹豫不决，不知道该不该来找罗秉晖，但总这么僵着不好。原本他们是十分要好的朋友，一起住过半年，熟悉彼此的癖好，关键是没有罗秉晖就不会遇到林紫函，罗秉晖是自己的贵人。

周行健决定与罗秉晖和解，为此他打算向罗秉晖道歉，尽管到现在为止他依然认为在追求林紫函这件事情上他没有错，但必须道歉。不道歉罗秉晖的气理不顺，气理不顺就有怨气，有怨气就会在神不知鬼不觉的时候爆发。周行健想现在都要准备与紫函结婚了，更要和罗秉晖恢复关系，他不希望在别人眼中成为一个重色轻友的人，他希望既能拥有紫函的爱情，又能拥有罗秉晖的友情。琢磨来琢磨去，忐忑的周行健逐渐明确了目的，恢复了信心，步伐加快，向罗秉晖家走去。

深秋的县城中学校园里传来朗朗的读书声，除了保安，没有人注意到周行健的到来，只有门口那棵老榕树展开宽大的树冠欢迎他。周行健来到罗秉晖家，敲了敲门无人应答，估计是在上课。他到操场上走了一会，想何不去看看罗秉晖上课，看看课堂上的他什么样。罗秉晖教的是高一政治课，周行健找到高一年级，挨个教室找罗秉晖。

周行健的身影吸引了一些不好好听课的同学，纷纷趁老师不注意偷偷看他。沿楼道走了大半，路过一间教室时一个熟悉的声音吸引了周行健，他又退回来，刚才授课老师正在黑板上写字，没看清那是罗秉晖。周行健站在窗前看罗秉晖上课，因为角度的原因，罗秉晖看不到他。

罗秉晖正在给学生们上节选自《资本论》又经过改编的商品理论课，听着“生产、劳动、价格、价值”等词汇，周行健觉得十分枯燥。不过，罗秉晖教得不错，如此枯燥的课周行健没有看到学生打盹，充分说明罗秉晖是一位好老师。想到罗秉晖当初去北京学英语，考托福出国学哲学，周行健觉得都是枉费心机，在这么好的校园里做一名老师多好。将来桃李满天下，是多么风光的事。

白胖的罗秉晖看上去苍老了些，眼袋也深了些，不知是熬夜备课还是被周行健给气的。探头探脑的周行健被一些上课的学生发现，他们以为是哪位同学的家长，后来看他一个劲地盯着老师看，同学们才意识到是找老师的。这反而增加了他们的好奇心，不时转过头来看看窗外的这个男人。有同学猜测这可能是老师的哥哥，却不像，那么瘦，黑不溜秋的，不像老师那么白胖。那是老师什么人？男朋友！这个声音一出来，不安心听课的同学终于忍不住，扑哧笑出声来，这一笑引来安心听课的同学回头张望。正在专注上课的罗秉晖发现学生们乱作一团，不知发生什么事，正要动怒，顺着同学们的方向看过去，发现窗外站着一个人。

罗秉晖走出来一看是周行健，有些意外地说：“哎——别躲了，你怎么来了？”

周行健像做错事的孩子，搓着双手说：“这不想你了，来看看你。”

罗秉晖说：“嚯，太阳从西边出来了，你想我？你是想林紫函了吧。”

周行健说：“都想。秉晖——”

周行健的话被罗秉晖打断，他说：“我正在上课，你别站在这里妨碍学生听课。”

周行健说：“对对对，我就是想看看你上课的飒爽英姿，果然很有范儿。你上课，我在榕树下等你。”

坐在榕树下，看着深绿老了的榕树叶偶尔落下一片，在秋风中飘飘扬扬，像电影《阿甘正传》开篇的那片鸡毛，周行健刹那间有了离索感。凉飕飕的风从后背袭来，远处看周行健像垂垂暮年的老人。有多少老人曾坐在这里回味人生，又有多少少年坐在这里憧憬人生，这棵百年老树不知见证了多少人间悲喜剧。如果我老了，也能坐在这么一棵老树下回味人生，那该是一种幸福吧。

在周行健的人生感叹中，下课铃声响了。远远地，罗秉晖左臂夹着书往这边走来，差不多二十米时罗秉晖向右拐去，那是他家的方向。周行健心里咯噔，知道是不愿意见他。怎么办？回去吗？回去可能就永远也不见了，还是要说清楚，不能就这样失去一个朋友。他忘了感情的事是说不清楚的。

周行健追了过去，跟在身后说：“秉晖，听我说。”

罗秉晖没有回头，继续往前走，周行健跟在后面。

罗秉晖打开家门，像后面没人似的重重关门。周行健双手撑住门，一只脚卡进门内说：“秉晖，我们谈谈好吗？”

“谈什么谈，你把我的女人抢走，还假惺惺地要跟我谈。”罗秉晖边关门边说。

“秉晖，紫函的事是我亏欠你，我今天来就是给你道歉的。”周行健说。

听到道歉二字，罗秉晖反应没那么强烈了，双手松开门说：“道歉，我要听听你怎么给我道歉。”

罗秉晖没再把门，转身进屋，把书扔在茶几上，坐下来拿烟。周行健急忙递给他一支烟，罗秉晖没接，从自己口袋里拿出一包三五牌香烟，抽出一支点上。

“来，说说看，你怎么给我道歉。”罗秉晖说。

“我们是朋友，对不对？”周行健说。

“曾经是，现在不是。”罗秉晖说。

连朋友都不是了，周行健心里凉了半截，他说：“我一直都认为你是我的好朋友，过去是，现在是，将来还是。如果不是你，我对哲学了解的是皮毛，更不会对尼采、海德格尔、萨特、王阳明等这些大哲学家的思想体悟得那么深刻，可以说你是我的哲学启蒙老师。当初，我从北京来找你，也是因为你离开后，人生孤独无助，专门来找你一起寻找人生的方向。我隐约觉得你对人生的方向比我要清晰，不像我那么迷惘。”

“得了吧，别拍马屁。如果说老师，我也是你与网友约炮，到KTV里找小姐的老师。所以你别给我戴高帽子，我只想听听你如何给我道歉。”罗秉晖说完，吐出一串烟圈。

“我的确不应该不顾及你的感受去追求林紫函，这一点是我不对，我正式向你道歉。”周行健站起来，向罗秉晖边鞠躬边说，“对不起！”

“嗯，这个还算真诚。但光道歉有什么用，有实际的吗？”罗秉晖又吐出一串烟圈。

周行健有些意外，立起身说：“什——什——什么实际的？”

“你与我的梁子结在你不知好歹抢了我的女人。周行健啊周行健，你小子他妈比谁都清楚我为了林紫函国都不出了，学都不深造了，为了啥？不就是为了得到林紫函的感情嘛。可你倒好，临门一脚把我给踢飞，自己去抢林紫函。你这叫什么？这叫不仁不义！我对你多好。在北京那会儿，我帮你交房租，我约个网友都不忘记同时给你约一个，有时实在约不了俩，我出钱给你找一个。这些你都不知道吧。”罗秉晖说。

周行健瞪大眼睛，罗秉晖是给他交过一个月房租，但花钱给找网友他的确不知道。

“你到我这，我让你住我家里，不让你掏一分钱，带你到处玩，吃香的喝辣的。我是真心信任你，才把紫函介绍给你，原本想让你给参谋着撮合撮合。可你倒好，背着我勾引紫函，硬是从我眼皮子底下把紫函抢走。我真是瞎了眼，怎么认识了你这么个乌龟王八蛋。我真是悔死了！”罗秉晖越说越气。

“罗秉晖，咱不骂人好嘛。我也是身不由己。”周行健说。

“不骂你骂谁！告诉你，我恨死你了。我杀你的心都有了。你这还有脸跟我谈，谈什么谈！”罗秉晖说。

“是我不对，不该与紫函好。可我从来没有从你身边抢走紫函的心思，也绝不是有意为之。再说紫函不是商品，不是想抢就抢得来的，对不对。我对紫函，那是应了汤显祖的话，‘情不知所起，一往而深’。真不是有意要拆散你们。”周行健说。

罗秉晖扔掉烟蒂，对着周行健吐出一口没有痰的口水，说：“我呸——不是有意为之，你给紫函写那些酸诗干什么；不是有意为之，背着我去见紫函又算什么；不是有意为之，背着我见了紫函又私底下约人家看夕阳，又算什么？你，你他妈就是一伪君子！你滚，我这辈子不想再看到你。”罗秉晖站起来撵周行健。

周行健坐在沙发上不动，说：“我知道，指望你原谅我是不可能了。那么，怎样你才不那么恨我，怎样我们才可以继续做朋友？我是真心实意不想失去你这个朋友！”

“很简单，你与紫函分手，把她还给我。”罗秉晖又点起一支烟。

这是一个十分过分的要求，不符合周行健的做人原则，他来见罗秉晖之前没有想过这个选项。在他看来，他与紫函的爱情是真真实实你情我愿，没有耍任何手段，也没有靠什么伎俩赢得紫函的爱。只是把最真实的自己敞开给紫函，让她看，让她听，让她嗅，让她摸，让她亲……直到紫函觉得他们俩气味相投，秉性相通，才走近他，靠着他，爱着他。更重要的，也是他一再强调的，紫函不是商品，怎么可能用抢和还来形容呢。况且，他遇到紫函之前，和与紫函相爱的过程中，紫函并没有爱上罗秉晖，他们没有确立任何爱情关系，只是罗秉晖单相思罢了。这怎么能叫作从他手中抢走紫函呢？他从来没有拥有过紫函啊！

周行健也点起一支烟，猛吸几口，他知道和解是不可能了，说：“我不可能与紫函分手，我爱她。但我也希望有你这个朋友。”

“做梦吧，你！敢情什么好事都让你摊上。告诉你，不可能。我永远都不再和你是朋友，从那天傍晚我看到你与她在清屏江堤偷情那一刻起，我就与你绝交。只是你还恬不知耻地想与我做朋友，简直是做梦。我就是要让你的内心永远受煎熬，让你觉得永远亏欠我。就这样吧，快滚，滚出去！”罗秉晖再次扔掉烟蒂，站起来逐客。

在一连串的“滚”字声里，周行健没有获得一点尊重。但他还是很犹豫，他的努力白费，他从罗秉晖这里听到的是清晰的谴责声，也必将使他为此心里一直不舒服，这的的确确是一种煎熬。就在踌躇不定，欲走未走的时候，周行健做了一件这辈子最大的错事。

“好吧，罗秉晖，祝你快乐！顺便告诉你，我准备与紫函结婚。如果你愿意，我们将来举行婚礼的那一天，请你过来坐一坐。”说完，周行健起身往外走。

“哈哈哈——与紫函结婚，你做梦！这辈子我得不到紫函，你也休想。不信，你试试看！”罗秉晖在背后阴森森地大笑着说。

周行健没有回头，灰溜溜地走出罗秉晖家，身后留下砰的巨大关门声。路过大榕树，他十分沮丧，在树下站了一会，仿佛站在妈妈身边。他身心发凉，脑子里全是罗秉晖发狠的话。

周行健站在榕树下黯然神伤，紫函的电话来了。他没有接，铃声一直响，陪着他往回走。

天黑以后，周行健回到紫函家。紫函焦急地问他去哪了，怎么不接电话。周行健说出去转转，电话静音没听到。他没有告诉紫函去见了罗秉晖。人家不愿意做朋友，又那么恨他，告诉紫函，徒增她的烦恼。

紫函带他到楼顶花园看星星。小城的夜不像北京那么灯火通明，看不见几颗星星，这里满天都是闪闪的星星，一眨一眨像是与他们对话。贯通南北的银河清晰可见，宏阔而深邃，只感到渺小的自己。秋风轻抚，南方的夜不凉，很舒服，他俩坐在亭子里一起仰望星空。

“我向妈妈说了你向我求婚的事。”紫函说。

“你妈妈同意吗?”周行健问。

“妈妈问我愿不愿意，我说愿意。她说这么快就答应嫁给人家了，与父母在一起不好吗？我说不是不好，只是遇到喜欢的人不想错过。”紫函说。

“你看夜空中那么多星星，有的离得很近，有的离得很远，星星之间就像地球围绕太阳一样在高速运转，很近的星星与很远的星星不知多少年才能遇到一起。我们就是那原本遥远的两颗星星，好不容易遇到一起，就不要分开，分开不知什么时候才能再相遇。”周行健说。

“是啊，人一辈子遇到一个自己喜欢的人太难了。既然遇到，我就要与你在一起，不离不弃。”紫函说。

“我也是，一辈子与你不分离。星空为证，我们在一起永不分离，直到海枯石烂、地老天荒。”周行健抱住紫函说。

周行健知道此刻发誓很俗，但星空下的此刻不发誓更俗。

“不过——”紫函没说完。

“不过什么?”周行健急切地问。

“妈妈说这件事很大，关系到家里的发展，关系到我的幸福，需要等爸爸回来商量后才能决定。你愿意等吗?”紫函说。

“愿意。婚姻大事嘛，父母商量很正常，只是你父母不会干涉你的婚姻吧?”周行健说。

“他们主要还是听我的，但争取他们同意也很重要。你说呢?”紫函说。

紫函的话越来越体现出她是一个传统的女孩，周行健担心紫函父母万一阻拦怎么办，紫函抵挡不住父母的阻拦又该怎么办?周行健想他是不是想多了，不一定紫函父母就不同意，就像现在他俩在花园看星星，紫函母亲并没有上来盯梢，就说明紫函母亲对他们的关系逐步在认可。

“对，有父母的祝福当然更美好。”周行健说。

紫函本来以为特立独行的周行健会对她婚姻的事由父母决定很反感，没想到他这么通情达理，高兴地亲了一口周行健，说：“你真好!”

周行健笑了，不知道是星星太美，还是紫函太美，美得让他没有邪念。今晚他很规矩，紫函坐在腿上，他双手抱着紫函的腰，两人偎依在一起看星星，没有任何杂念，也没有太多话语。只是看，像两颗星星在太空里遨游。

后来几天，深秋的小城雨水多起来，紫函母亲说小城入冬前都会有这么一段时间雨季。雨不大，淅淅沥沥，细细密密，像春雨。只是春雨滋润，万物复苏；秋雨肃杀，万物凋零。

周行健闲来无事，总在家陪没有确定是不是未来的丈母娘无疑是一种煎熬。他选择每天接送紫函上下班，这种接送有些滑稽，是紫函开车，他坐车。开始，他心里不太自在，觉得哪是他送紫函上下班，分明是陪紫函上下班，紫函也说他坐在副驾上像老爷。人在享受这件事情上很容易堕落，接送了两天，周行健就心安理得地做老爷了。他觉得紫函的凌志车很舒服，皮座椅很有质感，坐在上面轻轻柔柔软软绵绵的。

紫函的车技不错，很少猛踩油门，也不急刹，坐在车里头一点不晕。在北京做节目，周行健也坐过一些高档车，奇怪的是车越高档他头越晕，反而是小面、出租车、公交车、大货车……车越低档他坐着头越不晕。当时周行健以为自己命贱，现在才知道是那些开高档车的人车技太差。

到了医院，停好车，两人轻吻告别，分别下车。周行健看着紫函上楼，自己再穿过嘈杂的医院大门，步行回紫函家。下班前周行健先到医院，等紫函下班，再一起开车回家。

几天惬意的生活让周行健觉得不真实，像做梦。他走在秋雨中，时间慢了下来，雨在密织的网里像慢镜头下斜斜的线，一针一针缝在他身上。周行健像一个疲惫的旅人，他有些累了，他想是不是可以休息了。然而，回到紫函家他就得绷紧神经，以防哪儿做错，被紫函母亲嫌弃。

一天傍晚下班回来，周行健看到一辆黑色奥迪A8驶到门口停下，从车上下来一个人，一身西装，提着黑色皮质公文包，司机将车停进车库。

没错，是紫函的父亲——林志。

眼前一幕像极了电影里的大老板通常在这一刻下车的派头，周行健看呆了。也就是刚才，他深切感受到自己与这一幕是两个世界，眼前这些是奢华的、物质的、铜臭的、现实的，而自己是低廉的、精神的、纯净的、理想的，这完全背道而驰的两个世界怎么可能融合在一起。

周行健看着紫函父亲，人却傻了，不知说什么好，倒是紫函父亲先开了口："小周来了。走，快进屋，下雨呢。"

当天晚上，家里为紫函父亲接风，来了几个亲戚一起吃饭。紫函父亲开了两瓶红酒，周行健喝了一小口，脸很快红了。紫函母亲说脸红的人心好，紫函说那是当然。紫函父亲还要给周行健斟酒，周行健推说喝不了了，但拗不过，被斟满一大杯。不知不觉喝完，周行健五脏发热，心神不宁，憋在心里的话实在难受。他正要站起来不吐不快，被身边眼尖的紫函踢了一脚，示意他别乱说话。

这一脚让周行健清醒了些，坐下来喝了口茶，这时候说是不合适，大家都在吃饭，还有亲戚在，谁愿意考虑他说的大事。想清楚这些，索性放开喝。周行健主动斟满一杯酒去敬紫函父亲，他爽快地一口干了，紫函父亲喝了一半。接着，周行健敬了紫函母亲和几位亲戚，敬酒时他脑子空白，不知说什么好，结结巴巴说了些谢谢啦麻烦啦之类的话，像背台词。

一轮下来，周行健醉了，头也抬不起来。他心里清楚，不能出丑，少说话为好，虽然憋着一肚子话。他这样想着顺势睡下去，以为在床边。紫函急忙扶住他，把他扶到沙发上，放平躺下。不一会，他就睡着了。

等周行健头疼不已醒过来，饭局已结束，紫函坐在他身边看电视，电视声音很小。

“醒了，看你刚才脸红的，喝那么多干吗？”紫函说。

“陪你爸呀。”周行健说。

“我爸不用人陪，他就喜欢吃饭时喝点红酒，这是他的习惯，就像喝茶一样。”紫函说。

“你爸妈呢？”周行健问。

“在书房里，好像我妈给他说咱俩的事呢。”紫函压低声音说。

“噢，好啊，看来今晚的酒没白喝。”周行健说。

第二天周末，紫函不上班，一家人难得都在。上午10点多，父母把紫函与周行健叫到客厅。紫函父亲开门见山，直接问周行健是否真想娶自己的女儿，周行健说是，还说这辈子遇见紫函是最大的福分。他还要说类似誓言之类的话被紫函父亲打断，周行健顿觉被挫了锐气，有些沮丧。

他不知道年轻气盛时人都喜欢说些山盟海誓的话，不仅在心爱的人面前说，也会自然不自然地在心爱之人的父母面前说。当时他觉得特别真诚，特别能表达自己爱的心声，殊不知在别人眼里这是不成熟的表现。

紫函父亲看周行健决心要娶自己的女儿，一直不见抽烟的他，竟然到书房拿来一支烟，点燃抽了一口说：“小周，你有没有想过来我们这里？”

听到这句话，周行健有一种五雷轰顶的感觉，他惊讶地说：“叔叔，您是说我离开北京吗？”

“对，离开北京，到我这里来发展。这样如果你与紫函在一起，我们好随时帮助你们，对我们来说，你们也可以为家里尽些心。”紫函父亲说。

这怎么可能，当初离开家乡去北京就是要过一种与身边人不一样的生活，如今再从北京来到小县城，不是又回去了。虽然一个在西，一个在南，但都是世俗无聊的生活。

看周行健半天不语，紫函父亲说："你可以想一想，不急，想好了告诉我们。"

"您是说我只有离开北京来这里，才能与紫函结婚吗？"周行健问。

"你的理解很准确，是这个意思。"紫函父亲说。

"那怎么可能！北京是我的一切，离开北京，我也就不是我了。"周行健激动地说。

"你的一切！小周，你在北京有什么呢？据我所知，你不在国家电视台工作，你是自由人，你租房住，你这种生存状况一个人过好，全家不饿。两个人就很难说了，因为你在北京没什么。这种情况下，我怎么可能放心把女儿交给你呢？这不也是紫函喜欢你，我这做父亲的才想出这么一个两全其美的办法。"紫函父亲说。

"北京是没什么，但有我的理想，我追求的生活，和我的全部精神信仰。我想把紫函带到北京，我们在那里一起发展。"周行健说。

紫函父亲一阵笑，掐灭烟，喝了一口茶说："小周，你想想吧，让紫函跟你去北京那是不可能的事情。"

说完，紫函父亲起身去了书房。紫函母亲也说小周你想想吧，也去了书房。留下紫函和周行健在客厅。

离开北京，这是一个艰难的抉择，在周行健的字典里没有这几个字，他从来就没想过离开北京。是的，北京也不是多么好的地方，像北方大老爷们一样邋邋遢遢，脏兮兮的，长年不是沙尘暴，就是灰蒙蒙的天。但那是表象。

北京的文化内涵和精神气质中国没有一个城市可以比。在北京你才会在大街上随便遇到一个人他就可以与你讲国家大事，与你讲忧国忧民，与你讲人生未来，与你讲世界格局……你也许会说这些人是疯子是傻子，是闲得没事干，吃着老百姓的粗茶淡饭操着中南海的铁血丹心。殊不知，这才正是这座城市可爱的地方。

周行健原以为来到北京就不会迷惘，但来了以后更迷惘，不同的是没来之前不知道自己迷惘是因为迷惘，来了以后才清晰地知道一切源自迷惘。北京还有志同道合的人，有一副家国柔肠一心为国家为人生寻找方向的王立言，有一心为诗歌追求诗意人生的马洛，有很多像周行健这样一心只务虚不务实的精神追求者，他们不在乎得到多少现实层面的东西，只在乎内心的感受和理想的丰满。他们可能一生一无所有，只要能够找到人生的方向就足够。

紫函走过来，坐在周行健身边，看着他说："这是他们的想法，我也是才知道。他们太过分了，总是为我规划，从小到大都这样。"

"你就这样安心接受，不反抗吗？你想过过自己想要的生活吗？"周行健问。

"想过，我要和你在一起。"紫函说。

她将头靠在周行健肩上，两人握着手，互相慰藉。听到书房门响，又立刻分开。

紫函父母看样子是要给周行健足够的时间考虑。接下来，他们依旧热情待他，只是紫函母亲又恢复到原来的样子，时时处处都在看他俩，不给周行健与紫函单独相处的机会。周行健陪紫函上班也被剥夺，紫函母亲说女儿自己开车，又不远，你不用陪她去。这下可好，周行健待在紫函家像被软禁，紫函父亲不像上次那样带他去看产业，紫函母亲也不找他做事。

周行健百无聊赖，带的书也看完了，对电视又不感兴趣，每天紫函一上班，他就到大街上晃悠。这样显然不行，得从紫函家搬出来，要么就提前回北京。他把这个想法告诉紫函，紫函不同意，说不用管她父母，住着就好。周行健说总住着也不是法子，不明不白的，不如你随我去北京吧。紫函很犹豫，说让她好好考虑考虑。

煎熬了一周，周行健还是决定回北京，离开让他难以割舍又无聊的紫函家。当天晚饭后，紫函父母主动要求与周行健谈谈。与上次不同，紫函看上去心事重重，不时用陌生的眼光看着周行健。紫函的父亲这次没有抽烟，看上去很严厉的样子。

"小周，你在县城是不是有个朋友叫罗秉晖？"紫函父亲问。

罗秉晖，怎么会突然提到罗秉晖？周行健听到罗秉晖的名字从紫函父亲嘴里说出来时，预见这不是一个好兆头，他说："是的。"

“你是不是通过罗秉晖认识的紫函?”紫函父亲问。

“哦——是。”周行健说。

“你们是朋友?”紫函父亲问。

“以前是，现在可能不是了。”周行健谨慎地说。

“他说你人品不好。”紫函父亲说。

周行健吃惊地看看紫函父亲，又看看紫函，紫函有些悲戚，两眼看着前方，而不是像以往那样在这种场合下看着周行健。

“还说你乱搞女人，找女网友，去酒吧找小姐。”紫函父亲说。

周行健双眼鼓出来，愤怒涌上头，满脸通红。

“他说他去北京学习考托福，就是被你带坏了，才没考上。你来县城找他，又带他去KTV找小姐……”当着紫函的面，紫函父亲毫不留情面地把罗秉晖主动找他告诉他有关周行健的事一股脑儿全说出来。

周行健忍无可忍，愤怒地站起来说:“他在胡扯!这个无耻之徒!前些天，我还好心去给他道歉，他不原谅也就罢了，还这样添油加醋污蔑我。叔叔，不是这样的!”

“那是怎样?”紫函父亲问。

“我是通过罗秉晖认识了紫函，但我没有要任何手段，我与紫函是互相喜欢，真诚相爱。他说我人品不好，无非就是因为他一直爱慕紫函，追求不到，却让我追求到了，所以他不高兴，充满嫉妒，怀恨在心。我也觉得这样有点对不住他，专门去给他道歉，但他不接受，我能有什么办法!再说!”周行健的话被打断。

“别再——说了。对于你跟他的那些烂事我不感兴趣，我只感兴趣的是，你是一个行为不检点的人，怎么能与我女儿在一起。”紫函父亲说。

周行健本来不服气还要说什么，被“行为不检点”五个字噎了回去。是啊，乱搞女网友，去KTV找小姐，这些事虽然是罗秉晖带他和怂恿他做的，虽然他并没有找过小姐，但他毕竟和罗秉晖带回来的女网友发生过关系，这是有口难辩的事实。还说什么呢，什么都别说了。

紫函在一边眼中噙满泪水，一滴一滴掉下来。

“一开始，我们看你对紫函蛮用心，觉得你除了工作不稳定，没什么产业以外，人还不错，我们考虑你过来，可以与紫函在一起。然而，真是知人知面不知心，谁能想到你是这样的一个人。年纪轻轻不好好工作和奋斗，却一心想着玩女人，这成何体统。你还口口声声在我们面前说什么理想，说什么精神，年轻人，品德不好，行为不端，说那些都没用。你和紫函是不可能的，快死了这条心。”紫函父亲说完，回书房了。

紫函母亲说：“小周，你搬出去住吧，总住在我们家也不方便。紫函，你帮他收拾下行李，今晚就搬走。”

这是逐客令。事情急转直下，周行健完全没有料到。他本来就想回北京，但没有想到是以这种十分不体面的方式离开。

这一刻，周行健恨死罗秉晖了，真想冲到他家把他暴揍一顿。然而，一切都晚了，就算把罗秉晖杀了又能怎样，只能证明自己的脆弱和无能，证明他的污蔑是真的。周行健也没有力气和信心去找罗秉晖理论，罗秉晖显然用的是最损的一招——破罐子破摔，他不能得到，也不让周行健得到。

紫函还在流泪，父亲的离去，母亲的吩咐，她仿佛完全没有听见。其实紫函是最可怜的人，她没有想到会发生这一切，更没想到自己深深爱着的人竟然会约网友，找小姐。这怎么可能呢！周行健在他面前那么阳光，那么有才华，那么有见识，那么有理想，虽然迷惘，但对未来充满信心。她身边没有这样的人，有的只是内心晦暗肮脏，庸庸碌碌，没有才华，没有见识，没有理想，觉得小县城就是全世界的人。

为什么这样的一个人会去约网友，找小姐呢？难道他所追求的理想和精神信仰还不够支撑他的内心吗，难道他的才华和学识还不够回应他内心的呼唤和需求吗，为什么一定要通过这样肮脏的方式找那些人呢？难道自己在周行健的心里与那些网友、小姐是同类型的人吗？那这样我有什么区别，有什么独特，有什么优势值得他爱？我不就是与那些被他随意找的女人一样嘛。

天哪，他不会就是一个花花公子，一个浪荡子吧。他从遥远的地方来，像个野人，闯入我的生活，欺骗我，诱惑我，征服我，吞噬我，不会就是满足他的虚荣心吧。我怎么会爱上这样一个人？这样一个身心肮脏表里不一的人，这样一个开口理想闭口精神却做着龌龊恶心事情的人。

紫函哭成一个泪人。她母亲远远坐在窗边，显然是有意让紫函释放内心的纠结，就像母亲在一边看着犯了错的小孩让他哭个够一样。

周行健一团乱麻，不忍心紫函哭得这么伤心，过去抚慰她，被紫函手臂一挥没有防备跌坐在地板上。紫函也不理她，显然在生他的气。

周行健想这下完了，人家父母是巴不得他马上离开，紫函又不理他，那肯定得走，总不能让人家拿鞭子撵。

周行健来到客房，收拾好背包，回到客厅。他去书房敲了敲门，想给紫函父亲告别，但门没有开。紫函母亲也不在客厅，只剩下紫函一个人坐在沙发上哭泣。

周行健十分痛苦，觉得令紫函失望了，来到她面前说："对不起！我走了。忘掉我吧！"

紫函没有说话，也没有看他，只是默默流泪，下嘴唇被牙齿咬了一个深深的印痕，淤了很多血。她不知道该说什么，也不知道该做什么，更不知道该不该留下周行健。她脑子一片空白，觉得眼前这个人如此陌生。

周行健走出紫函家，夜空很暗，一片阴沉，没有一颗星星。他走在冷冷的秋风里，泪水夺眶而出，飘洒在猎猎风尘中。刚才在紫函家里他一直忍着，现在忍不住了。

不知什么时候下起雨，周行健像雨人一样走在陌生的小城里，不知去往何方。

# 第十一章

记不得那是第几次吴先锋来北京，一见面他就埋怨，马洛简直不是人，禽兽不如。你俩待在京城潇洒风光，扔下我一个人在老家孤苦无依。原来上一次马洛求婚失败，从老家回北京，没有告诉吴先锋，让他很不高兴，感觉不重视他这个朋友。那次来京，吴先锋没去找马洛，而是住在周行健的出租屋。

吴先锋的确受了刺激。马洛带Rose高调回家，在黄河边上演求婚大戏，刺激了单身青年吴先锋。周行健只身远赴南方，单枪匹马向林紫函求婚，也刺激了单身青年吴先锋。虽然，两人的求婚大计都以失败告终，但实实在在刺激到了吴先锋，他突然意识到与其一个人单身忍受孤独，不如找个女朋友化解孤独。当吴先锋这样想的时候，他感觉到自己作为一名骄傲的文艺青年的堕落。文艺青年怎么能轻言孤独呢？怎么能接受不了蛮夷之地的风沙与荒凉呢？怎么能经受不住商品大潮的冲击和诱惑向现实低头呢？问了许多怎么能，吴先锋还是妥协了。他觉得连马洛周行健这两个可耻的诗人都拥有所谓神圣的爱情，我为什么不能拥有？妥协的吴先锋从老家来到北京，发现遍地是美女，两只眼睛看都看不过来，双腿走不动。

“真是美女如云啊。”吴先锋出了地铁站，啧啧赞叹。

这句话从吴先锋嘴里说出来周行健听着很别扭，他说：“是啊，早就给你说了你不信。”

“我能不能搞一个呢？”吴先锋说。

“可以啊，美女又没穿贞洁带。”周行健说。

“我是认真的。”吴先锋说。

“我也是认真的。”周行健说。

“俗，真俗!”吴先锋摇着头说。

说归说，吴先锋还是像花痴一样盯着大街上的女人看，遇到好看的惊叫一声，遇到可看的吹个口哨，遇到能看的眨眨眼睛，遇到丑的叹口气。这架势比周行健在街上看女人的嘴脸还丑陋，只是僵硬了些。周行健纳闷，这厮什么时候变成这样，以前正经得很，开口闭口之乎者也，举手投足文艺范儿，论文学气质比自己和马洛不知强多少。怎么就变成这样了!

吴先锋的确变了。与周行健住在一起不再谈诗谈文学，满嘴的女人和黄段子。趁周行健白天做节目，吴先锋待在屋里把他收藏的岛国A片全部看完，还与周行健分享观感。他绘声绘色地讲述感受、比画体位，让周行健这位过来人竟有些难为情。周行健想，好吧，既然吴先锋兴趣这么大，就带他去酒吧找找乐子。

周行健的出租房附近酒吧很差，他带吴先锋来到三里屯。初冬的夜里寒气逼人，不影响街上光腿穿靴子的时髦女郎。迷离的灯光下，不仅吴先锋的眼睛忙不过来，周行健也看得流口水。也只有在这一刻，周行健的内心不被对林紫函的思念所占据，他吸着烟，眼睛像着了火，盯着酒吧里一个陌生女人的背影。

马洛不在，泡吧少了许多趣味。两人酒量不大，一会就喝多了。吴先锋一根接着一根抽烟，不停与身边的周行健说话，又像是自言自语。周行健低着头，几乎已经睡着。如果马洛在，会在慢摇音乐响起时拉他们去跳舞。马洛是跳舞小王子，不管跳得好不好，都要到舞台上扭一扭，吼一吼。

“你说马洛与那个美国女人会不会掰了?”吴先锋喝下一口酒说。

“不会吧，他们如胶似漆的。”周行健埋着头说。

“那么好为什么不答应马洛的求婚，我看悬。”吴先锋说。

“可能太快了，还没缓过神吧。”周行健说。

“快个鸟，马洛找的可是美国女人，美国人的爱情能用快形容吗?”吴先锋说。

“也是。哎呀，你不要管人家，把自己管好吧。你看你现在堕落成啥样了，怎么跟我一样。”周行健说。

“你应该高兴啊，有人向你学习。”吴先锋说。

“得，千万别学我，烦着呢。”周行健手一挥说。

“你烦什么？南方有佳人，绝世而独立；一顾倾人城，再顾倾人国。多诗意。”吴先锋说。

“诗意，失意才对！人家父母不答应，苦啊。”周行健说。

说话间，两个浓妆艳抹的女人来到桌前坐下，端着酒要与他们碰杯。吴先锋端起酒杯要碰，看周行健没反应，停在半空。周行健砰的一声碰过去，酒杯差点碰碎。两个女人吓一跳，知道此人不好惹，酒也没喝走开了。

“用那么大力干什么，把美女吓走了。”吴先锋放下杯子，向两个女人追上去。

“她们是卖酒女郎，骗你喝酒的，你那酒量非把咱俩押在这儿不可。”周行健冲着吴先锋说。

“万一是骗人呢?”吴先锋说。

“想得美，她敢骗，你敢上啊!”周行健说。

吴先锋不听，追上两个女人，张开双臂，一边一下在两个女人超短裙裹着的屁股上拍了一把。周行健看傻了，心想这家伙胆子真大，今晚要惹事。正琢磨怎么跑呢，吴先锋搂着两个女人走回来。

所谓士别三日，当刮目相看，用在吴先锋身上最合适。以前谁能想到文学先锋吴先锋会在酒吧这种场合冲着陌生女人摸屁股搂腰呢？如今，吴先锋彻底变了，变得比周行健还浪，两只搂着女郎的手在背后摩挲来摩挲去。两个女人坐下来用挑衅的眼光看着周行健，那意思分明是：小样，老娘又回来了。周行健被那目光看得不敢直视，乖乖地低下头，继续睡觉。

吴先锋与两位女郎玩摇骰子。一边三颗骰子，在一个小盖碗里摇，根据点数赌大小。自信的吴先锋很快陷入输局，一盘接着一盘输。不到一小时，一打啤酒被他一个人喝完。吴先锋喝得眼白外翻，去洗手间吐了两次。装睡的周行健心里窃喜，觉得总算把这小子收拾了，看你再喝。

从洗手间回来的吴先锋，没有不喝的意思，主动提出新玩法——划拳。啤酒女郎不会划拳，吴先锋来了劲，教她们划，教得差不多了，三人赌起来。

吴先锋果然厉害，拳拳赢，啤酒女郎自喝了五六瓶。占了上风的吴先锋彻底放开，划拳中从一到十每个数字都带上了西北味的顺口溜，什么一对宝、二妹好、三级片、四女P、五花马、六六顺、七仙女、八大寿、九重天……就在巅峰时刻，吴先锋开始走下坡路。一拳一拳输，不到半小时，一打啤酒又被他一个人喝完。

周行健听到没了声音，抬起头看见吴先锋趴在桌子上，两个啤酒女郎虎视眈眈地看着他，伸手给他账单。周行健接过来一看，酒价一千四百元。靠！不就是啤酒嘛，怎么这么贵，差不多一个月的房租喝完了。周行健想要理论，拿起酒瓶一看，全是德文，他英文很差德文更差，不知道是真德国啤酒还是假的。得，认栽吧，他和吴先锋的小身板怎么也抵不上酒吧里身高体壮的保安，为了酒钱打架不值。周行健去吧台付钱，啤酒女郎挺着高耸的胸脯走在后面，像押犯人一样。结完账，周行健搀扶耷拉着脑袋的吴先锋离开酒吧。

两人回到出租屋已是夜里两三点。门口站着一个人，唉声叹气。他俩吓一跳，拿出打火机打燃一看，竟是马洛。

“这么晚了，你怎么大老远地来了？”周行健诧异地问。

吴先锋眯着眼睛要说什么没说出来。马洛没有回答，一起进了屋，他坐在沙发上，点起烟来吸，脸色苍白，不说话。

吴先锋从马洛的烟盒里抽出一支烟，也点燃放在嘴边吸。周行健无话，抽出一支烟点燃吸。

初冬，正是中国北方一年中气温降到10摄氏度以下暖气又没来的时节，外面呼呼地刮着北风，窗前的杨树枝在风中毕毕剥剥作响。屋里很冷，灰白的墙面散发出透心的冷，周行健和吴先锋缩成一团，窝在沙发里抽烟。手指冻得发冰，他俩时不时将冰冷的手指伸到烟头处取微弱的暖。烟灰太长，掉了一身，他们也不去弹。马洛坐在一边，脸色越发苍白。

吴先锋酒醒了，有了诗意，咕哝着念出一首。

午夜是一盏明灯
我们是守护天使
守护我们的食粮

守护我们的亲娘
守护我们的信仰
那漆黑一片的世界
不是因为太阳在另一端变得如此晦暗
也不是因为熊熊大火燃烧变得暗无天日
更不是因为眼睛失明看不到方寸之间
那是午夜里的三颗星星
被我们点燃的三颗星星
他们在灰白的屋子里
发着微光
希冀
照亮世界
……

“别念了，烦不烦！还照亮世界，世界比你想象的黑暗！”马洛打断吴先锋，扔掉烟蒂，像一头愤怒的狮子站起来，又瘫倒在地。

正在兴头的吴先锋被打断，很不高兴，正要发作，看到马洛瘫倒的样子惊呆了。

周行健举着手中的烟问马洛：“你怎么了？”

马洛放声恸哭，双手抓着头发，半天才说：“我和Rose分手了！”

周行健与吴先锋几乎同时说出了一个“啊”字，下一句就不知道说什么，看着伤心欲绝的马洛面面相觑。自从成为朋友以来，两人第一次看到马洛如此伤心，看样子马洛真的失恋了。

吴先锋去拉坐在地上的马洛：“起来吧，冬天地上凉，别生病了。”

马洛一动不动，流着眼泪。

吴先锋说：“怎么分了，难道就因为求婚不成？”

“Rose在美国居然还有个男朋友，一直没有断。”马洛说。

“有就有嘛，你抢过来不就是你的。”周行健说。

“我也想抢，以为抢过来就是我的。问题是Rose断不了，脚踩两只船。”马洛说。

“哦，你是怎么知道的？”周行健问。

“我看到他们之间写的邮件，里面是赤裸裸的恩爱，跟我与她之间的关系没什么两样，甚至还要亲昵。”马洛说。

原来从家乡回到北京，Rose对马洛就没有以前热情了。马洛觉得奇怪，以为是求婚惹她不高兴，又觉得真心相爱才求婚，有什么不高兴？除非Rose不爱他。

想到“爱”这个字，马洛发现自从与Rose成为男女朋友以来，爱做了不少，但从没有听到Rose对他说过一句I Love You。问题就来了，不会是Rose不爱他，做他女朋友是逢场作戏，做爱是各取所需？不会吧，这也太狗血，马洛越想越不对劲，决定当面问问Rose到底爱不爱他。

那天中午，一场床戏正在上演，看着彼此快要到高潮，马洛想到问Rose的问题。因为每次做爱Rose嘴里叫喊的都是God，什么God，God，My God……从来没有在高潮时冲马洛说一句：I Love You。

马洛强忍着下面的滚烫不让喷发，清晰地问Rose：“Do you love me?”

第一次问，Rose可能没听清楚，没反应。

马洛抓紧时间又问道：“Do you love me?”

第二次问，听清楚了，Rose骤然僵在床上，身体不动，下面沸腾的液体迅速降温。

马洛抓住机会再次问道：“Do you love me?”

Rose笑着摇摇头说：“Oh，My God!”她示意骑在自己身上的马洛下来，该睡午觉了。

马洛没有看出Rose要回答的样子，下面彻底软了，一个翻身起来，坐在窗前的书桌前抽烟。Rose翻身睡了。

马洛越来越觉得事情的严重，开始留心Rose，想弄明白她到底爱不爱他。当抱有强烈爱意和自卑探求意识的好奇心萌生，两人的感情出现罅隙，不自然地进入冷战。

昨天晚上，Rose在MSN上与美国的家人聊天。这种由微软公司开发的聊天软件当时在国际上颇为流行，在国内只有白领和高端人士使用，因为格外注重保护个人隐私，一般人不用，嫌麻烦。马洛就不用，他喜欢用国内的QQ聊天工具。

正在聊天的Rose手机响了，她没有关MSN就跑出去接电话。这给了坐在旁边看书的马洛一个机会，他凑过去看MSN上聊的是什么内容。全是英文，心惊肉跳的马洛看不懂几句话，边看边抬头看门外打电话的Rose。他发现Rose在跟一个男人聊天，聊了很多，准确地说从下午聊到了现在。马洛虽然英文不好，但思念、爱这样的词汇还认得，聊天记录里充满了这样的词汇。马洛越看越气，知道Rose为什么对他冷淡了，答案就在这里。他正在看，门外的Rose冲他说要去学校传达室取个邮件，马洛回说去吧。

Rose这一走，给了马洛足够的时间去破案。他像侦探一样贪婪地享受着获得的破案线索，一个个清晰的线索令他心惊肉跳，大脑充血，愤怒从天而降，肚子里充满无数的咒骂。

Rose在与一个叫Felix的美国男人聊天，从聊天记录看这个Felix是Rose的男朋友，不，甚至更亲密，似乎是未婚夫。聊天记录里不仅有他们的话语，还有照片，拥抱的照片，热吻的照片，做爱的照片……马洛越看越气，越气越想看，肚子里的咒骂从口中骂出声。其间，他曾幻想这会不会是Rose的前男友？然而，就在刚才的聊天里也充斥着大量的亲热暧昧的词汇，这让他绝望地相信这个Felix不是什么前男友，就是Rose现在依然保持亲密关系的男朋友。

"哎——哎——你在干什么？你怎么能偷看我的隐私！"马洛的愤怒被Rose生硬的中文打破。

"瞧你干的好事，竟然和我好的同时还与其他男人勾搭，真不要脸！"马洛愤怒地说。

"你侵犯了我的隐私，隐私，隐私！懂吗？太不尊重人了，太没有道德了，还指责我。我们完了！完了！"说着，Rose收拾电脑，离开马洛的寝室。

马洛跟在身后咒骂到楼梯内，见Rose头也不回，不理他，越骂越没力气，越骂越没底气，走着走着双腿一软，跌倒在地。

Rose压根没有看他一眼，走了。

马洛坐在地上很久才起来。他失魂落魄地离开寝室，漫无目的地走在燕郊大街上。

不知走了多久，马洛来到当初从黑龙江来北京时最初住过的地方——周行健的出租屋。门锁着，屋里没人。他走累了，坐在门前休息。

没坐多久，周行健和吴先锋回来了。

马洛说完，屋子里鸦雀无声。呼呼的北风吹着窗户，屋里冷得发抖。周行健和吴先锋把坐在地上的马洛拉起来，扶到沙发上。

吴先锋说："我早就知道那个美国女人不是个好东西，还劝过你，不要跟她在一起。你还是一意孤行，如今只能吃苦头了。"

"毕竟Rose从美国来，隔着太平洋，她的过去和家里的情况也不好了解。当然，这些似乎不重要，只要有爱情就好。"周行健说。

"什么爱情就好，扯淡。还是知根知底才对。"吴先锋说。

"不要乱说，恋爱白痴加处男，你懂什么。"周行健冲吴先锋说完，转过头对马洛说，"你也是刚知道她美国有男朋友，这个男朋友到底是不是过去的，不好说。虽说你看到了他们亲热的照片，但西方人在性方面很开放，对不对。你是不是冷静冷静，等心情好些了与Rose谈谈，万一是过去的男朋友，只是聊聊天呢。"

"不像，他们说的话很露骨很肉麻。"马洛说。

"拉倒吧，还谈，这种女人趁早分了，免得在她身上浪费感情。"吴先锋说。

"你在给马洛伤口上撒盐，懂不懂。"周行健狠狠地看了一眼吴先锋，又对马洛说，"未经允许，看人家的聊天记录，在西方人看来是很严重的事情。你们分手的导火索是因为你未经Rose允许看了她的聊天记录，所以你俩都生气，在气头上掰了。就算要分手，也没必要生着气分手对不对。平心静气谈谈，谈好了皆大欢喜，谈不好分了，心里也不遗憾，不是吗?"

马洛点点头，感觉从突然的失恋打击中活过来，他说："行健说的有道理，万一是气话呢。"

吴先锋叹了口气，感叹拉不回来的马洛又要马失前蹄，同时鄙视周行健出的馊主意。

窗前已见白，呼呼的北风一直在吹，三人困得不行，挤在一张床上睡着了。

没睡多久，周行健的手机响了，他伸手挂断。紧接着又响起，他又挂断，心想谁这么讨厌大清早来电话。他还要挂，吴先锋火了，让他到客厅去接，免得谁都睡不好。

周行健拿起电话一看，愣住了，你道是谁？竟然是林紫函。

紫函告诉周行健她刚到北京，在火车站前的广场等他。周行健哈哈大笑，高兴得眼泪花都流出来，吵得吴先锋和马洛以为他得了精神病。周行健穿上衣服急忙向火车站赶去。

吴先锋和马洛则懒洋洋地起床，给周行健腾地方。他们离开出租屋，回马洛的寝室。

北风刮了一夜，天亮不停歇。北京城被大风笼罩，灰灰的天。北京西站广场上人来人往，周行健四处寻找林紫函。他想，紫函怎么来了？来干什么，来看我，投奔我，不走了，留下来和我私奔？一起在北京发展？

正在寻找，售票大厅里走出来一个女孩，穿驼色大衣，黑色短靴，长发被大风吹得飘起来，大衣的前襟被风吹得紧贴在身上，周身散发着娇柔端庄的气质。没错，正是林紫函。那摇曳在风中的美看痴了周行健，站在风中不动，痴痴地看。阵阵冷气从袖筒和裤脚里灌进来，他没有知觉。憨憨地看着紫函，仿佛欣赏一件艺术品。

林紫函也看到了他，看见木桩一样的周行健傻傻地站在那里，林紫函又好气又好笑。她向周行健走过来，周行健也向她走过去。当指尖对指尖，鼻子对鼻子，周行健抱起紫函在空中旋转。紫函高兴地双手紧紧搂住周行健的脖子。

“说来就来，也不提前说一声。”周行健说。

“学你呀，搞突然袭击。”林紫函笑着说。

“让你学我，让你学我，让你学我……”周行健抱着紫函不停地旋转，像是要报复。一夜没睡的他本来在寒风中冻得瑟瑟发抖，现在已满身是汗。

他们相见的热烈气氛时间太长，除了拥抱也就亲亲嘴，周围的看客烦了，纷纷散去。周行健才把紫函放下来，叫了一辆出租车回出租屋。

迎接紫函的是遍地烟蒂和臭味，看到乱糟糟的出租屋，紫函微微皱了皱眉。

周行健笑着说：“昨晚有个朋友与女朋友吵架，差点失恋，来我这里寻求慰藉，结果慰藉就是来我这抽了一晚上烟。你知道，我抽烟很少的。”

“嚯——是吗？”紫函说。

“是啊！”周行健说着，急不可待地抱起紫函往卧室走，紫函挣扎着，好像一只自动送上虎口的小羊在撒娇。

冰冷的床很快燥热起来，两人在床上轮番征战，仿佛一百年未见，直到彼此累倒睡着。

北风在傍晚时分停了，天也蓝了，夕阳是这个季节北京常见的金色，透过窗户照在卧室的床上。周行健睡在紫函的怀里，像个少不更事的孩子。紫函被金色的暖阳照醒，睁开眼，那个满是烟蒂冰冷的屋子变暖和了，她的脸和全身暖暖的。她伸手轻抚周行健酣睡的脸庞，还有那长出了很多的胡须，微微的痒让她心里荡起涟漪，她忍不住亲了亲周行健。她想怎么就爱上了这样一个胡子拉碴精瘦的男人？这个男人住在出租屋里，没房子没钱，有的只是虚妄的才情和理想，这理想连他自己也不知道是什么。他到底是一个风度翩翩的天使，还是一个劣迹斑斑的魔鬼？为什么总忘不掉他，割舍不掉他？是他缠着我，还是我缠着他呢？

紫函想了很多，屋里的烟蒂发出的臭味熏得她忍无可忍，她才轻轻起来，关上卧室门，到洗手间找扫把和抹布清扫房间。没有扫把，只有一个发霉的拖布，紫函在冰冷的自来水里洗了又洗，直到认为干净了，她才拿出来拖地。一连拖了三遍地，她打开所有的窗户，让新鲜空气冲走屋子的臭味，如同她身上的香气冲走周行健身上的臭气。她找来一件周行健的旧T恤衫，剪开做抹布，把整个房间擦洗两遍。紫函做得很愉快，尽管她在家里从不做这些。

等周行健醒来，发现躺在一个全新的房间，如此的清新和秀丽他都不认识了。而紫函仿佛一株在北方冬季盛开的白丁香，让房间充满了生气。

紫函是背着父母来北京看望周行健的。深秋的那个夜晚，被父亲的突然袭击搞糊涂，得知周行健的放荡，又面对父亲的威吓，紫函一时不知该怎么办，唯有伤心。等她从伤心中醒来，发现周行健已不在身边。她找遍家里的每个角落，没有找到，周行健不辞而别。她要打开门去找回周行健，被母亲拦住，母亲告诉她这样的男人有什么可追的，坚决不允许她出门。紫函只好作罢，她给周行健打电话，也没有接。周行健当时觉得无脸接紫函的电话，觉得对不起她，自己是那么肮脏，怎么好去玷污清新明丽的紫函。

回到北京周行健就后悔，思念每时每刻密集地侵袭他，但已无济于事，他们又回到在电话里谈情说爱的老路。只是没有以前那么热烈，往往是紫函打得多，周行健打得少。两人之间筑起一道无形的墙，一切变得若即若离。

罗秉晖说的事情也不是全都在乱说，譬如见网友、去KTV，周行健的确做了，虽然并没有找小姐，但这些事情让他感到自卑和矮紫函一等。以前知道紫函家庭优渥，有豪车有别墅，周行健没有自卑过，反而觉得自己才气逼人，理想远大，虽然一时半会找不到方向，但内心充实，精神丰满。然而这一次，在深爱的女孩面前想到那些自己做过的荒唐事，他陷入自卑。

周行健走后，紫函像丢了魂。上班无精打采，下班回家把自己关在房间里，不像以前那么活泼开朗。紫函父母觉得女儿失恋，不开心也正常，不去打扰她，过些天就好了。

哪知紫函一直闷闷不乐，人也消瘦许多。紫函父亲心疼女儿，忍不住把女儿叫到身边开导。紫函只管听，一句话不说，听完了转身回自己房间。紫函母亲也劝，紫函还是只管听，不说话。

一天，紫函父亲又来劝，还没说几句话，紫函开口说："爸，我想去北京发展。"

林志说："哦，我在北京没什么朋友，你去怎么发展?"

"我可以自己找工作。我不笨，也能吃苦，不好说发展多好，但肯定能养活自己。"紫函说。

"你是为了小周才要去北京吧?"林志问。

"是。"紫函说。

"你啊！怎么就听不进爸爸的话呢。"林志无奈地说。

"我喜欢周行健，想去他身边，和他在一起。爸爸，让我去吧?"紫函说。

"不可能。你最好打消这个想法。我不会让你与那样一个品行不端的人在一起。"林志激动地说。

"他怎么就品行不端了，他想的东西和我们想的不一样，或许是他内心痛苦，一时糊涂做错了事呢。”紫函说。

“你倒为他辩解起来。我问你，你了解他吗？你敢说他就是一时糊涂吗？这么年轻，不好好工作，干事业，天天想那些不切实际的东西，这样的男人能靠得住？不行，我绝对不允许你与他在一起。”林志说。

紫函还要辩解，被父亲打断。她跑回房间，关上门，一个人生闷气。

父母反对紫函与周行健在一起，让她十分痛苦，但父亲的话也提醒了紫函。她了解周行健吗？他们隔着一千公里，仅凭几次周行健的南下，他们爱上彼此。至于周行健在北京的生活，紫函只是从周行健的口中得知，并未亲眼所见，也未曾体验。她的确需要更深入地了解周行健，只有了解了她才能确定周行健到底值不值得爱。想到这些，紫函决定去北京看望周行健，真真切切地与他生活一些日子，看他到底是什么样的人，值不值得她爱。

打定主意，紫函向医院请假，并请医院的同事在父母可能来打听时帮忙圆场。她向父母撒谎说受医院委派，需要到外地培训一段时间，背着父母来北京找周行健。

看到周行健一片狼藉的出租屋，紫函倒也能忍受。男孩子嘛，一个人住，房间里有些烟蒂是正常的，再说周行健的拖布虽然生霉，但厕所的马桶还是刷得很干净。这让紫函相信周行健说的，有失恋的朋友来过房间。不过，周行健的房间的确没什么东西，家具都是房东置办的，上世纪九十年代的老式黑框索尼电视，外接一个DVD影碟机，电视柜的皮掉了许多，沙发有好几处都破了，老旧的冰箱和漏水的洗衣机。除了卧室里有一整面墙是新做的书柜，里面放满的书和影碟是周行健的以外，房子里的一切都不是他的。

紫函专门看了罗秉晖曾经住过的次卧，一张空的单人床和一个床头柜，上面布满灰尘。自从罗秉晖走后，这个卧室没有再出租。周行健说不想租给陌生人，不管是男的女的俊的丑的，好相处的还是不好相处的，爱上紫函后，周行健觉得这一切都没有意义。他乐意承受高房租一个人住在70多平方米的房子里，内心和空间被紫函占据，他感受不到空白。这让紫函十分欣慰。她也在省城读过书，知道合租的乌烟瘴气和发生的各种各样的龌龊事。她觉得周行健能一个人在北京守身如玉，至少与她好了以后没有乱搞，说明周行健是真心爱她的。

周行健看出紫函的心思，他觉得紫函对自己深入了解没什么不好，两个人相爱本就应该深入了解，没必要藏着掖着，完全可以对相爱的人敞开心扉敞开全部的生活，任其审视。周行健带着紫函到与他经常合作的几家节目制作公司，让紫函了解他的工作。公司的人知道周行健有这么漂亮的女朋友，挺意外，开玩笑说可别被人抢走。

了解完工作，周行健又带着紫函到京城他经常去的地方玩。那几日天气出奇地好，没有北风的侵扰，没有沙尘，天天是冬日暖阳。故宫是必去的，他们在里面待了一天。傍晚时分，夕阳的万丈金辉洒满西山，紫禁城笼罩在金红色的威严祥和里。红色宫墙和金色角楼倒映在金水河里，令他们流连忘返。

周行健牵着紫函的手，缓缓走在金水河边。他思绪万千，想到当年在金水河边散步的毛泽东和杨开慧。那时的毛泽东是出身乡下的穷小子，饥肠辘辘却心怀天下；杨开慧则是出身书香门第的大家闺秀，知书达礼又善解人意，两人因为爱情走在一起，共同投身革命。他们是顶天立地的大人物，周行健和林紫函无疑是小人物，或许无法比拟。然而，爱情不分大人物和小人物，只要有爱，就会惊天动地。如果当初答应紫函父亲离开北京去其家乡发展，周行健和紫函的爱情应该很顺利，不至于后来被紫函父母四处打听让自己陷入狼狈的境地。

不过，小人物周行健也有大情怀，他不甘于浑浑噩噩过一生，也不屑于紫函家的富贵，如果不是爱上紫函，他不会与紫函这样的家庭发生任何关系。他想的是个人命运与国家未来，这似乎很好笑。走在金水河岸，一边是衰落帝国的象征故宫，一边是新兴大国最高权力机关所在地中南海，周行健不觉得有关个人的命运与国家的未来是一件好笑的事情，哪怕别人觉得好笑。他觉得个人与国家紧密相连，个人的理想就是国家的理想，个人的迷惘就是国家的迷惘，个人的出路就是国家的出路。如果所有人都睁着血红而贪婪的眼睛牟利，为一己私利争得头破血流，不顾及他人，不顾及社会，不顾及国家，那这个国家是没有前途和未来的。虽然他对诗歌和文学充满了狂想，也深深感到艺术在当下被商业极大侵蚀的无奈，但他依然认为这个国家最终是否真正繁荣昌盛还是要看文学和艺术发展到何种地步，更要看是否能够重建起国人一致认可的精神和信仰。否则，一切繁华都是虚妄。

显然，周行健想多了，眼下他连自己与紫函的爱情会如何发展都不确定。他们沿着金水河走了一圈，一会走，一会停下来坐在河边休息。河边的杨柳落光了叶子，光秃秃的，如果不是夕阳的微光，河两岸一片肃杀。太阳落下山，很快就冷了。紫函将冻得冰冷的双手伸到周行健的右边夹克口袋里，两人偎依在一起，走得很慢。如果不是紫函飘逸的长发，远远看去像一对老人在漫步。可惜当天忘带相机，他们没有在故宫留下一张相片。

第二天去圆明园，周行健特意记着带了相机。他给紫函照了很多相片，每一张都清新脱俗，亭亭玉立。紫函抢着也要给他照，结果很多是虚的，要么太黑，要么太白，要么就是人在画面的一角。周行健戏称紫函为林一角，引得紫函嗔怒，追着周行健打。两人在残垣断壁的大水法遗址中跑来跑去，俨然忘了这里曾经发生的悲剧，那些孤魂野鬼被他们的笑声惊醒又吓跑了吧。也不一定，在跑过大水法残存的几根石柱时，紫函脚下一滑摔倒了。

“哎哟——痛。”紫函摸着脚踝说。

“严重吗，我看看。”周行健跑过来说。

“哼——你欺负人家。”紫函说。

周行健抱起紫函摔着的脚踝，又是摸又是看，他要脱下紫函的鞋看伤势如何，被紫函一把打掉双手。

“傻瓜，这么冷的天气，你要冻死我呀。”紫函说。

“我看流血没。”周行健说。

“流了，流了很多呢。”紫函说。

“那更要看。”周行健说着要脱鞋。

“哼，骗你的。傻瓜！”紫函笑着说。

“骗我！”周行健抱起紫函，悬在空中，吓得紫函尖叫。

周行健不管不顾，抱着紫函走出这片历史的瓦砾堆，仿佛走在黄土高原上背着媳妇回家。紫函把他抱得紧紧的，蜷缩成海螺状，任凭他抱或者扛，反正自己是周行健的人。

他们还去了颐和园和天坛，还在胡同里转了几天。

紫函不是第一次来北京，作为一个南方人对这座城市的印象并不好，太大太脏，空气太干燥。以往来，她不是嘴唇裂，就是流鼻血。这次过来，与周行健待在一起，紫函觉得好多了，逐渐对北京产生了好感。

这自然离不开心中有爱。心中有爱，即使是荒蛮之地也会觉得是精神高地，即使是战乱频仍也会觉得安全稳定，何况是北京。

紫函想或许真的可以来北京生活，与自己的爱人一起闯天下，是多么诗意又浪漫的事情。看着窗外还未结冰的后海，紫函认为只要弄清楚最后一件事情，她就可以下决心离开父母来北京与周行健在一起。

这是一家后海边的咖啡馆，类似于那个年代在高校周边经营的书吧，里面有书架，陈列着许多书，可以喝茶、咖啡之类的饮料，也可以用餐。靠后海的一边是落地玻璃窗，周行健和紫函坐在窗边。恰值午后，太阳暖暖地照在他们身上，感觉很舒服，完全没有南方冬季的阴冷和潮湿。

“你，你真的和女网友上过床?”紫函闭着眼睛把微微发红的脸对着太阳晒，轻轻说出一句话。

听到这句话，慵懒的周行健神经绷紧，完全没料到紫函还记得这事。他不知道如何回答，愣了一会说：“这重要吗?”

“重要。”紫函接得很快。

周行健想看来不说不行，可是怎么说呢，都那么久了。他当初也没有把这个当回事，只是在罗秉晖的影响下做了错事，这该怎么说呢，总不能都推给罗秉晖吧。不过，似乎也只能推给罗秉晖，他没有想到紫函对这个事情如此介意。

“有过。”周行健说。

“不嫌脏吗，一个不认识的女人，万一有病呢?”紫函说。

“当时罗秉晖好这一口，我并不想。可能也是太寂寞，禁不住诱惑，就做了错事。”周行健无奈地说。

“哦，那你是无辜的。可这种事情如果你不想，别人难道逼迫你不成。”紫函说。

从紫函的话里可以听出来她十分在意这件事，如果不说清楚，怕是过不了这个坎。周行健想要不要和盘托出，还是编个理由敷衍紫函。想来想去，他决定把全部事实告诉紫函，自己做了错事，就要承认错误。既然真正爱一个人就不应该对她隐瞒什么，而是把最真实的自己交给对方。如果对方不能接受，周行健也没有办法，世上没有后悔药，只能接受惩罚。

另外，周行健也不觉得与女网友上床是个不可饶恕的罪恶。自从计算机兴起，互联网诞生，人与人通过网络交流成为主要渠道，从那时起到现在，网络社交无处不在。再说，与女网友上床的时候周行健是单身，他没有背叛谁，只是忍受不了生理的需要做了一件不光彩的事情，又不是犯罪。想到这里，周行健有了底气，腰杆直起来，觉得干脆完全坦白，把自己的真实想法说出来。这件事情显然已成为他与紫函爱情的绊脚石，必须要把它清除。

"那是过去的事。那时候没有遇见你，我的世界是灰色的，本来我对未来就缺乏方向感，情感上又是空白，作为一个正常人，我又不能完全阻挡性的诱惑，当别人送上来免费晚餐，也就无所顾忌地吃了。是，这不能埋怨任何人，主要是我的意志不够坚定，我对这方面看得不够严肃。然而，那是以前的我。现在的我，尤其是遇到你，我至爱的紫函，我再也没做过那些事。我对曾经做的错事懊悔不已。在这里，我向你郑重道歉。"说着，周行健站起来，向紫函深深鞠躬。

腰弯得很到位，头埋得很低，周行健保持道歉姿势说："我至爱的紫函，对不起！请你原谅我！原谅过去那个做过错事的我！"

周行健一边道歉，一边微微抬头看紫函，发现紫函依旧闭着眼睛不看他，知道紫函还没有原谅他。

错认了，歉也道了，还不被原谅，只有表白心迹发誓。周行健说："我至爱的紫函，我向你发誓！如果以后，不，从爱上你的那一刻开始，我从没有做过任何背叛你的事情！以后，我永远都不会做背叛你的事情！我这辈子遇见你已经足够，我会一直爱你，直到沧海桑田、海枯石烂，永远永远！"

周行健说这些话的时候，大概忘了就在几个月前，他刚开始与紫函热恋，在朝阳公园附近的酒吧，他禁不住马洛同校英文老师凸凸的诱惑，在沸腾而肮脏的酒吧洗手间里与之做爱的事。

发完誓的周行健一脸的真诚与无辜，腰弯成九十度不起来，时不时抬头盯着紫函看，期待她睁开眼睛原谅他。

听到周行健的情话和誓言，紫函心里好受了些，她想自己是不是心太狠，太过分，这样对待心爱的人。她觉得可以了，周行健当着酒吧里这么多人给自己道歉，足以显示出他的真诚，再僵持下去对周行健不好。

紫函对着太阳的脸睁开眼睛，转过来看着周行健小声说：“那你到底有没有找过小姐？”

周行健一下释然，没有经紫函同意就立起身，因为他根本没有找过什么小姐，他自信地说：“绝对没有。”

“真的吗？”紫函看着他说。

“当然是真的。我这辈子最烦去两个地方：一个是KTV，一个是赌场。罗秉晖污蔑我去KTV找小姐，那纯粹是胡扯。当时在县城里，罗秉晖带我去KTV，我一点都不想去，他非拉着我去。去了万万没想到，罗秉晖叫来小姐，我当时十分排斥，坚决不干。但碍于朋友的情面，我又不好离开，直到被逼无奈，我才使了个缓兵之计没有让自己就范。”周行健说。

“什么缓兵之计？”紫函问。

“给你打电话啊，要不是给你打电话，我又被拉下水了。就因为那通电话我们相识，才约了第二天见面，才有缘相爱！所以紫函啊，你是我的救命恩人，救我于淫窝邪魔之地的女神！救我于九层地狱色欲恶魔之界的女神！就凭这一点，我这辈子，不，我下辈子，下下辈子，我生生世世都要报答你！爱你！我的女神！我神圣而又至高无上的女神！”周行健说着握住紫函的双手。

“我也爱你，永远，永远，永远！”紫函被深深打动，动情地说。

“哦——”紫函顿了一下说，“你以后绝对不能再结识什么网友，更不能与其他女人好，只能喜欢我一个人。否则，我绝对，绝对，绝对不会原谅你！我们也不可能在一起。你想过没有，那些不认识的女人多随便，多脏啊。我是学医的，现在很多女人都有妇科病，性病、艾滋病更是无孔不入，万一遇到哪个女人有病，传给你怎么办！我好担心你会染上什么病，那该多危险啊！”

这就是真正的爱情，即使紫函很介意周行健曾经做过的错事，但依旧为他着想，担心他，而不是担心自己染上什么疾病。周行健被紫函深深打动，紧紧抱住紫函，除了爱，更多的是感动。

“我一想到你与别的女人做爱，就觉得脏，觉得恶心。你怎么能这样对我，太过分了！”紫函在周行健耳边说。

周行健没想到又折返回来，得换个话题，他说："我也觉得脏，也觉得恶心。自从有了你以后，我天天洗澡，每次都用香皂洗三遍身体，再用水龙头不停地冲洗，身上的皮都冲洗掉几百层，目的就是要洗掉我身上的肮脏和罪恶。我希望通过这样的方式蜕变，蜕变成一个全新的人供你享用。虽然我未必多可口，但我真的希望把自己洗干净些。"

紫函扑哧笑了，周行健心里悬着的石头落地了。他歇了一口气，知道此事过去了。

他们在后海晒了一下午太阳，紫函没再提那些事情。她也想通了，毕竟那些是周行健没有认识她以前做的事，那时候他们在两个世界，不重合的世界里谁能左右彼此不做错事。只要现在改过自新就好，虽然她不确定眼前这个爱他的男人是不是会一定改过自新，也不确定这个改过自新的男人她就一定能够完全接受，更不确定眼前这个单纯而又复杂的男人她到底爱的是什么。

善良，才华，正直，偏执，理想……对，是这些。别人看来是虚无缥缈，但在紫函眼里是最难能可贵的东西。

不错，周行健绝对是这个世界的异类。在一个物欲横流、金钱至上的时代，他满脑子想的却是诗歌和理想，用时髦的话说叫"诗与远方"，也为自己找不到人生的方向而迷惘。他来到陌生而偌大的北京城过着懒散的生活，面对时不时的饥寒交迫和生活窘境，他依旧没有把全部心思放在工作上，即使他完全能够胜任他所做的工作，他也因为感到不自在身心不舒畅而不用心去做。他一直在寻找人生的方向，而人生方向难以捉摸时时戕害着他，他也在这种寻找中经常迷失自我。他到底是为了什么？他又迷惘什么？紫函不理解。

更多人的追求是寻找一份高收入的稳定工作，比寻找人生方向更有意义。家境殷实的紫函与其说是不理解，不如说是迷惑，这迷惑就像她虽然有一份在编的医生工作，又有父母的呵护与保护，但依然向往去孤旅天涯一样。因此，早在与周行健相识之初紫函就对这种迷惑产生迷恋，这迷恋深深诱惑着她，诱惑她一步步走近这个男人，直到深深爱上这个男人，令她不能自拔。

与周行健一起在北京的日子，让紫函觉得以前对周行健的判断是对的，他是一个善良富有才华而又脆弱固执的男人，他的迷惘或许正是因为缺乏爱。紫函愿意给予周行健所有的爱。她决定回家向父母说明，并争取父母同意，她要来北京与周行健一起打拼、共同发展。紫函相信，只要有她在身边，周行健会慢慢转变，会逐渐找到自我，不会再漫无目的，也不会再迷惘，他们一定会在北京生活得很好。

抱着这样的想法，紫函决定回家准备好一切，再来北京。周行健对紫函的想法很感激，也很犹豫。他不主张紫函回去，他觉得紫函的父母一旦知道紫函私底下来北京见他肯定不高兴，而且会阻挠紫函再次来北京，更会阻挠紫函与自己在一起。周行健一再劝说紫函不要回去，说既然出来了何必再回去，电话告知就可以。等过些日子父母情绪稳定，紫函再回去说也不迟。

紫函不同意。她说即使不考虑父母也要去医院说清楚，毕竟在医院上了一年班，又是正式员工，随便离职不打招呼，会让人家怀疑人品有问题。至于父母，必须要当面说清楚，否则会伤害他们。再美好的爱情，如果没有父母的祝福都是残缺不全的。

周行健拗不过，只好答应。

离别那天中午，周行健在和平门的全聚德烤鸭店订了卡座，他约马洛和还在北京的吴先锋一起聚餐，想让两位好友见见林紫函。

第一次见林紫函，马洛和吴先锋表情惊人的一致，先是一愣，随后不知所措，就座时差点绊倒。他们没有想到紫函这位南方姑娘，竟有与这个时代不一样的气质与美。

席间，吴先锋要喝酒，周行健要了两瓶二锅头，给紫函要了热果汁，四个人频频举杯。吴先锋先醉了，踉踉跄跄要去洗手间。马洛陪他去，被吴先锋拦住。

喝着喝着，马洛又说起他与Rose的感情，一副伤心的样子。周行健连连劝。紫函不怎么说话，只是听。酒喝多了，周行健心里也不舒服，他不确定，紫函这一去真的会再回来，还是一去不复返。索性也不劝马洛，只顾与他喝酒。

紫函看他俩喝多了，趁他们不注意把瓶中酒往右手边地上倒掉许多。此时，紫函发现身边座位上的吴先锋去了洗手间很久，一直没有回来，她提醒周行健是不是去看看。

马洛趺趺撞撞去洗手间找了一圈，没找到吴先锋。周行健也在餐厅内和门口找了个遍，没有找到。马洛发现吴先锋的背包不在椅子上，他给吴先锋打手机也没有接听。

两人慌了，寻思会不会出事，酒醒了一半。

马洛要报警，被周行健拦住，他说吴先锋带走背包，说明是主动行为，万一吴先锋在搞恶作剧呢。

然而，这恶作剧搞得够荒诞，完全不顾两位朋友的感受。吴先锋去哪了呢？逃跑了吗？什么事会让他不辞而别呢？周行健与马洛陷入沉思。

吴先锋的丢失让聚餐戛然而止，送别林紫函的悲戚占据主场。要买月台票才能进站送人，马洛心情不好没有买，他在站前广场上看人流，希望能找到吴先锋。

周行健把紫函送上火车，放好行李。

车开前，他依依不舍地下了车。两人隔着车窗玻璃手心对手心，泪眼婆娑，无语凝噎。

起风了，呼呼的北风，恨不得吹走周行健。

火车缓缓驶离，周行健站在相看泪眼处纹丝不动，眼睛死死盯着远去的火车，泪水冻成冰柱。

火车上的紫函泪雨如注，她知道还要回来，她也相信能够回来。但回来充满了未知……

# 第十二章

至今周行健不明白在和平门烤鸭店聚餐时，吴先锋为何要不辞而别。一定是什么事情刺激到他，什么事呢？周行健百思不解。列车行驶在内蒙古中部草原上，中秋时节，草色已黄。车厢内远眺一望无垠的黄色草原，隐隐悲戚从周行健心中油然而生。

吴先锋不辞而别的第二天中午，给周行健打来电话，他用悲戚的语气说："原谅我的不辞而别，你俩保重！"

前一天送走林紫函，周行健的魂被带走。他在月台上被北风吹得变了形，跌跌撞撞出站来到广场上，和马洛一起回出租屋。北京剧烈降温，周行健和马洛顶风而行，脸被冻得发紫，头发被冻得直立，任由那刀子一般的北风撕破脸皮和衣衫，任由那剑一般的离愁别绪填满胸腔与肺腑。他们没有说话，自顾自地走，仿佛两个路人偶尔相遇在一起走一程，又仿佛两个逃兵惴惴前行。总之他们没有话，周行健走在前面，步伐频率高走得快；马洛走在后面，步伐频率低走得慢，他们在行走中忘了彼此，忘了世界。

到了周行健的出租屋楼下，马洛停住脚步说："我要回学校，说不定Rose在与我开玩笑，说不定Rose早就与美国男朋友分手，说不定是我太计较。"

"有可能。"周行健说。

"肯定是。"马洛说。

看着马洛离开，周行健一脸茫然，不知道是该祝福他还是怜悯他，一如不知道自己是该上楼，还是去别处。

每到年末，电视节目的需求就旺盛起来，要为元旦、春节两个大节生产足够的节目供电视台播出。今年的需求来得早，窝在出租屋等林紫函回京的周行健，人没等来，活等来了。几家节目公司先后叫他去制作节目。

一连半月，周行健都在机房度过，白天找台电脑写稿，晚上剪片子。他没有困意，成宿成宿熬夜，像打了鸡血一样，越熬越有精神，两眼炯炯有神发贼光。同事说他是妖孽，小心哪天猝死。周行健苦苦一笑，其中的酸楚只有自己知道。

如果说先期加班是公司赶节目催得紧，后期则是周行健主动要加班。因为他睡不着，也不想回出租屋，一回去就有一个声音像讨命一样不停地提醒他：林紫函为何还不来北京，难道与父母谈崩了？

实际上，除了紫函从北京回到家报平安的电话里对来北京最为乐观外，随后的联系，紫函对来京一事越来越没有底气。慢慢地，竟不再提起。电话里除了哀叹，就是思念，最多的是悲戚，没有她来京的话题。周行健一个劲地催，紫函总是推说父亲忙还没有正式说此事。

时间进入12月，手里的节目做完了，周行健也不能赖在机房里不走。他回到出租屋睡了两天两夜，感觉精神缓过来了，思念即刻如一条巨蟒吞噬他。

周行健拨通紫函的电话，劈头就问：“你还来北京吗？”

紫函不语，电话里是哗哗的水流声。

周行健又问：“来不来吗？我都要想死你了！再不来，我真的要死了！”

紫函哇地哭了，电话这头能听到她泪如雨下的声音。紫函这一哭，周行健心软了，本来生气的他心乱如麻。紫函一直哭，周行健越发心急如焚，拿着手机在床头猛撞，一阵心酸从腹中涌入眼帘，也哭了。

两个泪人在一千余公里的两端哭得幽幽凄凄、缠缠绵绵，哭声里全是无奈与悲凉。

原来紫函从北京回到家中，如实告诉父母她来北京看望周行健的事情，还说北京如何如何好，要来北京与周行健一起发展，希望得到父母的理解和支持。父母静静地听完紫函讲述，脸色由慈爱变成铁青，家里出奇的安静。

紫函想难道父母被我的勇气打动，支持我去北京与周行健在一起？善良的紫函在那一刻给自己的爱情编织了五彩斑斓的万花筒，她沉浸在有勇气敢于向父母说出真心话的幸福中。

父亲林志先开口，严厉地说：“紫函，你太让我们失望了，你怎么可以背着爸爸妈妈，一个人偷偷跑到北京看那个人？你这不是骗我们吗？这么多年来，爸爸一直信任你，你怎么可以这样做？”

母亲接着说：“就是，你太让我们失望了！我简直没有想到你竟然大着胆子一个人跑去见那个人，这样传出去多不好听。你可是我们的独生女儿，我们就你一个孩子，你怎么能这样做呢！”

沉浸在幸福万花筒中的紫函被父母的话击得粉碎，她说：“我没有要骗爸妈，我只是担心事先说了你们不让我去。我觉得我还是要去看看周行健在北京的生活，这样我才安心。现在我看了，我觉得挺好，和我对他的判断没有什么不同，所以我也想去与他在一起，共同发展。”

“你这是在做梦，我绝对不可能让你与那个人在一起。他是个什么东西，你难道不知道吗？就是一个混混，一个成天碌碌无为、吃喝嫖赌的混混。这样的人你怎么能与他在一起？绝对不可能！”父亲说。

“就是，这个小周有什么好！就靠能写几句酸诗骗取单纯女孩子的感情，紫函，你不能上当啊！爸爸妈妈都是为你好，我们这么大一个家业，还指望你继承呢，你怎么可能想着离开去与那样一个人在一起？这是不对的啊！我们绝对不允许你这么做！”母亲说。

在父母凌厉的言辞攻势下和强烈的反对声中，紫函不敢说话了，只看到父母的两张嘴像两挺机关枪密集的子弹射过来。她越听越沮丧，越听越悲观，泪水情不自禁地流下来。

她母亲越说越伤心，泪水也流下来，泪水中是对女儿不顾父母的想法偷偷去北京与男人幽会的谴责，也是对女儿喜欢了一个不该喜欢的男人的叹息。

紫函父母明确拒绝她去北京与周行健一起发展的想法。同时，为了防止紫函再次背着父母去北京与周行健幽会，更为了防止紫函想不开做出什么傻事，紫函父亲禁止她独自开车上班，每天让自己的司机接送紫函上下班。在医院里，林志也托人看着紫函，紧盯她上班的动向。回到家里，则由紫函母亲寸步不离地看管，相当于是把紫函软禁起来。

不仅如此，父母还严格限制紫函接打电话，尤其不允许与周行健通话。这期间有很多次，周行健打电话给紫函，刚接起电话又挂断，因为紫函母亲在身边。为了防止紫函与周行健通电话、发短信，母亲一度与紫函睡在同一个房间。这种严苛又老旧的看管方式，令紫函十分愤怒又无语。

遭此心理压力，紫函整天闷闷不乐，不久就病了，人瘦了许多。实在受不了母亲像看犯人一样看着自己，紫函答应母亲不再主动与周行健联系，央求母亲不要夜夜陪她睡觉，这样两个人都睡不好。母亲本来不答应，看紫函每晚啜泣流泪，母亲先是说狠话，发现紫函不理不顾地只是流泪，母亲心软了，担心总这样，女儿身体若垮了，得不偿失。怜惜紫函身体，母亲回屋睡了。

告诉周行健实情的这次通话，紫函的病没有完全好。她正好在浴室洗澡，周行健电话来了，她开着水龙头偷偷接听。向周行健哭着说完家里的情况，紫函泣不成声，手机因为进水死机。

周行健不甘心，在电话这头说了许多话，才发现电话早已挂断。他立刻拨打过去，手机不在服务区，怎么打也打不进去。浴室里的紫函开不了机，手机进水坏了，她开了半天手机都打不开。一阵愤怒涌上心头，啪的一声，紫函把手机摔在湿漉漉的地板上。力气太大，重心不稳，紫函脚一滑也摔倒在地。她坐在地板上，忍着膝盖跌破流血带来的钻心痛，任由水珠喷洒击打。长发散乱，一缕缕贴在脸上、背上，无数的水珠和眼泪混合在一起，恨不能将美丽的紫函击打得香消玉殒。

周行健的手机停留在耳际，撕心裂肺的痛袭来，天暗淡了，屋子里一片漆黑。他一遍一遍地拨打电话，始终不在服务区，始终连接不上，周行健怀疑是紫函没了勇气，承受不了打击，主动不接电话。他不相信，重复拨打，重复几十次、上百次……如同强迫症密集爆发，周行健的手指拨麻木了。他终于消停，放下电话，像一条蛇蜷缩在黑漆漆的洞里，暗自疗伤。

一千公里以外，浴室花洒喷出的水珠如同暴雨，无情地袭击着虚弱的紫函。她身心俱痛，以泪洗面，恨不得去死。

迷迷糊糊中暗夜的微光从四处升起，卧室的窗户微微泛白，整个房间的窗户都不约而同地微微泛白，室内逐渐银白，像月光一样均匀铺满在每一个物件上。周行健被这银白的光惊醒，感觉光的边缘毛茸茸地刺穿自己的肌肤，他不敢惊扰，小心翼翼地将半埋在被子里的头抬起，想看清楚发生了什么。屋子里一片银白，却看不到什么。周行健下床来到客厅，拉开窗帘一看，呀，下雪了！

周行健打开阳台的门，光脚踩到雪花上，一种冰透肌肤的冷让他兴奋不已。他站在阳台上吼着，叫着，跳着，仿佛这辈子头一次见到雪花。

周行健觉得还不够尽兴，穿好衣服，蹦蹦跳跳下楼。他来到雪地上，往前一阵猛跑，像脱缰的野马驰骋在雪野大地。这一场雪让周行健忘却爱情的烦恼，他嘴里唱着初中时看过的电视剧《雪山飞狐》的片头曲《雪中情》，仿佛回到那个青春期躁动不安的年月。

寒风萧萧
飞雪飘零
长路漫漫
踏歌而行
回首 望星辰
往事 如烟云
犹记别离时
徒留雪中情
雪中情
雪中情
雪中梦未醒
痴情换得一生泪印
……

记得少年时家乡经常下大雪，一尺多深的积雪是常有的事。每次下雪，都是周行健和伙伴们最为开心的时刻，他们在雪中堆雪人，打雪仗，棉袄打湿了不觉得冷。实在冷了找来柴火，生起一堆火，很快就烤暖和。大雪下过，雾凇天气来临，树上、地上全是水汽凝结的冰霜，天地一片冰清玉洁，人仿佛在童话世界。

然而，人长大了，雪也少了。这些年不仅北京的雪少，家乡凤凰城的雪也少了许多。雪少的冬天大地不能完全封冻，土地上的沙砾经常被大风吹起，形成沙尘暴，席卷着人们脆弱而敏感的神经。

唱完一曲《雪中情》，周行健又唱起《雪山飞狐》的片尾曲《追梦人》。

……

看我看一眼吧 莫让红颜守空枕

青春无悔不死 永远的爱人

让流浪的足迹在荒漠里写下永久的回忆

飘去飘来的笔迹是深藏的激情你的心语

前尘后世轮回中 谁在生命里徘徊

痴情笑我凡俗的人世终难解的关怀

……

在漫天飞雪的夜里，一生痴情的周行健旁若无人，引吭高歌，嘴里唱着《追梦人》，现实里也在追梦人，他已经没有先前在屋里的伤痛。他把心中的淤积和悲戚全部唱出来，随着雪花飘舞在大地上。幸亏天寒地冻小区里的住户都紧闭门窗，否则听到会以为是哪个疯子在吼叫。周行健蹦蹦跳跳唱着歌，一会在雪地上画个圈，一会一个鹞子翻身跌倒在地。他一点不感到痛，爬起来继续画圈，继续鹞子翻身，继续跌倒。

无数次跌倒爬起来，让他想起来小时候在家乡滑冰的情形。他试着从起点处跑出去一段距离，然后双脚分开一尺左右，掌握住平衡滑出去，居然滑出去几米远。快停下时重心不稳，滑倒了。他再试，又滑出去几米远。逐渐他找到诀窍，不再跌倒。几米远几米远地滑行，周行健像飞一样滑行在雪地里，滑出小区大门外，滑行在夜里没有车辆和行人的畅通大街上。他没有要停下的意思，越滑越起劲，越滑越有水平，竟能一下子滑出十余米远。

他像雪地里的企鹅停不下来，漫无目的地滑行。从出租屋滑行到长安街，又从长安街滑行到广场上，滑到午门时他想起崔健的歌——《快让我在雪地上撒点儿野》。他来劲了，在午门前转着圈高唱《快让我在雪地上撒点儿野》，果然也在一个百年石狮子前撒了泡尿。

我光着膀子 我迎着风雪
跑在那逃出医院的道路上
别拦着我 我也不要衣裳
因为我的病就是没有感觉
给我点儿肉 给我点儿血
换掉我的志如钢和毅如铁
快让我哭 快让我笑
快让我在这雪地上撒点儿野
YiYe YiYe
因为我的病就是没有感觉
YiYe YiYe
快让我在这雪地上撒点儿野
……

唱完一曲，周行健还不尽兴，他又滑到天安门前的金水桥边想对着毛主席像“撒点儿野”，撒泡尿，被站岗的武警呵斥住。撒野撒得得意忘形的周行健这才意识到过了头，赶快谎称内急找不到厕所，武警手指西边的公厕告诉他在那里。

周行健连滚带滑从中山公园旁的小巷子跑了，他一直没敢回头，生怕被当作盲流抓到收容所劳教。那年头经常流传有人在北京的夜里漂泊，因为没有身份证和暂住证，被警察当作盲流抓到昌平县筛沙子的故事。一时兴起到雪地里释放自己的周行健没有随身携带任何证件，该是多么悬的事。幸亏周行健遇到呵斥他的是只管警戒的武警，而不是什么事都管的警察，否则那一个风雪夜，周行健很有可能就被抓去筛沙子，从自由世界消失。

逃走的周行健越发有英雄凯旋的豪迈，他滑行在城市的钢筋混凝土森林里，仿佛滑行在雪域高原上。他嘴里不断重复着崔健的歌，不知是给自己壮胆，还是这首上世纪九十年代流行的崔健的代表作反映了他此刻的心声。

YiYe YiYe

因为我的病就是没有感觉

YiYe YiYe

快让我在这雪地上撒点儿野

天亮时，周行健滑行到了北京大学研究生宿舍王立言的寝室门口。王立言打开门，眼前是一位满头满胡子满身雾凇乞丐一样的男人，他仔细辨认了好一会，才认出是周行健。

太累了，一进门，周行健扑倒在王立言的床上睡着。

一觉醒来已是傍晚6点，王立言在食堂给周行健带饭回来。看他醒了，笑着说："你怎么了，把自己搞成这样？"

周行健坐起来说："没什么，看到下雪太兴奋，在雪地撒了一宿野。"

王立言说："真有你的，不冷吗，万一出什么事怎么办。以后别这样糟践自己。"

这一说周行健鼻子一酸流下泪，啜泣着说："我要失去林紫函了！"

"哦，是你经常提起的那个丁香女孩吗？"王立言问。

周行健点点头。

"哎，先吃饭吧，你睡了一天没吃饭。"王立言说。

周行健饿坏了，擦干泪水，狼吞虎咽吃完了饭。他发现自己的头发和脸太脏了，在闷热的暖气房里黏糊糊的。王立言带着他到集体浴室洗澡，周行健端着王立言给他借来的室友的脸盆走在后面。北京的冬天黑得早，路灯下有很多端着脸盆的同学，他们大部分光脚穿着凉拖鞋，带着换洗衣服来到学五食堂对面的集体浴室洗澡。门口排着进进出出的同学，洗完澡走出浴室的学生身上散发着香皂、沐浴液、洗发水和人体的混合香味。

一进浴室，二十多个男生裸体沿浴室四周的淋浴花洒站成一圈，像野兽般冲洗身体，那东西在下面甩来甩去，周行健像自己没有一样好奇地看来看去。毕业后，周行健没有再在这样的集体浴室洗过澡，他有些害羞，面对墙站着打开水龙头，不时看看身边的王立言和身后的学生。与其说是偷看，不如说是防备。他的运气不好，站在一个花洒锈坏只剩下光秃秃水管的位置上。水直接从水管淋出来，打在周行健身上，像一条水鞭抽打着他。这抽打让他想到紫函介意他与女网友上床的事，周行健有了深深的负罪感，任那水鞭无情而有力地抽打他的身体，从头顶部打到颈部、腰部、臀部、腿部、脚部，他纹丝不动，像囚徒一般接受着洗礼。

王立言知道周行健心里苦，也不管他，洗完先回去。有同学发现周行健的奇怪，也没有问他，大概知道北大什么奇才、怪才、歪才都有，没必要问。周行健一直洗到集体浴室关门，才回到王立言的寝室。

室友不在，王立言一个人坐在窗前抽烟。窗户开了个缝，冷空气和室内热气在窗缝打架，烟在那里转几圈晃来晃去一部分飘出去，一部分又飘进来。

王立言递给周行健一支烟说："你失恋了？"

这一问倒把周行健给问住，他失恋了吗？真的失恋了吗？这个问题不好回答。紫函被父母软禁，无法来北京，这都是紫函父母从中作梗，紫函并没有放弃，至少还爱他，在乎他。

理清这些，周行健说："没有，只是出了些状况。"

王立言说："没有！你顶风冒雪跟野人一样在京城里撒了一晚上野，还在水龙头底下恨不得冲破一身的皮。"

周行健急了，说："哎呀，她父母不同意，紫函应该还爱我。你说都21世纪了，中国人还是不能完全实现婚姻自由，是不是很悲哀。"

王立言说："是很悲哀，但还是要看个人。你的这个紫函如果能够独立，她父母的意见也就是摆设；如果不能够独立，那就不好说了，够你受的。"

林紫函从小到大生活在父母的庇护下，纯洁任性，爱憎分明，都是在父母创造的富贵里养成的，算不上独立。这样一想，周行健倒吸一口冷气，看来只能忍受折磨。

王立言看他一脸茫然，猜出了七七八八，没有再说下去。两人抽着闷烟，窗缝开得太小，寝室里烟雾弥漫，像着了火。周行健走到窗前把窗户打开一扇，冷风顿时灌起来，室内的烟气像妖孽一样被赶出去。室温也迅速下降，两人连打几个喷嚏，扛不住冷，他们又把窗户关小。

周行健下楼买来两盒烟和几瓶啤酒，两人就着花生米喝起来。王立言喝得很干脆，一杯一杯地喝，喝完几杯后直接拿酒瓶喝。周行健发现王立言心情似乎比他还坏，不仅大口喝酒，还大口吸烟。做朋友这么久，王立言很少这样。难道是替他难过？

酒喝完了，烟也抽得差不多了，王立言说："我失恋了。"

什么，这哪儿跟哪儿？怎么是他失恋了，分明是我要失恋了嘛。

他是在说我吗？周行健赶紧说："你是说我失恋了吗？不知道，反正被封建礼教的余孽给挡住，估计是迟早的事。"

王立言说："不是说你，我失恋了。"

周行健放在嘴里的烟没动，看着王立言不说话。

王立言说："是的，我失恋了。但我不觉得痛苦，只觉得惋惜。"

"是跟秦苏蕙？"

"是的。"

"哦，你们俩到底还是分了。"

"就是。"

周行健知道王立言与秦苏蕙的感情时好时坏，尤其王立言觉得与秦苏蕙不是一路人，他好静、笃定、一心为学，秦苏蕙好动、热情、心猿意马，因此王立言对他们的爱情一直很悲观。他们分手时间不长，也就几天前。王立言说本来就想告诉周行健，由于要完成一篇论文，打算写完再说，没想到周行健正好来了。他心里憋着分手这件事，以为不会对自己有什么影响，谁知一想到秦苏蕙的表现，他就难以平复心绪，无法集中精力写论文。他觉得不是简单与秦苏蕙分手。在这场注定失败的爱情中，他也是失败者。

原来，导致王立言与秦苏蕙最终分手的并不是周行健所知道的两人志趣不同，而是秦苏蕙与一个摇滚歌手旧情未断，触怒王立言。在秦苏蕙参加完摇滚歌手葬礼后，王立言主动提出分手，也正是这件事，秦苏蕙看清了王立言的冷酷无情。

12月2日是秦苏蕙的生日，她一早起来想着如何与王立言一起过生日。上午上完专业课，在去寝室找王立言的路上，秦苏蕙接到一个既熟悉又陌生的电话。熟悉的是这个电话号码永远刻印在她心里，陌生的是有几个月没有接到这个号码打来的电话。

电话里传来低沉的女声："是你吗？"

“是。”

“阿罗死了，今天凌晨4点在家中自杀。”

“什么——”

秦苏蕙还要说什么，对方挂断电话。

怎么会这样？怎么会这样？秦苏蕙的眼泪夺眶而出，双腿像灌了铅一样走不动。心腹剧痛，她像被一双手扼住咽喉一般呼吸困难，呕吐不止，一个踉跄栽倒在地，蜷缩成一团。

路过的同学以为秦苏蕙病了，搀扶起她往校医院送。走到半路，秦苏蕙意识到要去看阿罗，这个生命中重要的男人，在没有烧成灰之前，她必须要去看一眼。秦苏蕙挣脱同学的手，跑到学校东门，坐上一辆出租车赶往阿罗家。

秦苏蕙到达的时候，警察刚走。通过勘验和调查，警察初步认定阿罗的死因为吞服大量毒品自杀。为了进一步确定死亡原因，警察本来要带走阿罗的遗体去尸检，被阿罗妻子拦住。她说阿罗都走了，就留个全尸吧，不用再折磨他，主动撤销了报案申请。警察无奈，只好离开。

阿罗妻子和六岁的孩子跪在阿罗遗体前，对秦苏蕙的到来，阿罗妻子一点不意外。她告诉秦苏蕙昨晚她带着孩子去机场上夜班，谁能想到阿罗抛弃她们母女自杀身亡。

秦苏蕙呆呆地走过来，跪在阿罗遗体前，看着这个面色死灰苍白男人的娃娃脸，这个曾经很多次在她的怀中安详睡去的男人，她强忍着不哭，因为他的妻子就在身边。

一个小时后，阿罗遗体被殡车拉走。秦苏蕙庆幸自己送了他最后一程。

阿罗是谁？阿罗是一个富有先锋气质和挑战精神的摇滚歌手。在二十世纪八九十年代的中国，阿罗的歌与黑豹乐队、“魔岩三杰”的歌在摇滚圈同样出名，他们也是好友，经常来往，同台演出。

到了世纪末，商品经济的浪潮在中国无孔不入，侵入中国的每个角落和中国人的每个神经末梢，阿罗和中国的摇滚乐开始走下坡路。最典型的事件是“魔岩三杰”之首摇滚歌手窦唯与妻子王菲离婚，后者南下香港进军流行乐坛，成为流行音乐“一代天后”，而窦唯的摇滚乐一步步走下坡路，陷入孤芳自赏的小圈子。

阿罗有没有娶过像王菲那样日后成为天后的女人做妻子，秦苏蕙不得而知。但在下着春雨的迷笛音乐节上，秦苏蕙听完阿罗苍劲有力的分不清是愤怒还是兴奋的歌唱，觉得这才是中国消失已久最为缺乏的时代最强音。尽管这个国家改革开放发展了二十余年，但很多东西依旧停留在封闭落后的状态，正需要阿罗这样的声音去怒吼、去呐喊，仿佛鲁迅当年的小说集《呐喊》一样，让麻木不仁贪婪无耻的人们时刻警醒，而不是浑浑噩噩，随波逐流。

阿罗唱完一曲走下舞台，秦苏蕙就跑到后台向他表白。

“你唱得真好！我爱你!”秦苏蕙说。

“什么?”阿罗歪着头说。

“我爱你!”秦苏蕙说。

“我也爱你!”阿罗在人群中笑着回应秦苏蕙。

阿罗没有想到秦苏蕙是当真的，跟在他身后寸步不离，直到当天演出结束。

第二天，秦苏蕙翘课去找阿罗。前一天演出劳累的阿罗睡梦中被电话吵醒，正要发火一听是秦苏蕙，声音低下来。阿罗邀请秦苏蕙到家里坐坐，他有些累不想出去。秦苏蕙没多想，就去了。阿罗住在城南一座电梯公寓里，家里收拾得很干净。第一次去的秦苏蕙对阿罗有了更好的印象，觉得不是北京本地人的阿罗虽然是摇滚歌手，但拥有自己的房子，想必他是很努力的。

那时秦苏蕙读大一下半学期，集北大才女典雅的灵秀和纯真于一身，散发着精灵般的气质。阿罗这个三十多岁的摇滚歌手在歌唱事业走下坡路的时候，生命中突然出现这样一个精灵，再强的自制力也会陷入爱情的泥淖无法自拔。

此后，秦苏蕙经常去阿罗家。阿罗身上有那个年代所有走下坡路摇滚歌手的颓废气质，愤怒是他的标签，忧郁是他的气场，才华是他的内涵，集合在一起就是拥有一副令人看不懂的面孔和人生。这让秦苏蕙迷恋不已，缠着阿罗教她学吉他，一起朗诵阿罗喜欢的俄国诗人莱蒙托夫（Михаил Юрьевич Лермонтов）和前苏联诗人马雅可夫斯基（Владимир В Маяковский）的诗歌。

在阿罗的吉他伴奏下，他们经常朗诵莱蒙托夫的诗歌《帆》，阿罗说那片帆就是自己。

蔚蓝的海面薄雾茫茫，
孤独的帆儿闪着白光！……
它到遥远的异地找什么？
它把什么抛别在故乡？……

呼啸的海风翻卷着波浪，
桅杆躬着身正嘎吱直响……
唉！它不是在寻找幸福，
也不是逃离幸福的乐疆！

下面涌着清澈的碧流，
上面洒着金色的阳光……
不安分的帆儿却祈求风暴，
仿佛风暴里有宁静蕴藏！

——莱蒙托夫（顾蕴璞 译）

朗诵多遍，秦苏蕙感觉自己也是那片帆儿，伴着阿罗漂泊在大海上。然而，每次朗诵马雅可夫斯基《穿裤子的云》，秦苏蕙都会心情压抑。她不会想到这首阿罗喜欢的诗歌仿佛是一个预言，竟一语成谶。

你们的思想
正梦游在揉得软绵绵的脑海中，
如同躺在油污睡椅上的肥胖的仆从。
我将戏弄它，使它撞击我血淋淋的心脏的碎片，
莽撞而又辛辣，尽情地把它戏弄。

我的灵魂中没有一茎白发，
它里面也没有老人的温情和憔悴！

我以喉咙的力量撼动了世界，
走上前来——奇伟英俊，
二十二岁。

温情的人们！
请用小提琴演奏爱情，
粗鲁的人用定音鼓。
你们都不能像我一样把自己翻过来，
使整个身体变成两片嘴唇！

来见识见识吧——
离开客厅，穿洋纱衣裳的，
天使队伍中端庄有礼的贵妇人。

像女厨师翻动着烹调手册的书页，
你安详地掀动着嘴唇。

假如你们愿意——
我可以变成由于肉欲而发狂的人，
——变换着自己的情调，像天空时晴时阴，——
假如你们愿意——
我可以变成无可指摘的温情的人，
不是男人，而是——穿裤子的云！

我不信，会有一个花草芳菲的尼斯！
我又来歌颂
像医院似的让人睡坏的男人，
像格言似的用滥了的女人。

……

放我进来吧！

不要挡我。
我要撒谎了，
不管我有没有这种权利，
但我再不能冷静。
瞧——
星辰的头颅又被砍掉，
又用屠杀染红了天空。

喂，你！
天！
脱帽！
我来了！

一切静悄悄。

宇宙入睡了，
把它那爬满壁虱似的星星的大耳朵
搭伏上它的脚爪。

——马雅可夫斯基（余振 译）

秦苏蕙清楚地记得，一次阿罗朗诵完《穿裤子的云》哭了，哭得像个无助的孩子，那张三十七岁稚嫩的娃娃脸在她怀里哭得那么伤心，仿佛忘记了回家的路，又仿佛失去母亲。这无助的哭声让十九岁没有完全退去少女稚气和善良的秦苏蕙慌了神，她动了怜悯之心，也跟着哭起来。眼泪流在阿罗的脸上，两人的泪水交织在一起。

正是在泪水交融的一刻，拥有一张稚嫩娃娃脸的阿罗，体内存留的欲念被秦苏蕙冰晶的泪水唤醒。阿罗带着泪水的脸不安分地凑到秦苏蕙的胸前，轻轻摩挲着。看秦苏蕙还在流泪，阿罗又将秦苏蕙的上衣揭起，秦苏蕙没有反应。阿罗伸出手解开秦苏蕙的胸衣，挂着秦苏蕙泪水的嘴巴含住她粉嫩的乳头贪婪地吮吸。

秦苏蕙这才反应过来，她双手箍住阿罗的脸，试图抗拒。脑海里纷乱至极，她没有想到刚刚还哭得像个无助的孩子的阿罗，突然就翻了脸，对自己使起坏。

阿罗掰开秦苏蕙的手，嘴唇移上来深吻她，吻得秦苏蕙透不过气。阿罗顺势把秦苏蕙摁倒在沙发上，揭开她的裙子，将瘦长的身体压到秦苏蕙娇小的身上。

秦苏蕙已无反抗之力，任由阿罗腾挪。她接受了这个事业走下坡路的摇滚歌手，她迷恋他令人看不透的气质，她爱他。

人是很奇怪的生物，不管年龄大小，一旦心生爱意，会想着把什么都给彼此。和阿罗第一次做爱算不上好，生生的痛，反而让秦苏蕙对性充满好奇。她背着同学在北大南门外买了几张盗版A片，像搞学术研究一样，把自己关在黑屋子里一口气看完，弄明白了做爱也需要讲究技巧。下一次与阿罗做爱时，秦苏蕙按照A片里学来的技巧行事，果然好了许多。

秦苏蕙变了，身上没有了少女的稚气，也少了许多灵秀，有的是聪颖和开放。她学会化妆，被阿罗带去文身。她的臀部尾骨上面文了那个年代还不时兴的蝴蝶图案，她故意穿低腰裤，蹲下时露给人看。

7月初，学校放暑假前一周周末，想到暑假要回家陪父母，秦苏蕙专程来阿罗家道别。待到晚上，阿罗心情很差，极力挽留秦苏蕙别回学校收拾行李，暑假也不要回老家。秦苏蕙坚持要回去，两人僵持不下。

突然，阿罗像患了什么病，带着哭腔大呼小叫，这已经不是第一次发生，秦苏蕙倒也不怕。只不过这次阿罗更疯狂，他推倒CD架，滚了一地CD，还砸坏一把吉他。秦苏蕙阻拦中不小心打了阿罗一记耳光，她抽回手正要道歉，阿罗居然好了，不闹了，瘫在地上大哭起来。秦苏蕙抱着阿罗安慰，也就没有回去。

夜里与阿罗躺在床上，阿罗很快睡着，秦苏蕙半天睡不着。午夜，狂风大作，电闪雷鸣，暴雨倾泻而下。秦苏蕙越发睡不着。就在此时，她听到门响了，隐隐约约进来一个人。秦苏蕙奇怪又害怕，心想难道是传说中的妖怪乘风雨夜来吃人？这样想着，她听到外屋的人窸窸窣窣向卧室走来。秦苏蕙愈加害怕，她推醒身旁的阿罗，说有人来了。

阿罗翻起身对她说："快躲起来！"

秦苏蕙问："为什么要躲起来？"

阿罗低着头说："哎呀，我老婆回来了！"

还没等秦苏蕙回过神，阿罗妻子打开了卧室的灯。刺眼的灯光照在秦苏蕙赤裸的身体上，秦苏蕙裹着被子跳下床，一脸惊惧。

妻子看着阿罗平静又愤恨地说："你怎么不去死，死了我就清静了，也不会有这种烂女人到家里来。"

说完，阿罗的妻子走到客厅找来一瓶红酒倒在杯中，猛地喝下去。

秦苏蕙感到奇耻大辱，冲着阿罗说："你骗我！你告诉我你没有妻子！你怎么能这样欺骗我！"说着哭起来。

阿罗过来要安慰她，秦苏蕙横起手让他不要动，更不要碰她。秦苏蕙流着眼泪穿好衣服，走到客厅给阿罗的妻子鞠了一躬。打开门，离开了。

雨很大，前方的视线一片模糊。泪雨如注的秦苏蕙凭着感觉辨别方向，她在雨中猛跑，跑到没有气力。大雨让她慢慢明白阿罗看不透的眼神中掩藏的肮脏，她竟然爱上这样一个肮脏的男人！

秦苏蕙在雨中回到学校，病了一周。病愈后，她回到家乡，整个暑假与父母待在一起。也只有在父母身边，她能够得到全部的爱。

然而，距离让她对阿罗的恨变得淡漠，反而阿罗在她心中越发变得神秘。他为什么有妻子还要与我在一起？他们有孩子吗？他的妻子当时为什么没有对我做什么？是没有力气吗？但她比我高呀？最重要的是，阿罗为什么会经常歇斯底里？即使是与自己在一起痴心相爱，也还是会歇斯底里？难道他精神有问题？还是有什么病？……这一连串的问号显示秦苏蕙对阿罗有的已不仅仅是感情，而是好奇。她要弄清楚到底是怎么回事。

阿罗的妻子原本是一名空姐，早年摇滚乐风光的时候，阿罗坐飞机到全国各地演出，在飞机上与妻子相识。

当时，飞机飞行在万米高空，机上乘客大部分睡着，阿罗睡得更沉。突然飞机遇到强烈气流，机身剧烈晃动，像是要坠毁。飞行员猛地拉伸，力图摆脱气流团。这时，阿罗头顶放吉他的行李架晃开，被晃醒的阿罗睁开眼还在迷糊，看到有东西掉下来，他还没反应过来是自己的吉他，一位空姐跑过来接住吉他，身体倾斜倒在靠过道座位上的阿罗怀里。

空姐的这一壮举不仅保护了吉他，也让阿罗心跳不已。空姐更是怦然心动，感觉那一倒，倒在了五百年修来的缘分中。

他俩享受着美好的片刻，空姐很快意识到得起来把吉他放好，这可不是在陆地上，也不是只有他们两人。空姐放好吉他离开后，心跳不已的阿罗知道自己爱上了这个勇敢的女人。

他下飞机前主动索要空姐的联系方式，对方没有犹豫，掏出笔在阿罗手心写下自己的电话和名字：吴玫。

很快，阿罗知道吴玫是北京人，这让从外地来京漂泊的阿罗感到莫大的幸运。他突然觉得自己太需要一个在北京稳定的家，他改变以前的不婚主义想法，疯狂追求吴玫。

在摇滚和诗歌还很风光的年代，一把吉他或一首诗可以行走天下，也可以赢得女人的芳心。阿罗发起爱情攻势，用自己的歌喉与才华征服了吴玫。不久，两人结婚，甜蜜的日子过了两年。

不知是哪一年，中国突然变得世俗。全中国人民都在谈钱，全中国人民也都在拼命赚钱。在金钱至上的社会里，摇滚乐开始走下坡路。阿罗的CD卖不出去，流落到地摊上，与盗版碟、黄碟、日本AV片堆在一起，无人问津。

阿罗在摇滚受挫的沉重打击下沉沦。他乘吴玫在空中飞行的时候移情别恋，在地面勾搭女人。可恶的是，他经常把女人带回家，在与妻子睡觉的床上鬼混。

吴玫第一次撞见阿罗与别的女人在自家的床上做爱的时候，从厨房拿来菜刀砍向那个女人，差点砍死。结果阿罗没钱，还是做空姐的吴玫花钱给那个女人治病。

然而，阿罗并没有以此为戒，而是一而再，再而三地带女人回家。没有办法，无奈的吴玫为了看住阿罗，放弃空姐职位，调到机场做地勤。

吴玫还与阿罗生下一个孩子。她想有了孩子阿罗该收心了吧，结果完全不是那么回事。早在吴玫怀孕阶段，阿罗就天天不着家，经常回来像大病一场，倒头就睡，不管不顾怀孕的妻子。

尽管如此，吴玫想能回来就好，总比在外面与野女人鬼混好。吴玫怎么也没有想到，阿罗每次回家萎靡不振，像大病一场，实际是沾染上了毒品。

自从吴玫怀孕，一直不屑于到商务酒吧演出的阿罗放下架子，到几家邀请他的商务酒吧演唱，想挣些钱养活即将出生的孩子。不知是年龄大了，还是摇滚不再风光后歌唱少了，好几次在酒吧演唱至高潮部分，阿罗想像狮子般怒吼时没吼上去。这令他无地自容，消沉好多天，每天以泪洗面，靠喝酒麻痹自己。

有一天晚上，经常邀请阿罗唱歌的一家商务酒吧老板叫他过来，给了一支烟让他抽，说抽完这支烟今晚演唱他必定重振雄风。阿罗不知何意，好奇地接过烟就点燃抽起来。抽完顿时感觉精神百倍，两眼放光，不唱都亏待自己。

果然，那晚阿罗恢复了怒吼的阿罗，酒吧里人声鼎沸，热闹非凡，整个酒吧都被阿罗怒吼的声音点燃。演唱完毕，阿罗问老板，这是什么好东西？老板告诉他，是毒品。

阿罗没有为老板给了他毒品提振精神而愤怒和谴责，反而十分高兴。他想早知道毒品有提振精神的奇效，何不尽早吸食。从那以后，毒品成了阿罗怒吼的强心剂。他虽然不再开演唱会，不再在大型公共场合演出，但酒吧让他找回了一些曾经的自己。

毒品使阿罗兴奋的也就是在酒吧演唱时的那段时间。演唱结束，毒品的劲头一过，阿罗就蔫巴了。等回到家就枯萎了，一点劲也没有，只有上床躺着。

吴玫获悉阿罗吸毒是她分娩的那天，那是她一辈子不能忘怀的噩梦。那天晚上，吴玫突然胎动，肚子剧痛，需要马上送医院。阿罗带好东西送妻子到门口时毒瘾发作，先是打喷嚏，接着抽搐，根本无法站立。他强撑着来到洗手间找到毒品，摊开一张卫生纸，把毒品放在上面吮吸。吴玫忍着剧痛来到洗手间看到这一幕，气得差点把孩子生下来。

阿罗指望不上，气愤至极的吴玫为了保住孩子，独自走到大街上拦下一辆出租车赶往医院。

刚到医院，还没上手术台，孩子就生了，是个女儿。所幸，母女平安。

为了不影响女儿，吴玫把孩子托付在父母家里，很少带孩子回来看阿罗。父母劝吴玫与阿罗离婚，但吴玫总是忘不了万米高空倒在阿罗怀中那刻骨铭心的怦然心动，也忘不了阿罗在摇滚风光的年代对自己的好，更不愿意让尚在襁褓之中的孩子没有爸爸，不肯离婚。另外，阿罗吸毒是为了让自己能够正常演出，挣钱养家，说明他还有一点责任心，而吸毒对阿罗来说也是一种伤害。因此，孩子三岁以前，吴玫不打算离婚。

转变在孩子三岁那年。那天是星期六下午，吴玫专门把孩子从父母家接回来，想让阿罗陪陪孩子。她们进屋发现家里乱七八糟，到卧室一看，阿罗正与一个女人赤身裸体地在床上一起吸毒。这一幕被阿罗年仅三岁的女儿看得清清楚楚，吴玫满脸愠怒，眼泪夺眶而出。顾及孩子，吴玫没有做什么，抱着孩子离开了。从此，半年没有回家。

阿罗似乎意识到自己的错误，也可能是他暴瘦的身体日益羸弱。如果再吸毒下去，他离死亡不远。阿罗决定戒毒。知道他要戒毒，吴玫回来了。

阿罗先是在家里戒，无济于事；又回老家戒，也无济于事；再四处旅行戒，还是无济于事。那就只能去戒毒所戒，阿罗在里面待了三个月。与一群瘾君子待在一起，阿罗亲眼看到吸毒者的各种丑态和病态，受尽了有虐待倾向和变态吸毒者的暴打和蹂躏，他才想到妻子和家庭的好。阿罗内心深处摇滚歌手的尊严被唤醒，在教官的严厉管教下，戒毒管用了。

遗憾的是，也就仅仅管用了一个月，阿罗又吸上毒品。此后，几进几出戒毒所，阿罗是戒了吸吸了戒，等于没管用。倒是挨了不少打，遭了不少蹂躏，阿罗打死不再去戒毒所，他说再去不是吸毒吸死，而是被同类打死。

然而，阿罗还是要戒毒。这一次，他消失了。

阿罗背着吉他来到西北荒漠，一路坐火车乘汽车坐马车再步行，来到一处沙漠与戈壁交接令他迷失方向的荒原。正是七月流火的天气，荒原上白天温度升至40多摄氏度，晒得要死，夜晚温度降至10摄氏度左右，冷得要命。到达荒原时，阿罗口袋里的钱全花完了，无钱回家，无路可去。阿罗决定待下来戒毒，能活下去算命大，活不下去死了也就死了。

阿罗像一匹野狼，白天四处流窜找食物吃，晚上搭个窝棚睡觉。真正野狼来的时候，他弹吉他怒吼，边唱边龇着牙扑向野狼，吓得野狼四散逃窜。野狼不来的时候，天地一片死寂，静得像在地狱里，他用吉他弹奏温柔的夜曲，抚慰罪恶的灵魂。

在人类极限的恶劣生存环境里，阿罗作为一个人第一次先于味、嗅、视、听、触、知六觉有了饥饿感。为了填饱肚子，他挖野菜，抓老鼠，打兔子，杀野鸡……能在野外找到的食物他都尽力去找，可还饿得够呛。主要是因为他吃的野菜最多，老鼠、兔子、野鸡等这些活物跑得太快，他很少捉到，越饿越捉不到。

在无边的饥饿和死亡威胁下，阿罗忘记毒品，身体的第一需要回归本质，回归到对食物的饥渴上。他的头发长了有一尺长，山羊胡子长得像个布帘子脏兮兮地挂在胸前。他的身体被晒成紫铜色，衣服破得四处是洞，破洞的地方皮肤晒伤，掉了一层又一层皮。不管是从远处还是近处看他，都会被吓一跳，因为他已经变成一个彻头彻尾的野人。这个野人在荒原上终于戒掉毒品。

深秋的荒原一片萧索，湛蓝的天空下，偶尔有沙石被风卷起来打着旋儿往前飘着走，飘着飘着无影无踪。两天没吃任何东西的阿罗被风轻轻一旋，摔倒了，他没有力气爬起来，觉得自己要死了。有蚂蚁从他接地的右眼眉毛爬到脸上，顺着眉棱骨爬到左眼眉毛外发现是杂草一般的头发，又踅回来爬过鼻子，爬到他上嘴唇时爬得太快，不小心掉进阿罗的嘴里。饥饿的阿罗对进入嘴里的东西来者不拒，用舌头卷起来咬了一口吞下肚子里。

又来了一只壁虎，对阿罗睁开的眼睛里的黑色瞳仁十分好奇，那里面竟有壁虎的影子。壁虎以为是一种奇怪的蚊子或苍蝇，伸出舌头舔过去，快要饿死的阿罗被这一舔惊动，本能地眨了一下眼睛。壁虎没想到这个可以照见自己的苍蝇还会夹击自己，撒腿就跑。

就在这一刹那，一只黑大的靴子踩到壁虎尾巴。壁虎吓惨了，以为要丧命，结果身边出现几个人，他们抬起阿罗走了。留下尾巴受伤的壁虎，在原地看着他们消失在荒原。

阿罗被石油勘探队救起。世纪初，经济高速发展的中国石油紧缺，为了填补油荒，国家大规模开发西部的油气资源。荒原上，牧羊人少了，石油勘探队和钻井队的工人多了，一个个油气井纷纷竖立在荒原上，比羊繁殖得还快。

获救的阿罗在国营油田受到良好的照顾，由专门医生为他体检，发现他主要是饥饿，没有其他病，就对他进行食物补充。

一周后，阿罗被送回北京的家中。

当阿罗出现在眼前，脱胎换骨，一切的欺骗、背叛、诅咒、委屈、愤恨、担心……妻子都原谅了。

吴玫拥抱着阿罗说："我们好好过日子吧。"

阿罗点点头，泪如泉涌。

整个冬天，阿罗和吴玫过得都很温馨。这久违的温馨仿佛回到摇滚风光的年代，他们结婚头两年幸福的日子。

到第二年4月，春暖花开的季节，阿罗的身体恢复如初。他感觉浑身是劲，不安心待在家里，他要出去演出，挣钱养家，他不想总是让妻子养活。吴玫担心他再次沾染上毒品，不让他出去演出，希望他放弃摇滚乐，干点别的工作。阿罗不干，他不愿意放弃摇滚乐，更不愿意放弃音乐，除了摇滚他不知道还能干什么。

正好此时，第一届北京迷笛音乐节在筹备中，有朋友找到阿罗，希望他能参加演出。阿罗觉得这是他戒毒成功后复出的好机会，欣然答应。

迷笛音乐节开幕后的第二天，阿罗作为压轴歌手倾情献唱。他一口气唱了五首歌，其中就有两首在高原上戒毒创作的新歌。正是这两首没有写明是戒毒却处处都在找回自我的新歌引起台下歌迷的疯狂，欢呼声喝彩声汹涌澎湃，连绵不绝，已经听了一天演唱疲倦的歌迷情绪被重新调动起来，仿佛休养生息的活火山再次喷发。

疯狂的歌迷里就有站在第一排的秦苏蕙。她被阿罗的演唱彻底征服，眼前一会儿出现的是一个行走在荒原里的苦行僧在寻找佛光，一会儿出现了一匹孤狼在广袤无垠的荒原上嚎叫哀吟，一会儿又出现了一个乞丐在寸草不生的贫瘠荒原上乞讨。他是那么的虔诚礼佛，独来独往，孤苦无依；他又是那么的激情似火，魅力四射，歇斯底里。他像是一头野兽，出没于山水之间；他又像是一个精灵，来自神鬼之间。他是一个真实的人，一个摇滚时代没落后不肯向流行文化和世俗文化低头的叛逆者。

秦苏蕙心目中期待已久的男人就是这样，她当场爱上了他。谁曾料到，她火热而又纯净的爱情却是以阿罗的死亡收场。

# 第十三章

晚上10点，车厢熄灯，旅客各自睡了。周行健没有睡意，他坐在车窗边，很想抽支烟，可车厢内禁止吸烟。秦苏蕙生日那天晚上，大概也是这个时间她才回到学校。

王立言等着给秦苏蕙过生日，等了一天，打电话不接，发短信不回，王立言等得火冒三丈无可奈何兴味索然，准备睡觉，秦苏蕙来寝室找他。

一见面，秦苏蕙就哭了。王立言觉得莫名其妙，心想我等你一天，不理不睬，一见面还哭上了。

“你可出现了，我等了你一天，你还好意思哭！”王立言说。

“是我不好，让你久等了。”秦苏蕙哭着说。

“随便你，反正你总是马马虎虎。”王立言说。

王立言没有问秦苏蕙更多事情，他这会火也灭了，气也消了。一天联系不上秦苏蕙，王立言不能全身心投入学习，倒不是惦记秦苏蕙，而是他在想与秦苏蕙的感情是不是到头了。

对王立言不关心自己去哪儿，干什么去，秦苏蕙反倒有些心慌。阿罗死了，她也该一心一意与王立言在一起，好好爱他。

秦苏蕙止住眼泪，与王立言一起来到寝室外一家没有打烊的咖啡馆。王立言不太想来，考虑到是秦苏蕙的生日，勉强出来。两人坐下，秦苏蕙告诉王立言一件对他来说是晴天霹雳的事。

像讲述一个漫长而曲折的故事那样，秦苏蕙毫无保留地讲出了与阿罗的恋情。从与阿罗相识相爱，到阿罗有妻女，再到阿罗吸毒与戒毒，最后到她下决心离开阿罗，秦苏蕙一五一十地向王立言坦白，她以为敞开心扉可以博取王立言对她更多的爱。

说到在荒原上戒毒成功的阿罗，再次染上毒品，秦苏蕙边说边流泪。让她感到莫大讽刺的是，阿罗说他再次吸食毒品竟然是因为与秦苏蕙的爱情。

爱上阿罗的那年夏天，秦苏蕙翘课去阿罗家学吉他。她敲了很长时间门，门才被打开。阿罗眼窝深陷，长发凌乱，衣衫不整，像是刚跟谁打过架。秦苏蕙进屋书包还没放下，阿罗就把她摁倒在地上长驱直入，她感觉下面生涩干痛，像一场沙尘暴猛烈袭来。秦苏蕙咬牙忍受，忍受，忍受……还好比较快。痛完了，阿罗从她身上滚到一边。

“真野蛮！”秦苏蕙摩挲着阿罗的头发说。

“你会离开我吗？”阿罗问。

“怎么会呢，我那么爱你！”秦苏蕙说。

“我好害怕失去你！”阿罗说。

“不会的，别多想。来，教我弹吉他。”秦苏蕙起身穿好衣服。

真纯的秦苏蕙怎么都不会想到阿罗说这些话事出有因，他的妻子已经发现戒毒成功向她发誓的阿罗有了外遇。那次经期来了，秦苏蕙在阿罗家过夜，洗手间里扔了两片带血的卫生巾，阿罗没有及时扔出去，被下班回来的妻子发现。吴玫跟阿罗闹了一夜，因为没有抓到现行就算了。吴玫明着算了，暗地里一直在留意阿罗的举止和行踪。阿罗也感觉到妻子在设法抓他的把柄，这令他十分不快，又不好制止。在荒原上经历过切身生死之痛的阿罗懂得了珍惜，他知道吴玫不愿意他与别的女人好说明妻子爱他，也是为了他好，更是为了他们这个家好。这个外人看来浅显的道理，多情又重情的摇滚老青年阿罗在经历了生死之后才明白。

阿罗给秦苏蕙教了一会吉他，觉得好无趣，提议朗诵诗歌，两人开始朗诵莱蒙托夫和马雅可夫斯基的诗歌。就这样一会教吉他，一会朗诵诗歌，从上午到下午，他们玩得很开心。

下午5点多，又一次朗诵到马雅可夫斯基的诗歌《穿裤子的云》。阿罗吉他伴奏，秦苏蕙朗诵，时不时阿罗会插进来朗诵一两句他认为特别有感觉的诗句。到了诗的后半部分，也是这首诗情绪最浓烈的部分，阿罗开始打哈欠打喷嚏，流眼泪流鼻涕。秦苏蕙以为阿罗困了，让他休息，阿罗没有要休息，而是起身往卫生间跑。秦苏蕙跟过去，阿罗毒瘾发作忘了关门，冲进卫生间找到毒品，跪在洗手台前，打开用烟盒内包装铝箔纸包裹的白色海洛因，从衣兜里掏出打火机打燃，从铝箔纸底下加热海洛因，白烟袅袅升起。阿罗张开嘴，大口吸食毒品散发的白色烟雾，完全忘了身后的秦苏蕙。

秦苏蕙亲眼看到阿罗吸食毒品，惊呆了。

阿罗吸完几大口，吐出活命的气息，秦苏蕙才回过神，冒出一句："你在吸毒?!"

吸入毒品的阿罗恢复了体能，这才想起来身后有秦苏蕙。他站起来一脸无辜地看着秦苏蕙，仿佛孩子做了错事被妈妈看到。

"你怎么会吸毒?"秦苏蕙惊诧地问。

"因为你。"阿罗说。

"因为我!"秦苏蕙更惊诧。

"就是因为你。"阿罗说。

"怎么会因为我，这真是天大的笑话。难道与我在一起要靠吸毒来支撑，那我成了什么，毒品吗?"秦苏蕙不解地问。

"因为我太爱你，不愿意放弃你，逼得没有办法，只好吸毒。"阿罗说。

阿罗的话听上去像是个笑话，又好气又好笑，秦苏蕙不知道阿罗的话里有话，她也想不到那去。阿罗之所以又吸上毒品的确与秦苏蕙有关。自从阿罗的妻子知道他外面又有了女人，一直在防备他，这让内心脆弱的阿罗十分难受。秦苏蕙的爱是那么单纯，仿佛一个天使降临到阿罗身边，来拯救他。阿罗从荒原回来，毒是戒掉了，身体却垮了。最明显的表现是身体虚弱，经常冒虚汗，头晕目眩，身体没劲。迷笛音乐节那次演出他使出浑身解数，才唱下来。演出虽然成功，但他在家里躺了一周。感觉身体好些了，阿罗又尝试去酒吧唱歌，却完全回不到正常的身体状况和演唱状态。

有酒吧老板如法炮制，又给阿罗毒品时，他想到了妻子吴玫和女儿，忍住了。这一次阿罗回家向吴玫说出自己的窘境。妻子抱着他安慰，不要他去演出，也不要他承担家里的生活，只要他安心待在家里，由吴玫挣钱养家，夫妻俩好好生活过日子比什么都强。阿罗嘴上乖乖答应，心里想的却是秦苏蕙。

当时，阿罗与秦苏蕙的感情正如火如荼，如胶似漆。他的如意算盘是妻子吴玫对他好，肯定不能离开，又来个这么爱他的天真少女秦苏蕙，真是人生的赏心乐事！然而，阿罗的如意算盘没打多久，他有外遇的事就被妻子发现。吴玫指着卫生间那两片用过的卫生巾质问阿罗，那人到底是谁？阿罗一脸委屈，说妻子在怪罪他，那两片卫生巾明明就是吴玫用过忘了扔的。吴玫说她的本次月经半个月前就完了，用过的卫生巾全扔掉了，家里怎么会再有。阿罗依然坚持妻子在怪罪他，他不知道那两片用过的卫生巾怎么会在那里。两人僵持不下，吴玫也问不出什么，就不问了。关键是除了这两片带血的卫生巾，吴玫没有从床铺上发现女人染色的头发和香水味。这要归功于真纯的北大女生秦苏蕙一头黑色秀发，从不使用香水。吴玫找不到别的蛛丝马迹，也就作罢，只是对阿罗冷淡了。

处在妻子的不信任中，又想与秦苏蕙保持恋情关系，阿罗的心里很复杂，也很挣扎。像他这样没落的摇滚歌手，又经历过吸毒的摧残，身心本来就十分脆弱。他不敢离开吴玫，他知道自己已经没有挣钱的能力，他怕离开妻子会被饿死。而吴玫对他的冷漠让他感受不到爱和温暖，他只有从真纯的秦苏蕙那里获取爱和温暖。当冷漠的妻子像警察一样监视阿罗，他变得胆小而神经质，监视得越紧他内心越恐惧，越烦躁不安。这种恐惧与烦躁不安达到极限向另一个极端折返，阿罗强烈呼唤和需要秦苏蕙的爱。

秦苏蕙是个单纯的女孩，她很爱阿罗，尤其爱阿罗身上这个浮躁年代里很少有的直率和批判，以及附着在这两者上面的理想。秦苏蕙还是个学生，白天需要上课，晚上需要温习，如果白天过来她只能翘课，晚上功课做完过来，就得在阿罗家里过夜，否则学校在西北，阿罗家在东南，来了待不了多久回去就清晨两三点了。问题是很多时候阿罗的妻子晚上要回来，尤其是发现阿罗有可能外面有女人后加大了对他的监视，几乎每晚回来。这样阿罗就不能让秦苏蕙晚上过来，那秦苏蕙只能白天过来，这就需要翘课。然而，秦苏蕙是中国最好的大学北京大学的学生，课业负担繁重，她不能总翘课，除非退学，否则总翘课会被开除。

阿罗只能忍受吴玫冷冰冰监视自己的痛，又通过秦苏蕙炽烈的爱来满足自己，这爱与痛的交织逐渐让阿罗心力交瘁。他必须要应付妻子的监视，又要在秦苏蕙面前装出一副快乐的单身汉形象，还要时不时地炫耀自己没落的才华，才能保持对秦苏蕙的吸引力。毕竟秦苏蕙是北大的学生，聪明好学又好问，稍不留意就会被识破。

时间久了，阿罗力不从心，他觉得应付妻子的监视和接受秦苏蕙的爱都很累。阿罗知道秦苏蕙的爱最早起于对他音乐的欣赏，后来是对一个破落的摇滚歌手的同情，再后来则是对一个中年男人玩世不恭愤世嫉俗内心暗淡的怜悯。随着秦苏蕙爱的变化，阿罗越来越产生危机感，再加上妻子的冷漠，他彻底灰心了。

在一个秦苏蕙翘课来和他幽会离开后的黄昏，阿罗坐在夕阳映照的窗前，像是一位垂垂暮年的老人。阿罗坐了很久，感受不到饥饿，只感受到孤独和无助。妻子还没有回来，如果回来不会发生后面的事。阿罗走出家门来到曾经唱过歌的那家酒吧，找到老板，用身上所有的钱买了毒品。他把毒品藏在身上，像做贼一样潜回家。妻子依然没有回来。阿罗来到卫生间倒出一些毒品到铝箔纸上，从厨房里找来吸管，将吸管的一头插入毒品粉末，另一头对准左鼻孔，右手堵住右鼻孔，猛劲一吸，久违的刺激和快感瞬间涌遍全身。什么秦苏蕙，什么爱情，什么妻子，什么冷眼，什么女儿，什么责任，什么他妈的摇滚，什么他妈的音乐……一切的一切都抛诸九霄云外。

那一夜，妻子始终没有回来，阿罗享受了自从与秦苏蕙相爱以来最High的一晚。他觉得比做爱High多了，世间没有这么High的体验。尽管只有他一人，他觉得有毒品相伴，比有女人在身边美极了。

从此以后，阿罗又开始吸食毒品，这一次与上一次不同，最先知道阿罗吸毒的不是他的妻子吴玫，而是秦苏蕙。

从内心深处来讲，秦苏蕙不能接受阿罗吸毒，更不能接受自己爱的人吸毒。如今，木已成舟该怎么办？那天，秦苏蕙离开阿罗家后一直闷闷不乐，她觉得自己怎么会爱上一个吸毒的男人，简直不可理喻。她一周没有去阿罗家，直到阿罗来学校找她，求她，她都没有答应再去阿罗家。

再一周，阿罗又来学校找秦苏蕙，跪在地上求她原谅。秦苏蕙不松口，阿罗跪着跪着毒瘾发作，眼鼻抽搐，嘴巴歪斜，身体痉挛。秦苏蕙吓坏了，与同学一起抬着他去校医院。在路上，阿罗强忍着摸出身上的毒品摊在左手中，右手摸出吸管，一头对着毒品，一头对着鼻孔，猛吸几下。人立即有了精神，神志清醒，仿佛什么也没有发生过。阿罗挣脱抬他的人的手，跪在秦苏蕙面前请求她谅解和宽恕。秦苏蕙觉得他可怜，点了点头，当天晚上，跟着阿罗去了他家。

那是秦苏蕙被阿罗借着毒品的毒性在床上奋力摧残的一夜。阿罗一次又一次地哀求与秦苏蕙做爱，一次又一次地发泄，一次又一次地以为这就是爱。秦苏蕙被折腾得一夜没睡，第二天回学校时两腿直发软。

那一夜之后，秦苏蕙很长时间没有去阿罗家。最后一次去是那个暴风雨之夜。秦苏蕙在阿罗妻子吴玫的怒视下狼狈地离开阿罗家，逃到大雨如注的街上。

她知道，她爱了一个不该爱的人。

秦苏蕙擦了一把眼泪说："你知道吗，那一夜我有多么痛苦多么无助多么悲凉吗?!"

王立言神色凝重地看着秦苏蕙，他已经不认识眼前这个陌生的女孩，更不相信这就是他爱的女孩。

"这是多久的事?"王立言问，他没有要安慰秦苏蕙的意思。

"前年夏天，放暑假前。"秦苏蕙说。

"哦——"王立言叹了口气，心里想幸亏不是他俩相爱期间。

咖啡馆要打烊，王立言与秦苏蕙出来了，走在燕南园的小径上。

王立言想知道秦苏蕙是不是与他好的同时，还与阿罗在一起，他问："那么，后来呢?"

秦苏蕙说："后来，就断了。只是断得很痛苦，也很波折。"

如果说阿罗吸毒给秦苏蕙的内心造成沉重的打击，让他们的感情遭受重创，那么阿罗妻子捉奸在床则彻底断送了阿罗与秦苏蕙的感情。

暴风雨之夜过后的暑假，秦苏蕙一直待在家里，平复爱上了一个有妇之夫给她带来的痛苦。新学期开始，秦苏蕙决定与阿罗一刀两断，不再有任何联系，就当没有遇见这个人。

吸毒的阿罗要么是认识不到自己的错误，要么就是认识到错误也觉得晚了，他已经离不开秦苏蕙。

阿罗不时来学校找秦苏蕙。第一次来时秦苏蕙正在上课，阿罗守在门口等她。下课铃声一响，阿罗走过去跪在秦苏蕙面前请求宽恕。秦苏蕙看到是他，转头就走，阿罗起身追过来，秦苏蕙拔腿就跑。秦苏蕙内心慌乱极了，不知往哪里跑，她跑到楼道时意识到不能再在教学楼里，得往外跑，被越多的同学看到越丢人。秦苏蕙想也不能跑到校外，对于吸毒有妻有女的阿罗不知道还有多少事瞒着她，未知的阿罗让她恐惧。

秦苏蕙一口气跑到静园草坪，咽喉干涩，浑身无力，跑不动了。她站在草坪上不停喘气，比她腿长的阿罗似乎没那么累，要过来拍她的背，秦苏蕙往前一步甩开。

“你到底要怎样？”秦苏蕙问。

“我离不开你。”阿罗说。

“你有妻有女有家庭，还来找我，你不觉得无耻吗？你还欺骗我说你是单身，你怎么可以这样对我！”秦苏蕙说。

“我对不起你，苏蕙。只是我太爱你，我离不开你，我真的需要你！”阿罗说着，扑通一声给秦苏蕙跪下。

“你的话里只有‘我’，你从来只为自己考虑，太自私了。我们早就分手了，如果你觉得没有说清楚，今天，现在，我再一次告诉你：我们就此分手，我不想再见到你。请你以后不要再来打扰我。如果再来，我就报警。”说完，秦苏蕙走了。

这一次阿罗没追，跪在原地怅然若失，大概他没有想到“分手”两个字会从秦苏蕙这个弱女子嘴里说出来。阿罗跪了一会，感觉毒瘾要发作，起身离开校园。

秦苏蕙以为阿罗会就此罢休。没过几天，阿罗又来了，依然故技重演，下跪，发毒誓。秦苏蕙对他心已死，看也不看就走。起先秦苏蕙走开后心里还有略微不忍，很快就习惯，只当面前来了个乞丐讨饭吃，她恨不得急着离开，心里没有一丝波动。这对阿罗是致命打击，他躲在家里靠吸食毒品麻痹对秦苏蕙的思念之痛，不再去学校。

这期间阿罗的妻子吴玫知道丈夫又吸上毒品，感觉遇上丧门星，不仅一而再再而三地背叛她，还一而再再而三地吸毒折磨自己，也折磨别人。女儿已步入童年，吴玫的父母又劝她与阿罗离婚，说这样的男人有什么值得珍惜，赶快离了。吴玫也想离婚，情愿一个人过，不愿再与阿罗在一起。她甚至怀疑自己上辈子做了错事，犯了罪，这辈子上天派阿罗来惩罚她，折磨她。这样想的时候，吴玫又狠不下心来离婚，一是觉得自己有罪，二是觉得离了婚阿罗就真成孤家寡人，那样对于一个吸毒的食客只有死路一条。吴玫想哪怕是拯救一个人，也不能离婚，就当是通过照顾阿罗向上天赎罪。

吴玫还是想办法让阿罗戒毒，只要能把毒品戒掉阿罗还是有救的。她大概忘了阿罗去荒原戒掉了毒品如今复吸的现实，她的想法明摆着是一厢情愿。果然，阿罗坚决不戒毒，告诉妻子除非秦苏蕙回到自己身边，否则免谈戒毒这件事。吸毒显然不对，失恋和毒品的麻醉已然让阿罗是非不分，他把妻子因同情和怜悯不与他离婚理解为吴玫离不开他。这让他感到骄傲，他要给妻子施压去找回他心爱的秦苏蕙。这是一个多么荒唐的想法。令人没想到的是吴玫多次劝阿罗戒毒被拒绝后，她真的去找秦苏蕙。

当时正在上课，秦苏蕙的手机振动起来。自从与阿罗分手，为了防止阿罗的骚扰，秦苏蕙专门把手机铃音模式改为振动，不管上课还是下课都是振动。看到是一个陌生电话，又在上课，秦苏蕙没接。下课后，她回了过去。

“你好！你是秦苏蕙吗?”一个中年妇女的声音。

“我是。”秦苏蕙回答。

“你能来劝劝阿罗吗?”对方说。

“你是谁?”听到说起阿罗，又是女声，秦苏蕙一惊。

“我是吴玫，阿罗的妻子。他吸毒太厉害，必须戒毒，否则会死掉。他又跟我使气，说你不回到身边他不戒毒。为了救他，我也不介意你们的事，你想跟他好就好吧，只要阿罗能戒毒。”吴玫说。

那个在暴风雨的夜晚像个幽灵一般降临的女人，阿罗的妻子吴玫，竟然打电话劝自己与她的男人重归于好，理由竟是拯救她的男人。荒唐，太荒唐！秦苏蕙觉得这充满了莫大的讽刺。

她拿着手机不知道说什么，内心满是悲凉，良久，秦苏蕙说：“你觉得这样有用吗?”

“试试吧，万一有用呢。”吴玫说。

秦苏蕙没有答应吴玫的请求，她的心里也不好受，毕竟自己曾经那么喜欢的男人行将变成一个废人，不管他欺骗也罢、虚伪也罢、懦弱也罢，毕竟她爱过他。秦苏蕙整日闷闷不乐，按部就班地上课、下课。

吴玫见打电话秦苏蕙不来，又亲自到学校找她。这个曾经在万米高空飞来飞去有着美丽容颜的女人一脸憔悴，当她出现在秦苏蕙面前，用近乎哀求的语气恳请秦苏蕙去劝劝阿罗时，秦苏蕙哭了。她的哭声里满是哀叹与无助，她的哀叹与无助也引得吴玫泪流满面。这两个多情的女人，被一个无情的男人生拉硬拽到一起，这个无情的男人却还在埋怨她们的无情。人生就是这样荒谬，你为一个人付出的越多，往往得到的越少，哪怕你为他肝肠寸断形销骨立，他也会觉得理所当然。

正是这次会面，秦苏蕙知道了阿罗的一切，也知道了吴玫为他付出的一切。那个暴风雨之夜，秦苏蕙虽然觉得离开一个有妇之夫理所当然，但作为一个女人，她依旧对吴玫有幽幽微微的恨。这次会面让秦苏蕙彻底打消了对吴玫的那一丝丝恨意，她反而觉得吴玫是一个多么了不起的女人，虽然爱上了一个烂男人，但因为是真爱，就不怕他多烂，一定要爱到底。哪怕他烂如烟尘，遁形于荒野，都始终不渝地爱他。这哪里是爱，分明是守妇道、尽义务，这样的封建余孽竟然被一个做过空姐的现代女性坚持到底。秦苏蕙觉得可悲可叹。比起吴玫对阿罗伟大的爱，她对阿罗的爱太渺小。秦苏蕙答应吴玫，去看阿罗，仅限于看，看的目的是劝他戒毒。

第二天，在吴玫的陪同下，秦苏蕙去看阿罗。她告诉阿罗，如果想经常见到她，就必须戒毒。阿罗答应了。

刚开始，阿罗戒了一段时间毒。

然而，好景不长，当阿罗发现秦苏蕙来看他不过是为了让他戒毒，他碰不得她、亲不得她、爱不得她，这哪里是回心转意的爱，分明是变本加厉的恨，阿罗受不了这样的看，他又开始吸毒。比以往更糟糕的是，阿罗发现他实际是被吴玫和秦苏蕙共同联手软禁起来，给他制定严格的吸毒指标，多长时间吸一次，一次吸多少量，都有定额，他必须按照这个指标来吸，否则就送他去戒毒所。这个远没有阿罗自己随意吸毒痛快。迫于戒毒所的挨打和各种被蹂躏的惨痛记忆，阿罗答应了。这也是对无法戒毒的阿罗没有办法中的办法，这样的定量指标或许能延缓他吸毒致死的速度。

冬去春来，秦苏蕙奔波于学校与阿罗家。她一周去一次，每次都与吴玫约好，一定是吴玫在家的时候才去。她与吴玫不在阿罗面前提戒毒的事，他们一起弹吉他，唱歌，朗诵，过上快乐的一天，或者半天，秦苏蕙就返回学校。在秦苏蕙，这是尽义务，她感觉自己像一个义工，帮助需要戒毒的阿罗戒毒。唯有这样想，每次来去的路上她的心情才好受些。

变化来自今年5月，秦苏蕙回学校路上在公交车里遇见王立言。这个看上去温文尔雅内敛不张扬的大男生，让她感受到渴望已久的安全感。为了俘获王立言的心，秦苏蕙没有讲她去看望一个说不清是爱还是不爱、恨还是不恨的吸毒的摇滚歌手，而是撒谎说她去迷笛音乐节看演出。与那个至今让她麻烦不断个性张扬才华显露的男人相比，王立言是另一种人。

“知道吗，与你在一起我感觉特别踏实。”秦苏蕙说。

“是嘛。你这半年多来还在帮他戒毒吗？”王立言说。

“是的。不过，没有以前去他们家频繁。和你在一起我有了新的人生，我还要学习，逐渐去得少了。再说，总这样下去也不是个办法。”秦苏蕙说。

阿罗感觉到秦苏蕙有了男朋友，他被毒品麻醉的孱弱的身体唯独对秦苏蕙保持着清晰的敏感。他无力阻止秦苏蕙爱别人，只怪自己没用。他安慰自己唯一的办法就是毒品，趁吴玫和秦苏蕙不注意，他悄悄加大吸食毒品的量。大约从秋天开始，阿罗的身体一天不如一天，抵抗力下降，随时受到病菌的侵蚀。到了隆冬季节，阿罗已经枯瘦如柴，每天进食很少，站立都会喘气，行走更是困难。

临近秦苏蕙生日的前一周，一个多月没见秦苏蕙的阿罗一再叮嘱吴玫，务必请她来家里过生日，好好庆祝庆祝。吴玫知道秦苏蕙心思早已不在这里，为了阿罗还是给秦苏蕙打电话，请她生日当天来家过。

秦苏蕙接到电话很犹豫，去年的生日就是在阿罗家过的，虽然弹了琴唱了歌吃了蛋糕，却全是不可名状的酸楚。今年有了王立言，秦苏蕙不想过去，她想跟王立言一起过。这样想着，一个多月没见阿罗的秦苏蕙不知道他现在的状况，她也不想知道。

生日前一天的中午，秦苏蕙接到阿罗的电话，不是吴玫，是阿罗亲自打过来的。自从吴玫与秦苏蕙联系以后，阿罗就不再直接联系秦苏蕙。看到是阿罗直接打来的电话，秦苏蕙有些意外。

“明天，明天是你的生日，一定，一定要过来啊……”电话里是阿罗断断续续柔柔弱弱的声音。

“明天课很多，要看情况。再说过一次生日老一岁，不喜欢过生日。”秦苏蕙说。

阿罗还要说什么，秦苏蕙赶着去听一位著名学者的课挂断电话。秦苏蕙这一稀松平常的举动，令电话那头的阿罗感受到沉重的打击，他觉得自己对秦苏蕙一点都不重要了，而他对谁又重要呢？

一个二十世纪八九十年代叱咤中国摇滚乐坛的歌手，一个市场经济大潮中没落的摇滚骑士，一个在爱与被爱之间左右逢源背叛与反背叛的情场老手，一个沾染毒品戒了无数次又无数次吸食的瘾君子，有谁会在乎他呢！

就连阿罗的妻子吴玫也由冷漠走向更冷漠，对他的一举一动视而不见。如果不是宿命论困扰，吴玫肯定选择与他离婚。阿罗在家里形如空气，一个人躺在卧室里吸毒等死，而妻子早已单独住在次卧。至于他们的孩子，自从阿罗再次吸上毒品，吴玫就没有把孩子接回过家，阿罗也不想让孩子看到他吸毒丑陋的样子，他已忘了孩子长什么模样。

就是这样一个被时代抛弃的弃儿，一个新千年里有过追求有过坚持有过梦想的男子——阿罗，公元2002年12月2日凌晨4点，一次性吞下大量毒品，自杀身亡。

没有留下任何遗言。

坐在燕南园小径旁边的椅子上，秦苏蕙倒在王立言怀中哭得不能自已。整个晚上她都在哭，边说边哭，她为不到四十岁的阿罗英年早逝而哭，为阿罗的才华生不逢时而哭，也为自己爱过阿罗这样的男人而哭。

王立言抱紧秦苏蕙，听完她的故事，心里五味杂陈，用手轻轻抚摸秦苏蕙的背，安慰她。这是王立言最后一次抱紧秦苏蕙，也是最后一次安慰她。

从二十世纪八九十年代走过来的年轻人，谁没有喜欢过摇滚，谁不曾有八十年代的理想，九十年代的迷惘，以及延续至今的彷徨？王立言也不例外。但是，像秦苏蕙口中阿罗这般冲锋在摇滚最前沿经历摇滚断崖式沉沦的摇滚歌手，王立言还是第一次听到。他觉得秦苏蕙能喜欢上这样的奇葩，也与秦苏蕙本人有很大关系。已过了喜欢摇滚乐年龄的王立言听到这个故事，没有从中获得对秦苏蕙更多的爱，反而是更多的成见。他觉得秦苏蕙是一个不洁的女孩，身体被阿罗糟践过，内心被阿罗玷污过，身心不洁！这是一个多么奇特的想法，这个想法一经产生，王立言就认定到了与秦苏蕙分手的时刻。

第二天，秦苏蕙询问王立言她是否应该去参加阿罗的葬礼。王立言明确告诉她不要去，说你都去见过最后一面，何必再去徒增伤悲。秦苏蕙没有说话，她心里其实想去，她原本征求王立言的意见是以为大度的王立言会让她去，没想到得到的答案是否定。其实，秦苏蕙就想去看看曾经爱过的那个人，是怎么从有形的可视可听可感可触变成灰烬。

王立言看出秦苏蕙的心思，没有再说什么，也没有阻拦。

左右为难两天，秦苏蕙到底还是去参加了阿罗的葬礼。人不多，吴玫，从外地赶来的阿罗父母，生前一起唱摇滚的几个朋友。

秦苏蕙强忍着没有流泪。有专业的火化师操作，她只看到阿罗的遗体被放进火葬炉，没有看到如何焚烧成灰烬。她的眼前只有一团火，一团逐渐熄灭的火。等她再看到阿罗，是一个黑色的盒子。她知道，她跟阿罗的缘分在这个世界算是彻底尽了。

当天下午，秦苏蕙一袭黑衣回到学校，去寝室找王立言，没有找到。她给王立言打电话，没有接，发短信，没有回。

秦苏蕙一个人来到未名湖畔，呆呆地站在湖边。降温了，风很大，天很冷，湖水结了冰，光溜溜的柳树枝被风吹得不时打在秦苏蕙的黑色大衣上。她的长发在风中肆虐，一片纷乱。如果湖水没有结冰，秦苏蕙打算从这里跳下去，说不定能与阿罗在另一个世界重逢。

一连几天，秦苏蕙找遍北大，找不到王立言，也联系不上。显然，王立言在躲她。

秦苏蕙索性不找了，待在寝室不出门，翘了两天课。第三天，秦苏蕙收到一条短信。

我们分手吧。

王立言

看着短信，秦苏蕙一脸惘然。她没有回，也不想回。无助的她坐在窗前，窗外是冰冷的世界。

周行健对王立言与秦苏蕙的爱情充满好奇，虽然他和王立言是好友，但职业敏感促使他用各种方法诱导王立言给他讲述与秦苏蕙的分手细节。他如此卖力地获取别人的感情隐私是想从中找到有益的启示，好给自己与林紫函已然出现的感情裂缝加固防线。

王立言讲完与秦苏蕙分手的故事，周行健一脸惋惜地说：“你是嫌弃秦苏蕙吗?”

“当然不是。”王立言说。

“那你为什么要在这个时候与她分手?”周行健问。

“我喜欢的本来就是一个真纯的秦苏蕙，哪知道她既不真，也不纯。那还如何喜欢，只有分手。”王立言说。

“可她这个时候最需要人安慰，尤其是你。”周行健说。

“我安慰不了她，一想到她的那些事我心里就反感。”王立言说。

王立言说出这样的话不奇怪，他本来就是一个看重道德品行的人。他来北大读研，正是为了寻找道德智慧和精神力量。至于他找没找到，就很难说了。

周行健想回去，浮躁年代的中国哪里都不清净，不如回出租屋。他告别王立言，来到中关村大街上。宽阔的大街被车流淹没，走走停停。周行健烦闷极了，他想还得找点事做，否则下面的日子该怎么过。

周行健主动联系节目制作公司，希望找事做。公司老板颇感意外，没想到一向被动给事做的自由人周行健变主动了。在年末这个节目制作旺季，还真有不少节目需要人做，尤其是周行健这样的熟手。周行健接了几项简单的活，在演播室做摄影师拍摄，给人家编好的节目加字幕。他不愿意动脑筋，尤其不愿意接需要一个人干的活，譬如写稿子，剪片子，因为他的心静不下来。他一方面要忍受和疏解对林紫函的思念，时时担心他们的感情没有未来；一方面又对王立言与秦苏蕙的感情破裂唏嘘不已，觉得王立言对秦苏蕙过于苛责。

如今，周行健与林紫函回到当初靠打电话谈情说爱的状况。电话也是周行健打得多，紫函打得少。紫函总是怏怏不乐，话不多，说完就挂。看紫函心事重重，周行健也不好多说，挂断也不再打过去。这样打电话很累，打通直奔主题，无外乎是周行健询问紫函父母对他们的感情态度是否有转变，紫函是否下决心不顾父母来北京，紫函是否能够下得了这个决心……紫函说没有，没有，没有……没有多了，紫函也烦了，让周行健别问，反正没有！周行健无奈，只好不问。

然而，越在意什么就越想什么，周行健嘴里说不问，心里却一直惦记这些没有答案关系到他与紫函感情未来的问题。每次通话时，对此都欲言又止，紫函也知道他想说什么，每次到周行健欲言又止时就把电话挂断。周行健这头握着手机，听到那头挂断，又气又急又无奈，把手机狠狠摔出去，像是吐出一口恶气。记不得手机被摔了多少次，遇到桌子好一点，遇到地砖后盖摔开，电池摔出来，机身散架。幸亏那年头手机耐摔，被摔得伤痕累累，如同他备受煎熬的内心一样伤痕累累，周行健用透明胶布把手机粘连得密密实实，依然可以打电话。

月末，手头节目做完，周行健没有接新节目。他在出租屋待了几天，每天做的事依然是给林紫函打电话，每次通话话不多，往往是说着说着就没话。因为又遇到老话题，无非是两人未来怎么办？这是个问题，林紫函不愿意谈，要么谈上两句就不说话，周行健追问紧了，林紫函就哭。一哭世界就暗淡，周行健就受不了，他想不能总待在出租屋，得出去散散心，否则会被憋死。

天寒地冻去哪呢？以往这种情况下，周行健会去马洛的学校，也会去王立言的寝室。如今，马洛和Rose的感情出现危机，有无转机不知道，他烦乱的内心也不想知道；王立言与秦苏蕙分手，周行健对王立言产生莫名的陌生感，他总觉得王立言铁石心肠，不够怜香惜玉，不该在秦苏蕙最痛苦的时候提出分手，他也不想去找王立言。那去哪儿呢？周行健左思右想想到秦苏蕙，对啊，应该去看看她。

冬至，一年中白昼最短的一天，周行健一觉醒来已睡过五分之三的白昼。窗外飘着细细的雪花，雪下到地上不一会儿就化了。下雪与下雨不一样，雨是密密细雨才有诗意，瓢泼大雨最无趣；雪则一定是鹅毛大雪才有感觉，小雪也无趣。

周行健来北大找秦苏蕙，一起过冬至。

小雪中的燕园不同他处，别有一番景致，周行健觉得没白来。他本想直奔秦苏蕙的宿舍，转念又想不如去未名湖，散散心再说。未名湖像披了一层霜，厚厚的冰面硬硬的、冷冷的，岸边的柳树干干瘦瘦的，南山上的积雪星星点点的。

周行健打电话给秦苏蕙，她有些意外，笑着说："你真是有这份闲心呢。你等着，我这就过来。"

不一会儿，秦苏蕙披着风雪来了。远远的，红色围巾在黑色大衣上飘，长发像寒山上的松烟一漾一漾舒展开，苍白的脸瘦了许多，她不紧不慢地走过来。走到面前，周行健竟不知说什么好，傻傻地看着秦苏蕙。

"拜托，你站着不冷吗？这样傻傻的。"秦苏蕙说。

"你来了，自然不冷。"周行健说。

"嗯，看不出你还有这副憨样。"秦苏蕙说。

"好久没见你，过来看看你。"周行健说。

"亏你还来看我，我以为与王立言分手，你也不理我了呢。"秦苏蕙说。

"他是他，我是我，我与他不一样。"说完这句话，周行健有出卖朋友的感觉。

"是吗？不一样在哪里？"秦苏蕙问。

"我可以金戈铁马狼烟起，也可以冲冠一怒为红颜。"周行健说。

"哦，是吗！"秦苏蕙笑着说。

他们踩着细雪，沿未名湖畔缓缓走，彼此并无多少话语，偶尔说一两句无关紧要的话。周行健想安慰秦苏蕙，又不知如何说起，怕说不好勾起她的伤心事。她可不仅是失恋，还有前一个恋人的死亡之痛。秦苏蕙也不知说什么，她想说王立言，但提起来都是怨，一个本以为最有安全感的男人却在最需要的时候抛弃她，还能说什么呢？当然也不能全怨王立言的无情，谁让自己有那么复杂的恋情，任何一个男人知道后内心都会有波动吧。既然如此，更不用提王立言。

周行健不太冷，反而有些暖意。这温暖让他感觉怪怪的，他竟有一种想拥抱秦苏蕙的渴望。这种渴望如此强烈，以至于成为他们雪中漫步的主旨。周行健想如果伸出胳膊抱住她的肩，秦苏蕙会不会觉得我很无耻，在她最糟糕的时候还要冒犯她。

湖心岛上林木密布，树荫处积了一些雪，走进岛中央的亭子，秦苏蕙说坐一会吧。周行健吹掉靠栏座椅上的雪，两人坐下。乘这个机会，周行健抬起右胳膊轻轻抱住秦苏蕙的肩。他想反正没有歹意，只是天冷，两人抱着暖和些。他的这番心思秦苏蕙可能领会到了，也可能是他抱得太轻，秦苏蕙没有觉察到，并没有对他的拥抱表示反对。秦苏蕙从树叶缝隙看着孤零零寒战战的博雅塔，那枯色的身段与凋零的树木并无二致。

“还记得你给我讲的鬼故事吗？”秦苏蕙问。

“记得。”周行健说。

“说不定我就是那个女鬼。”秦苏蕙说。

“你不是，你爬不到塔上去。现在塔的四周全部封闭，人上不去，防止那些个才子佳人、痴男怨女想不开，爬上去跳下来。”周行健说。

“万一我是女鬼化身呢？”秦苏蕙说。

周行健不禁打了一个寒噤，感觉妖风袭来，为了保持风度，他尽力不让身体动。

“怎么会，你想多了。”周行健说。

“我害死一个人，又惹人烦，分明是鬼缠身嘛。”秦苏蕙说。

“那我给你跳跳大神，驱驱鬼吧。”周行健说。

他找来一根细长的柳树条，学着巫师的样子，在秦苏蕙面前跳起来，边跳边挥舞柳条，口中胡言乱语地哼唱。那样子不像巫师，倒像一个小丑，引得秦苏蕙笑个不停，苍白的脸有了血色。

秦苏蕙说别跳了，再跳她要笑晕过去。周行健跳得得意忘形，能引秦苏蕙如此开心他心满意足，他自己也需要开心，这些天他还是头一次如此开心。人生开心不容易，不像我们想象的那么简单。周行健索性不管不顾地跳起来，他觉得自己不仅是个巫师，还是一个魔王，在天地素颜间施展自己无边的法力，只为博得眼前的这个女子笑一笑。

周行健跳得后背出汗，浑身冒热气。他脱下外套扔在一边，转身跳时，发现秦苏蕙从靠栏座椅上栽下来，晕倒在地。

周行健慌了，难道是自己的法力太大，把秦苏蕙跳晕了？他跪下来抱起秦苏蕙不停地喊，秦苏蕙没有醒过来。周行健吓坏了，以为秦苏蕙死了，他把左手食指放到秦苏蕙鼻孔前看有无呼吸。还好，有呼吸，周行健松了一口气。他想得尽快把秦苏蕙送到校医院去，昏迷不醒躺在地上显然不行。他把秦苏蕙抱到座椅上，扶正，转过身背她。

“我，我怎么了？”秦苏蕙微弱地问。

周行健半蹲着身，抓住秦苏蕙两只胳膊背起来，秦苏蕙醒了。

“你晕倒了。”周行健说。

“哦，贫血，不碍事的。”秦苏蕙说。

“我送你到医院看看，让医生检查一下。”周行健说。

“不用，我经常晕的，吃点东西就好。”秦苏蕙说。

秦苏蕙抽回一只被周行健抓住的手去口袋里摸东西吃。因为容易贫血导致晕眩，秦苏蕙经常靠及时补充营养来缓解头晕。她的口袋里一般都备有零食，主要是巧克力等甜食，一旦有发晕的迹象，就摸出来吃。这其实是用缓解低血糖症状的方法在缓解贫血导致的头晕或昏迷。奇怪的是，秦苏蕙以往这么做竟然也奏效了。接到周行健电话，从寝室出来时走得太急，秦苏蕙忘了带零食。没有及时补充营养，秦苏蕙没了力气，又晕过去。

周行健背着秦苏蕙往校医院走，小雪稀稀疏疏地飘，路很滑，他不敢走快，怕摔倒摔了昏迷的秦苏蕙。越往前走越累，周行健喘着粗气，他好想找个地方放下秦苏蕙休息一会，又怕误了秦苏蕙的病。他咬牙往前走，想一定要把秦苏蕙早点送到医院。

终于到达校医院，周行健把秦苏蕙的昏迷状况给医生讲了一遍，医生立即对秦苏蕙进行检查。因为秦苏蕙还在昏迷，医生检查后初步认定是贫血引起的低血糖。为了让她尽快醒过来，医生给秦苏蕙输混合几种药物的葡萄糖注射液。输了大半瓶药，秦苏蕙醒了，脸色苍白，嘴唇无血色。坐在床边的周行健看她醒了，一颗悬着的心落下来。

医生给秦苏蕙输了两大瓶葡萄糖注射液混合药物，才让她离开医院。临走前，医生一再叮嘱秦苏蕙与周行健，秦苏蕙的昏迷原因初步判断是贫血，但像她说的经常容易头晕，甚至昏迷，就不一定是贫血所致。因此，一定要到大医院去做彻底检查，看到底是什么原因导致头晕，不可掉以轻心。

走出医院，秦苏蕙笑着说：“医生就知道吓唬人，我贫血犯晕好几年了，还能有什么！难不成再来个低血糖？”

周行健说：“这个我也不知道，不过医生说让重视，还是要留心才对。”

秦苏蕙看着周行健说：“今天特别感谢你，要不是你把我送到医院，我在亭子里不是晕死，也要被冻死。”

周行健说：“哪里哪里，我一路上都在自责自己法力无边，把你跳晕了。还好又把你抢救回来了。”

秦苏蕙笑着说：“我一定要感谢你，把我从那么远的未名湖背到这里。就凭这，我请你吃饭。”

周行健很高兴，跟着秦苏蕙往食堂走。想到今天是冬至，秦苏蕙决定不去食堂，她知道西门外有家饺子馆不错，带着周行健去那里吃。

走出北大西门，周行健的手机响了，电话那头传来马洛沮丧的声音：“你在哪？我在你门口，你能回来吗？”

周行健一听，心想坏了，马洛失恋了。

# 第十四章

北极星引领火车一路向西北，天亮火车就要到达凤凰城，那是周行健的故乡，此行的终点。周行健一直坐在车窗前，看着黑魆魆的夜，陆地上风驰电掣的黑，看久了，分不清车外和车内。他抬头看夜空里的星星，那些亮点该是多少个生命在浩渺的宇宙里旅行，它们多久才会相遇？它们会不会相遇？如果没有相遇，只能用点点亮光注视彼此。星星与星星之间的爱是精神之爱吗？彼此注视，含情脉脉，却不会拥抱，不会接吻，不会肌肤相亲；星星与星星之间的爱是永恒之爱吗？彼此呵护，银光普照，却不曾拥抱，不曾接吻，不曾肌肤相亲。世间只有人类在一副臭皮囊的掩饰下秀着所谓恩爱，到头来尘归尘，土归土，消失得无影无踪。哪有星星这般纯粹，我不需要给你太多，你也不需要给我太多，仅仅一点微光，足矣。

周行健觉得自己越来越像一位哲人，他想挖掘身上更多形而上学的思辨，却需要一支烟的灵感，否则哲人的灵光就要熄灭。他来到车厢连接处，点燃一支烟，对着夜空抽起来。

去年冬至，与秦苏蕙吃过晚饭，周行健回到出租屋时已是晚上10点。纷纷扬扬的小雪一直在飘，外面是银色的冷，楼道里是昏暗的暖。为了保暖，北方冬天的楼道窗户密闭，不通风。刚上到三楼，烟雾弥漫，昏暗的灯光脏兮兮飘忽忽。再往上走，浓烟滚滚，谁会想到这么浓烈的烟来自一个人的口中。

这个人是马洛，他坐在昏暗的灯下，手里的烟燃得正旺。身边是他的行李，屁股底下是他的书。周行健心里一紧，莫不是要搬来住？

看到周行健回来，马洛没有起身，嘴里说："回来了。"

一句“回来了”道出周行健与马洛之间平实而又深厚的友谊，这种友谊不掺杂任何功利的成分，有的只是大学时代彼此追求诗歌文学的共同理想，还有一起闯京城漂无定所的同乡之谊，更有现代化冲击下迷失荒野同病相怜的两个灵魂之间的惺惺相惜。

“嗯，让你久等了。”周行健说。

“没事，多抽几支烟而已。”马洛说。

门前地上扔满烟头，密密麻麻像飞蛾的尸体，包围了马洛的行李。周行健打开门，帮马洛把行李拿进屋里。

“怎么，要来我这里住?”周行健问。

“是的，我把工作辞了，要离开那个伤心之地。”马洛说。

这句话听上去似曾相识。一年前，马洛从冰天雪地的黑河来到北京时说的也是这句“离开那个伤心之地”。

“我跟Rose完了，我们彻底分手，这辈子我都不想再见到任何一个美国女人!”马洛狠狠地说，仿佛美国所有女人都招惹了他。

马洛双臂紧抱胸前，双腿蜷缩，右手五指捏烟，深深吸了一口，一层层吸入胸腔深处，憋上几十秒，恨不得全吞进肚子里把自己埋葬，感觉要被埋葬接不上气的一刻，来自胸腔深处生的呼唤又唤醒他，一口浓烟从嘴里吐出来。那哪里是烟，分明是伤，是怨，是恨，是委屈，是气馁，是灰心。

“进屋吧，坐在外面怪冷的。”周行健说。

马洛扔掉烟蒂，躬身要起来，久坐腿麻，一起身腿脚不稳往下倒，周行健眼疾手快，冲过来扶住他。这一扶让等了半晚上的马洛心头一热，将他紧紧抱住。周行健也抱住马洛，两个在京城漂泊的好朋友好兄弟，已经很久没有像现在这样紧紧拥抱在一起，给予彼此身心莫大的安慰。

门口这场仪式性的拥抱持续了几分钟，两个人差不多站累了，周行健搀扶马洛进屋。马洛坐在沙发上，周行健又出来把书籍搬进屋，关上门。马洛一天没吃饭，他不觉得饿，周行健要下楼给他打包饭菜带回来，马洛说不用。刚失恋的马洛吃不下东西，周行健也能理解，他没有再坚持，到厨房烧了一壶开水，给马洛倒了一杯热水。在以往，周行健不会这样做，朋友之间不必客气，马洛来了想喝水自己倒。马洛看是白水，问周行健是否有咖啡，周行健说咖啡没有，茶倒是有，马洛说也行，周行健又给马洛倒了一杯茶。夜里喝茶，显然没有睡意。周行健也给自己倒了一杯茶，坐在马洛旁边，他没有刻意去问马洛，他觉得坐在身边就好。

上次与周行健分开，马洛回到学校径直去找Rose，主动向Rose承认错误，不应该在未经允许的情况下看她的聊天记录。Rose被马洛的诚意打动，脸上浮现出复杂的表情。他们没有提Rose男朋友的事情，重归于好。马洛不提是想逃避，他抱着一线希望觉得Rose美国的男朋友说不定真的就是她的前男友，美国人嘛，男女交往本来就开放，与前男友保持朋友关系也正常。Rose不提是庆幸马洛没有提，在她看来此事快点过去最好，不要影响两人的关系。

当天晚上，Rose搬回马洛的宿舍住。少不得一番云雨之欢，Rose用她十分了得的床上功夫把马洛搞得死去活来。马洛在喷发前的一刻又想起那句“你爱我吗”和另一句“那个美国男人你们是什么关系”？他想先于喷发说出口，但不知哪一根神经作祟，先行喷发了。喷发的快感和Rose混合着“My God!”的呻吟声让马洛忘了那两句话。他觉得爽极了，去他妈的爱不爱，快乐就好，Rose在身边就好。

和好的日子仿佛一切没有发生过，即使偏安燕郊，即使冬季凛冽的寒风，他们也没有多少寒意和寂寥。他们恢复了一周去一次酒吧的习惯，有时候还带上英语老师凸凸一起。如果凸凸不去，马洛就骗她说你不想见见周行健那厮吗？他可是在酒吧等你呢，凸凸就乖乖来了。

他们经常去的还是朝阳公园附近的那家酒吧，那里外国人多，Rose喜欢那里。三人或者更多人坐在一起喝酒，唱歌，摇摆。

凸凸发现酒吧里没有周行健时，冲着马洛就说“骗子”！马洛哈哈一笑，凸凸也就过去了。

尽管一次都没有见到周行健，每次马洛叫凸凸，她都会一起来，马洛心里想狗日的周行健怎么把这个丰满的女人迷住的，如此痴心。终于有一次喝醉，凸凸忍不住拨通周行健的电话。当时周行健与林紫函刚挂完缠绵悱恻的长途电话，正在黯然神伤，看到“凸凸”两字，脑袋发木，想不起是谁。难道是日本的卫浴品牌TOTO？无聊，这种推销产品的电话怎么打到我这里。

周行健挂断，很快铃声又想起，响个不停，他就接了。

“喂——你就不能出现一回吗?”凸凸说。

“出现？什么出现?”周行健蒙着头问，他听出来是凸凸的声音。

“酒吧呀，我，马洛，Rose，我们都在酒吧。你不来吗?”凸凸问。

“哦，祝你们玩得开心！我都上床了。”周行健说。

“讨厌！你一天到晚就知道上床上床，亏了你那么正直的一副面孔天天尽惦记这些。”喝醉了的凸凸显然理解错了周行健的话。

“我是说我睡觉了，你们玩吧，我不去了。”说完，周行健挂断电话。

很快，凸凸又打过来。

“我有了，你知道吗?”凸凸说。

“有什么?”周行健问。

“有了孩子。”凸凸说。

“孩子!”周行健像是自言自语。

“你的!”凸凸说。

“怎么可能，你喝多了胡说吧。”周行健说。

“真的!”凸凸说。

“什么真的假的，你以为我是神枪手啊，一打一个中。”周行健觉得太滑稽，再一次挂断电话。

他对着空屋子想凸凸所说的“你的”，越想越觉得荒诞。

凸凸还要说什么，被周行健挂断的电话卡住，她没有再拨打电话。那一刻，喝醉的凸凸十分清醒，她在混乱而嘈杂的酒吧里获知周行健传递出的清晰的信号：我不爱你!

凸凸拿来一瓶洋酒仰起头向嘴里灌下去。她的这一举动幸亏被Rose看到，从她手里夺过那瓶酒，否则喝醉的凸凸再喝下去这么一瓶酒，会中毒死亡。当酒瓶离开凸凸红色的双唇，她哇的一声号啕大哭，眼泪止不住地流。她本没有指望周行健会爱她，也没有指望自己会爱上周行健，但爱的路上体力与精力的消磨使爱的天平向她这一边倾斜，她也不知道如何就爱上了这个不冷不热的周行健，还鬼使神差地怀上了他的孩子。当炽烈的感情被对方拒绝，心里除了痛就只有痛。

那一晚过后，凸凸再没有跟马洛与Rose去过酒吧。

马洛与Rose和好的日子没过多久。进入12月，天气越来越寒冷，他们的爱情也慢慢被冻住。马洛的委曲求全换来的只是Rose的将就，后来连将就也难以为继。首当其冲的是冷淡，两人相处一室竟长时间无话可说，马洛不知道说什么，Rose也不知道说什么。为了调节气氛，马洛时不时弹吉他唱歌，还朗诵自己的诗歌，这些以前都是Rose极为喜欢又欣赏的节目，现在却只剩下索然一笑。

圣诞节前一周的一天下午，马洛上完课回到宿舍，发现Rose的衣服和洗漱用品不在了，只有几个发卡在桌上。他去敲Rose的宿舍门，没人应答。马洛想打电话问明情况，又觉得可能是拿回去洗，何必问，感觉像看犯人。

当晚，Rose来到马洛宿舍，主动热情地拥抱他。这令诗人马洛的敏感神经迟钝，他没有感受到Rose的主动拥抱里暗含着礼节性和虚伪性。

拥抱好一会，Rose松开手说："不知不觉这学期快结束，学校要组织各专业期末考试，会很忙。我们暂时分开住，等忙过这段时间再住一起，好吗?"

马洛没多想，说："好啊。忙起来，我俩挤在一张床上也休息不好。"

马洛觉得Rose说得在理。看马洛答应得很痛快，Rose很高兴，再一次主动拥抱马洛，还仰起头吻马洛。吻得不深不浅恰到好处，让敏感神经暂时迟钝的马洛没有觉察到有什么异样。

Rose离开马洛房间的时候，走出门外又退回来吻他，吻了一会，才一步一回头地走了。这让近期深感双方关系冷淡的马洛心里甜滋滋的，他觉得Rose还是爱他的。

第二天，马洛在操场上遇见凸凸，凸凸问他看见过Rose吗，马洛说没有。凸凸"哦——"了一声，嘴里嘀咕她今天去哪了，一直找不到她，转身走了。

凸凸的一声"哦——"，让马洛心生疑问。

走到宿舍楼里，马洛想还是去Rose宿舍看看，告诉她凸凸在找她。马洛敲门没人应，窗户拉着窗帘，看不到里面。他有些失落。

第三天，马洛没有见到Rose，他再去宿舍找她，敲门没人应，拉着窗帘，看不到里面。马洛心里开始忐忑，他给Rose发了一条短信，到下午没有回。他又打电话，对方关机。

第四天，马洛依然没有见到Rose，宿舍里没人，打手机还是关机。

马洛慌了，担心出什么事。

他跑去找凸凸，凸凸一脸诧异地说：“她辞职了，你不知道吗？”

马洛吃惊地说：“辞职！怎么可能？”

凸凸说：“我也是听说，你去问问学校。”

马洛跑到学校办公室询问，办公室主任看他一脸焦虑的样子，让他坐下来再说。办公室主任喝了一口咖啡，慢条斯理地告诉马洛，三天前，Rose办理了辞职手续，当天就离开了学校。

马洛从椅子上跳起来，双手拄着办公室主任的办公桌，那架势像要吃了办公室主任。

“她为什么辞职？她去哪了？”马洛激动地说。

办公室主任让他坐下，不要激动，马洛不坐，站在桌前像在审问犯人。办公室主任说，据Rose说是她的签证到期，必须要回国。马洛像遭了五雷轰顶，呆呆地站在办公室主任面前，两眼无光。

“马老师，我听说你与Rose老师谈过恋爱。其实呢，与外国女人谈恋爱，过去了也就过去了，不要往心里去。”办公室主任安慰马洛。

马洛没有说话，依旧呆呆地站在原地。办公室主任看他一副失魂落魄的样子，没有撵他出去，而是低下头办公。

马洛呆呆地站了一会，软绵绵地走出办公室，走过楼道，走在北风猎猎的操场上，身体轻飘飘的。

马洛想不通Rose怎么说走就走了，没有跟他告别，连打声招呼都没有。差不多一年的感情，三百多个日日夜夜，七千多个小时，每一寸肌肤每一个毛孔都是那么熟悉，每一次微笑每一次哭泣都是那么实在，每一首诗歌每一次精神分享都是那么丰满……怎么会如此无情？说走就走！

在凛冽的寒风中，马洛漫无目的地走，走遍校园的每一个角落，走遍校园周围他与Rose曾经去过的每一个地方。他渐渐明白Rose与他不是没有告别，一周前的那个晚上，抱了两抱，吻了两吻，就是告别。只是他傻，当时没有觉察到。

走了一圈回到宿舍，马洛还是不甘心，他觉得与Rose已经和好，不至于回国都不说一声。一定有什么原因，他要去弄清楚。不能经历了一场轰轰烈烈的爱情，到头来一头雾水，就这样不明不白地算了。他找到学校的几位外教，向他们了解Rose的下落。遗憾的是，这些外教并不了解Rose的情况，有的甚至不知道她已经辞职。这让马洛十分沮丧，他失望地回到宿舍，坐在窗前一会儿弹吉他，一会儿写诗，一夜无眠。

天亮了，电脑里是未完成的诗篇，马洛才知道人在失恋的时候什么也写不出来，只有心伤和悲痛。他没有困意，只有沮丧。中午，去食堂吃饭时遇见凸凸，安慰他好一阵。临了，凸凸说不妨去朝阳公园附近你们常去的酒吧，问问那些熟悉Rose的朋友，或许会问出些什么，马洛点点头。

马洛早早来到朝阳公园西门的那家酒吧。临近圣诞节，酒吧里的节日气氛十分浓厚。门口立起一棵两米多高的圣诞树，上面挂着五颜六色的礼包，酒吧里随处可见礼包和圣诞老人的头像。几乎全是外国人，他们脸上洋溢着节日的笑容，只有马洛坐在一个角落里喝闷酒。在这以前，是Rose经常与他手拉手来到这里喝酒跳舞，享受人生。如今不到一周，却是劳燕分飞，形影相吊。

马洛越想越伤心，一杯一杯地喝酒，喝得不过瘾，索性拿起酒瓶往嘴里倒。心情不好，马洛很快就喝醉。在以往，他醉了会到舞台上与歌手唱上几首，慢摇开始后还会摇一摇。今晚，他全无这个兴致，只想喝酒，喝到忘记Rose，忘记自己，忘掉一切。

马洛趴在桌子上迷迷糊糊睡着。等一觉醒来，已是曲终人散快到打烊时间，酒吧里稀稀拉拉坐着几个没有离开的外国人。他头痛得厉害，站起来直犯晕，等他晃晃悠悠走出酒吧，才想起今晚来这里最重要的事情忘做了。

马洛又返回酒吧，走到那几个没有离开的外国人面前看有没有认识的朋友。他一个一个仔细辨认，盼望能够有一个熟识的。他戴着高度数眼镜的深度近视眼在光照不好的环境里，看东西十分吃力。

马洛的举动引起桌上人员的注意。他来到一个头发剪得很整齐的外国男人面前，灯光偏暗，他不确定认不认识对方，只是觉得有点眼熟。

“你好，Mr Ma!”外国男人向他打招呼。

话音一落，马洛认出这个外国男人。

方其中，美国人，英文名叫Alex Ferguson，在美国大使馆工作。美国大使馆离这很近，他是这家酒吧的常客。没有与马洛恋爱之前，Rose就认识方其中。恋爱后，Rose带马洛来这家酒吧喝酒，介绍方其中认识了马洛。方其中在中国工作多年，说一口流利的汉语。马洛有些许宽慰，觉得老天不负有心人，找了一晚上，终于找到一个认识的美国人。

马洛与方其中喝过几杯啤酒，话题自然聚焦到Rose，他直奔主题："Rose回国了，你知道吗?"

"知道，她走的时候专门跟我告别。"方其中说。

靠！跟普通朋友都专门告别，跟男朋友却不辞而别，什么人呀这是，太绝情了！马洛想。

"她怎么好端端突然回国呢?"马洛问。

"她没有告诉你吗?"方其中问。

"没有。"马洛说。

"她回去与男朋友共度圣诞节，过完节他们就要结婚。"方其中说。

什么？结婚?！马洛简直不敢相信自己的耳朵，这哪儿跟哪儿，怎么突然就要结婚?

"你说的是真的?"马洛问。

"真的，Rose亲口告诉我的。"方其中说。

马洛一团怒火从心中燃起，猛烈地向嗓子眼烧来，正要怒不可遏地爆发，方其中举杯要与他喝酒。马洛举起酒杯砰的一声撞上去，怒火全部聚集在撞击的当量中，把方其中吓一跳。

"哎，马先生你怎么了?"方其中说。

马洛知道自己失态了，旁边坐的是美国男人方其中，不是美国女人Rose的男朋友，他的怒火烧错了对象。

"哦——对不起，我喝多了。"马洛有气无力地说。

声音很小，小得只有他自己听到。方其中看着他，不知听没听到他的话，看他嘴唇发白，两眼发红，像是酒精在里面燃烧，又像是布满了血丝的泪水。方其中似乎明白了马洛的心事，不知是故作没趣还是真诚相待，他主动把Rose的事情告诉马洛。

没有来中国之前，Rose在美国一所大学读书，大二下学期，Rose对乏味的学校生活感到厌倦，她想出去旅行，看看外面的世界。她摊开地图研究几天，决定去大洋彼岸的中国。她打算休学一两年，到中国一边勤工俭学一边走进中国社会，去感受当下中国人的生活是否像媒体说的那么差，去发现中国社会的变化是否像政客说的那么不自由。

Rose休学去中国旅行的想法得到父母的支持，但她不能确定男朋友是否支持她。Rose和男朋友是高中同学，又一起考进同一所大学就读，这在美国可算是青梅竹马。他们十分相爱，Rose希望能与男朋友结婚，共度一生。Rose把去中国的想法告诉男朋友，令她高兴的是男朋友不仅没有反对，还鼓励她去。男朋友比Rose高两级，大学四年级，还未毕业就受聘于一家知名公司，要不然也会与她一起来中国。有家人和男朋友的支持，Rose带着一颗好奇心前往中国。

临行前，Rose答应男朋友来中国不会爱上别人，只是为了旅行，等回国后，就与男朋友结婚。两人去教堂，在神父的见证下对上帝发誓：彼此属于对方，永远相爱，一辈子永不分离。这相当于中国的订婚仪式，也就是说Rose来中国之前已是别人的未婚妻。

千禧年的秋天，Rose只身一人来到中国。一下飞机，站在新千年的中国大地上，Rose有一种说不出的激动，仿佛自己是从域外世界来到人间的精灵，降临在一片神奇的土地上。Rose在北京适应和准备了半个月，起程旅行，她制定了一套旅行方案，打算花一年时间走遍中国。

Rose的旅行方式以坐火车和徒步为主。今天，徒步在中国十分流行，徒步者还被冠以形象的名字——驴友。这对于世纪初的中国人来说是难以想象的，当时徒步旅行还是西方人的时髦生活，距离普通中国老百姓的生活还很远。在一般老百姓看来，徒步者不是疯子，就是傻子。Rose背着一米高比自己上身还长的旅行包开始中国的旅行生涯。她的一米高的旅行包里是半个家，有美国带过来的帐篷、垫子、换洗衣服、洗漱用品、生活必需品……。她计划火车能到的地方坐火车，火车到不了的地方步行。

Rose手握中国地图，从北京站出发，沿京沪铁路一路南下，先后来到山东、安徽、江苏、上海、浙江。正是秋收季节，一路上风景美不胜收。

走到浙江杭州，Rose被西湖的烟水深深吸引。她在美国从来没见过如此柔美淡雅的湖泊，掩映在城市中央，仿佛是少女的眸子含情脉脉，让她这个一头金发的美国姑娘不知所措。她应聘为西湖边一家酒吧的服务员，一边打工挣路费，一边学习汉语。几乎每天她都去苏堤，那里风景优美人又多，可以一边欣赏风景，一边与人交流，学习汉语。

一天，Rose误入灵隐寺，扑鼻的丹桂香气令她流连忘返。她走在黄墙黛瓦间，用夹杂着英语和汉语的词汇念诵刚刚学会的唐朝诗人白居易的词——《忆江南》。

江南忆，最忆是杭州。
山寺月中寻桂子，郡亭枕上看潮头。
何日更重游！

或许是这首词，或许是丹桂，或许是西湖，Rose不走了，她想在西湖待到来年春天再走。

秋日的绚烂很快过去，江南阴冷的冬季降临。与美国的冬季室内有暖气不同，中国江南的冬季室内没有安装暖气，气温零上五六摄氏度的天气按说没有在零下，却冻得从小喝牛奶吃牛肉长大的Rose直发抖。进入12月，连续阴天，持续雨雪，住在租来的房子里，Rose冻得瑟瑟发抖，感觉自己像一只没有提前筑好巢的可怜的寒号鸟。

在酒吧做服务员，难免要用水洗东西，没有暖气的杭州西湖边，水冷得像海拔三千米以上的雪水，Rose嫩白的双手起了好几个冻疮。这东西她在美国没起过，以为是皮肤病，吓坏了，跑到医院去看知道是冻伤，心情才好了些。双手生冻疮干活十分不便，Rose决定离开杭州，去中国纬度更低方向更南的南方。如果那里还是这么冷，又没有暖气，她就打算回国，离开这个没有暖气冷得要命的国度。

夜里11点，Rose到达广州，还没有下火车，她就感觉到这座城市的暖。出了火车站，她看到一个比杭州更繁华的中国大都市。广州的饮食颇为清淡，靠近海洋有许多海鲜，虽然与杭州一样没有暖气，但冬季温度在十摄氏度以上，晴天又多，这让Rose比较适应。她在广州繁华的酒吧街找到一份服务员的工作，继续边工作边学汉语。

第二年4月，广州进入雨季，每天阴云密布，雨水不断，下得Rose心里十分阴郁，她知道自己该背起行囊离开了。

这一次，Rose从广州出发一路向西，经过广西、贵州，来到五彩云南。在这里，她去了梦中的香格里拉。在美国读书时，Rose看过英国人菲儿·阿格兰拍摄的纪录片《云之南》(*China: Beyond the Clouds*)，被片中雪山下宁静安详的小城丽江深深吸引。她翻看地图发现《云之南》中的丽江，距离英国作家詹姆斯·希尔顿的小说《消失的地平线》（*Lost Horizen*）中所描写的香格里拉现实所在地——迪庆藏族自治州很近，这令她颇为振奋，打算以丽江为休整地，出发去香格里拉。

Rose在丽江古城休整一周，天天陶醉在纳西古乐的热情与欢快中。她似乎天生与这个好客的民族有缘，他们之间没有隔阂，即使语言不通，也丝毫不影响彼此之间的交流。

Rose出发去香格里拉那天清晨是大晴天。5月的高原，春天还没有结束，天气是山谷里的风，说来就来。中午刚过，暴雨如注。Rose坐在长途汽车上像个异类向她的梦境出发。随着海拔地增高，雨水变成雪花，汽车歪歪扭扭地在山路上艰难爬行，不到二百公里的路程走了一天，到晚上8点才到。从车上下来，晕车加上高原反应让Rose呕吐不止。

第二天，雪停了，太阳出来了，一片银装素裹的高原，海拔在三千米以上，宛如童话一般。Rose觉得没有白来，但不是梦境里的香格里拉，大雪覆盖的高原没有生气，死寂一片，童话里只有透不过气的冷。其实，她来得不是时候，再等两个月过来，她应该会看到名副其实的香格里拉。

Rose的高原反应没有消退，头重脚轻，伴有恶心，她无心看风景，也无心与淳朴的藏民交流。为了安全起见，她带着遗憾乘中午的汽车离开。

回到丽江，身体恢复后，Rose继续上路。她乘坐成昆铁路的列车来到四川成都，她很喜欢这个古老而又时尚的城市，没有想到中国西部还藏有这么一个大都市。然而，这里的麻辣饮食让她不太适应。她想去四川藏区看看，可惜藏区不通铁路，只有两条被司机称为“把命绑在轮子上的川藏公路”，她只好作罢，待了几天，离开了。

Rose沿宝成铁路来到西安，这里的城墙和秦始皇兵马俑深深吸引了她，让她终于找到“这里是中国”的感觉。在西安待了一个月，Rose犹豫不决，身处中国地理位置上的中心，她不能确定自己是从这里回北京，还是从这里继续往西，沿着古丝绸之路来一场更具挑战性的旅行。千百年来那里并无华美富丽的丝绸，只有干瘪的骆驼走来走去，驮着内地的丝织品深一脚浅一脚消失在大漠戈壁中。

Rose把自己的犹豫通过电子邮件告诉远在美国的男朋友，得到的建议是应该去。她遂决定一路向西，去闯那片黄沙云天。

Rose乘火车前往嘉峪关，一路上土长城时隐时现，似乎比现代轨道延伸的距离还远，令她激动不已。列车在张掖车站停靠时，上来一个与她相同面孔的西方男子，跟她一样背着一米高的旅行包。白色皮肤晒成红黑色，肌肉紧绷有力，宽阔的肩膀，修长的双腿，一寸长的胡须生长在棱角分明的脸膛上，蓝色的眼睛幽深而宁静。这个来自西方与自己没有任何关系的男人，让Rose有一种掩饰不住的喜悦，她想一定要与他结伴而行，路上就不再孤单。Rose示意男子坐在身边，这似乎正中男子下怀。他愉快地坐在Rose身边，把旅行包放在脚下，与Rose聊起来。

男子名叫Moses，中文名直译过来是摩西，瑞典人，专门来中国的丝绸之路旅行，起点是西安，终点是敦煌。Rose想这不就是自己的路线嘛，这让她与摩西有了一见如故的感觉。到了嘉峪关，剩下去敦煌的路他俩打算步行前往，真正体验一下探险的感觉。

甘肃，自古以来是丝绸之路腹地，从东到西蜿蜒一千六百多公里，其狭长的地形被俗称为“羊脖子”。到了“羊脖子”的末端嘉峪关，距离敦煌依然有三百七十公里的路程。

Rose和摩西步行，每天行走三四十公里，那还是在不休息的情况下马不停蹄地走。时值7月，他们沿着公路行走，戈壁与沙漠近在眼前，远处的空气如同透明燃烧的烈火明明灭灭，车辆与行人宛如搭着天梯从天上下来，由一个个小黑点逐渐长大，逐渐长大，到他们面前成长为庞然大物。那种震撼只有在美国得克萨斯州的荒漠里才有。

Rose与摩西白天行走，晚上睡帐篷，为了安全，他们的帐篷搭在公路边。正值敦煌旅游的旺季，公路上的车辆挺多，晚上9点以后，荒原才完全静寂。此时，若来一辆汽车，宛如现代化的怪兽从地狱降临，几里远的灯光是怪兽张开的青面獠牙要吞噬古老的大地。

步行的临界点是第二天。第一天的兴奋会让人打消疲劳和脚底疼痛带来的痛苦，第二天兴奋减退，脚底的水泡毫不留情地疯长，疼得人只有靠耐力和意志才可以继续前行。摩西看样子经常徒步旅行，像骆驼一样行走平稳，不快不慢。Rose显然是新手，感觉双脚压了千斤重，她疾走一会，放慢脚步挪一会，坐下来休息一会；再疾走，再挪，再休息。她疾走时超过摩西，挪时被摩西超过，休息时被摩西落下很远。这样恶性循环，不到中午，Rose两只脚底起了好几个水泡。她不懂，以为继续走可以把水泡磨掉，硬撑着走到下午太阳落山，走不动了。他们只好就地搭帐篷休息，明天再走。

摩西脚底也起了一个水泡，把那个水泡刺穿，放水，消炎。他拿着瑞士军刀和消炎药来到Rose的帐篷。

Rose涂着十个黑指甲白嫩的双脚起了五个水泡，有一个破裂化脓，其他四个肿得水汪汪的，看上去都疼。经Rose同意，摩西坐在Rose脚下，抱起一只脚，像抱起一只大白兔。他拿出瑞士军刀，用剪刀轻轻刺穿一个水泡，顿时听到Rose猛烈的尖叫，那叫声没有招惹来狼也吓走了狼，脓水涌出来。摩西稍微用力挤干脓水，换来的是Rose一次又一次的尖叫。直到摩西认为脓水完全挤出来，才给Rose涂上消炎药。剩下三个水泡，在Rose三拨猛烈的尖叫声和若干次普通尖叫声里，摩西把Rose一双嫩白却满是伤痕的脚抚平。他每上一次消炎药，都把嘴凑到距离水泡一两公分远的地方轻轻吹热气，像呵护婴儿一般，以减轻Rose的疼痛。

看到眼前这个晒得黝黑身材魁梧胡子一大把的男人如此认真和投入，Rose觉得十分性感，不禁脸红，手心出汗，下面湿润。摩西是个老练的男人，第一时间捕捉到Rose的反应。剔除双脚的水泡，消完炎，摩西顺势轻吻Rose的脚踝，从这里开始旅行，弯弯曲曲直奔Rose而来。夜晚的荒漠升腾起一浪高过一浪的尖叫声，有男声也有女声，狼群来了又走了，走得很远很远，吓得不敢回来。

剩下的路，Rose与摩西把两个帐篷合为一个，白天徒步欣赏大漠风光，夜里在满天星斗的陪伴下共度良宵。Rose俨然忘了遥远的家乡还有一个未婚夫，只惦记眼前的摩西。

有了爱的旅程，走得很快，没几天，他们到达敦煌。他们徜徉在中国汉、唐、宋、元、明、清两千多年瑰丽的壁画和彩塑艺术的海洋里，Rose像一条沉醉于莫高窟里的鱼，每天在美的梦境里游泳，乐不思归。直到摩西告诉她，明天要回国，她才醒来。

摩西是瑞典一家海运企业的经理，利用年休假来中国旅行。摩西走后，踏上中国以来，Rose第一次感受到前所未有的孤独。那孤独犹如漫漫黄沙中挺立的莫高窟一般，无人感知，无人问津，无人守候，有的只是掀开繁华与喧嚣后的浮躁。

敦煌有直达北京的列车，Rose买了车票，坐了两天两夜，回到中国的首都北京。这距离她来中国，已过去大半年。

北京，一个硕大无比的城市，这里能看到中国最好最先进的一面，也能看到中国最坏最落后的一面。走在北京拥挤的人潮中，Rose像走在孤单的沙漠里。像以往在某个地方停留一样，她又找到一份酒吧服务员的工作，似乎她只能做酒吧服务员。

做了一段时间，Rose终于感到厌倦，从酒吧辞职，尝试去做家庭英文老师。在中国这个只认学历不认能力的社会，大学没毕业的Rose想做英文老师并不容易。幸好，那个年代迄今中国人普遍喜欢或被喜欢学习英语，尤其是孩子，被强制学英语，才有家庭愿意短期聘用Rose做英语老师。

正值盛夏，北京的桑拿天热得要命，Rose经历了平生以来最炎热的夏天。她经常热得透不过气，为了凉快些，她不穿胸罩，甚至不穿内裤前往聘用她的家庭给孩子上英语课。她的这种穿衣打扮给那些上过她英语课的孩子留下的印象，比她的课程本身更深刻。

两个月后，Rose觉得给孩子教英文也没意思，或者说待在北京没意思。她辞掉签约的家庭老师工作，用当老师赚的钱买了机票飞往拉萨，打算在雪域高原纯净自己的心灵。Rose想西藏应该是她在中国的最后一站，旅行结束，就回美国。

在西藏最让Rose难忘的是她乘汽车改步行辗转两天来到的高原湖泊纳木错。这个被称为“帝释天女儿”的湖泊是中国第三大咸水湖，也是古象雄文明的发祥地。Rose到达纳木错时是上午10点，她的运气不错，遇到晴空万里的好天气。湛蓝的天空下纳木错碧波万顷，几朵白云像白色的哈达飘荡在天水之间，Rose从来没见过如此神圣的美景，被深深地震撼。

接近正午，太阳照在身上暖暖的，丝毫感觉不到凉意，Rose脱光衣服，赤裸裸地冲向湖中，她要用圣洁的高原之水洗去身上的尘埃。Rose在湖中忘情地沐浴，却不知犯了当地人的禁忌。

在当地藏族人看来，高原上的每一处湖泊都是圣湖，更何况是西藏的第二大湖泊纳木错。这些高原圣湖既可以通天，又可以通佛，面对圣湖只能跪地膜拜，不能涉水亵渎。作为一名女性，Rose竟然在里面游泳，公然亵渎神明，是万万不可的行为。

太阳直射的纳木错，湖水却冰凉刺骨，Rose很快感觉到了冷。她正要上岸。

“嗨!”一个声音传来。

湖里的Rose听到有人在叫她，顺着声音看过去，发现岸上放衣服的地方站着一个藏族小伙子，正在用听不懂的藏语吼她，像是一只藏獒在吼陌生人。

小伙子身边是羊群。Rose搞不清楚是什么意思，从小伙子的手势看似乎是让她上去。Rose示意小伙子躲起来，她好上岸穿衣服。哪知小伙子根本听不懂她的英语，怎么也不走，手里还拿着她的衣服。Rose在水里待着不动，越来越冷，她冷得受不了，顾不得那么多爬上岸。小伙子看到一个外国女人赤身裸体地向自己走来，吓得赶紧丢了衣服背过脸，站在原地不动。

看到这一幕，Rose笑了，这隐隐勾起作为女人奇怪的欲望。在小伙子转过脸之前，Rose看清他的长相，古铜色的脸庞，高耸的鼻子，宽阔的额头，深深的大眼睛，一副美男子的面孔。小伙子穿着半身藏袄，一米八多的个头，结实的肩膀，修长的双腿，站在面前像一个野性男模在赤裸裸地勾引Rose。

正午的太阳炙烤着高原，地表温度有20摄氏度左右，在水里还冷得发抖的Rose，上岸感觉暖和了。赤裸裸的她像一个女巫对眼前的牧羊人垂涎欲滴。她走到小伙子正面，双手捧着他的脸，用邪恶的微笑看着小伙子。对方被看得心里发毛，脸上渗出汗来，不知如何是好。

Rose踮起脚吻小伙子，从嘴唇吻到胸膛，从胸膛吻到下面。小伙子知道怎么回事了，虽然没见过洋妞，但见过公羊与母羊交配。小伙子很快显示出高原民族的野性，他将Rose抱在半空，仿佛抱起一只羊儿。在Rose的引导下，两个人在纳木错湖边来了一场惊天地泣鬼神的嚎叫，吓得羊儿停止吃草，好奇地看着他们。

从西藏回到北京，Rose爱上了中国。这个国家疆域够辽阔，地域够丰富，人民够可爱，她不急着回国，她要继续在中国待下去，哪怕她的未婚夫催她回去。

Rose找了几份零工混过北京寒冷的冬天。春暖花开的季节，Rose收到燕郊一所名叫美华国际培训学校的聘书，聘请她为该校的英语老师。学校包吃住，待遇不错，她欣然前往。

在那里，Rose遇见马洛，并与其恋爱。

方其中的讲述，让马洛重新认识一个美国女人Anne Rose，他没有想到在与Rose恋爱之前她还有那么丰富的中国故事。听着这些不可思议的故事，马洛对Rose的突然离去，不再义愤填膺。

“你说她爱上了中国，为何又选择回国?”马洛问。

“可能她的休学期限到了，需要回国完成学业；可能她信教；也可能她意识到离不开男朋友。毕竟他们举行了订婚仪式，除非有不可宽恕的原则性问题，一般不会主动提出离婚。可能是这些缘故，Rose担心放弃学业，抛弃未婚夫，一个人待在中国，会受到上帝的惩罚。所以她选择回国。”方其中说。

“哦——”马洛无意识地点点头。

方其中的分析，对于他已经不重要，事实是Rose离开他回国了。马洛陷入沉思，不知该问什么，也不知该说什么。他怔了一会，谢过方其中，起身离开酒吧。

当马洛确信Rose不仅有男朋友，还是未婚夫，并且回国两人要结婚，不管Rose出于什么原因，他的内心都遭受无比沉重的打击。他知道，完了，与Rose的缘分，尽了。

马洛叫到一辆出租车，往燕郊学校驶去，三更半夜里，仿佛驶往坟墓。回到宿舍，醉酒加伤心让他一点气力都没有，趴倒在床上睡着了。

第二天，马洛向学校递交辞职信。下午，学校还没有对他的辞职给予批复，马洛就收拾行李，包了一辆出租车，离开这个令他难忘又伤心的地方。

天空飘着小雪，出租车驶入北京东三环，国贸双子座和东长安街繁华的灯火，透过车窗看上去变慢了。抑或是冬至，人们赶着回家过节，车辆异常拥堵造成的错觉。

冬至，一年中黑夜最漫长的一天，马洛不知道该往何处去。快到复兴桥时，他让司机驶往二环路，到处都在堵车，司机不想去，想让他下车。转头看到副驾的马洛泪流满面，估计遇到什么事，司机没有吭声。车行驶在二环路上，堵车令马洛痛苦的内心和肿胀的大脑眩晕，他一个劲地干呕，幸亏一天没吃东西，没有吐出什么。

在二环路上漫无目的地绕了一圈，司机坚决不干了，让马洛要么下车，要么赶快决定去哪儿。马洛哪儿也不想去，也不知道去哪儿，就想坐在这辆行驶的车内永远走下去。在司机的一再催促下，马洛让司机开往周行健的出租屋。

而今，两个被世界遗弃的孩子蜷缩在京城的出租屋，共同守候一年中最漫长的一天。这一天像是诅咒，诅咒他们失败与即将失败的爱情；这一天像是预言，预言他们迷惘与持续迷惘的人生。挨过冬至日的23小时59分钟59秒24帧，烟抽完了，茶喝淡了，马洛又饿又困，躺在沙发上睡着。

周行健看着这位曾经意气风发激情澎湃热情似火的好友，清癯的脸上颧骨高耸，长发披肩如同远古人，再看自己在孤灯下的无助，莫大的酸楚油然而生。难道这个时代对意气风发的年轻人拒之门外，对激情澎湃的诗人拒之门外？难道有追求有理想有情怀的人就必须面容清癯，长发披肩如古人般与时代格格不入？是时代抛弃了我们，还是我们抛弃了时代？明明有那么多人看不到方向，看不到未来，不知该往哪里去，又该去往哪里？这些人不仇恨时代，不报复时代，只仇恨自己，只报复自己，如马洛一般愤怒，如周行健一般执着，在时代的角落里暗自疗伤。

这一年剩下的日子，周行健和马洛在出租屋里度过。除了外出吃饭，他们几乎足不出户，每天晚睡晚起，靠盗版影碟和无聊的电视剧打发日子。马洛话不多，偶尔会放声怪叫或大笑，那大笑听上去像是在大哭。周行健也没有话，默默地陪着马洛。幸亏他们热爱书籍，两人的藏书加起来有上千本，看影碟看电视累了，就看书。书是他们的世界，也是他们的生活。

平安夜马洛喝醉了。晚上在餐馆里吃完面，马洛要了一碟花生米和一瓶北京二锅头，打开盖子往嘴里灌。周行健说怎能这么喝白酒，劝他用酒杯喝。马洛不听，紧劝慢劝喝光一瓶酒。马洛趴在桌子上走不动，周行健背他回出租屋。

路上迎了风，一进屋来不及去厕所，马洛吐了一地。周行健把他扶到沙发上坐下，去厕所拿抹布和拖把，出来看到马洛躺在自己的呕吐物上，身上沾得到处都是。

马洛说：“Rose！我的Rose！我至爱的Rose！我风中飘摇的Rose！我大洋彼岸的Rose！我心里永远盛开的Rose！你怎么就离开我了，你的无情，你的无义，把我葬送了，把我葬送了……”

马洛边说边哭，把自己最脆弱的一面暴露无遗。周行健搀扶起他，脱去他沾满呕吐物的外套，又把他搀扶到床上，盖好被子。

屋里全是马洛呕吐物的味道，未消化的食物夹杂着酒精与胃液的混合体，不断散发出令人窒息的气味。周行健打开窗户，将地上沙发上的呕吐物擦洗掉。

他站在呼呼进风的窗前发呆，双手抱着膀子，他想林紫函今夜在干什么，她会在乎这个耶稣基督诞生的夜晚吗？她会过吗？她是怎么过的？周行健打通林紫函的手机，里面传出对方已关机的声音。

这一年的最后一天，周行健和马洛去了天安门广场。这个世界上最大的广场，也是最热闹的广场，即使在寒冷的冬天，广场上人也很多。

他们买了一个风筝，周行健在前面拉线，马洛在后面放风筝。周行健跑得太快，马洛放得太慢，风筝放不起来；他们换了位置，马洛拉线，周行健放风筝，结果马洛跑得慢，周行健跑得快，风筝还是放不起来。两人跑累了，坐在冰冷的石砖上休息。

周行健不死心，请广场上一位风筝放得很高的老大爷帮忙指点。老大爷拿过他们的风筝，把风筝的中心横杠弯了弯，固定了一下位置，从周行健手中接过线柄。老大爷坐在原地，顺着风把风筝甩出去一米多远，一点一点扯着，像拉一只受伤的大鸟。就这样扯着，扯着，借着一阵一阵的北风，风筝从离老大爷一米多的距离放到五米远，又从五米远放到十米、二十米、三十米……一点一点飞到空中。

站在老大爷身边的周行健暗暗为老大爷高超的本领称奇。他从老大爷手中接过风筝线柄，与马洛一起牵着线，看着越飞越高的风筝。他们牵着风筝坐在广场中央，很确信现在他们是风筝的主人，而不是错觉告诉他们，他们是广场的主人。

傍晚时分，这两个放了一天风筝的年轻人，被警察清出广场。晚上广场不准滞留人员，哪怕是错觉以为自己是广场主人的人。离开广场时，周行健趁警察不注意割断手中的线，风筝顺着风向飘走了。

周行健与马洛多么希望能被风筝带走，飘到哪里是哪里，可惜风筝承载不了他们沉重的身躯和梦想。他俩漫无目的地走在长安街上，两边的商铺和住户时不时放个炮仗，吓得他俩像老鼠一般窜来窜去。

他们看见路边一家KTV，走了进去，要了一个小包间。刚落座，进来两个女郎，要与他们一起喝酒唱歌。周行健很烦，示意她们出去。马洛没有说话，一个女郎坐在他身边。女郎不停地劝酒，失恋的马洛很快喝醉。周行健喝得也不少，他拿着话筒不放，靠唱歌醒酒消愁。女郎对喝醉的马洛动手动脚，这世界是如此的颠倒，以前是男人对女人动手动脚叫耍流氓，要被鄙视；如今是女人对男人动手动脚叫赚钱，合情合理。

在一年的最后一天，心中牵挂林紫函的周行健看不惯女郎的风骚与挑逗，他记起紫函说过的“那些不认识的女人多脏啊”。他撵走趴在马洛身上的女郎，锁起包间的门，唱罗大佑的《亚细亚的孤儿》。

亚细亚的孤儿在风中哭泣
黄色的脸孔有红色的污泥
黑色的眼珠有白色的恐惧
西风在东方唱着悲伤的歌曲
亚细亚的孤儿在风中哭泣
没有人要和你玩平等的游戏
每个人都想要你心爱的玩具
亲爱的孩子你为何哭泣
多少人在追寻那解不开的问题
多少人在深夜里无奈地叹息
多少人的眼泪在无言中抹去
……

在周行健看来，这首罗大佑根据台湾作家吴浊流的小说《亚细亚的孤儿》创作的歌曲，明显不只反映台湾和台湾人的辛酸历史和命运，也反映着他和马洛的心声。在无边的暗夜，在灯红酒绿的长安街边上的

KTV，两个新世纪的孤儿唱完罗大佑的所有歌曲，还要唱愤怒的汪峰，被KTV的保安以他们不守规矩为由撵走。

他们摇摇晃晃走在长安街上，走在这一年的最后一夜里，不约而同唱起汪峰的《再见，二十世纪》。

……

再见，二十世纪
再见和我一样迷茫的人们
再见，二十世纪
再见和我一样迷茫的人们
再见，二十世纪
再见和我一样迷茫的人们
……

走在21世纪第二年最后一天北京的子夜，无伴奏歌唱这首写于20世纪末的歌曲，周行健与马洛的迷茫一如三年前，没有任何改变。只有迷茫，迷茫，迷茫。

迷茫是褪色的爱，迷茫是丝滑巧克力褐色的河水，迷茫是上帝束手无策的救赎与忏悔，迷茫是一万四千余行的史诗《神曲》中的十八层地狱和炼狱，迷茫是黑色无边的天际线……

# 第十五章

黎明时分，火车到达内蒙古乌海市境内，后半夜才入睡的周行健被黄河上的日出惊醒。喷薄的日出让他感受到久违的震撼，他听到大地的颤音，看到岩浆的燃烧，古老的土地向他伸出宽厚的臂膀，欢迎他回乡。这种匪夷所思的迎接显然是周行健的臆想，但它隐隐约约昭示着周行健与家乡故土割舍不断的情思。

周行健迷恋这样的情思，尤其在黎明和傍晚时分。然而，新的一天充满不确定，他不得不去迎接，一如年初，他不得不去迎接新的一年。

2003年春天，一种严重侵袭人类呼吸道系统的病毒SARS蔓延半个中国，并成为肆虐全球的传染病疫潮。SARS病毒最早暴发于广东顺德，距离南方的林紫函家不远。

在一次与林紫函的通话中，周行健第一次听说了SARS病毒。紫函笑着说最近南方两样东西奇缺：一是超市里的米醋，一是药店里的板蓝根，就连她上班的县医院，板蓝根都被抢光。

周行健好奇地问："怎么会这样？"

紫函说："广东那边出现了一种怪病，叫什么'非典型肺炎'，我听了就觉得好笑，说肺炎不就行了，还'非典型'。"

周行健说："你是学医的没听说过这种病吗？"

紫函说："没有，这是新出现的传染病，是一种病毒，英文简称SARS，据说传染性很强。你在北方，隔得远，我也就放心了。"

周行健从林紫函口中获知的"非典型肺炎"呼吸道传染病，没有伴随林紫函挂断的电话而停止传播，而是在北京柳絮纷飞的4月集中暴发。

实际上，早在一个月前的3月6日，北京就出现了第一例"非典"

病例。只是当时正值全国两会召开期间，又是五年一次的国家领导人换届，从中央到地方都在关注新一届国家领导人的选举，没有多少人在意这个来自南方的“非典型肺炎”病毒。

半个月后，疫情形势异常严峻。尽管官方依然报告北京的疫情处于可控状态，但是民间猛增的感染病例抽了政府一记响亮的耳光。在狂飙突进迈向现代化的改革开放时期，迷惘时时处处都会出现。当公众被真相所蒙蔽，小道消息又泛滥成灾的时候，社会的不稳定因素开始酝酿。

周行健和马洛，两个极度迷惘又无所事事的人，找到了抗争最好的理由。他们准备去参加有人召集的集会，游行示威，逼迫政府向公众公开“非典型肺炎”传染病疫情真相。

吊诡的是，周行健、马洛和那些集会示威的人正准备上街游行，中国政府将卫生部部长和北京市市长予以免职，并如实向社会公布“非典型肺炎”传染疫情，以安抚社会情绪。这令周行健和马洛感到异常扫兴，觉得胸中的一口恶气还没出来，就被憋回去。

面对北京骤然增多的病例，周行健和马洛响应政府号召，紧闭门窗，不出门，勤洗手，出门必戴口罩，由先前义愤填膺的迷惘青年，变成俯首帖耳乖乖听话的顺民。

在北京市疫情最为严峻的4月下旬，周行健接到经常合作的一家电视节目制作公司经理的电话。对方获知周行健勇敢地留在北京高兴坏了，声音低沉言辞恳切地说因为“非典型肺炎”，公司制作人员走了一大半，离开北京回老家躲传染病去了，导致节目生产无法正常进行。问题是娱乐时代的中国电视荧屏离不开娱乐，之前签约好的电视台，一个接一个打电话催节目，根本不管什么“非典”不“非典”，节目正常播出才最重要。

经理说：“周行健，我一向认为你十分优秀，做事严谨，认真投入，有责任心，人又正直，无论如何过来帮老兄一把，薪酬是平时5倍。”

听着经理的赞美，想着银行卡里仅剩三位数的存款，房租即将到期，马洛又在身边，周行健拼了。“非典”怎么了，病毒肆虐的城市，不要没有被病毒传染致死，却因没饭吃饿死，岂不惹人笑话。

周行健说：“五倍薪酬太少，十倍！”

经理说：“算你狠，十倍就十倍吧。”

久未出门的周行健来到街上吓一跳，平常车来车往人头攒动的北京城，车少了，人少了，不好说是一座空城，至少是半座空城。看来病毒的确可怕，这一次吓住了浮世中挣命赚钱的人，他笑一笑，觉得没有吓倒自己。

周行健站在空荡荡的公交车上，不敢坐座位，怕座位上有SARS病毒；他的手不知往哪里扶，害怕运气不佳，正好一把手抓住的地方全是SARS病毒。他战战兢兢鬼鬼祟祟地在公交车里走来走去、探来探去。到制作公司门前的公交车站时，公交车一个猛刹车把周行健摔翻在地，他的身体接触到了SARS病毒有可能存在的公交车地板上，他起身时双手抓到了SARS病毒有可能存在的公交车扶手上。周行健害怕极了，跳下车向制作公司的大楼内冲进去。

刚一进门，周行健被守候在门前的医务人员抓住，还没等他反应过来，一把手枪模样的东西指向他的额头。他没搞懂这是什么东西，伸出右手一把推开，继续向电梯口跑，被追上来的几个戴着白色口罩的保安摁倒在地，胳膊反向死死压住，动弹不得。后面的医务人员追过来，示意保安轻一点，不要太粗鲁，同时再次将刚才那个像手枪一样的东西放在周行健额前。

还没等他反应过来，医务人员说："好的，不发烧。放行。"

怎么会呢？周行健不干了，他不相信没有被传染。刚在公交车上可是摔了一跤，全身、手脚都贴在公交车地板上了，那上面多脏呀，随处都可能有乘车人吐的口水和痰，里面都是病毒呀。何况他的半边脸和左下嘴角也触到肮脏的公交车地板上了，怎么可能不被传染呢！周行健站起来走到医务人员面前，示意他们再用那个手枪打一下额头，他现在知道那是电子体温计。

医务人员又给周行健测了一下体温，说："好的，帅哥，你不发烧，走吧。"

周行健反问："怎么会呢？"

他还想要测体温，看到医务人员有些不耐烦，嗫嚅着向电梯走去。

到了制作公司，周行健依然不放心，跑到洗手间用香皂洗了三次手，又洗了两遍脸，心里才踏实些。

一连两周，为了避免传染，周行健下班不回出租屋，待在制作公司做节目，晚上睡在公司里。两周后，他主动到楼下请医务人员再次给他测体温。测量结果是不发烧，他才确定自己没有被传染。

作为“非典”时期没有被传染的健康人，周行健是可以被允许随意活动的自由人。他坐上回出租屋的公交车，发现车上人多了，几乎和“非典”没有来袭时一样多。不同的是车上的人几乎都戴口罩，防止“非典型肺炎”通过口鼻传染。周行健戴了两天口罩，被5月初燥热的空气闷得透不过气，他扯下口罩扔到垃圾桶。

口罩不戴了，洁癖成性的周行健对手接触传染“非典”依然心存芥蒂。他每天起床用香皂洗三次手，来到制作公司用香皂洗三次手，吃饭前用香皂洗三次手，回到出租屋用香皂洗三次手……凡是双手接触自己身体以外的东西，周行健都要洗三次手。这样下来，一天到底洗了多少次手他自己也记不清楚，只知道洗了无数次手。这无数次的洗让手越来越干，越来越发痒，他全然不理会。因“非典”养成的歇斯底里的洗手强迫症，把周行健一双黑不溜秋的北方男人的手洗坏了。不知道是自来水劣质，还是香皂洗多了起反作用，他的双手大面积脱皮，发痒，干裂。

出现这样的症状，周行健以为是“非典”传染的早期症状，专门去医院看。医生告诉他这与“非典”没有任何关系，是用香皂洗手过多引起的双手皮肤角质层破坏，建议他不要再频繁洗手，以免引起更大的病变。

已经迟了。周行健的双手角质层破坏相当严重，即使一天不洗手，依然会局部脱皮、发痒，甚至干裂。过了一段时间他又去看医生，医生给他的双手下了新诊断，他的双手不仅是角质层破坏，还感染了慢性湿疹，要慢慢调理才有可能医治好。至于什么时候治愈，是个未知数。而且，此病与心理因素有很大关联，心情不好，经常熬夜，病情就会加重，体现到手部就是手掌心或手指脱皮和干裂，体现到心理就是又痒又痛。不说生不如死，也是烦乱至极。周行健一听，心里一沉，觉得够倒霉，肆虐全球的“非典型肺炎”他没有被传染，却被悄无声息的慢性湿疹缠上。这也是命吧。

周行健正在犹豫是按照医生的疗法继续治疗，还是破罐子破摔，任由双手湿疹蔓延，他接到林紫函的电话。“非典”期间，生殖科医生林紫函被医院调至“非典”一线救治病患，很少给远方男友周行健打电话，只是偶尔发个短信提醒他注意防护，不要染上“非典”。如今“非典”没染上，却把双手洗坏，郁闷的周行健接到林紫函的电话，打算寻求一番安慰。

“你最近忙吗？”紫函问。

“忙，做节目。”周行健说。

“哦，你能来我身边吗？”紫函问。

“想我了呀！好啊，我马上把节目赶出来就过去。”周行健说。

“现在就过来，好吗？”紫函说。

“现在啊！”紫函很久没这么主动，周行健有些不适应。

“我爸传染上‘非典’了，持续发高烧五六天，不见退烧。我好害怕，好想你马上过来陪我。”说着，紫函哭起来。

听到紫函的父亲林志传染上“非典型肺炎”，这个极力反对女儿与自己恋爱的男人染病，对于周行健来说不知是一个好消息还是一个坏消息。他心里唏嘘不已，心想林志你也有今天，都是不待见我惹的祸。不过，周行健很快意识到这种唏嘘的无耻，紫函这个时候正需要他，他怎么能只顾着唏嘘呢。

周行健收敛住带有窃喜的无耻唏嘘，对着远方的林紫函说：“我这就出发。”

随着政府对SARS疫情的重视，北京市的疫情得到有效控制，5月以来，传染病例快速下降，社会恐慌情绪不再高涨。那些跑回老家躲避疫情的外地人一个一个又逐渐回来。周行健制作节目的影视公司，员工基本都回来了，他手中的节目也会有人来接手。周行健向公司经理请假，经理得知是他女朋友的父亲传染上SARS病毒，很痛快地给他准假，用现金支付了他所有薪酬。

拿着在SARS病毒肆虐随时会侵袭自己身体的危险时期赚来的钞票，一直标榜自己怀有崇高理想喜欢诗歌的周行健感到莫名的滑稽。他交完房租，鼓励还在失恋痛苦中的马洛打起精神，尝试去找个新工作，开始新生活。马洛看着他点点头。

周行健告别马洛，到车站坐上一列快车南下。

此时的中国，SARS疫情还没有消除，除了必需的工作需要，没有多少人愿意去SARS病毒暴发的南方。周行健去了，他感觉自己是在病毒泛滥的年月去南方重拾一段轰轰烈烈的爱情，他也隐隐觉得成功与否在此一举。

在5月初夏的熏风里，周行健反而有一种“风萧萧兮易水寒，壮士一去兮不复返”的悲壮。

列车这种人类现代文明的交通工具，有一种神奇的魔力，你坐在其间感受不到飘扬的飞离，有的却是贴地飞驰的迷离。越接近南方小城，周行健越兴奋，半年多没来，那些熟悉的山，那些熟悉的水，那些独有的红色土壤，都仿佛在欢迎周行健的到来。

与北京“非典”时期严防死守到处设置检查点不同，小城的“非典”安检比较松散。出火车站时，周行健被要求检测体温，结果是不发烧，放行。大街上几乎看不到行人戴口罩，仿佛没有“非典”这回事，人们依旧闲散地生活，恬淡地吃喝，远不像北京满大街行色匆匆的口罩。周行健本想戴个口罩装酷，看小城人民如此不在乎，也就不好意思戴了。

周行健直奔县医院找林紫函，发现医院门口加强了防护，外人不可随意进出。

“非典”一开始，县医院就从各个科室调集精兵强将，组建“非典”应急救治小组，专门救治传染SARS病毒的病患。与呼吸道和肺部感染科相去甚远的生殖科医生林紫函也被临时抽调到“非典” 应急救治小组。幸运的是，距离SARS病毒首例暴发地广东省几百公里远的南方小城，不知是这个春天东南风来得晚还是吹得轻，SARS病毒并没有大肆侵袭这里。

紫函所在的“非典”应急救治小组4月中旬组建以来，总共接到SARS病毒感染病例九人。除一人确诊，其他都是疑似感染者，只发烧，没有呼吸困难和身体疼痛无力等严重症状。为了防止像北京那样的瞒报情况再次发生，国家增加了透明度，要求各地严格执行层层上报制度，不论是确诊病例还是疑似病例，都要上报。有八名疑似病例的小城，也被认为是重灾区，病人完全康复前，“非典”应急救治小组不能松懈，人员不可擅自撤离。

紫函被临时调至医院“非典” 应急救治小组后，找她看生殖问题的病人挂不了她的号，都盼着她早日回科室。紫函也觉得自己“不务正业”，待在应急救治小组里无事可做。就在她打算申请回生殖科室接诊时，医院“非典”应急救治小组接收到组建以来第二个确诊的SARS病毒病例。令紫函万万没有想到的是，这个传染者竟然是她的父亲——林志。

林志，中国改革开放先富起来的一代人中的一个，他身上具有这代先富富人的鲜明特征：聪明而狡黠，勤奋而自励，善于攀附各种权贵，也善于抓住任何机会，凡事亲力亲为，不遗余力，不达目的不罢休。受“非典”疫情影响，去年冬天以来，林志的丁香精油产品销售大幅下滑，尤其是出口销售下滑更厉害，国外客商不愿意来中国订购商品，怕感染SARS病毒。

为了拓展销路，4月下旬，林志亲自赴广州参加第九十三届中国进出口商品交易会，即广交会。让他失望的是，这个自1957年以来每年举办的中国最大的进出口商品交易会，外商与会者明显减少。虽然新闻媒体报道说外商并没有因为“非典”疫情而害怕前来出席广交会，但林志知道那是媒体受政府的要求乱写的，只有他这个商人能够最直接地了解到与会外国客商的情况，也能够感受到本届广交会的气氛。在SARS病毒的阴影下，不是门口安装几台五十米以外能探测到人体体温的遥感红外线快速体温检测仪，就能打消人们的疑虑。他的丁香精油最大买主印度和欧洲客商一个都没有来，这让林志十分忧虑。他在广交会拓展了几天业务，毫无结果。

林志不甘心，又待在广州与几个生意上的老朋友见面，希望多了解一些市场信息，拓展销路。

春末的广州天气已经很热，时不时下一场暴雨。一天晚上，林志应酬结束回到宾馆，感觉四肢无力，头重脚轻。他以为是酒喝多了，没多想睡了。第二天，拖着病身，林志赶回家。

人在生病时最容易消沉。回到家的林志除了全身疼痛，还发起高烧，但他没有休息，一想到库存的丁香精油销不出去，他就愁上心头。SARS病毒是传染病，有一定的传染期，如果挺过传染期，就会逐渐好转。丁香精油不是食品，库存久一点不会变质，只要过了SARS病毒传染期，市场恢复了信心，自然还会有客商来采购丁香精油。

然而，病中的林志不这么想，他想到地里的丁香花在浓情的5月开得一片又一片，香得人都要醉了，心情就不爽，感觉大把的钞票就这么在争奇斗艳中白白失去，太可惜。如果不尽快打开销路，损失会越来越大，丁香精油加工厂那几十个工人张开的嘴每个月是要吃饭发工资的；各种各样的税是要上缴的；最关键的是作为一个企业家，利润下滑甚至停滞不前，是最让林志心焦的。

想到这些，五十多岁的成功男人林志，县城的第一富豪林志，多年来第一次感到人生的无常。他把自己一个人关在书房里，与其说是想办法，不如说是逃避，逃避难料的商海世情，逃避人生的起起伏伏。他不停地抽雪茄，完全不顾忌高烧和全身疼痛的折磨。

第三天下午，林志挺不住了，晕倒在书房里。

在医院里值班的林紫函接到母亲打来的电话，获知父亲晕倒，赶紧跟着医院的120急救车回家抢救父亲。昏迷的林志被拉到医院，由“非典”应急救治小组医治。看着昏迷的父亲，不祥的征兆痛击林紫函，她感觉这次是真的，父亲很可能传染上SARS病毒。尽管医院呼吸科的主任医生还在检查，说检查没有出来前不能确诊为SARS病毒病例。

当晚，省医院的专家也赶到县医院，确诊林志传染上SARS病毒。他是小城防止“非典”疫情以来第二个确诊的SARS病毒感染病例。知道这个结果，林志还在昏迷中，他的妻子满眼是泪，他的女儿紫函却异常镇定，主动向医院申请，担任父亲的第一护理人。紫函想SARS病毒没有什么可怕的，一定要战胜它，把父亲医治好。

在众人面前表现镇定的林紫函，把父亲安顿到“非典”特护隔离病房。出来到特护病房外给远方的周行健打电话，电话里林紫函哭着把父亲的病情告诉周行健，让他尽快来到自己身边。

恋爱以来，林紫函第一次实实在在真真切切地感受到恋人不在身边的缺憾。她想周行健为什么不在身边呢？如果在身边，站在她身旁，哪怕什么也不做，也是有力的支持。只可惜，周行健在一千公里以外的北京。所有的支持，只能仰赖这一个虚幻的电话。打完电话，林紫函怅然若失，她站了一会，进了隔离病房。这意味着父亲的病没有治好之前，她不能出来。

现在，从北京来到县医院的周行健，站在门口进不去。因为县城增加了一名SARS病毒传染者，县医院被完全隔离起来，门口加设了SARS病毒检测人员和设备。周行健进不去，只好拨打林紫函的电话。电话响了很久，没人接，周行健又打，依然没人接。他不知道，隔离照看父亲的林紫函白天是不看手机的。周行健给紫函发短信说他到了，就在医院门口，需要他做什么尽管说。短信发出去依旧没有回，周行健想怎么回事，难道紫函出事了。

站在门口半个多小时，周行健又热又累。没有回音，他不知道该留下还是离开，就去找了个宾馆先住下来。周行健不想让紫函家的人知道他来到县城，没有去住紫函家的酒店，而是另外找了一家。

天黑时，周行健收到林紫函回复的短信。

> 哦，你来了啊！谢谢你！
>
> 我父亲醒了，病情也有了好转，还需要继续隔离治疗。我要隔离照顾父亲，不知道何时才能解除隔离，没法见你。
>
> 你回去吧，回去把我忘了。

看到这样一条短信，周行健越看越糊涂，他不知道是什么意思，觉得事情向相反的方向发展了。可以明确的是紫函的父亲度过了危险期，而危险的最后一句“你回去吧，回去把我忘了”。这是什么意思，分手吗，决绝吗？不会吧，这世界变化太快了！

周行健随即把电话打过去，“嘟”一阵，电话接通。

“怎么，这是要分手的节奏吗？”周行健劈头盖脸地问。

“我就知道你会这样说。”紫函说。

“哦，敢情你这都安排好了。恭喜你爸度过危险期！恭喜你翻脸不认人！问题是，既然要分手，还让我大老远跑来干什么？”周行健说。

“我也是万不得已！行健！”紫函说。

“嚯——万不得已，好一个万不得已！”周行健说。

“你，听我——说！”紫函哽咽着说。

“好啊，听你说！”不等紫函说完，周行健抢白说。

周行健不依不饶，紫函的话总是被打断，在电话那头哭起来。这一哭，周行健不说话了。他最怕女人哭，尤其是紫函哭。电话两头安静下来，一头是周行健这边安静地等待，一头是紫函那边隔离病房外消毒药水刺鼻的安静。

三天前，也就是周行健与节目制作公司结完账，买好第二天火车票的那天，昏迷几天，被医院认为无法救治的林志竟然醒了。

这惊动了县城的上上下下，县领导和医院院长、呼吸科最好的医生都来到病床前，紫函母亲也被允许进入隔离病房，大家以为这是林志的回光返照，临终托付。

看着黑压压一群人站在面前，林志抓住女儿紫函的手，好一阵才说："紫函，爸爸怕是挺不过去了，临死之前，你一定要答应我一件事。"

紫函含泪看着父亲说："爸爸，不要气馁，不就是一个传染病嘛，您不会有事的。那么多人都治好了。"

林志看着女儿吃力地说："那是别人，我可能没那么幸运。你一定要答应我一件事。"

紫函含泪点点头，双手紧紧握着父亲的手，不知道父亲让她答应什么事。

"你不能跟周行健在一起，你们不是一路人，不合适！我走之后，家里的重担要托付给你，我一直不放心你俩在一起，我怕辛辛苦苦干出的事业被毁于一旦。"林志一口气说出他的心里话。

"爸爸，都什么时候了，您还惦记这事。放心吧，您没事，我一定要把您治好!"紫函说。

"你要答应我，否则我死不瞑目!"林志不放心，要女儿当着众人的面屈服。

谁能想到病中的父亲放不下的竟是这件事！紫函看着父亲，病房内气氛十分凝重。紫函的母亲、同事、领导都用严肃的目光看着她，仿佛是在一个明镜高悬的公堂上审问一个犯人，面对铁证如山，犯人不得不低头认罪。这千钧重荷压得紫函透不过气，她好想放开父亲的手跑出隔离病房透透气，容她想想清楚再回答。

我和周行健为什么就不是一路人呢，为什么不合适呢？父亲病重期间的断言是真的吗？还是父亲病痛太厉害在胡言乱语。不对，这不是一码事，不能因为父亲病了就冤枉周行健，更不能因为父亲病了，就否定自己与周行健之间的感情。我们是纯洁而神圣的爱情，我们之间的爱情不掺杂任何功利的成分，这样的爱情才是人世间最美好的感情，怎么就不是一路人，怎么就不合适了？父亲啊，父亲，您这是以死相逼啊！

“爸爸，我们现在不说这件事好吗？等——”紫函的话被母亲打断。

“紫函，你怎么这么不懂事，爸爸都这样了，你还不松口，你到底要怎样?!”紫函的母亲哭着说。

紫函身边的外人一直用严肃而异样的眼光看着她，看她是乖乖女，还是叛逆者。同时，也在看她的笑话。

突然，隔离病房内灯光瞬间暗了又亮了，这诡异的气氛仿佛是某种预示。尽管后来知道是电压不稳所致，但专门用来救治“非典”病人的隔离病房电压怎么会不稳呢！

紫函打了个寒噤，觉得有什么东西在耳畔敲击，不断提醒她这是神秘力量的指示。

紫函母亲的情绪愈加激动，哭着说：“紫函，就当是妈妈求你了，答应爸爸吧。爸爸如果有个三长两短，我们家可就完了。”

的确，爸爸是家里的顶梁柱，爸爸如果死了，家就塌了。这是紫函从来没有想过也不敢想的事情。那个耳畔的敲击声越来越大，仿佛寺庙里的千年铜钟在撞击。紫函不明白县城里只有两人感染上SARS病毒，为什么其中之一就是她的父亲。为什么病毒会找上门来？难道是上天有意的惩罚？上天为什么要惩罚父亲呢？父亲那么辛苦，全身心投入到事业中，既给家里赢得了体面的生活，又解决了许多人的就业，还给国家上缴了那么多税款，这么优秀的男人，上天为什么要惩罚他呢？紫函耳畔的撞击声越来越大，越来越大，形成一个看不见的声音场把她团团罩住，将她置身于一座寺庙的塔身内，囚禁于木鱼之中。

难道是因为我？因为我和周行健之间的爱情，原本是个错误，不被上天接受，才将惩罚降临到父亲身上。如果是这样，所有的罪过我来背，不应该让父亲承受。

想到这里，紧握着父亲手的紫函再次打了一个寒噤。她想只能牺牲自己的爱情来挽救父亲的生命了，别无他法。这样对周行健不公平，对自己也不公平，对世间所有纯洁而神圣的爱情都不公平！

然而，自古以来有多少有情人终成眷属？又有多少纯洁而神圣的爱情不被玷污？不都是被无情的现实摧毁了嘛！看样子我们无法逃脱爱情的宿命，只有俯首称臣，委身于万恶的现实。

面对上天降临的近在咫尺的惩罚，在这生死相托的一刻，紫函没有选择，她只有牺牲自己的爱情，换取父亲的生命。

“嗯——”，紫函咬牙点点头说，“我答应您，爸爸!”

说出这句话时，紫函的眼泪夺眶而出，仿佛一把尖刀捅在心窝，血流不止。

紫函接着说：“爸爸，您一定要挺住，我们会渡过难关，我们一定会战胜SARS病毒!”

盼到女儿的话，林志舒了一口气，昏迷过去。

紫函母亲以为丈夫死了，放声恸哭，医护人员也慌了，要上急救措施。只有握着父亲一只手的紫函知道，父亲没事，只是又昏迷了。

为了防止意外发生，也为了确保县里的纳税大户、企业家林志不被SARS病毒攻陷死亡，县医院再次请求省医院的专家前来会诊。通过会诊，专家再次确定林志感染的是SARS病毒，没有其他病症。令人鼓舞的是，经过前一段时间救治，SARS病毒在林志体内已经开始消退，病情也在好转，持续昏迷可能是因为林志之前过度劳累所致。

果然，会诊的当天下午，也就是周行健从北京坐上火车南下的那天下午，林志醒了，而且没有再度昏迷。

父亲醒来，林紫函高兴之余却是惆怅，她觉得自己从死神那里夺回了这个世界上最重要的一个男人——林志，而将要不可避免地失去这个世界上最重要的另一个男人——周行健。当她收到周行健从北京南下的火车上发来的短信时，不知如何回复，只是淡淡回了一句。

你那么忙，真的来了啊。注意安全!

紫函本想用这简短的一句回复缓一缓，等周行健来了当面告诉他实情。然而，周行健真的来了，她又没有勇气与他说。她是真的舍不得，舍不得生命中这样一个难能可贵的男人就这样从自己身边离开。然而，舍不得又能怎样？父母坚决不同意她与周行健在一起。那天父亲临危嘱咐，虽然不能确定是有意为之，还是父亲真的觉得自己不行了放不下这件事，总之，看着父亲的病痛，有感于上天的惩罚，她答应父亲与周行健分手。话已说出，覆水难收，此生看样子是没有缘分与周行健在一起了。天命如此，就负了吧。

紫函父亲还要在医院隔离观察几天，等完全治愈才能出院，这意味着隔离医治父亲的紫函不能解除隔离，也就不能与周行健见面。

无法见面，省却了见面分别的痛苦，紫函想来想去，下定决心。

“行健，我要告诉你，我这辈子只爱你一个人！”紫函说。

“是吗?!”周行健说。

“是的，永远只爱你一个人！请你理解我，我是真的没有办法，已经答应父亲，无法再挽回。但我不会爱别人，也不会结婚。我就与父母生活在一起，永远与他们在一起，看他们怎么办!”紫函说。

周行健不再激动，不再为了爱义愤填膺，他听着电话那头紫函负气的话，心里生出些许鄙视，鄙视紫函的负气只是负气。她父亲尚在病中都如此坚决地制止她与自己的爱情，等她父亲康复，一身劲头的林志会为女儿布好怎样的“美丽”婚姻局面，那是紫函想不到的，也是紫函无力抵抗的。

说到底，正如王立言当初所说“紫函是一个听命于父母的乖女孩”，她太需要也太在乎安全感，这种对未来未知的安全感只有她的父母和富有的家庭能够给予，周行健给不了。周行健是一个对未来未知勇往直前的毛头小子，不渴望安全感。他迷惘而执着，人生就像京剧《挑滑车》中高宠的念白：你看那边黑洞洞，定是那贼巢穴，待俺赶上前去，杀他个干干净净。

一个追求的是天井里的安静人生，一个追求的是天底下的自由人生，林紫函与周行健，这两个千里之外的恋人，正如紫函的父亲林志所言：你们不是一路人。

“好吧，好好照顾你父亲。我们的事以后再说。”周行健说。

“那你呢？你怎么办？”紫函问。

我怎么办，我还能怎么办？你都把我甩了，我能怎么办！电话这头的周行健心里发恨，嘴里却半天说不出什么。

“我——我嘛，回北京了，待在这怪可怜的。”周行健说着，流下眼泪。

不停地流，止也止不住。周行健知道他的爱情结束了。

“好吧。回去照顾好自己，一定要照顾好自己！我会一直牵挂你，你要过得不好，我会担心的！”紫函说。

还没说完，眼泪流到紫函嘴里，舌尖被苦咸的泪水浸泡，满世界的苦咸侵袭而来，顺着口腔流到咽喉，流到胃里，流到五脏六腑。紫函怕这苦咸被周行健尝到，挂断电话。一个人无助地站在黑漆漆的隔离病房外，死一般的静寂笼罩着她。这场SARS病毒非比寻常，传染了她的父亲，撵走了她的爱人。这无情的病毒，这个令人诅咒的世界，这下该满意了吧。紫函恨恨地想，爱招惹蚊虫叮咬的脸上被咬了许多包。她用力抠破一个又一个，每抠破一个都是钻心地痛，伴着全身的苦咸一起湮没在无边的痛楚里。

待在陌生而熟悉的小城，周行健更无助。他来到县医院，深夜门口的体温检测装置还在，没有检测人员，估计偷懒睡觉去了。周行健像贼一样潜入医院内，围绕门诊大楼和住院楼转了几圈，他在寻找那个隔离紫函父亲的特护病房，他想找到去看看，哪怕只是在门口听听里面紫函的呼吸声。住院楼里亮光的房间很多，周行健找来找去不能确定哪间是紫函照顾父亲的隔离病房。他拿起电话想问紫函，又放下。他们已经分手，虽然分手是在紫函父亲病重的危急关头决定的，但毕竟已经决定。况且紫函和父亲被隔离，打通电话紫函也没法出来见面。

周行健离开医院，走在初夏午夜小城熟悉的街道上，吹着略显凉意的风。难道就这样结束了？难道就这样结束了？难道……周行健一遍一遍地问自己，疑问告诉他对这个结果的质疑，也是在不停地为这突如其来的分手安慰自己。

失去最爱的人，自己该怎么办？在无助的风里，周行健迷失了方向。他突然想起罗秉晖，这个曾经恨他的人现在该高兴了，要不要告诉他自己与紫函分手了呢？不要吧，何必自讨没趣。

走了几步，周行健忍不住还是给罗秉晖发了一条短信：

最近还好吗？“非典”时期，保重身体！

与以往不同，罗秉晖很快回复短信：

我还好。北京疫情那么严重，你也要保重身体！

没等周行健回复，罗秉晖发来第二条短信：

告诉你一个好消息，林紫函的父亲传染了SARS病毒，据说快不行了。你该感到高兴吧。

罗秉晖这样说，显然是指紫函父亲反对周行健与紫函的爱情。可林志的反对不正是拜你罗秉晖所赐吗？正是你从中作梗，添油加醋地诬蔑，林志才坚决反对。周行健要回短信斥责罗秉晖，写好了短信，又删了。何必呢，罗秉晖不也没得到吗？

对于林志，周行健是很反感，他想不通一个成功商人为何如此不开明，插手女儿的感情和婚姻，以死相逼，逼迫女儿与自己分手。不过，这种反感周行健不打算让罗秉晖知道。

他回了一条短信：

高兴不至于，我祝他早日康复！

这条短信发过去，没有回复。周行健觉得好无趣，原本还想请罗秉晖出来聊聊天，这下打消了念头。显然罗秉晖不知道他在县城，他感觉在小城比在北京与罗秉晖之间的距离还要遥远。

第二天，周行健神情恍惚地踏上返回北京的列车。这一回他搞砸了，满身的伤痕和潦倒。他这位爱情斗士，在强大的现实打击下，不再有悲壮，有的只是灰头土脸。

回到北京的出租屋，马洛不在。周行健找遍室内，在烟灰缸下发现一个皱巴巴的纸条，上面有马洛的留言。

我在城东找了一份工作，你这距离工作地点太远，上下班不方便。我在公司附近租了一间屋，先搬过去。等你回来再聚。保重！

走得真及时，真会选日子，偏偏在我失恋正需要人陪的时候搬走，周行健边看留言边想。

一直以来他都是孤独的人，所有的忧愁和痛苦都是自己一个人默默承受。他不像马洛，遇事会主动找人疏解，至少来找他。周行健不打算去找马洛，马洛也是一个失恋不到半年的人，满身心的崩溃和负能量。这个喜欢“垮掉的一代”代表诗人金斯伯格的朋友，对待自己失败的感情和不如意的事情，都会模仿“垮掉的一代”的做法，不是去放浪形骸，就是极度沉沦，自暴自弃。

虽然马洛失去Rose，但Rose教会他的泡吧生活却没有随之失去，他酷爱泡吧。只有在酒吧里，马洛觉得自己就是“垮掉的一代”。他借着诗人的本色，和三脚猫弹吉他的本事，总能在酒吧里获得艳遇。在这个诗人已死摇滚暗淡金钱至上的年代，马洛是凭什么魅力吸引那些乱七八糟的女人，周行健搞不懂。他只知道，马洛以此为乐，乐此不疲。

周行健没这方面的本事，也没这方面的心思，他的心里总念着远方的林紫函。即使与马洛一起到酒吧买醉，有女郎过来勾引，或者他看上某个女郎，内心立马会有一个声音警告他：不能负了林紫函。

因为不识趣，周行健越来越不愿意去酒吧。住到后面，马洛与周行健为此产生隔膜。马洛觉得与周行健住在一起没意思，他其实早就想搬出去。

这下好了，与林紫函分手了，马洛也搬走了，周行健坐在空荡荡的出租屋，一身的落寞与寂寥。

过了些天，周行健意外接到林紫函的电话。

“告诉你一个好消息。我爸完全康复，我们已经解除隔离回到家中。”紫函高兴地说。

“哦，恭喜恭喜！”周行健说。

“你还好吗？”紫函问。

“我？”周行健想说不好，天天沉浸在失恋的痛苦中，能好吗，但他改口说，“我，一般吧。”

“你要好好照顾自己，我总是很牵挂你。我也是没有办法，我们就认命吧。”紫函说。

认命！认什么命？明明是你不能摆脱父母的束缚，不够独立，不够坚强，害怕失去现有的生活，投降了，还说认命。一个人如果要终结与另一个人的爱情，找个理由是容易的。周行健想着，想到以前一个话题。

“如果我去你那里，你觉得怎么样？”周行健说。

分手后，周行健一直不死心，他想尽各种办法希望挽留住林紫函，挽留住自己的爱情，哪怕有些想法已经超越周行健的人生底线。他想起紫函父母曾经反对他们恋爱时找的借口：小周，如果来我们这里还可以考虑。

“来这里，你是说来小城吗？”紫函问。

“对。”周行健说。

“不好吧。你不要你的工作了吗，不要你的生活了吗，不要你的理想了吗？不管我们在一起，还是不在一起，我最担心的就是影响你，使你不是你了。那样的周行健不是我爱的男人。我爱的就是你现在这样有个性有追求有理想，爱憎分明，兼具古代文人侠士一手拿书一手执剑的重情尚义和风流倜傥。所以，你不能来，你来了我们也不一定能够在一起。”紫函说。

“哦，亏得你还如此高看我。我应该说一声‘谢谢’！我们的感情就这样完了吗？”周行健说。

“也只能这样，我答应了父亲，不可能反悔。我差一点就经历了生离死别，在那一刻让我懂得，父母是天底下最重要的人，我必须在乎他们的想法，否则就是不孝。百善孝为先，如果我连父母都不孝敬，我就会背负很大的罪孽。所以，请你原谅我。”紫函说。

与一个崇尚西方哲学标榜人生自由的人谈及中国孝道，周行健觉得自己的爱情是多么的荒诞。无端的怒火和愤懑从心中升起，他不想对自己爱的人发火。

“那就这样吧。祝你幸福！”周行健说。

这一次，他没有等紫函挂电话，主动先挂断电话。周行健知道一切不可挽回，真的要失去林紫函，也失去这辈子他对爱情所有的憧憬和梦想。他不敢待在房间，怕想不开从楼上跳下去。

周行健来到出租屋所在小区南边的一片空地。当时那一带还没有完全开发，从北京西站开出的火车经过这里驶往全国各地。周行健沿着铁路线走了很远，两条平行的铁轨与他的人生一样，不知道该延伸至何方。

青春期的时候，读高中的周行健迷恋诗歌，深感中国新诗在一个技术占统治地位而思想贫乏的时代没有出路，他迷惘至极。在一个有月亮的夜晚，周行健趁着月色，沿学校附近一条未完工的铁路向远处走去，越走越迷惘，越走越消沉，感觉人生毫无意义，不如去死。怎么死呢？铁路未通车，无法卧轨，只能往前走。

走了很久，眼前出现一片粼白色镜面，在银色月光下熠熠生辉。这美丽的镜面像是人间仙境吸引着周行健，他快步走到跟前，发现有一座桥横亘在河面上，他想这应该是黄河。月色下美丽的黄河，一道粼粼玉光，看不见一滴浑浊的河水，深深地吸引他。他想到月色下从船上纵身一跃捞月自杀的唐朝大诗人李白，何不像李白那样，纵身一跃去捞这一块粼白玉璧。

这样想着，周行健纵身一跃。跳起的身体即将倾斜时，有人重重地拦腰抱住他，猛地往桥上拽。周行健跳起的气力够大，抱住他的人和他一起摔倒在地。周行健满脸愠怒，使劲要挣脱，想谁这么讨厌阻挡自己慷慨赴死的勇气。哪知救他的人是筑路工人，力气大得不得了，任周行健拼命挣扎也无济于事。直到他全身无力，手脚酸软，不再动弹，工人师傅才松手。

两个憨厚的工人把周行健带到工棚盘问，周行健有气无力地说了一大堆对于现代诗歌发展的忧虑和不满。两个工人憨痴痴地看着他，没听懂什么意思，张开一嘴黄牙大笑，笑完告诉周行健别想不开，你妈妈还在家等你呢。他们护送周行健离开黄河桥，目送他的身影消失在月色中。

那是周行健人生中的一死。一死未成。

这次没那么幸运，身边的铁路早已修好，不知跑了多少趟火车，显然不会再有工人前来救他。失去林紫函，失去这个世界上最爱的人，活着还有什么意义！迷惘人生更让他觉得活着的乏味。他原以为爱情可以拯救迷惘，现在看来那不过是一个笑话。

周行健打算卧轨自杀。

他离城市越来越远，斜阳下他的身影弯曲变形，飘飘忽忽存在于这个可有可无的人世间。周行健选了一处相对平坦的轨道，他躺倒把头放到铁轨上，在怎么放置头颅使自己可以比较舒服地被火车轮子碾死的问题上，他试了好一会。平躺，后脑勺那块凸起的骨头硌得慌；趴下，脸部会直接面对轨道下面的碎石，戳着痛；侧躺，半个脸也要面对轨道下面的碎石，戳着也痛。试来试去，周行健意识到自己对卧轨卧姿的挑剔实际是畏死的表现。他逼迫自己平躺下，这样就算身首异处，也不过是像睡着了。

躺在夏日被太阳晒得暖暖的铁轨上，周行健感觉不到死的讯息。躺久了，硌在铁轨上的颈项开始疼痛，下仰的大脑开始缺血，头部犯晕。看着迷幻的斜阳，想着自己不到三十岁的迷惘人生，周行健觉得失败极了。如今爱情没有了，这个世界上最爱自己的人也离他而去了，真不如就这样死去。这样想的时候，周行健感觉到铁轨的冰凉。

隐隐地，周行健听到遥远的火车呼啸声，还有那前来结束自己生命的铁轮发出的刺耳的金属声。那是来自生命深处的呼唤，还是来自地狱的诱惑，周行健分不清。看着火车这个庞然大物像个赤裸裸没有毛发的变态怪兽冲向自己，一米一米地逼向自己，周行健害怕了。他心跳加速，全身不自主地战栗，仿佛有一种生命气流在体内疯狂搏击，战胜死神的魔爪。

在这千钧一发的时刻，周行健想到十余年前在山海关卧轨自杀的诗人海子。当时海子也是像他这般战栗吗？还是镇定自若，慷慨赴死？卧轨前，据说海子刚与初恋女友见过面，喝过酒，共话人生。卧轨时，海子身上带着书籍，兜里装着遗言，告诉世人“我叫查海生，我的死跟任何人无关”。

这份遗言分明是宣告，宣告一代人的苦闷、焦虑和迷惘，宣告上世纪八十年代理想主义的幻灭，宣告精神世界的死亡、物质世界的新生。

海子是有备而死，自己呢？自己什么也没准备，只是一场失败的爱情把自己葬送。火车过去，身首异处，没有人知道我是谁。

周行健越想越亏，全身剧烈战栗，像电动筛子一样不停歇地战栗，无法控制。火车不停地逼近，越来越近，尖厉的警报声一遍又一遍响起，像鬼门关的牛头马面张开青面獠牙前来吞噬他。

周行健全身猛烈战栗，心跳失速。不自主的身体突然间有了气力，不知是生命之神，还是对死亡的恐惧迫使他伸出双手，猛劲地撑起身体，一骨碌翻过轨道，滚到路基下。

刹那间，火车啸叫着尖厉的警报声，从周行健身边呼啸而过。直到火车消失在斜阳下，周行健才回过神来，他没有死。

这一次是他救了自己一命，也是他生命中的二死。二死未成，空留一副臭皮囊在迷惘的人世间。

周行健躺在原地，泪流满面。

此时，手机响了，周行健从兜里摸出来看是吴先锋打来的。

“喂，哥们，还好吧？”听得出电话那头的吴先锋挺高兴。

“哦，躺在地上晒太阳呢。”周行健说。

“你小子真有闲心，大热天晒太阳，还是那么诗意。告诉你个喜讯，哥们我要结婚了，你要到场哟！”吴先锋笑着说。

“是吗！可喜可贺啊，我一定到。”周行健说。

挂断电话，周行健想如果刚才死了，吴先锋就联系不到我，多可惜。这多像一个给自己胆小不敢死找的借口，周行健嘴角露出一丝笑意，借口就借口吧。

他站起来，迎着太阳走去。

# 第十六章

那些日子，没有什么比吴先锋结婚更令人愉快的事情。火车驶入乌海，沿黄河一路南下。此处的黄河流向与周行健回家的行程正好相反，黄河向北流，去跨越那个巨大的“几”字形的左尖尖弯，周行健则往南走，回到他的家乡凤凰城。看着逆流的黄河水，周行健怎么也没想到一心想开创中国文学先锋派的吴先锋，在文学上鲜有先锋之作，在婚姻上却先锋了一把。

在一个互联网发达信息爆炸的时代，恋爱和婚姻早已网络化，网恋、手机恋遍地都是，怎么也是自由恋爱。吴先锋却偏偏逆时代而行，抛开网络和自由，请媒人做媒介绍女朋友。相识后，一心一意谈了几个月恋爱，结婚前除了拉拉手、亲亲嘴，硬是没上床做爱、滚床单。在这样一个迷惘而堕落的时代，这也算得上是一件先锋的事。

去年初冬，在北京和平门全聚德餐厅聚餐时吴先锋不辞而别。当时来北京与周行健幽会的林紫函即将踏上返回南方的列车，周行健强作欢颜，一个劲喝酒；马洛陷入失恋前的恍惚，只顾喝酒。两人喝得酩酊大醉，吴先锋乘机溜走。

久待在西北内陆凤凰城孤独寂寞的吴先锋，靠时不时来北京找两位好友排解心中的压抑和苦闷。谁知每次来北京都发现两位老友比他更压抑更苦闷，他来一次失望一次，久而久之，近乎绝望。

那天不辞而别，吴先锋来到火车站买好回家的车票。进了候车室他越想越不甘心，越不甘心越不想绝望，不愿意回去以后永不再来，不想使自己的人生陷入全面的压抑和迷惘。在顺手买来的一张报纸头版，吴先锋看到图片上的一条江和江对面的建筑群，其中两座锥形建筑格外醒目。这张图片的下方用红色大字写着：浦东新区，新世纪中国的希望。这让吴先锋眼前一亮，“希望”！多么美好的词汇，竟然在自己的生命里许久没有出现。何不去希望之地看看，那里万一有“希望”呢。

家乡凤凰城，没有凤凰，有的只是沼泽地里疯长的芦苇，人们思维僵化思想守旧；首都北京，全中国新鲜事物和各色人等会聚最密集的地方，却是最为浮躁不安的地方；南方，浦东所在的南方，中国宋朝以后的文化和经济中心，或许那里正承载着希望。

这样想着，吴先锋来到售票窗口，将手中的火车票退掉，买了一张去往大上海的车票。手握这张充满希望的车票，吴先锋兴奋地踏上开往南方的列车。

初冬季节下江南，真是一趟美丽的颜色之旅。刚离开北京的银杏黄，就进入山东的冬小麦绿，一过徐州淹没在五颜六色的江南。他满心欢喜，什么印象派莫奈的《日出》，什么后印象派凡·高的《星空》，通通比不上他一路到江南亲自领略的景致和韵味。

入夜时分，吴先锋到达上海。他没有忙着去住旅馆，买了张地图打了辆出租车迫不及待地要去浦东——本次之行的希望之地。司机师傅听说吴先锋要去浦东，可浦东有一千二百平方公里，除了陆家嘴金融区，很多地方还是郊区和农村，不晓得吴先锋具体要到浦东哪里。

司机用上海人挑剔而怪异的目光看着吴先锋，像看外星人一样，用上海话问道：“侬好！请们，侬起阿里德？”

吴先锋一脸茫然，听不懂说啥，用普通话说：“什么阿里德哪里德，我要去浦东！”

司机知道遇上北方赤佬，想拒载，又不愿放过赚钱的机会。他估计吴先锋是要去陆家嘴金融区，可那里太远，这会正堵车。司机拉上北方赤佬在拥堵的大上海七绕八绕走了两个小时，其间肚子空空没吃晚饭的吴先锋因为饥饿晕车干呕了好几次，司机把他拉到了黄浦江边的上海外滩，告诉他江对面就是浦东最繁华的陆家嘴金融区。

一下车，初冬江边阴冷的风扑面而来，吹得吴先锋直发抖，还没站稳，司机一脚油门驶离北方赤佬而去。瑟瑟发抖的吴先锋来到江边，看见灯火中对岸的两座锥形建筑：东方明珠电视塔和金茂大厦，此行的

“希望之地”。

夜空没有星星，只有厚厚的云层，对岸东方明珠电视塔和金茂大厦的灯光一层一层闪烁，像给黄浦江来往的船只发送求救信号，给人的感觉是电视塔和金茂大厦在一座孤岛上，来往船只在暗夜无边的大洋中寻找它们的踪影。这感觉是如此奇怪，完全颠倒了之前吴先锋在报纸上看到的对这个“希望之地”的期待。

在外滩徘徊了一阵，吴先锋又饿又冷，他想先找个地方吃饭，再找个地方住下来，明天再来看“希望之地”，或许会不一样。

一转身，吴先锋看到和平饭店，有一种说不出的亲切，莫不是周润发主演的电影《和平饭店》里的和平饭店？高中时代看过的这部电影，令文质彬彬的吴先锋记忆犹新，影片中有一句话“杀一个人是杀人犯，杀成千上万的人是英雄”，如今想起来，依然够血腥够残忍够变态，也够不无道理。

吴先锋步入饭店，问前台小姐是不是电影《和平饭店》里的和平饭店，前台小姐是一位三十岁左右的优雅女性，被问得哈哈大笑。

笑完，前台小姐没有像刚才的出租车司机那样骂吴先锋“赤佬”，而是礼貌地对他说：“先生，您说的电影我看过，电影里的那家酒店早已被黑帮夷为平地，我们这可是货真价实的和平饭店，上世纪二十年代建成开业，一直营业到现在。”

吴先锋遗憾地说：“哦，是吗！我以为是呢，还说住一晚。”

前台小姐说：“当然不是。您还要入住吗？”

吴先锋说：“多少钱一晚？”

前台小姐说：“房间一千元一晚起。”

吴先锋说：“哦，虽然不是电影里的和平饭店，但和它一样黑。算了，我还是到外面吹吹风。”

不是电影里的和平饭店，令吴先锋扫兴。对岸一层一层闪烁着灯光直插夜空的建筑，像阴森森冰凉凉的两柄利剑，令他不寒而栗。他对希望之地的兴致减了一半，饿着肚子走了很远，找到一家普通旅馆住下来。

第二天，大太阳。冬日暖阳下的上海滩，漫步在其间，分外惬意。吴先锋发现上海的街道比北京窄，也不如凤凰城宽，但街道很干净，看不见垃圾和浮尘。人们穿着十分得体，尤其是上海本地女人，个个看上去都那么精致。

来到外滩，首先映入眼帘的还是对岸圆锥形的塔形建筑东方明珠电视塔和金茂大厦，还有周围装饰着玻璃幕墙的一幢幢高楼。放眼望去，不是水泥森林，就是玻璃矩阵，冷冰冰地矗立在前方。幸亏眼前的黄浦江上不时有商船驶过，否则人站在这些球面变形的城市森林前有一种随时被吞噬的感觉。

吴先锋在外滩徘徊很久，不愿离去，他觉得江这边的南京路和和平饭店是旧上海的脱胎换骨，江那边的浦东陆家嘴金融区是新上海的华丽新生，这大概就是那张报纸上说“希望之地”的缘故吧。令吴先锋沮丧的是，密集生长起来的玻璃矩阵和水泥森林堆砌的“希望之地”不是他的希望之地，是别人的希望之地，不过是比中国其他城市高度更高，速度更快罢了。

吴先锋神色愀然，坐在外滩的一条长椅上失望地看着江面和对岸。他打消了过江走进陆家嘴金融区体验“希望之地”的想法，在对岸已经荒凉得摄人心魄，他害怕走进去被完全吞噬。他不知道下一站该去哪里，要不要买一张船票，随船去海上漂泊，漂到哪儿算哪儿；还是回家，老老实实安安稳稳做一名老师。

“您好，叔叔！”

在长椅上坐累了，躺倒休息的吴先锋听到一个女声，他揉了揉眼睛。

“您好，叔叔！”女声又传来。

吴先锋比前一声更清楚地听到这句话，他翻身坐起来，发现放脚一边的椅子旁站着一个羞涩的姑娘。

“叔叔，您能帮个忙吗？”女孩说。

叔叔！我有那么老吗？怎么就成叔叔了。长相老成的吴先锋感觉伤了自尊，没有说话。

“哦，对不起，叔叔！哦，不对，大哥！”女孩边说边鞠了一躬，“大哥，您能借我十元钱吗？”

女孩改口叫大哥让吴先锋觉得好受了些，他打量了一番女孩，很瘦，很白，短发，像是江南女子。

“大哥，我在南京读大学，出来旅行，昨晚来外滩玩，不小心书包被小偷偷走，那里面有我的钱包和学生证。我可急坏了，昨夜在这找了一宿，实在困得不行就在和平饭店门口的屋檐下坐一会。今天在外滩找了一上午，翻遍周围的垃圾桶也没发现我的书包和里面的证件。您说小偷多缺德，偷了人家包取走钱不就行了，还要拿走里面的证件和衣物，拿这些对他有什么用。”女孩羞涩地说。

吴先锋逐渐动了恻隐之心，不停点点头。

“大哥，我现在又困又饿，您能借我十元钱，我去吃点东西，好吗？等我回学校，一定还您。”女孩说。

“唔，吃东西，我也饿了，我带你一起去吃吧。”吴先锋说。

在北京的时候，吴先锋和周行健、马洛一起在街上溜达，经常会遇到这种沿街讨钱的人，有男有女，年龄都不大，套路都差不多，基本上是自己出来做什么事，钱包丢了，肚子饿了，回家没钱了，希望能借些钱吃饭或回家。每次遇到这种情况，吴先锋多少都会动恻隐之心，往往他还没来得及掏钱就被周行健和马洛拉着走开。为此，吴先锋和两位老友还吵过几次。如今，独自遇上这种事，吴先锋脆弱的爱心很快被击穿。一开始，他也提防过，但眼前这位学生模样的白皙瘦弱女生实在让他与骗子联想不到一起。

失望一上午的吴先锋早饭只吃了一碗馄饨，这会着实饿了。他带着女生找到一家上海本地菜馆，点了红烧肉、红烧狮子头、糖醋里脊……几个带肉的上海菜。女孩看样子真是饿了，与他一样，狼吞虎咽地大口吃饭，不顾斯文，也不顾在不在陌生男人面前。

吃完饭，吴先锋点上一支烟，边吸边看女孩。白皙的脸，鼻子挺棱，头发黑亮，穿齐膝的黑色开襟大衣、牛仔裤。会有这么白净的骗子吗？这么白净，为什么要当骗子？如果不是骗子，难道是艳遇？如果是艳遇，是不是太荒诞了？吴先锋在心里琢磨来琢磨去。

“你真是学生吗？”吴先锋问。

“当然是啊！大哥，您不信？”女孩反问。

“哦，无凭无据的，是不太好信。不过，看上去你倒像个学生。”吴先锋说。

“我本来就是学生。只可惜学生证丢了，要不然马上拿给您看。”女孩一会看吴先锋，一会又把眼睛移开，她接着说，“大哥，您真是个好人，能请我吃这么好吃的饭，这是我这辈子吃过的最好吃的饭。

谢谢您!”

“我也觉得不赖，都说上海菜甜腻，但腻得有味道。”吴先锋说。

“大哥您是来旅游的吗?”女生问。

这一问问到吴先锋心里，他觉得女孩好眼力。这年月凡是背黑色旅行包的经常会被认为是推销员或传销员，眼前羞涩的女孩却说自己是来旅游的，这增添了吴先锋对女孩的好感。

“是的。和你一样，出来旅游。你打算下一步怎么办?”吴先锋问。

顺着自己出来旅游猜出吴先锋也是出来旅游的女孩，博得了对方好感，她正等吴先锋这句话呢。

女孩挠挠头尴尬地说:“我也不知道。不过，我有个高中同学在上海读大学，在杨浦区，我想去找他借些钱回学校。”

“你怎么过去?”吴先锋问。

“只有走过去。我身上除了这个没电的手机，什么也没有。”女孩说。

吴先锋又点起一支烟，看着女孩说:“南京有什么好玩的?”

“南京啊，六朝古都哎，好玩的多了，明城墙、夫子庙、秦淮河、中山陵、雨花台、栖霞寺……没个十天半月玩不下来。您要去吗?您若去，我带您去玩。”女孩兴奋地说。

“感觉很好玩的样子。”吴先锋吐了口烟，模棱两可地说，“你或许不用找那位同学。”

女孩看着吴先锋。

“我送你回学校。”吴先锋说。

“真的吗?”女孩问。

“唔——真的。”吴先锋说。

“那真是太好了，我真是遇到大好人了。谢谢大哥，谢谢您!”女孩激动地说着，站起身又给吴先锋鞠了一躬。

看女孩这么激动，吴先锋反而有些后悔，他连眼前女孩的名字都不知道，更不能判断她到底是不是一个骗子，居然答应送她回学校。这意味着回去的路费都需要自己来承担。转念一想，吴先锋又觉得没那么可怕，不就是一弱女子，能把自己怎么样?就算是个骗子，也就是从上海到南京的一张车票钱，用一张车票钱换来一次对人的信任，不亏!何况，来上海也没收获什么，就当是回家前做件好事。

吴先锋和女孩一起来到火车站，买了最近一趟去南京的硬座车票，傍晚以前就可以到南京。

上车后两人坐在一个三人座椅上，靠过道的座位没有乘客。女孩很累，似乎的确一夜未眠，坐在吴先锋身边，没说几句话，东倒西歪地打盹。不一会儿，女孩睡着了，头斜靠在吴先锋肩上。吴先锋觉得有些别扭，尽力向后缩肩。他缩一点，女孩靠过来一点，他挨着窗坐，缩到窗棱上没处缩了，女孩也靠死了。

吴先锋心里怦怦直跳，觉得女孩胆子真大，对他这个陌生男人，一点防备心理都没有。万一他是坏人呢？而且，女孩旁边就是空座位，她怎么不倒在空座位上睡觉呢？难道女孩对我有意思，难道真是艳遇？不会吧，一趟没有希望的希望之旅难道会以遇到红颜知己而结束？有意思，真有意思。

吴先锋正在前思后想，火车驶过一座桥梁时，出现颠簸，女孩顺势倒在吴先锋怀里，双手蜷缩放在胸前。同时，女孩索性把双腿放在靠过道无人的座位上，把吴先锋的双腿当作枕头，侧卧放开了睡。女孩的头枕在吴先锋的敏感部位，鼻息很近，胸部随着呼吸一上一下，侧面看上去很好看，搞得吴先锋下身起了反应。他心跳加速，不知是抑制这种反应，还是任反应肆无忌惮。周身不自在的吴先锋左右为难，他想叫醒女孩，又不忍心，不叫呢，那东西直立起来，举在半空。这对于处男吴先锋来说是个难题，因为平生没有遇到过这种情况，他不知道该怎么办。

吴先锋已经不再怀疑女孩是不是一个骗子，他觉得女孩侧面太美了，美得令他心花怒放。或许正是女孩侧面的美让吴先锋下意识控制住反应，也或许是他的反应部位被女孩头部长时间的重力压得缺血麻木，反应自然消退。渐渐地，吴先锋恢复了平静。

傍晚时分，火车驶入南京。女孩一路睡过来，姿势都没有怎么变。吴先锋僵硬麻木的腰身实在无法忍受，在火车进站时叫醒了女孩。离开女孩头部的重量，吴先锋僵硬的身体瞬间酥麻无力，缺血休克，他在座位上坐了好一会，才能弯腰站起来。看吴先锋的身体被折磨成这样，女孩一个劲地道歉。吴先锋摆摆手说没事。

三个小时的重压，女孩的气息和磁场吸引了吴先锋，女孩的侧面美令他着迷，吴先锋决定送女孩回学校。他想最后确认一下女孩到底是不是真的在校大学生，如果是，吴先锋打算开启一场旷世之恋。毕竟，他还没有谈过恋爱，他是个处男，他想尝一尝爱情的滋味。

倒了两趟公交车，坐了二十几站，天完全黑时，吴先锋眼前出现了高中时就一直向往的一所大学。在校门前，他两腿僵住，不敢往前走，他不敢相信女孩是这所大学的学生。

“大哥，这是我读书的大学，我带您进去看看。”女孩说。

“你真的在这所大学读书？”吴先锋质疑地问，他不相信这所大学的女生会在外随意信任一个陌生男人。

“是啊。我请您在我们学校吃顿饭，感谢您这么好心送我回来，同时也把车票钱还给您。”女孩说。

“不用了，你去吧，好好读书。以后出去旅行时多留意，不要再把东西丢得只剩下自己。”吴先锋说。

或许是从小梦想的大学突然出现在眼前的缘故，吴先锋一时间没了底气，觉得自己怎么配得上和这所名校的女生谈恋爱呢？哪怕他给了这名女生很大帮助，但他不要这种同情换来的爱情。吴先锋转身要走，他知道自己动情了，害怕自己没有做好开启一场旷世恋情的准备。

“大哥，您不给我留个联系方式吗？”女孩问。

哦，对，留个联系方式还是必要的，谁不想开启一场旷世之恋呢。女孩将自己的电话号码告诉吴先锋，让他半小时后发短信给她，到时她的手机应该充电开机了。

吴先锋点点头转身走了，尽管他十分矛盾，觉得到了自己喜欢的大学，又邂逅了如此美丽的这所学校的女生，应该进去看看。但他很犹豫，不想与女孩一起进去，这是一种很奇怪的想法。

吴先锋往前走了一段路，来到一个十字路口，红灯亮起，等红灯时他随手点了支烟。吴先锋想这会女孩应该进学校了，可以独自去学校看看。他转过身发现一个瘦长的影子与自己的影子重叠在一起，抬头看，女孩正冲着他笑。

“你怎么没回学校？”吴先锋吃惊地问。

“我——”女孩正要说话被吴先锋打断。

“你不是在这所大学读书吗？”吴先锋紧接着问。

“大哥，您是我长这么大遇见的最好的人——”女孩没说完。

“得得得，你别再恭维我，我很烦听到这个东西。什么好人坏人，在上海就给你说过，我看你是个学生，东西丢了怪可怜的，应该帮助你重返校园，让你好好学习。不要因为丢了东西，把学业耽误了。这就是我的想法，很简单，也这么做了。你不要总是赞美我，听上去不像是夸奖，倒像是有什么阴谋!”吴先锋说。

“您错怪我了，大哥！我不是那个意思，您这样的人现在真的太少了。我想，我想一定要报答您。”女孩说。

“报答我，怎么报答?”吴先锋问。

“我想，我想——”女孩说着上来抱住吴先锋，“我想把自己交给你。”

吴先锋慌了，像遭了瘟疫一般，双手往外推女孩。女孩抱得死死的，怎么推也推不掉。吴先锋想糟了，这要是被警察看到，女孩又死乞白赖地缠着我，那真是有口难辩。

“你要干什么，你打算这样报答我吗?这样很无耻，你知道吗?”吴先锋生气地说。

听到无耻，女孩松开手，哭着说：“大哥，我真的只想报答您！我去上海，其实去见一个男网友，结果见了，发现是一个五十多岁的大叔，我就很绝望。跑到外滩散心时又把包丢了，幸亏遇见您。您对我没有歹心，还一路把我送回来，我真是特别感激您。想来想去我也没什么，只有身体，所以我想以此报答您。”

这段话的信息量够大，从上午到夜晚三百公里的旅程里伏笔埋得够深，什么见男网友，五十多岁的大叔，去外滩散心，只有身体……一时间击碎了女孩的气息、磁场、侧面美，击碎了吴先锋在不长的时间里加速度的路上建立的对女孩的那么点好印象，也击碎了萌芽中的旷世之恋。

“扯淡！你一个朝气蓬勃的大学生没有人爱吗，还去见什么男网友。什么你只有身体，你太看轻自己了，你也太看轻我了。我不需要你报答，也不稀罕你的身体，你走吧。”吴先锋说。

“您不喜欢我吗?”女孩问。

这句话问得吴先锋心里发毛，从外滩偶遇，到列车上三小时偎依的温暖和侧面美，再到下车时预想的旷世之恋，一切来得太快，快得让他这个对感情驽钝的人喘不过气。难道这就是喜欢?撕破衣服，露出身体，身体和身体一起滚上几圈，大战几个回合，就喜欢了。扯淡，统统扯淡！一直自诩先锋的吴先锋对这种建立在肉体上的爱情嗤之以鼻。

“不喜欢！你以为喜欢就是把你的身体贡献出来给别人享用吗？这他妈是喜欢吗？这是饥渴，就跟吃饭一样，是肉体的需要。在这个堕落的时代，只要给钱，随便就能满足这种需要。但我不需要。你走吧，我不想再见到你！”说完，吴先锋头也不回地走了。

这一次他是真的走了，只留下女孩站在十字路口傻傻地看着他。

吴先锋一口气走出两公里远，回头时看不到女孩的影子和脸。迎面来了一辆公交车，不知道去往哪一站，吴先锋跳上去，消失在夜色中。

第二天，吴先锋被钟声吵醒，他起来发现自己入住旅馆的背后是一座寺庙。这座寺庙是著名的栖霞寺，中国四大名刹之一，佛教“三论宗”的发源地。

吴先锋来到栖霞寺，这里红墙黛瓦深深，佛塔石刻巍巍，古树密林幽幽，让几天来疲惫和失望的他内心有了些许着落。

在佛门净土，吴先锋心绪难以平静，他越发怀疑外滩向他求助的女孩不是一名在校大学生，而是一个骗子，甚至是一个妓女。当“妓女”这个词出现在吴先锋的判断中，他的心脏咯噔一下，似乎在提示他这个判断是不是太重。为什么女孩到了学校门口不进去？为什么非要缠着我，还要献身给我？就算是感激，喜欢我，也不至于这么急着献身呀？天底下哪有这么奇葩的事，吴先锋越想越想不明白。要么就是自己太老土，思想太陈旧，赶不上年轻人对感情的看法。可我比那女孩大不了几岁，我的学生也比那女孩小不了几岁，为何差距这么大？还是我根本不了解同龄人，不了解现如今的感情世界。吴先锋苦苦思索，殊不知现在的人谈恋爱都很直接，都很快，直奔主题，直奔身体。女孩的事困扰着吴先锋，加之一路南下一路失望，令他整天闷闷不乐，愁眉紧锁。

一连几天，吴先锋都是寺庙最后一个离开的游客。当暮鼓响起，吴先锋一步一回头，依依不舍。

又是一天傍晚，出了栖霞寺正门，一个僧人向吴先锋走来。他驻足弯腰让僧人先过，僧人走到他身边停下来。

“施主，你不是本地人吧？”僧人说。

吴先锋一惊，觉得自己虽然长得老成，但也不至于被一眼看出是外地人。

“是的，我是北方人。”吴先锋没有多想回答。

“施主嘴角方阔，鼻骨深陷，愁眉不展，心绪不佳，精神恍惚，我在此观察施主几天，见你一直如此，暗暗为你诵经。”僧人说。

“为何为我诵经?”吴先锋问。

“这几日每每有乌鸦从施主头顶飞过。栖霞古寺乃祥瑞之地，只见喜鹊，不见乌鸦，施主来了，乌鸦也来了，可见施主有血光之灾。”僧人说。

“哦，那我，该怎么办?”吴先锋惊诧地问。

“我劝施主早早离开此地，回去按部就班，好好生活，不要再做非分之想，或可免除此灾。”僧人说。

简直是胡扯，吴先锋由惊诧变为不屑。他从兜里拿出一支烟要点上出口恶气，结果火机打了十几下打不燃。他越打越害怕，觉得僧人说的难道是真的。

僧人捡起地上一片树叶，走到香炉前，在没有火苗的燃香上点燃树叶，递过来给吴先锋点燃香烟。

吴先锋双手抖个不停，拿着香烟，扑通一声跪下，口中说：“请师父指点。”

僧人没有指点他，转身走了。吴先锋立刻想到破财免灾的古训，跑上前去，从钱包里取出一百元钱双手奉上。僧人摆手不要，吴先锋又取出三张共四百元双手奉上。这次僧人没有推托，笑着接过钱，沿栖霞寺正门前的一条小道走了。

吴先锋呆呆地看着僧人离去，发现他没有回寺庙。佛门已关，弟子却没有进入，真是蹊跷，他想是不是又遇上骗子。

结果平地里起来一阵旋风，把满地的银杏叶卷到他身上。吴先锋傻了，不敢再乱想，他知道该回家了。

期待一场希望之旅，到头来不过是一场失望之旅。在吴先锋的眼中，从北到南的中国没有不同，不过是钢筋水泥玻璃樽，不过是一切向前看和一切向钱看。谁理会他们这些迷惘的青年，谁又在乎他们这些迷惘的青年呢？不如投降，不如在迷惘的阴影下过浮世的生活。

吴先锋回到凤凰城，时间已是12月，一年中最后的月份。北京的周行健和马洛正承受着人生又一个极度迷惘的时刻，吴先锋则要开启新生活。

吴先锋专门请媒人向一位对他有好感的女老师提亲，后者惊喜万分，如愿以偿，很高兴地答应。女老师算不上漂亮，但也不丑，本分、善解人意。还有就是，女老师的父亲是凤凰城所辖县的一位县长。

放下以前端着的自己，吴先锋与女老师的感情突飞猛进，不到半年，两人决定结婚。

结婚当天上午，刚用租借来的豪华车把新娘接到婚礼现场，吴先锋收到马洛一条短信。

我被警察抓了，快来救我。

吴先锋立马回拨过去，手机关机，马洛出事了。

吴先锋把马洛的短信拿给身边的周行健看，两人奇怪的是：昨日刚刚和周行健一起回来的马洛怎么被警察抓了，他会犯什么法？

周行健急得抓狂，却帮不上什么忙，他早就离开凤凰城，这里没有与警察关系好的朋友。吴先锋站在礼台前，一边迎接前来道喜的亲朋好友，一边四处打电话找认识警察的朋友。

打了一通电话没有结果。这可怎么办？大喜的日子总不能婚不结了去救朋友，但没有搞清楚之前不结婚去救也救不出来。不救，会不会是重色亲友？吴先锋心不在焉地接待来宾，新娘看他这个样子，以为他后悔了，心里阵阵懊恼。

前来参加婚礼的人中间，有一位在当地电视台做记者的大学同学，毕业时他与周行健考到同一家电视台，只不过周行健放弃这份类似公务员的工作，去了北京。如今，与在北京是自由职业做电视节目的周行健完全不同，这位记者同学是吃国家俸禄的在编人士，几年混下来认识不少人。

周行健知道中国的记者神通广大，他把记者同学叫到身边，将马洛被警察抓捕的事情低声告诉他。记者同学说我问问，拿出电话拨通一个号码，走到人少的地方说了几分钟，挂了走过来。

“马洛这人脑子有问题啊，这种事他也掺和。”记者同学走到周行健和吴先锋面前说。

原来吴先锋结婚当天，凤凰城全城出租车司机因为不满出租车规费上涨进行大罢工。天不亮，大批出租车开到市政府门口排队示威，与前方由防暴警察组成的人墙进行对峙。从黎明一直对峙到太阳高高升起。乘公交车路过市政府门口前往吴先锋婚礼现场的马洛看到这一幕，搞不清楚状况，只听到车里人都在骂政府，这激起马洛失恋半年来堵在心头的愤怒。

公交车在市政府门前不远处有一站。因为罢工，公交车没有在市政府门前那一站停，而是绕路到离市政府大门更远的下一站才停车。

马洛下车，像一个斗士一般折返，一路奔跑冲向出租车和防暴警察对峙一线。他这一跑不得了，给观望中的一些激进而愤怒的出租车司机和一些事件中别有用心者莫大的鼓舞，不断有人紧随马洛穿越罢工的出租车奔向对峙一线。

一个，两个，三个，十个，二十个，五十个，一百个……几百人向市政府门前的防暴警察跑去，那架势仿佛要踏平市政府。马洛跑在最前面，像肩上扛着自由旗帜的战神，风萧萧从耳际飞过。

位于市政府大楼最高层的罢工事件应急处理中心的官员清楚地看到这一幕。他们原以为对峙一段时间罢工的乌合之众自然会散去，谁会想到出现与他们预案相反的一幕。他们更没想到跑在最前面带领罢工司机洪水猛兽般冲击防暴对峙线的竟是一个迷惘青年。

命令迅即下达，马洛和奔跑过来的司机们绝对没有想到，市政府大院和整栋楼里埋伏了与罢工司机数量几乎相当的警察。一时间，黑压压一片，防暴警察从政府大院冲出来，充实到对峙线阵营。

瘦弱的马洛跑得太快，体力渐渐不支，跑到对峙线前已落到二十几名。没想到瘦弱的身体救了他，否则迎接第一名的是黑色警棍。警察先是施放催泪弹，阵阵烟雾没有吓倒冲锋的出租车司机们。

警察接到命令以暴制暴，第一个冲上来的司机被打翻在地，第二个，第三个，第五个……接连十几名罢工司机被打翻，他们身上溅起的鲜血在逆光下像一个个钢珠打在后面司机的身上。这震慑住后面的人，奔跑速度放慢，逐渐停下来。

警察顺势抓人，一口气抓了二十多人，其中就包括跪在地上喘气的马洛。

马洛被重重提起来塞进一辆厢式警车，此时他才意识到闯下大祸。送往看守所途中，马洛在手机没有没收前，偷偷给吴先锋发了求救短信。

“吴先锋，你先安心结婚，等下午我们再一起去把马洛救出来。”记者同学说。

“他们会不会打马洛？”吴先锋问。

“不好说，我是请他们不要打。我给他们说那是我的同学，可能精神出了点问题，所以做了错事。”记者同学说。

“你怎么能这么说马洛！”周行健不满地说。

“不这样说他能出来吗？再说，他脑子是有问题嘛，这种事也掺和。”记者同学不以为然地说。

周行健还要说什么被吴先锋拦住，看样子马洛的事情能解决，他可不想此事影响自己的婚礼。

中午12点，吴先锋的婚礼正式开始。开头和结尾都是程式化的套路，只有中间部分，吴先锋的几名学生挎着吉他和贝斯全新演绎了老歌《甜蜜蜜》，把吴先锋和新婚妻子感动得热泪盈眶，连坐在台下的周行健都被感染，思念起已经分手的林紫函。

下午3点多，婚宴结束。趁晚宴还没开始，吴先锋、周行健与记者同学一起来到城郊看守所解救马洛。

马洛在警方拟定好的一份认错书上签字，摁手印，重获自由。他被记者同学领出看守所大门。半天不见，马洛看上去更加消瘦。吴先锋和周行健过来与马洛拥抱在一起。

回城路上，马洛一句话也没说。

当晚，三人喝得烂醉如泥，闹腾到凌晨三四点。这是他们三人在一起最后的疯狂，也是他们青春已逝的标志。只是当时不知道他们是否意识到这一点。

马洛又哭又叫，睡着了。周行健动弹不得，嘴里不停呼喊已不属于自己的林紫函的名字，喊着喊着也睡着了。吴先锋没有把自己的初夜献给妻子，而是献给两位好友，陪他们在新房客厅的地板上睡了一宿。

第二天下午，尽管吴先锋一再挽留，可周行健和马洛还是告别他，踏上回京的列车。

吴先锋茫然地看着远去的列车，像每次送别周行健和马洛离开时，吴先锋都要撒腿追逐那不舍的列车。他刚迈开步子，被妻子死死抱住。

马洛被警察拘留对他的影响很大，不知是觉得不公平心里有激愤，还是拘留让他恐惧，马洛一路无话，周行健问也不说。

回到北京，马洛与周行健分开，去了公司。

周行健不想回出租屋，甚至不想回北京，他想在老家多待几天，只是不放心刚刚经历短暂牢狱之灾的马洛一个人回京，才陪他回来。

自从与林紫函分手，周行健对北京的热情减少，兴趣下降，但又不知道去哪里，只好先待着。

周行健在街上漫无目的地走，他想到王立言。再过一个月，王立言研究生就毕业了，去看看他有什么打算。

在北大研究生宿舍，周行健看到几个月未见的王立言神情沮丧。

半晌，王立言说："秦苏蕙走了。"

# 第十七章

火车进入宁夏境内，熟悉的山水，周行健却越来越感伤。一想到秦苏蕙的离世，他就觉得人生无常，命运难测。

在北京“非典”疫情防治最严峻的日子，北京各大高校封闭上课，不允许学生外出，也不允许旅游闲杂人员进入。校园回归为校园，而不是像往日那样既是校园，又是公园，这对每一位学子来说是一件乐事。

王立言的学位论文被导师一审时提了些意见，他每天上午按时去图书馆，修改完善论文。戴着口罩前往图书馆的王立言，路过三角地时，被一则寺庙招募义工的启事吸引。寺庙名叫龙泉寺，坐落于北京市西山的凤凰岭山脚下，始建于北宋时期的辽代，至今有一千多年的历史。寺庙向高校招募义工，在当时还是新鲜事，王立言觉得有趣，随手记下联系方式，打算等论文答辩过关，去感受一下。

王立言转身走时，碰到一位身后同样关注这则寺庙招募义工启事的同学，右胳膊肘触到柔软而坚挺的部位。他想坏了，肯定碰到人家乳房了，正要道歉，看见一张熟悉的脸，对方也戴着口罩，惊讶地看着他。

“哦，立言同学，好久不见，一见面就撞人家。”秦苏蕙说。

王立言哪里想到是秦苏蕙，几个月不见，想到自己主动提出分手，脸竟一下红了。

“对不起，对不起！我只顾转身，不小心碰到你，实在是冒昧。”王立言说。

“冒昧，亏你说得出口。”秦苏蕙娇嗔地说。

王立言脸更红了，看样子要被奚落了。

看王立言一脸尴尬，秦苏蕙扑哧笑了，说：“这么久不见，罚你陪我走走。”

王立言也笑了，跟在秦苏蕙身后。

几个月没见，秦苏蕙明显瘦了，看上去十分苍白。这令王立言有些奇怪，觉得就算是失恋，也不至于把自信的秦苏蕙伤成这样。王立言看上去也好不到哪去，眼袋很深，浓密的头发几天没洗，油腻腻的。秦苏蕙想学位论文有那么难写嘛，看把你累成这样。两人走在一起，一时无话。不知不觉来到静园，王立言忍不住了。

“你本科就要毕业了吧？”王立言问。

“嗯。”秦苏蕙点头。

“有什么打算？”王立言问。

“我正要问你呢。”秦苏蕙说。

“我嘛，可能会读博。”王立言说。

“我呢，蛮犹豫的，不知是去工作，还是继续读研，还是出国深造。”秦苏蕙说。

“如果都选不定，不如考虑出国，你是学外语的，出国深造很重要。”王立言说。

“我也这样想，只是有些东西放不下。”秦苏蕙说。

“什么东西，不会是我吧。”王立言笑着说。

“哈哈，你是东西吗？噢，或许是呢。”秦苏蕙也笑着说。

两人都笑了，这一笑冲淡了已经分手的两个恋人之间的尴尬。主动提出分手的王立言一直有些内疚，觉得不该在秦苏蕙痛苦的时候与她分手。两人并排走着，静园草坪全绿了，东西两边的几个院子门框上开满了白色和紫色的花。

秦苏蕙仰起头说：“我喜欢这个园子，喜欢这里的草木，也喜欢这里的人，我怕我走了，就回不来了。”

王立言不知道秦苏蕙的话是何意，走到一株蒲公英前蹲下说：“怎么会呢，出国深造，学到本领再回来，很多北大人不都是这样嘛。”

秦苏蕙的确很犹豫，毕业后干什么已经困扰她很久了，她最想留在北大继续读研，但不能确定是否保研成功，如果不成功就得考试。她不愿意考试，觉得考试很无聊。出国是一个选项，却是一个万不得已的选项。不知为什么，阿罗死后，她觉得身边每一个人都值得珍惜，尤其是父母，出国意味着远离他们，她真的不忍心。哪怕眼前这个负她的男人，秦苏蕙也有些不忍心。

今天不期而遇，或许是见王立言最后一面，因为她虽然舍不得离开亲人和朋友，但只有出国才能学到最纯正的外国文学。她喜欢英国文学，喜欢莎士比亚的戏剧，喜欢华兹华斯、济慈、拜伦、雪莱的诗歌，喜欢《简·爱》《呼啸山庄》《德伯家的苔丝》……她想去英国学习原文，研究这些经典著作。接下来，秦苏蕙打算集中精力备考雅思（IELTS），她要把自己关在寝室里，谁也不见，一心复习英语，直到考试通过。

蒲公英是入夏最早播撒种子的植物，王立言一口气吹散嘴前一株蒲公英的种子，看着白茸茸的种子在草坪上飘飘然落地。

“你看种子迟早要落入大地，那样它才能生根发芽。人迟早也要回归故土，身心才会安定。在没有回归故土前，不如去展翅高飞，让自己的翅膀经历风雨雷电，充分磨炼后再回归故土，那样才够强大，才会在故土上生出新芽。”王立言一语双关地说。

“我明白你的意思，你不就是让我走嘛。我走，走得离你远远的。”秦苏蕙说。

“我不是这个意思，我是让你学一身本事再回来。”王立言说。

“行了吧，你就是那个意思，就是那个意思！”秦苏蕙笑着说。

王立言不说话了，站起来时不小心拔断那株刚被他吹散种子的蒲公英茎秆。他为此很懊恼，觉得自己不应该扼杀一株植物的生命。同样懊恼的是他与秦苏蕙在一起，感觉特没底气。

“我去图书馆改论文，你呢？”王立言说。

“我也去。”秦苏蕙说。

王立言心里叫苦，本想甩开秦苏蕙好好改论文，结果她是真不识趣还是假不识趣呢？两人来到图书馆二楼，找到一张靠窗的书桌坐下学习。

王立言很快投入到论文修改中，他以为秦苏蕙坐一会就走。改了一段论文，发现秦苏蕙在身边，又改了一段论文，发现秦苏蕙还在身边，王立言好无奈，干脆不理她。

其实秦苏蕙离开过，她去书架上找了一摞英文原版书，抱到书桌上看。她不知道先看哪一本，选来选去，选中莎士比亚的《十四行诗》。很多人都知道莎士比亚的戏剧，却很少有人知道莎士比亚也写诗，尤其是他的《十四行诗》，写得华丽又晦涩，与他的戏剧相比，完全是两种风格。

秦苏蕙后悔选《十四行诗》，她想换一本，却被第二首吸引。

当四十个冬天围攻你的朱颜，
在你美的园地挖下深的战壕，
你青春的华服，那么被人艳羡，
将成褴褛的败絮，谁也不要瞧：
那时人若问起你的美在何处，
哪里是你那少壮年华的宝藏，
你说："在我这双深陷的眼眶里，
是贪婪的羞耻，和无益的颂扬。"
你的美的用途会更值得赞美，
如果你能够说，"我这宁馨小童
将总结我的账，宽恕我的老迈，"
证实他的美在继承你的血统！
　　这将使你在衰老的暮年更生，
　　并使你垂冷的血液感到重温。

——莎士比亚（梁宗岱 译）

读到"当四十个冬天围攻你的朱颜"，秦苏蕙顿觉万千冰雪侵袭而来，打在自己发烫的脸上，全身发冷，四肢无力。她费劲地读完全诗，真真切切地感受到"垂冷的血液"。她握着书的双手慢慢滑落，头有千斤重，身体支撑不了。她蜷缩着，蜷缩着，趴倒在书桌上昏迷过去。

全神贯注修改论文的王立言完全没有察觉到身边的秦苏蕙昏迷，以为她只是看书累了趴在桌子上休息。

午饭时，同学们陆续去吃饭，王立言也饿了。他看身边的秦苏蕙还在"睡觉"，本想不打扰她自己去吃，又觉得不太好。王立言用手轻轻摇秦苏蕙的胳膊，没有反应，他又轻声叫苏蕙，也没有反应。他想"睡"得真沉，这样叫都叫不醒，就大声叫苏蕙，还是没反应。他有些奇怪，伸出右手在秦苏蕙的额头轻轻触碰，不得了，苏蕙的额头很烫，她发烧了。王立言扶起秦苏蕙，带她去看病，被扶起的秦苏蕙头耷拉着。王立言的两只手用力不均，一不小心，扶起的秦苏蕙向右边倒下去。王立言没来得及抓住，秦苏蕙摔倒在地，头磕在桌腿上。摔在地上的秦苏蕙眼睛微微张开了些，又昏迷过去。

王立言背起书包，抱起秦苏蕙往校医院跑。

到了校医院，医生说秦苏蕙高烧40度，正逢“非典”时期，很快被诊断为传染SARS病毒。校医院不敢收，需要转到专门救治“非典”疫情的定点医院。医生立即给学校方面做了汇报，并打电话给“非典”救治定点医院，请他们用专门救治SARS病毒传染者的车辆前来转运秦苏蕙。

等待“非典”传染者专用救护车过来的时候，医生给王立言测了体温，发现他不发烧，也无任何症状，判断他没有被传染。随即不准他靠近秦苏蕙，以免被传染，同时让他到隔壁病房进行隔离观察，两周后无症状才能解除隔离。医院通知图书馆，寻找上午与秦苏蕙同在一个图书室学习的所有同学，请他们来医院测体温，看是否被传染。

半个小时后，专门救治SARS病毒传染者的救护车到达校医院。秦苏蕙被抬上救护车，准备离开时，从隔离室中冲出来的王立言将其拦下，他说秦苏蕙不像被SARS病毒传染，应该确诊后再对症治疗。王立言的话没人听，他被学校保安架起来抬到隔离室，救护车响起瘆人的警报离开了。

秦苏蕙转院的当天晚上，在定点救治医院，发生了“非典”疫情暴发以来最骇人听闻的事。护士在给秦苏蕙换药时，亲眼看到昏迷中的秦苏蕙突然鼻孔出血，血流不止。这情景吓坏了护士，她立即叫来主治医生，秦苏蕙的鼻孔依然在流血。突如其来的变故，令在场的医护人员十分诧异。难道是SARS病毒变异？致使传染者在发高烧的同时大出血？如果真是这样，意味着人类将更难治愈它。

秦苏蕙的出血让这家定点救治医院成为北京市“非典”疫情防治的焦点。新情况被上报到政府主管单位，国家卫生部和北京市召集全国防治SARS病毒最顶尖的专家到医院会诊，以尽快确认SARS病毒是否真的出现令患者出血的变异。为了不引起恐慌，会诊暂时对外保密，不向外界透露。

医疗专家连夜对秦苏蕙进行与“非典”有关的各项检查。数据先后出来，对比已有SARS病毒传染者症状，专家们发现秦苏蕙的病征与SARS病毒传染者有很大差异，除了发高烧，她没有呼吸困难，肺部与呼吸道都是好的。这一切都指向秦苏蕙似乎不是传染了SARS病毒。

清晨，血液癌变的检查结果出来，秦苏蕙的白细胞呈几何数增长，无情吞噬着她的红细胞。病情逐渐明确。专家们经过一番商讨，一致认为，秦苏蕙不是一名SARS病毒感染者，SARS病毒没有发生变异。秦苏蕙是什么病呢？她患了一种比传染SARS病毒更可怕的疾病——白血病，即人们常说的血癌。

得知这一结果，正值“非典”疫情防治关键时期的中国政府及卫生防疫部门舒了一口气，对于昏迷中的秦苏蕙，却是一个晴天霹雳。

获悉本校学生秦苏蕙患的是白血病，而非被SARS病毒传染，北京大学主动要求把秦苏蕙转院至学校医学部的附属医院，接受进一步治疗。

王立言被解除隔离。然而他颇为不安，怪自己不该把秦苏蕙的昏迷当成是睡觉，是自己耽误了秦苏蕙的病情。王立言第一时间赶到北大附属医院看望秦苏蕙。眼前的秦苏蕙面色苍白，虚弱地躺在病床上。王立言心里充满自责，他要一直留在身边照顾秦苏蕙，直到她康复。

为了确定秦苏蕙患的白血病类型，以针对具体类型进行有的放矢的治疗，北大医院对她再次进行全面检查。检查结果不容乐观，秦苏蕙的白血病已到晚期，必须尽快实施骨髓移植手术，否则随时有生命危险。与此同时，秦苏蕙的家人被校方通知赶到了医院。

秦苏蕙的老家在山西南部的黄河边，父母是当地的棉农，一家五口人，苏蕙上面还有两个哥哥。出身于农民家庭的苏蕙从小表现出与两个哥哥完全不同的兴趣。她喜欢家里一望无垠的棉田，喜欢那些白色无瑕的果实，喜欢跟着父母在白花花的棉田里劳作，不像两个哥哥对棉花没什么感情，只看成是用来挣钱吃饭的农作物。因为家里农活太多，苏蕙八岁才被父母送去读书。已读高年级的两个哥哥没有想到，迟入学的妹妹聪慧过人，学习成绩优秀，一直保持到初中毕业，还考上高中。苏蕙的两个哥哥没有考上高中，他们对读书的兴趣不大，主动回家种棉花，供妹妹读书。

秦苏蕙不负众望，顺利考入大学，而且还是北京大学。从她考入北大那天起，秦苏蕙成为秦家真正的天之骄子。她的父母和两个哥哥不仅种自家的棉田，还承包多出自家地两倍的土地种棉花，供苏蕙读书。她的两个哥哥迟迟不结婚，说要等妹妹大学毕业再考虑婚事。

盼望着秦苏蕙即将大学毕业，父母以为苦日子过完，可以享受一下生活，两个哥哥也打算找对象结婚，没有想到传来的却是苏蕙罹患血癌的噩耗。

看到从家乡赶到医院的秦苏蕙的父母和两个哥哥，主治医生觉得苏蕙的骨髓配型有希望了。一家人得知要给苏蕙进行异体骨髓移植，抢着来，这让医护人员十分感动。以往的病例中，自愿给别人进行骨髓移植的并不多，哪怕患病的是自己的至亲。考虑到苏蕙的父母年纪大，主治医生建议先检查两位兄长的血清和骨髓，看是否与苏蕙的骨髓相配。骨髓配型是一个复杂的过程，要经过严格的检验和筛选，检验过程中每个人的心都是悬的，不知道结果如何。两天后，配型结果出来，让主治医生高兴不起来的是，苏蕙与两位哥哥的骨髓不相容，即配型不成功。

看着病榻上女儿痛苦的样子，配型又不成功，苏蕙的父亲突然跪倒在地，老泪纵横。短短两天时间，这位父亲头发花白，一双满是老茧的手不知从何时起全是锯齿状的裂缝，缝隙里不是血液，而是白色的癣，那是心理压力过大突发的皮肤病。

苏蕙的父母只是哭泣，不肯去做骨髓配型检验，这让医护人员十分诧异。院方以为苏蕙的父母是担心承担不起昂贵的医药费而不肯去做配型检验。医院将情况告知北京大学，学校领导通过开会讨论，认为不能看着自己的学生生病不救，决定由校方承担医疗费，全力救治秦苏蕙。

当主治医生把这个好消息告诉秦苏蕙的父母时，她的父亲用长满了癣的双手擦着泪水说："这能怎么样呢，我们现在缺的不是钱，缺的是娃娃的骨髓。"

苏蕙父亲的反应让医护人员更为诧异，他们一再追问，苏蕙的父母才说出实情。原来秦苏蕙并不是父母的亲生女儿，在她不到一岁的时候，养父母在一个煤矿门口捡到了她，抚养至今。

那是一个春寒料峭的初春，中国内蒙古自治区与蒙古国接壤的一个边境煤矿正在用老式的方法下地几百米采煤。

一天清晨，挖了一夜煤的苏蕙养父小秦升井后大口呼吸着新鲜空气，疲惫地往家里走。刚出煤矿大门，隐隐有婴儿的哭声传来，小秦停住脚步四处看了看，没看到什么。他继续往前走，婴儿的哭声越来越大，小秦顺着孩子的哭声走过去。在一棵没有发芽的老柳树前，小秦看到地上一个襁褓里哭泣的孩子。他站在孩子面前看了一会，犹豫该不该抱走这个孩子。

襁褓里的孩子看到一个高大的黑面孔，不知是吓着了还是有了安全感，不哭了。孩子停止哭泣给了小秦一种无形中的好感，他蹲下来抱起孩子，心想是谁家这么无情，把这么个小生命丢在冷风里。小秦抱起孩子高喊了几声，问是谁家的孩子，无人应答，只有早春冷冷的风声。

小秦抱着孩子回到家中，妻子看他带来一个陌生的小生命，第一反应是他多管闲事，抱回一个别人家丢弃的孩子，要他把孩子放回原处。小秦不忍心放回去，妻子一把夺过小秦怀中的孩子往外就走。孩子被吓到，哇的一声大哭起来。这恰逢其时的哭声让已是两个孩子母亲的妻子心软了，她把孩子塞给小秦，不管了。

孩子一边哭一边挣扎，裹着的襁褓被掀开一角，小秦闻到一股香味，他想会不会有什么信物放在襁褓里。小秦把孩子放在炕上，打开襁褓，里面什么信物也没有，只有一枝这个季节室内开放的兰花，香味就是兰花散发出来的。看到这枝兰花，又看到一边哭泣一边蹬腿的婴儿是个女孩，让妻子对这个孩子有了一点好感。他们的两个孩子是男娃，淘气得不得了，家里几乎存不住一样完整的东西，都被破坏或打碎了，或许这个女娃可以让家里消停些。就这样，年轻的父母决定收养这个春日清晨与自家结缘的女孩。

养父母一个来自山西南边，一个来自苏北，都是中国传统的产粮区。“文化大革命”尚未结束的中国千疮百孔，这些传统产粮区产的粮食竟不够当地人吃，人们饿得要命，为了活命纷纷外出乞讨。这两个一个来自北方的南边一个来自南方的北边的男女，乞讨到中蒙边境时不敢往前走，他们怕越境后语言不通被野蛮的蒙古人打死。于是，就在边境煤矿上讨了一份临时工。不久两人结婚，生下两个男娃。

女孩的到来没有成为一个累赘，反而随着“文革”结束中国实行改革开放政策，煤炭需求上升，在煤矿做工的养父母生活逐渐好转。夫妻俩十分喜欢这个女孩，尤其是小秦，待女孩比待两个亲生儿子还亲。三岁那年，取养母苏北家乡的“苏”，又取女孩来到家里时襁褓里的兰花别名“蕙”，小秦给女孩取名秦苏蕙。

四岁那年，小秦听说黄河边的老家包产到户。人们承包国家的土地栽种自己的粮食，而且想种什么就种什么，其中有人靠种棉花成为当地的万元户。这深深吸引了在边境煤矿做临时工的小秦夫妇，他们决定辞职回家种棉花。从那以后，苏蕙远离了黑漆漆脏乎乎的煤炭王国，来到了白花花干干净净的棉花世界。在这个充满童话的世界里，苏蕙宛若一个公主，生活在父母和哥哥的疼爱与呵护中。她也用考上北京大学的骄人成绩回报了父母和亲人，使父母在家乡扬眉吐气，成为乡亲们羡慕的榜样。

谁能想到，一切在秦苏蕙即将毕业时发生逆转。已变成老秦的苏蕙父亲越说越伤心，他的两个儿子第一次听说妹妹是捡来的，又吃惊又悲痛，哭得跟泪人一样。

在场的医护人员为秦苏蕙的身世唏嘘不已，一个个啜泣不止。一直照顾苏蕙的王立言没有哭，他理智地意识到现在不是哭的时候，而是急需找到秦苏蕙的亲生父母，让他们来为苏蕙配型，进行骨髓移植，只有这样苏蕙才有可能获救。王立言对主治医生说出了自己的想法，主治医生十分赞成，问题是如何找到秦苏蕙的亲生父母。二十余年过去，中蒙边境的那个煤矿还在不在都是个问题，如何找到呢？况且，秦苏蕙的病情一天天在恶化，必须要尽可能快地找到亲生父母，检验骨髓配型，才能挽救她的生命，晚一步她都会有生命危险。

王立言自告奋勇前去寻找秦苏蕙的亲生父母，苏蕙的两个哥哥要求一同前往。此事惊动学校，有关领导支持王立言的做法，一些同学主动报名加入寻找秦苏蕙亲生父母的行列。有媒体获悉此事，联系上王立言，希望跟踪报道寻找过程，通过媒体的传播让更多的人知晓秦苏蕙的不幸，帮助寻找她的亲生父母。

秦苏蕙的养父从家里来京前预感到女儿的不幸，他专门找来一个纸盒，把当年襁褓中那枝枯萎变成标本的兰花装在里面带到北京。王立言一行带着这唯一的信物和秦苏蕙的照片，上路了。

在北京“非典”疫情防治的高峰时期，谁会想到有这样一支寻访队伍从京城出发，一路向北，去寻找一位白血病患者二十余年未曾谋面的亲生父母。

王立言一行出发的当天，经药物持续治疗，秦苏蕙从昏迷中再次苏醒。她看到父母又惊讶又高兴，隐隐觉得自己的病情不容乐观。为了避免刺激，医生要求父母不要把病情告诉苏蕙，也不要告诉她不是她父母的的亲生女儿。如果找到苏蕙的亲生父母，再想办法告诉她实情，如果找不到，就当什么事也没发生过。

王立言一行乘火车，转乘汽车，第二天下午到达中蒙边境的煤矿。当年的煤矿已经发展成为煤业集团，为21世纪初中国经济的又一个黄金十年，源源不断地输送煤炭。

上万人的大煤矿，几万人的煤矿生活区，俨然一座小城镇，给寻访带来很大的困难。没有人知道当年煤矿丢弃孩子的事，也没有人知道当年煤矿上有一对来自山西和苏北的夫妻。因为煤矿一扩再扩，矿工人数剧增，二代矿工子女大多都不愿意子承父业继续挖煤，出去闯天下，剩下的都是老矿工和来自外地的年轻临时工。临时工显然对以前的事一无所知，只有老矿工知道一些。

果然有个老矿工龇着一口黄牙笑着说：“当年丢孩子的多了去了，谁知道哪个是哪个。”

这句玩笑话引起王立言的重视，他认为至少说明当年的确有人丢孩子。顺着老矿工的话，王立言一行又找了三天，没有任何讯息。

大家都很有挫败感，觉得没必要再找下去，时间拖得越久对医院里的秦苏蕙越不利。王立言不这么认为，他说如果找不到秦苏蕙的亲生父母，苏蕙就只能接受药物化疗，这可以拖延她的生命，却不能挽救她的生命。只有找到她的亲生父母才能挽救她，因为我们在这里寻找苏蕙亲生父母的时候，苏蕙也在北京接受药物化疗，只要她能挺住，我们就一定要找到她的亲生父母，不让她失望。

王立言的话再次鼓舞起寻找队伍的信心。他们对整个矿区进行“地毯式”寻访，一户一户地挨家访问。在一个十分老旧的棚户区门口，有一位大妈坐在门口前的老树根上抽烟，没有人在意她。寻找队伍在棚户区问了一圈出来，大妈还在原地抽烟。

一位老年妇女在原地抽了一上午烟，印象中是很少有的，只有没事干的男人才会这么做。带着一份好奇，王立言上前问大妈。右手拿烟身材发胖的大妈，左手接过秦苏蕙的照片看了看，摇头说不认识，又接过王立言手中枯萎的兰花标本，端详着看。她似乎对这个标本更感兴趣，看了好一会，问王立言这是不是兰花，王立言说是。

大妈兴奋地说："这不跟我家当年养的那种兰花一样嘛。"说完，大妈吸了一口烟问，"你拿这么个破玩意干吗？"

"您说您家养过这种兰花？"王立言问。

"是啊，我们家当时养好几盆呢，我妹妹家也有，都是我爸自己种的。"大妈说。

"您是当地人吗？一直在矿上吗？"王立言问。

"是啊，这整个矿最早都是我爸管，我们一家人都在矿上。"大妈说。

线索来了，王立言有些激动，他拿起秦苏蕙的照片指着问："大妈，您再仔细看看，这个女孩您认识吗？"

"唔——让我瞧瞧。"大妈在鞋底子上掐灭烟，接过照片眯着眼睛看。

"照片上的女孩名叫秦苏蕙，患了白血病，急需要找到她的亲生父母。只有亲生父母的血型才能和她的血型相配对，才能给她做骨髓移植，也才能救她的命。"王立言急切地说。

对什么血型配对、骨髓移植，大妈都不懂，当听到"救她的命"时，大妈抬头看了一眼王立言。

"这个女孩挺俊的。"大妈说。

"是啊，多好的女孩！请您仔细看看认不认识，或者像不像谁。"王立言说。

大妈一直眯着眼睛看。

突然，她鼓动了一下腮帮子，说："像，像！"

"像谁？"王立言问。

"像我妹妹。"大妈说。

王立言一行所有的人被这句话惊得屏住呼吸，很快又不约而同地问："真的吗，真像您妹妹吗？"

这一问可能吓到了大妈，她又摇摇头说："我妹妹眼睛不长这样，她的眼睛没有这个姑娘好看。”

王立言让身边的人安静下来，他说：“大妈，您妹妹在哪里?”

“她呀，命苦，嫁过两次人，前些年嫁到吉林那边去了。”大妈说着把照片递给王立言。

“她第一次嫁给谁了?”王立言问。

“第一次嫁给一个负心汉，生活不到两年跑了。”大妈说完这句话，若有所思。她要过王立言手中秦苏蕙的照片，左端详右端详好一会，激动地说：“难道是当年那个孩子?!”

这句话让王立言确信找对了人。身边的媒体记者建议到大妈的家里坐下来慢慢聊，那样她可能会想起更多事。大妈也觉得自己屁股坐痛了，带着一群人来到家里。

大妈家里挂着她与妹妹的合影，相片上的妹妹与秦苏蕙的确很像，除了眼睛不太像，前者是单眼皮，后者是双眼皮。功夫不负有心人。历经四天，终于找到秦苏蕙的亲生母亲，虽然她的母亲还在几百里之外的吉林省。

秦苏蕙的母亲与眼前的这位大妈是同胞姐妹，他们的父亲是本地前任村支书，也是“文革”期间村里煤矿的矿长。当时，一批一批的知识青年从北京下放到中蒙边境的这座煤矿挖煤，接受劳动改造，监督人就是矿长。

“文革”结束，知识青年通过各种关系回北京。家庭成分特别不好的或者家庭成分还没被划分清楚的暂时回不了北京，这其中就有秦苏蕙的亲生父亲。当他得知自己回不了北京时，主动追求矿长的二女儿，希望以此在当地扎下根，不受粗鲁野蛮的村民排挤和欺负。

矿长的二女儿是个美女，白皙的皮肤与当地出产黝黑的煤炭形成鲜明的对比，一双丹凤眼惹得当地小伙子心里直痒痒，很多男子对她趋之若鹜，纷纷追求她。然而，二女儿偏偏看中了有文化的北京知情，答应他的求婚。

当年，在矿长父亲的主持下，二女儿和北京知青结婚。

结婚第二年，秦苏蕙在母亲肚子里六个月大时，她的亲生父亲通过北京的关系为自己弄到一个回京的指标。这个万恶的指标成为这个家庭悲剧的导火索，北京知青开始与妻子频繁吵架，有时还大打出手。吵架的目的是逼迫妻子打掉肚子里的孩子，离婚。因为北京知青一门心思要回京，他对妻子说在这个又脏又臭封闭落后的鬼地方他一天也待不下去。苏蕙已经六个月，打胎等于是谋杀，苏蕙的母亲坚决不干。她将丈夫逼迫打胎和离婚的事情告诉做矿长的父亲。一怒之下，父亲带人将这个为了回北京失去人性的知青女婿暴打一顿，警告说如果再敢胡来，就去北京剥夺他回京的指标。

然而，这位矿长知道他的警告也只是警告罢了。世道变了，他阻拦不住知青女婿回京的步伐。他十分矛盾，要不要威胁让这个臭小子回京时把自己的女儿一起带上。之所以矛盾是因为，如果带上，偌大的北京城女儿孤家寡人独自在那儿，臭小子想怎么欺负就怎么欺负；如果不带上，就意味着女儿要离婚，成为寡妇。

矿长的一顿拳脚相加让知青女婿铁了心要回北京，完全不顾及妻子和未出生的孩子。他不再殴打妻子，也不再与她说话，视妻子如空气，对家里的事不闻不问。两人冷战三个多月，苏蕙出生前，她的未曾谋面的知青父亲从中蒙边境的煤矿消失。后来，人们才知道他是扒上运煤的火车逃走了。

苏蕙一出生就没了父亲，她的母亲在孩子未出生时就跑了丈夫，被当地村民认为是扫帚星，也被做矿长的父亲嫌弃，只有矿长的妻子偷偷照顾女儿和孩子。

母亲与襁褓中的苏蕙相依为命，靠父母接济生活，不到一年挺不下去了。

一天夜里，母亲将苏蕙包裹好，顺手摘下花盆里初春开放的一枝兰花，塞进襁褓里。她实在没有什么东西放在里面做纪念，只有这枝兰花。母亲的这一举动或许意味着希望日后能够找到苏蕙，她不曾想到若干年后，这枝枯萎的兰花真的成为联系母女的信物。

母亲抱着苏蕙在村里走了几圈，不知道该把孩子丢在何处，她害怕这一举动会遭到天谴。鸡鸣时，母亲狠下心来，把苏蕙丢弃到两公里以外煤矿门前的柳树下。

白天，那里有矿工路过，孩子应该会被人捡到。天亮前，母亲抛弃苏蕙离开了。

“你们说这不是作孽嘛。谁知道这孩子命大，没有死。”大妈哭着说。

大妈打电话联系上远在吉林的妹妹，对方得知自己的亲生女儿还活着，激动得痛哭不已。当得知女儿需要她的骨髓配型时，这位一直以为女儿不在人世的母亲立刻答应去医院，把自己的骨髓移植给女儿。

不幸的是，苏蕙的父亲没有找到。没有人知道他在哪里，也没有线索去找他，唯一的可能性是他在北京。

世纪初的中国，电视民生新闻异常发达，不同于板着脸孔播报的时政新闻，这种活灵活现反映老百姓身边事的新闻，成为受众喜欢看的节目。受众可以在民生新闻里看到楼里楼外鸡零狗碎的小事，也可以看到明星强挤乳沟故意露腚结婚离婚离婚结婚的八卦，还可以看到男人找小三女人找富豪的肉麻故事，更可以看到女人抓男人劈腿男人抓女人出轨的电视直播……

在那个不怕俗就怕不俗俗不堪言俗不可耐俗得低三下四俗得没有底线俗得全民低俗的民生新闻泛滥成灾的年代，也不总是播报男人不义女人出轨老人爬灰的新闻，也有报正经事的新闻，譬如北京的电视和报纸媒体联合尚不够发达的网络媒体，共同向社会报道一条带有寻人启事性质的新闻：寻找北大白血病女孩的亲生父亲。

这条报道连同之前寻找秦苏蕙母亲经过的新闻被编辑成一期新闻专题，滚动在各个媒体的民生新闻板块持续报道。每天报道完当时的热点新闻“非典”疫情，就是这条“寻找北大白血病女孩的亲生父亲”的新闻专题。几天后，媒体报道中显示的为秦苏蕙治病捐款的银行账号上捐了三十多万元，秦苏蕙的亲生母亲也从吉林赶到医院，她的亲生父亲却没有出现。

此时，秦苏蕙的病情严重恶化，必须尽快手术。医生迅速给秦苏蕙的亲生母亲作骨髓配型检验。令人绝望的是，检验结果显示，亲生母亲的骨髓未能与秦苏蕙的骨髓配型成功，这意味着不能为秦苏蕙做骨髓移植手术。

绝望中的秦苏蕙养父母、她的两个哥哥和王立言，他们都在犹豫要不要把苏蕙的身世告诉她。医生的建议是不告诉秦苏蕙，因为配型没有成功，告诉她没有意义，还有可能让她承受更大的心理打击。如果不告诉苏蕙，有可能至死都不知道眼前这个愿意为她进行骨髓移植的女人是她的亲生母亲；如果告诉苏蕙，她能不能在如此大的病痛折磨下忍受如此沉重的人生打击，谁心里都没有底。大家都在犹豫的时候，忍受病痛恶化的秦苏蕙眼中充满了乞求，乞求身边人告诉她眼前这个愿意为自己做骨髓配型检验的女人是谁。

苏蕙的养父在病房外抽了一宿烟，长满癣的双手像被太阳灼伤的黄土地，裂开一道道干瘪的口子，流着浓浓的鲜血。

第二天上午，趁苏蕙醒来，当着亲生母亲的面，养父说出了苏蕙的全部身世。听完自己飘零的身世，苏蕙没有激烈的反应，身体也没有力气让她做激烈的反应，她只是默默地流泪，很痛地流泪。

王立言握着苏蕙的手，心都要碎了。

一周后，北京市的“非典”新增病例首度出现零记录的那天夜里，秦苏蕙的白血病极度恶化为绿色瘤，扩散至全身。

黎明时分，太阳没有升起前，秦苏蕙离开人世。

眼睁睁看着自己亲手养育二十多年的爱女被病魔吞噬，双手长满癣的养父当场晕倒，被医护人员抬到急诊室抢救。

苏蕙的养母啜泣不止，她的两个哥哥跪在地上哭泣，她的亲生母亲抓着满头白发一个劲地哭诉：都是我造的孽啊！

王立言站在一边，内心充满巨大的自责。

此时，病房门口出现一位五十多岁的秃顶男人。他走到床头，呆呆地看着已经离世的秦苏蕙，伸出一双颤抖的手，颤颤巍巍地抚摸苏蕙的脸庞。摸着摸着跪倒在地，号啕大哭。

病房里的人猜出来他是谁，应该是秦苏蕙的亲生父亲。这个姗姗来迟的秃顶男人，这个抛妻弃女忘恩负义一心为己的利己主义者，如今是一位成功人士，他没有见到女儿生前最后一面。

秦苏蕙的遗体很快被火化。养父母把苏蕙的骨灰带回黄河边的老家，王立言一直陪伴在身边，他们一起把秦苏蕙的骨灰撒到棉花地里。

赶在学位论文答辩会之前，王立言回到北大。

答辩会上，在报告论文内容阶段，王立言明显跑题。他讲到生命意识和终极关怀，讲到人的哲学命题，这与他论文中写的宋明理学的治世之道大相径庭。在答辩阶段，导师围绕治世之道提出的问题，王立言也用人生命运和终极关怀的观点进行阐释。很显然，王立言没有从秦苏蕙病逝的阴影中走出来，秦苏蕙的离世让他对人生有了新的看法。

同场答辩同学笑他跑题够远，跑过山川，跑过大海，跑过人山人海。王立言不以为然，觉得无所谓，答辩通过也好，不通过也好，他就是这样的观点。

答辩结果出乎意料，导师们一致认为王立言发挥出色，答辩通过，还给了他的论文“优”。导师的理由是北大的学生就应该有创新意识，有独立精神，有自由思想。

获得优秀论文对王立言已经不重要，他甚至认为一直以来坚持的新儒学理念“修身、齐家、治国、平天下”，都不重要。

“那什么才重要?”周行健问。

“不知道，我想我迷失了。”王立言说。

“刚才还说导师夸你有创新意识，有独立精神，有自由思想，现在就不知道了。会不会太独立，太自由，人就会迷失?”周行健说。

“不知道。你没有亲身经历过人的生死，你不知道一个人的死对你的影响有多大，更何况这个人是你曾经爱过的人，又是在你眼皮底下，因为你的疏忽而死。那种彻头彻尾的打击，会让你虚脱，会让你感到人生的虚无，存在的可耻。”王立言说。

几天里，王立言总是向周行健重复这些话，显示他沉浸在秦苏蕙的死亡打击里无法自拔。周行健尝试各种办法让王立言从内疚里走出来，陪他一起吃饭、喝酒、散步、游泳……都没有用，反倒让自己也陷入悲伤的情绪里。

秦苏蕙的死亡宣告她与王立言爱情的彻底结束。她死了，到了另一个世界，这辈子与王立言的缘分，尽了。反观自己，与林紫函的爱情不也断了嘛，虽然林紫函还活着，但他们之间的缘分，也尽了。

周行健不再劝王立言。他感到人生是莫大的悲哀，自己失恋了，马洛失恋了，秦苏蕙死了，秦苏蕙的死不但沉重打击着王立言，也沉重打击着周行健。对于秦苏蕙患病，周行健其实比王立言更早有所察觉。去年冬至，周行健与秦苏蕙一起去未名湖的湖心岛散心，聊到开心处，秦苏蕙却晕倒了，是周行健背着她去校医院看的病。当时诊断为贫血，医生简单开了些药，同时叮嘱一定要去大医院做深入检查。后来，周行健陪伴失恋的马洛，自己也失恋，就把这事忘了。秦苏蕙也没把医生叮嘱的“做深入检查”当回事，谁知道，竟酿成大祸。

难道秦苏蕙早就知道自己身体有大病，只是不愿意面对，有意回避？生出这个念头，周行健很快又打住，他认为不可能，谁会拿自己的生命开玩笑？何况秦苏蕙也是在生命的最后一刻才知道自己被亲生父母遗弃的身世，之前她犯不着自暴自弃。只能说生命是如此脆弱，脆弱到你根本无法凭借勇气和毅力来扼住生命的咽喉，暂缓它滑落的速度。

陪伴多日，周行健不想再和王立言去未名湖畔喝酒，怕喝多了忍不住跳进湖里淹死。

他告别王立言，独自一人回到出租屋。他想一个人静一静，想一想。

# 第十八章

列车距离凤凰城越来越近，周行健越来越不安，不知道到了凤凰城要干什么，他对这座城市没有感情，如今却又回来了。

周行健在车厢里走来走去，引得一些乘客好奇地看他，大概在乘客眼里他像个逃兵，灰头土脸，萎靡不振。周行健走到车厢连接处，甩开那些看他的人，一个人呆望。

三个多月前，在北京的出租屋里，周行健呆望了好多天，作出一个决定——离开北京。

那些天里，周行健无心看书，无心看盗版影碟，日日面对四壁，日日吞云吐雾，他真的不知道该干什么，也不想干什么，他觉得要离开，必须离开，但又不知道去哪儿。他不愿意去工作，关掉手机，拒绝任何人的联系，那些俗不可耐的节目他做腻了，烦透了。他失恋了，马洛失恋了，王立言失恋了，秦苏蕙死了，他身边的人全是倒霉蛋，形成一个倒霉场，影响每个人，找不到人生的出路，看不到人生的希望。他越想越热，热得透不过气，打开所有窗户还是闷。他脱光衣服，赤身裸体，一丝不挂，觉得这样才舒服些，没有累赘，没有束缚。他裸身站在镜子前，走到窗子前，来到阳台上，精瘦的身体能看的都看了，不能看的也看了，实在是自恋到变态的地步。小区里看到他裸体的人开始从窗帘缝里偷窥，后来站在楼对面直视，再后来认为他是个神经病，看也不看了。周行健烦了，觉得这副臭皮囊也是累赘，索性又把衣服穿上，恢复累赘人生。穿好衣服，他确定该离开了。

周行健在收拾行李，门响了。他想什么鬼这个时候出现，拖了好一会才去开门。

不是别人，是马洛。站在门口，像个僵尸，面如死灰。

“你怎么了?”周行健问。

马洛不语，一脸死灰。周行健没管，转身去卧室收拾东西。屋里很静，听不到外面的车流声和小区的吵闹声，只有周行健收拾东西的声音。收拾完盗版影碟，周行健发现马洛还没进屋，愣愣地站在门口。

“进来呀，你怎么了?”周行健问。

愣愣的马洛放声狂笑，笑声像尖厉的噪音，笑声里有震颤，抽搐不止，像鬼上身般站在门口露出狰狞的獠牙，显出绝望的表情。周行健被笑蒙了，心里发毛地看着狂笑的马洛，身上起鸡皮疙瘩。

马洛边笑边进屋，来到周行健面前，用阴森的笑声说：“HIV，知道吗，HIV!”

“什么意思，提这个干吗?”周行健没好气地说。

“我感染了。”马洛收住笑声，面如死灰地说。

周行健手里的书咣当——掉在地上。

“有意思吗?开这种玩笑!”周行健说。

马洛转身咣当——关上门，瘫倒在地，流着泪说：“谁跟你开玩笑。真的，刚刚确诊。”

HIV，怎么可能!周行健站在原地不动，吓傻了，搞不清楚状况。他也不去扶马洛，HIV这三个英文字母所具有的恐怖性让他下意识地不敢去碰马洛。屋里不再安静，马洛的啜泣声，小区的吵闹声，街上的车流声，混杂在一起，世界变得混浊不堪。

“你先起来，说说到底怎么一回事。”周行健说。

马洛没有理他，依旧瘫在地上流泪。周行健依旧没有上前扶起马洛，他对HIV贫乏而无知的恐惧下意识地再次提醒他不要去碰马洛。两人一个瘫着，一个站着，僵持不下，时间仿佛凝固，空间仿佛密闭，这一刻成为这两个漂泊在北京的好兄弟之间友谊的试金石。面对可能的HIV病毒携带者马洛，周行健这一刻的无动于衷将会使他们亲密无间的友谊划开裂缝。只是那一刻，拷问人生几天的周行健着实被HIV这个英文缩写单词吓着，他不知道面对一个自称是感染HIV病毒的人该怎么办，哪怕这个人是他最好的朋友——马洛。

僵持了好一会，不知是恐惧使然还是恰好撞上，周行健内急，忍不住去洗手间尿尿。等他出来，马洛已经坐在沙发上，对他怒目而视。尿完一泡尿的周行健全身通泰，恢复理智，他意识到不应该如此惊弓之鸟，就算马洛真的感染 HIV，只要他俩不鸡奸，不自残流血，不把精液和血液弄到彼此的破损处，他不会被传染。

周行健坐到马洛身边说："把检测结果给我看看。"

"扔了。"马洛说。

"扔了！你怎么能把检测结果扔了，医生还要凭此给你看病呢。"周行健说。

"得了艾滋病还有救吗，还看什么病？我就等着死吧。"马洛沮丧地说。

"你真的确定你得了吗？我觉得不会呢，你也没有那么烂，你又没有滥交、吸毒，随意献血。"周行健说。

在这种时候，周行健说话如此直接显然不妥，他没有顾及马洛被 HIV 感染脆弱的内心，也没有想到他的话会让马洛倍伤自尊。何止马洛，任何一个知道自己感染 HIV 的人听到这些话都不会舒服。

果然，马洛愤怒了。

"我烂，你不烂吗？你高尚，高尚得不得了！你远方有个女朋友，北京再找一个，两边都不耽误，两边都有女人睡。"马洛说。

"这哪儿跟哪儿，你冲我发什么火，是你感染了 HIV 好不好。"周行健说。

"是啊，我感染了，你幸灾乐祸，是吧，你盼着我感染，是吧。我他妈活该就感染了，中你的意，我认命！不就是一死嘛，死就死嘛，反正我也不想活了。"马洛说。

"什么幸灾乐祸，亏你说得出口，你感染了我也很难过啊，我也很害怕啊，我这不是在想怎么解决嘛。"周行健说。

"谁都知道艾滋病是绝症，怎么解决？解决个鸟，你就装吧。看你那尿样，刚才都不敢碰我，你是怕我传染给你，对吧。我算是看透你了！你根本不在乎我这个朋友，我都得艾滋病了，你从心底里关心过我，设身处地地为我着想过吗？没有！你想的只是你自己。你怕我传染你，连累你，拖累你，我这也就刚检测出感染 HIV，你就这样疏远我，冷落我。你是一个多么自私自利的人，一个永远只想到自己不想到别人的人。哪怕是你的好朋友患了重病，你首先想到的都是你自己的安危。还假惺惺地说难过，我没有看到难过，看到的只是你的冷血。”马洛说。

周行健的内心受到莫大的侮辱，刚才的无动于衷只是出于恐惧，完全不是马洛说的那样。

“胡说八道！不要以为你感染HIV就必须博得别人的同情，就可以信口雌黄地污蔑人。得了HIV这么严重的事情，总得允许我反应一会，我对HIV也很陌生，只知道它可怕，被它传染就等于判了死刑。我承认刚才不应该不去搀扶你，安慰你，但我刚才也很怕啊。我现在想明白了，我觉得你应该去复查。”周行健说。

马洛又张开嘴哈哈大笑，笑得那么尖厉，笑得那么瘆人，屋子里全是面目狰狞。

“复查个鬼！你不就是想把我支开嘛。我走，不连累你。”说完，马洛打开门，走了。

周行健被气得跳脚，觉得一肚子冤枉和委屈。他没有冲上去叫住马洛，坐在沙发上抓住头发，用力撕扯，无端的恐惧和自责一起袭击他。

过了很久，周行健意识到马洛需要帮助，需要慰藉，不能不管。他拆开打包好的电脑连上电源线和网线，搜索HIV和艾滋病的词条，一下出来几千万个搜索结果。他打开几个看上去比较权威的词条，仔细研读，恶补艾滋病知识。

周行健越看越觉得马洛不像传染了艾滋病。就算马洛感染了HIV病毒，与艾滋病人的日常接触不会被传染，传染主要通过血液、性接触、母婴进行。了解到这些，周行健决定去找马洛，不管马洛怎么看他，他不能见朋友患病不管。

周行健给马洛打电话，他不接，就直接去马洛位于城东北的出租屋找他。马洛住的地段蛮繁华，公寓比较新，他与人合租在11楼。周行健敲了好一会门，才被打开。

“你来干吗?”马洛问。

“陪你去复查。”周行健说着进了屋，没管马洛让不让进。

“不要假惺惺，我不需要你同情。”马洛说。

患病的马洛换了一个人，见到周行健像见到敌人，难道感染HIV的人见到他人都像敌人?周行健心里想。

“我是真的陪你去复查。刚才我在网上深入了解了一下，HIV检测需要周期，周期没到，检测结果会有误。何况从网上获取的资料看，HIV感染者的常见症状，我看你都没有。你看上去只有沮丧，没有艾滋病症状。”周行健看着马洛说。

马洛没有说话，走进房间坐在床上，把书桌前的椅子留给周行健。

“你说怎么复查?”马洛问。

“我们找北京最好的医院查，我了解了一下，北京协和医院最好，我们就去那儿查。”周行健说。

“需要到那么大的医院查吗？我就在一家小诊所查的，很便宜。”马洛说。

绕了一圈，周行健知道问题所在，一家小诊所就能查出HIV病毒，太离谱了，周行健越发相信自己的判断。他问马洛是什么原因促使他去检测HIV病毒的，正在抽烟的马洛有些羞涩，半天不说话。周行健一再追问，马洛才开口。

“我的那东西上长了些痘痘，红红的，痒痒的，有些都破了，破的地方奇痒无比，还疼，搞得我很狼狈。我就去附近的一个诊所看，医生看后神情凝重，说情况不太好，需要抽血检测，就抽了我两管血。第二天，医生告诉我感染了HIV病毒。”马洛红着脸说。

对于马洛那东西上的红痘痘，周行健很好奇，很想看，因为从来没见过。考虑到马洛的敏感，为了马洛的自尊，更重要的是让马洛建立起自信，去正规医院复查，周行健没有提出让马洛脱下裤子看的要求。

“你怎么不去大医院看，小诊所你也信。”周行健说。

“我是路过看到有这么一家诊所，名字取得很对症，叫‘性病皮肤病专科医院’，我就进去看了。”马洛说。

这一点周行健与马洛不同，他看病，无论多小的病一定要找正规医院，对那些路边医院从来不拿正眼看，充满了不信任。这或许与周行健性格中对世界有一种天然的质疑有关系。

当晚，周行健没有回出租屋。两人一起聊天，一起吟诗，又找到了过去的感觉。马洛依旧喜欢金斯伯格，喜欢《嚎叫》，他大声朗诵那些充满了乳房和阴茎词汇的诗歌，感觉很过瘾。周行健朗诵马拉美和兰波，兰波的一首《流浪》让他们安静下来。

我走了，双拳插在空瘪的衣袋里，
外套的褴褛显得格外神奇。
我在苍天下走着，缪斯，我是你的信徒，
哎呀呀，我梦想过辉煌的爱情！

唯一的短裤带个大洞，
我是梦想的小拇指，奔跑着撒出
诗韵。我的客栈在大熊星座，
满天星斗发出甜美的籁声。
……

——兰波（葛雷、梁栋 译）

马洛拿起吉他，边弹边唱校园民谣《睡在我上铺的兄弟》。周行健与他一起唱，唱完一曲，唱下一曲，把他们会唱的校园民谣都唱了。在简单而纯净的歌声里，两人一起回忆大学时代的美好生活，仿佛忘了HIV这回事。

那一夜，周行健挤在马洛的单人床上睡了一宿。他不在乎什么HIV，只在乎兄弟情。

第二天上午，周行健和马洛来到北京协和医院挂了皮肤科专家的号。接近中午时，轮到马洛看。周行健看着马洛进入诊室，他在外面焦急地等待。

十多分钟，马洛出来了，脸部表情很复杂。他走到周行健面前，低头不语。

“结果怎样?”周行健焦急地问。

“医生说，我那不是HIV感染。”马洛说。

“太好了，我说不像嘛。那是什么?”周行健说。

“是——性病，还说我上了黑心诊所的当。”马洛说。

“我就说嘛，哪来的什么HIV，这下可以放心了。”周行健说。

马洛把就诊记录递给周行健看。专家的字迹十分潦草，一个个连在一起像一排排无头的苍蝇，几乎没有一个认识的。其中有一个英文缩写周行健找来找去没找到，那就是HIV。

“那还检测吗？”周行健问。

“专家说除非我近期有高危行为，否则不用。”马洛说。

“什么是高危行为？”周行健问。

“就是有没有和乱七八糟的男女不戴套搞过，有没有接触过艾滋病人的血液，有没有吃过艾滋病人的奶，有没有吸毒。”马洛说。

“你有吗？”周行健问。

“不知道，我哪知道谁是艾滋病人呀，艾滋病人也没有在脑门上写着‘艾滋病’三个大字。”马洛说。

“那你与人做过爱没有？”周行健问。

“唔——这个，有。”马洛迟疑地说。

“戴套了吗？”周行健问。

“戴那玩意干吗，我和Rose从来不戴。”马洛说。

“我说你近期做爱的时候戴套没有。”周行健说。

“没戴，Rose留给我的遗产就是和女人做爱坚决不戴套。”马洛说。

“靠！那就测，不测你还会疑神疑鬼。”周行健说。

在周行健的坚持下，马洛决定照常检测。当天的号挂完了，马洛挂了第二天另外一个专家的号。

第二天一早他们来到医院，不到10点就轮到马洛看。这是一位慈祥的老专家，他与昨天那位年轻专家的诊断一模一样。马洛坚持要检测HIV，老专家摇着头给他开了一张化验单，同时给他开了一些治疗性病的药。

两位北京协和医院的皮肤科专家都说马洛患的是性病，而不是感染HIV，这让马洛的心情明显好转。他拿着HIV化验单对周行健说：“走，去做小白鼠。”

交完费来到检验科，排了半小时的队，抽了两管血，检验科医生告诉马洛第二天下午来取检测报告。

第二天下午路上很堵，周行健和马洛来到医院检验科已是下班时间，他们担心取不到报告，发现检验科是二十四小时上班。

他们从一位年轻护士那里取到化验报告，上面显示：

血查：HIV（—），RPR（—），TPPA（—）

项目：艾滋病（AIDS）

结果：阴性

备注：初筛

看着全阴的化验报告，马洛心花怒放，觉得自己复活了，拉着周行健的手一阵大笑，笑声里没有尖厉，充满了喜极而泣的淫荡。

拿着这份化验报告，隔天周行健又陪着马洛挂了那位老专家的号。老专家看完报告告诉马洛，一切正常。马洛高兴地给老专家鞠了三个躬。

“小伙子，我早就说过你的症状不是HIV感染，是性病。你不要以为是性病就麻痹大意，还是要按时用药，才能好利索。你们这些年轻人啊，太不爱惜自己的身体。”老专家取下眼镜板着面孔说。

“对对对，您说得对。”马洛点着头，边说边溜出诊室。

那动作看上去像犯了错被老师批评的中学生。诊室的门被风吹开一个小缝，室外等候的周行健看到这一幕，笑了。

出了医院大门，马洛和周行健如释重负。太阳很大，光线很刺眼，两人走在马路上心情很爽。

周行健不是一个会遛马路的人，不管跟谁在一起走路，不论是男人还是女人，他都会走得很快。没有感染HIV的马洛十分兴奋，总想跟他说话，但周行健不识趣，马洛在旁边说话，他却大步流星往前走。这不，他又走到马洛前面去，两人隔了老远。

“哎，你就不能走慢点吗？”马洛隔着人流喊道。

“哦，忘了。”周行健转过身笑道。

“真不敢相信像你这样不会遛马路的人，会有女孩喜欢。”马洛一路小跑追上来说。

“你又不是女孩。再说，这就是魅力啊。”周行健笑着说。

两人继续走。没多会，周行健又走到前面去了，马洛嘴里骂着不得不赶上来。一起走路这样的小事，周行健觉得没什么，马洛却认为这是对朋友的怠慢，至少说明两人之间不默契。周行健和马洛对这类微小事情看法上的差异，逐渐累积成为横亘在他们深厚友谊之间的冰山。

当晚，马洛请客，庆祝他没有感染HIV，两人一起去朝阳公园附近的酒吧喝酒。

这里他们曾经常光顾，Rose回国，马洛失恋，两人已经很久没来。酒吧看上去冷清了许多，没有以前热闹，周行健观察了一会，发现冷清是因为外国人少了。还好，酒吧依然有乐队，唱的不再是蓝调，而是民谣，这是两人都喜欢的音乐。他们要了几瓶啤酒，淡淡地喝着，慢摇歌声里浸透的情绪是淡淡的忧伤。

“Rose有消息吗?”周行健问。

“没有，人间蒸发。”马洛说。

“想她吗?”周行健问。

“想，也不想，她太绝情，每次想到那些美好的东西都被绝情淹没。”马洛说。

“绝情有绝情的好，彻底断了你的念想，反正联系不到，心也就死了。不像我，人还在，还有联系方式，就是不能联系。联系就像打针，刺个血眼，联系越多，身上的血眼越多，也越痛，就不敢联系了。”周行健说。

“你也失恋了?”马洛问。

“是的，都一个多月了。”周行健说。

“真的?”马洛问。

“当然是真的，骗你干吗。”周行健说。

“那你是不是考虑一下凸凸。”马洛说。

凸凸，一个几乎被遗忘的名字。就是在这家酒吧，周行健与凸凸发生过一夜情，不，准确地说只是一时激情。马洛这几天时不时会提起凸凸。

“我跟凸凸没感情的，这你知道。”周行健说。

“没感情！没感情你把人家肚子搞大。”马洛说。

“怎么你也这样说，她真的怀孕了，而且是我的?”周行健问。

“应该是。”马洛说。

“你怎么这么肯定?”周行健说。

“因为我陪她到医院堕的胎。好像就是去年冬天一个晚上我和她，还有Rose，一起在这里喝酒，凸凸给你打电话希望你过来，当面告诉你她怀孕了。结果你不来，她只好电话里给你说怀孕的事，你死不承认，她只有死心。那晚她哭了很久，从酒吧一路哭回学校。周末，凸凸找到我，请我陪她去堕胎。当时我觉得你是个王八蛋，应该由你陪人家去，但你不理睬人家，我看凸凸怪可怜的，就陪着去了。去医院的路上她也一直哭，我说你这么舍不得就别打了，凸凸说不打不行，周行健又不认，生出来就是个没有父亲的孽种。与其这样，不如忍痛堕了。我说那你还哭，凸凸说道理谁都懂，但还是舍不得，毕竟是在谋杀一个生命。真正把一个生命从身上夺走，那是撕心裂肺的痛，什么叫撕心裂肺，这就叫撕心裂肺。凸凸就在撕心裂肺里，把那个孩子堕了。”马洛说完，拿起酒瓶喝了一大口。

时隔半年，马洛说起凸凸堕胎，周行健觉得像在听故事，他仍然对凸凸怀了自己的孩子将信将疑。他想怎么可能，两人醉成那样，怎么会一下子就怀上了。就算真的是他的孩子，在醉酒状态下孕育出的孩子恐怕也会有问题。看马洛认真地说起这件事，周行健不想再争辩，反正已经堕胎，那个还在酝酿的不幸的生命早已不存在了。周行健甘愿相信这是一个梦，一个无耻的梦。

“你和Rose有过孩子吗?”周行健岔开话题。

“有过两个，都趁我上课时去医院打掉了。”马洛说。

“哦，那你怎么知道有过?”周行健说。

“第一次Rose反应很大，呕吐很厉害，我以为她生病了，带她去医院看病。医生一检查，说怀孕了。当时我蛮高兴，觉得是我们爱情的结晶，我让她把孩子生下来。但Rose坚决不干，她说她还没有准备好要孩子。第二天，她就背着我去把孩子打了。我很不高兴，与她吵了一架。第二次我不知道，是凸凸告诉我Rose堕了胎。我又与她吵了一架。现在看来，Rose不生孩子很正常，因为她就没爱过我，我可能只是她的一个性伴侣。”马洛说。

马洛说这些话时眼睛泛着泪光，说明他还爱着大洋彼岸的那个金发女人，只是嘴硬不承认罢了。周行健为自己对凸凸的铁石心肠感到恶心，他很矛盾，他自始至终爱的都是林紫函，他不能因为一时激情搞得凸凸怀了孩子就假惺惺地说爱她，那样岂不是更恶心。

周行健不想谈这些爱恨情仇的话题，因为这年头的爱与恨你分不清是真爱还是假爱，真恨还是假恨，里面充斥着身段、勾引、欲望、肉体、堕胎、金钱、病态……唯独缺乏看不见摸不着闻不到的“爱”，这缺“爱”的爱恨情仇，多多少少都是虚情假意、逢场作戏、及时行乐。他想谈谈现实，最要紧的现实。这在以前，周行健是最不屑于谈的。

“我想离开。”周行健嗫嚅着说，声音很小。

“离开？”马洛看着他。

“离开北京。”周行健说。

“去哪？”马洛问。

“不知道。”周行健说。

“那离开干什么？”马洛问。

“我觉得在北京空落落、轻飘飘的，脚踩不了大地，眼看不见远方，身离不了浮躁，心走不出迷惘，这样的生活有问题。”周行健说。

“你不是也爱了嘛，也自由了嘛，也在追求你的理想，实现你的价值。在北京想干什么就干什么，没人管你，如果想，随便可以找一份工作，过你自己舒心自在的生活。”马洛说。

“爱了也分了；自由也堕落了；理想，理想在现实面前碰得鼻青脸肿，价值在迷惘里无从谈起。至于工作，不瞒你说，我做的那些节目既无聊又无趣，每天都在制造垃圾，满屏的垃圾成堆成堆地复制在屏幕上，令人作呕。”周行健说。

“你啊，还是没有从失恋中走出来。你看我就要洒脱得多。”马洛说。

“你的洒脱是放纵，放纵的结果是染病，这种洒脱我不要。我想换个地方，干干净净，清清爽爽，脚踏大地，头顶苍天，而不是像现在这样虚无缥缈，居无定所。”周行健说。

“你怎么这样说我，什么染病，我那也是不小心。你想走，走，走，我不拦你。”马洛说。

“你不走吗？”周行健问。

“我就知道你是这个意思。告诉你，我哪儿也不去。偌大的北京城，两千多万人口，什么牛鬼蛇神乌龟王八蛋都在这里，他们不走，我为什么要走？再说，去哪？你满口说要走，你都不知道去哪，那走什么，走个屁！你走你走吧，你爱走哪儿走哪儿，反正我不走。我就不相信我能饿死在这，大不了风餐露宿，沿街乞讨。”马洛说。

“凤凰城不好吗？”周行健问。

“你觉得好吗？凤凰城！你以为真有凤凰？反正我从小到大没看到过，只看到城中心有个凤凰碑，丑得要命。”马洛说。

凤凰城的确没有凤凰。周行健也不想回去，但在没有想清楚去哪儿之前，又不想留在北京，只能先回去。马洛不愿意离开，那就自己离开，如同当年马洛不愿意来北京，自己先来一样。

两人喝完酒回到马洛的出租屋。房子里住了5个人，就马洛一个单身。周行健挤在马洛的单人床上睡了。

那晚很热，周行健一宿没有睡着，马洛也没有睡着。两个男人光着身子在床上翻了一夜，没有做什么出格的事，也没有说话，更没有唉声叹气。他们掩饰着离别流露出的伤感不让对方看到，他们也不想让对方知道彼此舍不得。

那是周行健和马洛这辈子在一张床上睡的最后一夜。天一亮，周行健走了。

离开北京的那天大雨倾盆，视线模糊，看不清前方。五箱子书，一箱子盗版影碟，两个行李箱，一床被褥，这是周行健的全部家当。雨太大，他打着伞在马路边衣服湿透，叫不到出租车。这就是祖国首都北京，在你最需要帮助的时候，给钱都没人理你。尤其是出租车，周行健在北京几年，每次最着急的时候，永远打不到出租车，反而没事的时候，出租车招手就停。周行健在肚子里咒骂了一千遍，一辆出租车仁慈地停在面前。

副驾的玻璃摇下来，里面的马洛探出头说：“快上来，看你都成了落汤鸡。”

看到这一幕，周行健感动得泪流满面，谁能想到马洛会在大雨中出现，就像驾着七彩祥云前来的盖世英雄。幸亏雨大，与泪水和在一起，马洛没看到周行健感动地哭。出租车来到小区单元楼下等着，两人上楼搬东西。周行健把一身湿透的衣服脱下来扔了，换了身干衣服。东西太多，出租车装不下，周行健把被褥也扔了。

来到火车站，离开车时间不到一个小时，马洛帮着周行健把行李办了托运。铁路托运窗口在火车站西侧，需要走过几十米没有顶棚的通道，倾盆大雨将两人再次淋成落汤鸡。

“非要今天走吗？这么大的雨。”托运行李时，马洛问。

“走，说走就走。”周行健擦着脸上的雨水说。

“老天舍不得你啊。”马洛说。

马洛的这句话一语双关，周行健心头一热，眼泪差点又流下来，他咬牙忍住。

送别的站台上，周行健忍不住了，稀里哗啦地流泪，流得前襟后背都湿了。马洛也哭得稀里哗啦，两人紧紧拥抱在一起，舍不得彼此。他们知道，这一去不是走多远，不是英雄出征，也不是流放，更不是逃离，舍不得是因为这一别，很可能宣告一段岁月的结束，一代青春的逝去。

列车启动，留下孤零零的马洛和大雨倾盆的北京城。大雨中，周行健发来一条短信。

漫游之后
我不打算交出手中的剑
故事一定要讲完

最激烈的战事发生在子夜
有人在战场上身负重伤
有人在半空里随风飘散
有人在打钟
有人在割麦
有人把暗夜当成白昼
有人把白昼当成绝响

奋力拼杀还是举手投降
直面压抑还是释放迷惘
什么才是丈量爱情的尺度
什么才是看管人生的仪轨
什么才是决定命运的法宝
魔鬼说：朋友，
这是你最后要说的吗？
上帝说：朋友，

你说的只有这些吗？

路边的风景
不光有卡片
还有留声机
这条不归路
我看了又看
我走了又走

凤凰城，久违的故乡。周行健的记忆里凤凰城的影子不多，也就那么几个，小时候在黄河里游泳，读书时在贺兰山里爬山，宽阔的马路，慵懒的行人。

凤凰城里的人很自信，他们说凤凰城是全天下数一数二的地方，除了首都北京，凤凰城不如，再没有比凤凰城更好的地方。凤凰城里有个广场，凤凰城里的人说比天安门广场小不了多少；凤凰城里有个大学，凤凰里的人说比北大差不了多少；凤凰城里有两座古塔，凤凰城里的人说比大雁塔多出一个；凤凰城外有几个土丘，凤凰城里的人说那是东方金字塔。

凤凰城一年四季分明，因为有黄河灌溉，不下雨也不怕；因为有贺兰山挡风，再大的沙尘暴都不怕。

凤凰城不冷，气温从来不超过零下25摄氏度，大雪从来不会连下三天。每当冬季看到东北新疆的大雪封城，人们冷得鼻涕凝结眼睛凝霜。凤凰城里的人会说：瞧，多惨，哪有凤凰城好！

凤凰城不热，气温从来不超过零上35摄氏度，夏天再热的月份屋里不用开空调，还凉得受不了，什么时候都没有一身臭汗，天不热不冷不用勤洗澡。每当三伏天，中国东西南北中的火炉城市热得人们喘不过气。凤凰城里的人会说：瞧，多惨，哪有凤凰城好！

凤凰城不旱，一年三百六十五天下不了几场雨，周围却有七十二连湖一百零八塔，还有“长河落日圆”的黄河，下不下雨无所谓。不像中国很多地方不下雨旱得地裂三尺，河沟枯竭，嗓子冒烟，庄稼绝收，饿殍遍野。凤凰城里的人会说：瞧，多惨，哪有凤凰城好！

凤凰城不涝，多大的暴雨遇见黄河都被汇流，多连绵的细雨遇见黄土高原都被蒸发。每当夏季看到中国南方暴雨泛滥成灾，淹没一座又一座城市一个又一个村庄。凤凰城里的人会说：瞧，多惨，哪有凤凰城好！

凤凰城好啊凤凰城好，凤凰城是中国的塞上江南；凤凰城好啊凤凰城好，凤凰城是大漠的一颗明珠；凤凰城好啊凤凰城好，凤凰城是黄河的一叶扁舟；凤凰城好啊凤凰城好，凤凰城是天下最好的地方。

这么好的凤凰城，周行健竟不喜欢，这是让他父母最难以理解的事情。

周行健从北京回来，在家里待了五天，就搬出去住。这个时间与他在北京时每年回家过年待的时间差不多。在这短短的五天里，除了对父母嘘寒问暖，端茶倒水，毕恭毕敬，言听计从，没有多余的话。几年下来，父母有一个错觉，以为只有这么一个五天的儿子，五天一过，儿子没有了，就剩下偶尔电话里的问候与寒暄。周行健与父母的确没有话说，他不知道说什么，从何说起。为此，周行健曾经反思过，退让过，自省过，他挖空心思找话与父母说，说上一阵，又没话了。归根结底，周行健觉得父母关心的是他吃饱穿暖结婚生子的“大事”，周行健关心的是爱情理想人生价值的“小事”。这其实是一回事，但周行健固执地认为不是一回事。

在外面住的周行健经常找吴先锋玩，玩多了，吴先锋的妻子不高兴，说周行健要把吴先锋带坏，给吴先锋下最后通牒：有他没我。一想到栖霞寺僧人的恶咒，再想到妻子的父亲是县长，吴先锋退缩了，不敢再跟周行健鬼混。

曾经一起考到当地电视台，吴先锋结婚当天帮忙解救马洛的记者同学，看周行健无所事事，出于好心，给他在电视台介绍了一份工作。前提是需要试用一段时间才能确定是否正式聘用。周行健不屑于去，但被父母知道，流着泪劝说他去。周行健不忍心父母流泪，就去了。

电视台在市中心，与临街的居民楼连在一起。台里员工知道从北京回来一个人，觉得挺新鲜，像在一群野鸡里看凤凰一样盯着周行健看。周行健对制作电视节目的一整套活样样精通，工作很快上手，不是野鸡里的凤凰，也是最会下蛋的野鸡。

干了一段时间，周行健认真投入，干得汗流浃背热火朝天，觉得还凑合，电视台准备正式聘用他。闲话传来，有人说他只知道干活不晓得处关系，只知道个人不晓得集体，只知道自己不晓得领导，只知道北京不晓得凤凰城……眼界总在外，心胸又太大，干活过于追求完美，做事拖拖拉拉，华而不实，好高骛远，自以为是。

靠，这些闲话传到周行健耳朵里，他第一反应就是骂出他骂人时骂得最脏的一个字“靠”。第二反应是不干了。什么鬼地方，破地方，乌烟瘴气，人浮于事，钩心斗角，尔虞我诈，思想守旧，顽固不化，井底之蛙，目光短浅，一群乌龟王八蛋。

离职当天，周行健独自来到黄河边，沿河岸逆风而行，彷徨而不知去路。他想念王立言，想念马洛，想念北京，想念北京的拥挤不堪、欲望横流，想念北京的混凝土森林凝固的荒原。虽然缺乏人情味，罩着一层人情世故以外的虚无面纱，令人迷惘，但与眼前的大漠长河所在的真实荒原相比，还是令人着迷。

第二天，周行健回北京了。

在列车上，他彷徨失措、犹豫不决，因为不想回来，只是凤凰城的恶劣远比他想象得厉害。回家三个月，他的内心无时无刻不处于压抑之中，他的精神无时无刻不处于矛盾之中，压抑和矛盾，加上现实无处不在的打击，让他觉得必须要离开，否则会崩溃。但是，去哪儿又没想好，只有先去北京。

一踏上北京的土地，立刻置身于另外的世界。空气里流动着熟悉的气息，眼前滚动着潮水般的人流和车流，离开三个月的周行健没有任何不适感。他用鼻子使劲嗅夹杂着汽车尾气的空气，用眼睛吃力地看一个个陌生的脸庞和熟悉的建筑，像狗一样寻找自己曾经有可能留下的一点点气味。结果令他失望，北京太大，新陈代谢信息过滤人员流动太快，人来了又走了，人走了又来了，谁也搞不清楚谁，谁也不认识谁，熟人、朋友、恋人、亲人、敌人、陌生人……一切变化太快，一不留心就错过。没人记得周行健，正如周行健没记得几个谁。

周行健直接来到北大研究生宿舍，他想给王立言一个惊喜。当他推开王立言寝室的门，两个陌生的面孔同时看着他。

“你找谁?”陌生面孔问。

“王立言。”周行健说。

“没有这么个人。”陌生面孔说。

“他一直住在这里。”周行健说。

“不可能，我们刚搬进来不久，你说的是往届同学吧。”陌生面孔说。

哦——对，王立言已经毕业，怎么还会住这。周行健想起来了，他抱歉地关上寝室的门。

周行健与王立言最近一次联系是回京前的那天晚上，他专门打电话告诉王立言要离开北京。王立言没有惊讶，也没有劝他，只是叮嘱他保重，回去照顾好自己。

周行健打电话问王立言在哪，王立言说在寺庙，周行健心里一惊，在寺庙，怎么回事？挂断电话，他立即坐车赶往寺庙。

王立言所在的寺庙是北京城郊西山脚下的千年古刹——龙泉寺。5月份，北大三角地信息栏里张贴招募义工启事的正是龙泉寺，当时王立言被这则启事吸引。

坐公交车一个小时，周行健到了龙泉寺门口。

山门前两株遒劲的翠柏，看上去有几百年树龄，让来到这里的人不自觉地安静下来。翠柏下是斑驳陈旧的寺门，低矮得有些拥挤，像电视剧《西游记》里孙悟空和二郎神打斗时变身的那座小寺庙。周行健皱了皱眉头，觉得不怎么样。

进入寺庙倒是别有洞天，面积扩大，除了一座旧独孔石桥，大部分是新建的院落。寺庙内很洁净，也很清净，没什么人，只有香炉里幽幽燃烧的香火和几棵古树上偶尔传来的鸟声，烘托出与其他寺庙迥然不同的气氛。

周行健站在独孔桥上，远处走来一个僧人。总算出现一个僧人，要不然给人一个错觉，这里不像一座寺庙，倒像一座园林。这个僧人走得越近周行健越不敢相信，他不是别人，正是剃度戴着眼镜的王立言。

“怎么，你，出家了？”周行健错愕地问。

王立言温和地冲他笑，露出一口白牙。

“是啊，没来得及告诉你，不会介意吧。”王立言说。

“为何？”周行健追问。

“没什么。”王立言笑着说。

“不是曾经说只来做做义工吗，为何就完全留下来了？”周行健问。

他不想绕弯子，他真的急切地想知道王立言为何选择出家。

王立言没有回答，邀请周行健在寺庙内四处看看，以一位寺僧的身份给他逐一介绍龙泉寺。虽然寺里的殿宇楼阁确实气派，寺里的图书馆藏书之丰在中国寺庙里也是凤毛麟角，但是周行健对这些不感兴趣，他关心的是王立言为何要出家。周行健一直盯着王立言的眼睛看，他想看出王立言安之若素的样子是不是装出来的。令他失望的是，他没有看出任何破绽，剃度没有多少日子的王立言看样子是铁了心了。

王立言带着周行健来到自己的僧房，给他沏了一杯茶。

“说说你，怎么样，我一直在惦记你。”王立言说。

“我，老样子，迷惘青年。”周行健说。

“迷惘不怕，心安就好。”王立言说。

“怎么会，如果心安还会迷惘吗？哎呀，不说我了，说你，你为何要出家？你不做学术了吗？你不经世致用，一心报国了吗？你就甘愿放弃一切了吗？”周行健问了一连串。

“一切都是身外之物，放弃如何，不放弃又如何。”王立言说。

“你可是有理想的人，你读研究生不就是为了学术建国吗。现在可好，当和尚了，博士不读了吗？如何学术建国，如何实现理想？”周行健说。

“我不也是为了心安嘛。心不安，心浮气躁，如何学术建国，如何实现理想？什么都做不了！贺麟在抗日烽烟里提出学术建国的主张，那是因为他一心救国，心无旁骛，只为通过学术和文化的复兴救中华民族于危急存亡之秋。而我不能。你知道，苏蕙的离世对我的打击很大。本来我一直很愧疚，不应该对她那么狠心，在她痛苦的时候与她分手。这倒罢了。谁能想到苏蕙又在我眼前发病，病情恶化得那么快，半个月就溘然长逝，这实在令我无法接受。这是让我无法心安的第一件事。”王立言说。

他拿起念珠缠在手上，接着说：“从去年下半年开始，我一直在读徐梵澄的书，发现他的书里有宝藏。徐梵澄是现当代融会贯通中国、印度、西方三大思想体系的学者，有人说他是‘现代玄奘’，一点不为过。看他的书，越看越觉得自己的知识还很欠缺，还需要不断学习，不断努力。就算我苦心孤诣，慎独慎思，全身心投入学习，我的慧根能不能达到徐梵澄这类学者的水平和境界，也是一个问题。这是让我无法心安的第二件事。”

王立言数着念珠，继续说：“我在北大读书，北大与其他高校最大的不同是与社会联系紧密，在北大课堂上学到的知识与社会脱节不厉害，贴得比较近。正因为联系紧密，你会发现时代变了。不是以前那个需要冲到前线救国救民于水火之中的中国，那是解放前的建国时期，是骑在马背上打天下的时期，需要平定天下的能力和勇气。现在是治国，是从马背上下来管理国家建立规则和规矩的时期。当下的中国最缺乏什么？什么最紧迫？是精神的空虚，信仰的迷失。因为精神信仰的缺失，导致物欲横流、利欲熏心、行为堕落，人们不择手段地尔虞我诈，只为满足官能刺激和物质需求。也许人们知道这些，但如何知行合一，下手去做？就没有什么人了。我苦苦思索许多年，觉得还是要从学问入手重建精神信仰。否则，人民不会幸福，国家不会昌盛。这是让我无法心安的第三件事。”

周行健静静地看着王立言和他手里数的念珠，等他说完。

“我想了很久，当今中国，人们都还是为了吃穿等最基本的生存需要进行贪婪地奋斗和攫取，没有什么地方，也没有什么人真正给你时间让你安静读书，清净做学问。只有寺庙还清净些，在这里可以一心礼佛，思考人生，感悟生命；也可以读书为学，著书立说，实现人生的价值。”王立言说。

“你刚才提到的徐梵澄，是不是被誉为鲁迅私淑弟子的那位？”周行健问。

“对。”王立言点点头。

“民国时，徐梵澄也像你一样要出家，鲁迅对他说：人生在世界上，是‘出’不到哪里去的。听了鲁迅的话，徐梵澄就没有出家。”周行健说。

“对，但他去了印度的阿罗频多修道院。”王立言说。

“哦，对，是在那待了很多年。”周行健说。

“是啊，他在那里苦修，写作，著述。”王立言说。

“可你也说了，时代变了，徐梵澄那套能行得通吗？现在的知识谱系和人类的科学文化典籍都在大学里，只有在大学才有做学问搞研究的土壤。寺庙也不是净土，又不像以前有多少经文秘籍值得研读，很多僧人文化水平并不高。你可好，头也不回地就出家了。我真替你惋惜！”周行健说。

“印度有阿罗频多修道院，可以让人潜心治学，中国没有。中国现在能够让人静下心来的地方也就是寺庙了，其他都是名利场、是非地。龙泉寺地处喧嚣的北京，却一点不浮躁。这里从住持到僧人都能静下心来，一心礼佛，一心念佛，一心向佛，希望通过佛法的力量普度众生。我觉得很好。我就需要这样一个地方，六根清净，四大皆空，求得真佛，度己度人。如果可能，我希望像弘一法师那样，以出世的态度做人，以入世的态度做事。”王立言说。

显然，王立言对自己想要的东西十分明确，对自己的人生看得十分透彻，对自己的未来也有明晰的规划。他的一席话让周行健无法再反驳，也无法再疑问。

在这个纷繁复杂的社会，人能够找到自己心安理得的安身立命之所，是一件多么幸福的事。哪怕是出家，削去满头青丝，解除六根烦恼，心无挂碍，四大皆空，心体澄澈，自然是人生乐事。

做了僧人的王立言要按照寺庙的规矩行事，晚上9点30分打板休息，凌晨3点55分打板起床，还有没完没了的早课、研讨、做事、诵经、拜佛、晚课……

住了几天，周行健除了挺尸发呆，看寺庙后面高耸的青石山和美丽的夕阳，实在找不出什么有趣的事做。他认为寺庙不适合自己，每天听着嗡嗡的念经声，感觉像是观世音菩萨在念紧箍咒，令他头痛不已，心乱如麻。

一天清晨，周行健要离开龙泉寺回城里，王立言不挽留他。

把他送到公交车站，王立言目送周行健远去，直到公交车在蜿蜒的山路上看不见，王立言还站在原地不动。

坐在公交车最后一排的周行健也透过车窗玻璃看王立言，那个曾经高大帅气的北大学子如今成为玉树临风的和尚，周行健怎么看都觉得别扭。

当公交车慢慢驶离，龙泉寺全貌逐渐清晰可见。西山像一匹雕刻的奔马横卧在眼前，烟雾氤氲，紫气东来。在这一幅壮阔的山水画里，穿一身杏黄色僧服的王立言是那么醒目，恰到好处。

周行健觉得王立言属于这里，他找到了归宿，而自己却没有。

回到城里，周行健在街上晃荡一天，脑海像糨糊一般缠绕着一个问题：离开，还是留下？

直到傍晚，他都理不出头绪，想不明白。

周行健想到一位故人，三个月未见的故人，他想知道他过得怎么样，这位故人就是马洛。

天黑之前，周行健硬着头皮来到马洛的出租屋。开门的是一个长发披肩瘦骨嶙峋的青年，正是马洛。看到是周行健，马洛的眼神迷离又意外，像不认识他，愣了一会，才请周行健进屋。

屋里堆了一摞吃空了的方便面碗，满地的烟蒂无处下脚，被子卷成一坨，书桌乱七八糟，断了两根弦的吉他躺在中间，看得出马洛过得不太好。

周行健带马洛来到一家体面的餐馆，请他吃了一顿晚餐，两个人像饿鬼一样狼吞虎咽。

“你为何饿成这样？”周行健擦着嘴问。

“饿呀。这是你走后我吃得最好吃的一顿饭，也是吃得最饱的一顿饭。”马洛说。

“何必虐待自己。”周行健说。

“我也想吃好的，可惜没钱。你走后我一直没去工作，借钱度日。”马洛说。

周行健睁大了双眼，觉得不可思议。

“你为何也饿成这样？”马洛问。

“饿呀。我在寺庙待了几天，天天吃斋，没有荤腥，完全吃不饱。”周行健说。

“难道你要出家？”马洛好奇地问。

“去看一个朋友，顺便体验一下。”周行健说。

“我就说嘛，你出家，除非太阳打西边出来。”马洛说。

吃完饭，周行健和马洛来到大街上晃荡。

他们又遇到老问题，去哪儿？

不会遛马路的周行健走得太快，总惹马洛生气。

他们骂骂咧咧嘻嘻哈哈地看到一个屁股，一个美丽的屁股，追着这个屁股赶最后一班地铁，泡最晚一家酒吧。

他们花光了身上所有的钱，喝得烂醉如泥，摇摇晃晃，为了一个站街女郎的诱惑吵翻天。

他们恶语相向，厌恶彼此，鄙视彼此，恶心彼此，直到怒不可遏，宣布断交，迷失在北京午夜的十字街头……

这一天，是秋分。

# 第十九章

“前方是本次列车的终点站——凤凰城”，列车播音员按部就班地报出站名。听到这个声音，周行健心烦意乱，坐在座位上一动不动。

经过三十多个小时的行驶，列车终于要到达终点站凤凰城。一路上看过城市、乡村、高山、河流、田畴、荒漠……秋日壮丽的山河没有令周行健有多少触动，他一直沉浸在煎熬的情绪中。

一千多公里的煎熬，里面全是周行健悠长而细腻的回忆。回忆的脚步深一脚浅一脚，有些回忆心如刀割，有些回忆浅尝辄止。回忆里布满忧伤和酸楚、哀婉和喟叹，周行健感念这些绵绵无期的伤痛，比到不了的远方更令人心碎。

他心里一个声音强烈地呼唤，一直走下去！列车，请不要停！

列车到底还是停下来。乘客们提前收拾好行李，排队下车，只有周行健坐在座位上无动于衷，茫然地看着窗外。看到有乘客迟迟不下车，列车员过来了解情况。周行健支支吾吾半天，编不圆理由。他乘坐的列车终点站是凤凰城，车不走了，怎么编也没用，他只能下车，除非他再倒着坐回北京。

站台上风很大，吹得周行健站不稳。他摸出一支烟，背风点燃，吸了几口，眼睛四处瞟，看有没有一个角落可以躲藏起来，等下趟车到了混进去。车站工作人员看他站在那里不动，过来催他离开。周行健掐灭香烟，把烟蒂扔到垃圾桶里，不情愿地离开站台。

周行健不想回凤凰城，凤凰城里没有凤凰。他不知道回来干什么，三个月前他就稀里糊涂地回来过，结果备受压抑备受煎熬备感迷惘。

只剩下他一个人的出站通道空荡荡的，像阴森可怖的鬼门关，令他不寒而栗，双腿僵硬，走得十分缓慢。走了很久，他才走到出站口。年轻的女验票员盯着周行健狠狠地看了一眼，一把抓过他递上来的车票，撕开个口子扔给他。周行健接过车票笑了，觉得验票员蛮可爱。

出了车站，周行健的手机响了。他拿出手机，看到来电显示出一个令他怦然心动的名字——林紫函。

“是我!”紫函平静地说。

“你好!”周行健说。

“我结婚了。”紫函说。

结婚！多么陌生的词汇，突然出现在耳畔，周行健觉得十分荒唐。

“你说什么?”周行健以为听错了。

“我结婚了，昨天办的婚礼。”紫函肯定地说。

没有听错，是结婚。周行健的大脑嗡地响起来，眼前一片煞白，他无论如何想不到紫函这么快就结婚了。

“哦——恭喜你，人生有了归宿。”周行健说。

“谢谢你!”紫函说。

紫函的结婚对象是一名副科级公务员，其父亲是地级市的一位领导，也是紫函父亲林志的好友。

一旦答应父亲与周行健分手，林紫函的人生就失去自主权。“非典”疫情过后，身体康复的林志很快为女儿定下这门亲事，免得女儿夜长梦多。林紫函并不情愿，也无力反抗。在父亲病重的胁迫下作出的万不得已的承诺，如今她没有勇气反悔，担心一旦反悔，疾病和厄运又会降临到家里。

公务员男友很喜欢林紫函，十分爱她。林紫函对爱情已经麻木，尽管不爱对方，但也觉得无所谓，只要父母高兴就好。

在双方父母的支持和催促下，相识不到四个月，订婚不到两个月，林紫函与公务员男友就领了结婚证，正式举办婚礼。

周行健伫立在站前广场上，来来往往的人像成群的蚂蚁，密密麻麻移来移去，吵闹的噪音远比蚂蚁搬家的窸窣声大出几千分贝。他的大脑嗡嗡作响，听不到任何声音。眼前出现林紫函穿婚纱的场景，这场景以前在梦里见过，如今出现在现实里，不管梦里还是现实里，男方都不是周行健。

“罗秉晖疯了。”紫函说。

“疯了?!”周行健十分惊讶。

林紫函婚礼上，罗秉晖不请自到，在典礼阶段没有人注意到罗秉晖。

典礼结束，婚宴开始，林紫函与新婚丈夫一桌一桌挨着敬酒。在酒席的最末一桌，林紫函看到一张熟悉的脸。出于礼貌，林紫函没有表现出任何意外，照常给罗秉晖敬酒。罗秉晖喝完一杯还要一杯，一连喝了九杯酒，拉着林紫函不放手。林紫函十分气恼，请罗秉晖放手，罗秉晖拽着她的胳膊就是不松手。林紫函正要发火，她的新婚丈夫似乎看出端倪，斟满酒与罗秉晖继续喝。

这一喝不得了，两人杠上，互不相让，谁都不愿甘拜下风。不觉间，两瓶白酒被两人连喝带洒喝完。明显醉了的罗秉晖不依不饶，还要喝，林志过来解围，林紫函与新婚丈夫才得以脱身。

林紫函转身没走几步，后面传来罗秉晖响彻宴会厅的声音：“林紫函，我爱你!”

林紫函停住脚步，满腔怒火涌上心头，两眼紧闭，站在那里不动。

喝醉的罗秉晖又一次大声呼喊：“林紫函，我爱你！你却嫁给别人!”

前一句充满了真挚，后一句充满了哀怨。林紫函忍不住转过身，对罗秉晖怒目而视，泪水在愤怒的眼中打转。

罗秉晖毫无畏惧地盯着林紫函，再一次呼喊：“你抛弃了我，也抛弃了周行健，你是个无情无义的女人!”

这句话刚说完，罗秉晖迎来一记重重的耳光。不是别人，正是站在他身边的林志无法忍受罗秉晖对女儿的污蔑，坏女儿的好事，他要让喝醉的罗秉晖清醒过来，不要在这里满嘴胡吣。

所有人都以为林志的一记耳光会打醒罗秉晖，然而，事与愿违，挨打的罗秉晖话是不说了，转而狂笑不止。那笑声阴阳怪气，沮丧哀号，没有胡吣的直接，却满是阴森森的绝望，让参加婚宴的人心里不舒服，吃不下餐桌上丰盛的美味佳肴。

接下来的婚宴是大屏幕上的爱情MV与罗秉晖沮丧哀号的协奏曲。罗秉晖坐在末桌笑着叫着，自斟自饮。林紫函敬完酒坐在角落里呆呆地看着远处发酒疯的罗秉晖，脑海中想着周行健。她恨罗秉晖不请自来，恨他给自己的婚礼平添不快，带来晦气，恨他在这个时候提起周行健。

林紫函的心里默默流泪，表面装出一副安之若素的样子。

大喜的日子，罗秉晖没有进一步过激的举动，林志也不好叫人强制把他撵走。下午三点多，婚宴散了，疯够了的罗秉晖一个人起身，晃晃悠悠地离开。

第二天，罗秉晖疯了。

他赤身裸体地从家里出来，从教书的校园裸奔到大街上，像一头野兽从动物园里跑出来，吓得人们四散逃窜，躲在隐蔽处观望。没有人能拦得住罗秉晖，也没有人真正想拦住他。

像当初邂逅丁香一样的林紫函那般，罗秉晖脚下生风，御风而行，奔跑在小城大街上。他要追上丁香一样的姑娘，追上令他着迷的林紫函。他面目祥和，一路微笑，完全不顾忌赤身裸体的模样，只顾及初恋般的味道，哪怕仅仅是单恋的味道。

太阳是那么刺眼，热辣辣地照射在罗秉晖赤裸的身体上。戴着一副近视眼镜的罗秉晖忘我地奔跑，镜片折射出的光芒五彩缤纷，令他神往，也令他眩晕。

一道阴影划过，罗秉晖身上罩了一件黑色斗篷，那不是古代豪侠或现代超人的披风，而是警察送给他的遮羞布。罗秉晖疯狂挣扎，口中发出狮子般的怒吼，脚踢，手抓，嘴咬……几名警察烦了，合力抬起他，扔进警车里。

罗秉晖尖厉的笑声和呻吟声很快被警笛声掩盖，他白胖的身体消失在街道尽头。

“我很担心你，心里一直放不下你，你一定要好好的！”讲完罗秉晖的不幸，林紫函对周行健说。

“放心，我不会疯。”周行健说。

“我不是那个意思。”林紫函说。

“是不是那个意思已经不重要，我祝你幸福！”说完，周行健挂断电话。

必须要赶快挂断电话，周行健担心忍不住也会像罗秉晖那样冲着林紫函怒吼：“林紫函，我爱你！你却嫁给别人！”

周行健不想那样，那样把一切都破坏。他不是罗秉晖，自始至终没有拥有过林紫函的爱。他拥有过，而且爱得那么深切那么醇厚那么轰轰烈烈，惊天地泣鬼神，至今无法忘却、无法释怀。因为爱，他不想打碎一切。

周行健死死握住手机，双眼涌出心痛的泪水。从这一刻起，林紫函，这个世界上他最爱的女孩已经成为别人的新娘，确定无疑地不属于他。所有的希望、寄托、憧憬，在这一刻戛然而止；所有的失望、灰心、迷茫，在这一刻油然而生。

周行健举起手中死死握着的手机，对着半空重重地扔出去，那里面存储着他与林紫函五百多个日夜缠缠绵绵喁喁私语的所有情话，也存储着虚无缥缈恍若隔世的城市里有缘无分的爱情。

这一刻都不复存在，成为爱情泡影里虚幻的空气，成为迷惘人生里徜徉的流水。

手机重重地摔到地上，摔得四分五裂，仿佛周行健被五马分尸的身体散落在广场上。

周行健看也没看摔烂的手机一眼，转身走向售票大厅，买了一张最近车次的车票。

天黑前，他踏上一趟未知终点的列车。

这是一列那个年代红色车身的空调客车。为了防止乘客擅自打开窗户，影响车载空调的制冷效果，车窗是密闭玻璃，不能自行打开和关闭。

每个车厢只有厕所的窗户是半开启的，缝隙并不大，用来透气，人无法从那个缝隙跳出去。周行健试着把厕所的窗户完全打开，试了几次，无济于事。他回到座位上，木然地看着窗外。

深夜，列车像一条蟒蛇缠绕在黑色的大地上。不死心的周行健起身离开硬座车厢，向车头走去。车上人不多，很多座位空着，乘客们东倒西歪地睡觉。

走过最后一节硬座车厢，周行健被空调发电车挡住，两道铁门紧锁，根本过不去。他预谋到车头外跳车自杀的念头落空。

离车头很近，透过车窗侧面看出去，周行健看到列车前方大灯射出刺眼的光芒照射在铁轨上，寒气逼人。列车踽踽前行。

周行健踅来踅去，确定从车头到不了车外，转身往车尾走去。

乘客睡得很沉，值班列车员也在打盹。在列车中部，周行健叫醒值班列车长，补了一张靠近车尾的硬卧车票，这样他就可以到达列车尾端。

行走在幽暗的列车车厢内，周行健像一个幽灵，寻找豁口企图跳下去。外面是萧飒的风声。

走过硬卧车厢，周行健没有把背包放在自己的铺位上。他径直往前走，来到硬卧车厢和列车员车厢的连接处，打开车门，眼前出现一个布帘子。周行健屏住呼吸掀开布帘子进去，车厢连接处的灯光被挡在室外，布帘子遮挡的车厢黑漆漆一片。他摸黑向车尾走，手触到卧铺上睡觉的列车员，幸好没有反应。

周行健探头探脑地走完列车员车厢，来到车厢最尾端。他趁黑一阵乱摸，摸到一个门把手。周行健心里窃喜，顺势拧门把手，谢天谢地，门没锁。打开门时，松手太快，门把手归位发出响声。周行健立刻不动，站在原地定了定神，发现没有吵醒人。

车尾能感觉到列车在逆风而行，萧飒的秋风在这里聚合，发出鬼哭狼嚎般地啸叫。

这道门外面还有一道门，估计是起防护作用的安全门，抹黑中的好奇占据周行健想死的意识，也激发他打开安全门的勇气。他跪在门前，双手抓住门把手，准备用力打开，传来一个低沉的声音。

“你想跳下去?”

周行健急忙住手，屏住呼吸，他想糟了，被人发现。

“你想跳我不拦你，但是你只要让这个构思变成现实，你迈开双腿的那一刻，等待你的是120公里时速的重摔。你不怕疼吗?”

“唔——怕。”周行健说。

“从这摔下去就算不被摔成几截，摔死是肯定的，而且肯定会衣衫撕裂，七窍流血，面目狰狞，死相很难看。你不怕死吗?”

“唔——怕。”周行健说。

“就算你运气好，没被摔死，摔个鼻青脸肿、缺胳膊断腿，只要你一息尚存，知道等待你的是什么吗?”

“什么?”周行健问。

“狼，凶残的野狼。这里是茫茫荒原，几百里荒无人烟，只有饿红了眼的野狼。它们的嗅觉十分灵敏，几十里外能嗅到你美味的鲜血，它们会不辞辛劳地赶来。把你的缺胳膊断腿当成毫不费劲的猎物，张开血盆大口一口一口吃掉你，一点不剩，吃个精光。你确定不怕野狼吗?”

周行健浑身哆嗦，四处张望，想知道这个低沉的声音来自何处。他松开门把手，循着声音传来的方向看过去，没有看到任何东西。他真后悔摔掉手机，否则此时可以用手机的弱光照过去看看对方到底是谁。在黑暗中寻找了好一会，周行健什么也没发现，只有列车的哐当声和不均匀的呼吸声。幸亏有呼吸声，否则周行健真以为到了阴曹地府，接受命运的审判。

“唔——怕。”周行健说。

“怕！那就回去！年轻人，回去吧，别影响我睡觉。”

“可是，我迷惘至极。我不属于这个世界，我所喜欢的时代都已过去，我所迷恋的社会都在书本里，我无法面对这个没有精神信仰，只有物质主宰一切的世界。它让我迷失方向，不知道该去往何处。不只这些，我失恋了，失去最心爱的女孩，我也与最好的朋友断交，我身边的人不是死了，就是疯了，要么出家了。我现在是孑然一身，迷惘之极，除了赴死，不知道还有何路可走。”周行健说。

“我了解你的痛楚，你只是在一个特定的时期遇到一些不幸而集中爆发的事情。人这一辈子经常会有这样的特定时期，我们要做的是壮大自我，强大心性，完善人格。如果有一天，当你遇到这些集中爆发的事情时能够坦然面对，说明你长大了，成熟了。迷惘是个课题，就像日夜行驶的列车，如果它总是陷入迷惘，一心想突破迷惘，它就不能全身心投入行驶，很有可能脱轨，把自己撂翻在轨道上。人生何尝不是如此，如果你总是沉浸在迷惘中，你就无法摆脱迷惘。长此以往，你将毁了自己，到头来一事无成。”

“人生，人生还有意义吗?”周行健说。

“我曾经也觉得没有意义，成天在路上跑，像陀螺一样转啊转。在最无聊的时候，我甚至也有过从这里跳下去的想法。那是白天，当我打开门，站在列车尾端的防护栏上，看到的是无限壮丽的美景。它与我在列车内看到的不太一样，视野是那么开阔，视线是那么清晰，我的心胸随之无限宽广，觉得何必死呢，何必辜负这无限风光呢？从此以后，我不再有这样的想法。就这样走来走去，遇见不同的人，看见不同的风景，欣赏不同的风光，多么美妙的人生！”

“你不觉得是在虚度光阴吗?”周行健说。

“如果你真正懂得欣赏，欣赏风景，欣赏人，欣赏你爱你恨爱你恨你待见你不待见你的每一个人，你就不会觉得虚度光阴。因为你看见的每一座山每一条河、每一粒沙每一滴水……遇见的每一个人，都是一个世界，一个五彩斑斓的世界，都需要你去好好体味和珍惜。如果你真的看懂他们，理解他们，你就不会觉得虚度光阴，反而觉得生活是多么的充实。”

跪在车厢末端的周行健膝盖生痛，双腿发麻，全身酸软，他忍不住双手支撑，伸开双腿坐在地板上，头靠在门框上。

从这个低角度穿过车窗看出去是万丈星空，灿烂的银河系在秋夜里明晃晃地闪烁，像一条刺眼而深邃的光带与列车平行飞驶。环绕在其中不起眼的周行健是多么渺小！星汉是多么浩瀚！自己不过是运行其中的一粒尘埃。如果打开车门跳下去，最多是化作另一粒尘埃。这粒尘埃与那粒尘埃没有什么不同，都是一颗或明亮或暗淡的星；都是御风驰电掣，循日月而行，在浩渺的宇宙里按照命定的轨迹飞行的一颗星。既然死了也是尘埃，不死也是尘埃，都是尘埃，又何必化作尘埃。想到这里，周行健释然，他完全放松躺倒在车厢地板上，若无其事地看着车窗外的那一抹星空。

看了很久，周行健才想起来好像少了什么。他翻身起来，看黑黢黢的车厢，除了熟睡的列车员，什么也没发现，尤其刚才那个低沉的不知从哪个方向来的声音，早已不知去向。

真奇怪，哪里来的声音？人间，地狱，灵魂深处？周行健不得而知。

不管他了，回去睡觉吧。

往回走的周行健，对突然转弯的列车猝不及防，半个脸压扁贴在车窗玻璃上。还没来得及喊痛，借着澄澈如练的星光，他看到列车员车厢后面还有一节车厢，那应该是行李车。也就是说刚才周行健就算打开第二道车门，那不过就是行李车的车门，他不会跌落下去摔死，更别说跳下去自杀，因为行李车是全封闭的。

回到硬卧车厢的铺位上，周行健有些失落，没想到人生的第三次自杀，竟然以如此荒诞的方式收场。常言道，事不过三，三死不成，就不再去死。

他决定活着，哪怕是迷惘人生。

黎明，太阳从荒原上升起，透过车窗，阳光照在周行健的脸上。

**图书在版编目（CIP）数据**

没有终点的列车 / 李飞熊著. -- 北京：作家出版社，2019. 6（2023.2重印）

ISBN 978-7-5212-0365-3

Ⅰ. ①没… Ⅱ. ①李… Ⅲ. ①长篇小说 - 中国 - 当代 Ⅳ. ①I247.5

中国版本图书馆CIP数据核字（2019）第024214号

**没有终点的列车**

---

**作　　者：** 李飞熊
**责任编辑：** 宋辰辰
**装帧设计：** 金　刚
**出版发行：** 作家出版社有限公司
**社　　址：** 北京农展馆南里10号　　**邮　　编：** 100125
**电话传真：** 86-10-65067186（发行中心及邮购部）
86-10-65004079（总编室）
**E-mail:zuojia@zuojia.net.cn**
**http://www.zuojiachubanshe.com**
**印　　刷：** 固安兰星球彩色印刷有限公司
**成品尺寸：** 152×230
**字　　数：** 330千
**印　　张：** 21.5
**版　　次：** 2019年6月第1版
**印　　次：** 2023年2月第2次印刷
ISBN 978-7-5212-0365-3
**定　　价：** 68.00元

---